W0216594

Lothar Englert

Die holländische Brille

Historischer Roman

LEDA

Für meine Frau Therese
und die Bürger von Esens

Prolog

Es darf das Recht nicht aus der Welt.
Aurich, gräfliches Hofgericht, 16. Mai 1617

Der Richtkarren polterte und ruckelte über das Pflaster, es klang so, als wären die Radreifen zornig über ihre zeitige Arbeit. Die Stunde war noch früh, von Nordwest fuhr ein böiger Wind heran, kalt und scharf packte er zu und riss an Haaren und Kleidern. Nach sommerlicher Wärme in seinen ersten Tagen war dieser Mai Anno Domini 1617 noch einmal winterlich geworden, das letzte Aufbäumen unwirtlicher Gewalten, unwillkommen und entbehrlich, da doch die Feldarbeit in Ostfriesland längst begonnen hatte.

Die beiden Fronboten des gräflichen Kriminalgerichts hielten Abstand zu Frerich Hoeyer. Der Mann war noch nicht verurteilt, ja nicht einmal abschließend befragt, aber seine Schuld stand so fest wie das Amen in der Kirche. Und da er bisher in der Hauptsache beharrlich schwieg, lieferte er schließlich selbst den Beweis. Wer reinen Gewissens ist, der redet und teilt sich mit und vergräbt sich nicht in einem finsterem Gehäuse mürrischer, abweisender Sprachlosigkeit. So dachten die Fronboten und so dachte auch der Rat am gräflichen Hofgericht zu Aurich, der die Befragung dieses Mannes heute zu ihrem Abschluss bringen wollte. Mit einer Überführung, so verstand es sich, und einer schnellen Verurteilung, die ebenso rasch zu vollstrecken war.

Denn die Fakten lagen klar. Es gab in diesem Fall keine offenen Fragen, keine Geheimnisse, schon gar keine Mysterien. Die Polizeibüttel hatten schließlich den Spaten gefunden, nur unvollständig vom Blut befreit, und Frerichs Kittel, auf dem das Hirngekröse noch in Resten klebte, das der Hoeyer dem Pastor Fabricius aus dem Schädel geschmettert hatte. Hinter seinen Schuppen hatte er alles geworfen, und recht nachlässig mit Grassoden bedeckt, es mochte sein, er glaubte für die Wahrheit verborgen, was auch ihm aus den Augen war. Anders war's gekommen, und nun reiften die Dinge ihrem Ende entgegen.

Dem Hoeyer drohte das Rad, so viel stand fest. Nur reden sollte er, sagen sollte er es, gestehen sollte er, und dann nach Recht und Gesetz seine Strafe haben. Denn der Gerichtsrat Johannes Reertshemius war ein feinfühliger Mann, er brauchte das Geständnis zur Ruhe seiner Seele. Immerhin floss durch seinen Spruch das Blut eines Menschen, und war der auch, wie hier, ein sündhafter Hundsfott, so sollte doch durch das confessio der Sache ein befriedeter Abschluss zukommen.

Der Karren ratterte über die schrundigen Steine der oberen Kirchgasse, vorbei an Sankt Lambertus, und nahm seinen Weg auf das Gerichtsgebäude zu. Es war dieser Schlenker nicht nötig, man wählte ihn absichtsvoll, er sollte den Mörder an sein nahes Ende gemahnen. Frerich Hoeyer indes stand unbeeindruckt, ganz still und gesammelt, mit hängendem Kopf, es war, als ob er im Stehen schliefe. Nur die rohen Fäuste, mit denen er sich an den Handlauf klammerte, und das wie durch Krämpfe gequälte Schuckeln und Schütteln der gedrungenen Gestalt zeigten an, dass der Osteeler bei sich war.

Den beiden Schergen war's gerade recht, sie hatten nichts mit dem Kerl und wollten ihre Ruhe. Kein Wort zu dem da, noch weniger eines von ihm. Was stand er und tat unbesorgt? Konnte sich ja auch setzen, der Hund, die Kette zwischen seinen Händen war doch lang genug. Aber nein; stand und war mit sich und der Welt im Heilen, zumindest machte er den Eindruck. Nicht mehr lange. Es warteten ja schon der Spanische Stiefel und die Schraube, die Judaswiege und die Ketzergabel, vielleicht sogar Säge, Pfahl und eiserne Mundsperre. Denn der Hofrichter war gewillt, durchaus gewillt, die Befragung zur Not auch peinlich durchzuführen. Allerdings nicht ohne bittere Empörung darüber, von diesem nichtswürdigen Widerborst zu solcher Grausamkeit gezwungen zu sein, eine harsche Zumutung für jeden Christenmenschen. Aber hier, liebe Gemeinde, haben wir einen Priestermörder, und da kann Gnade nicht sein.

Als sie vor dem Gerichtsgebäude anlangten, stieß einer der Fronboten den Hoeyer mit der Hellebarde in die Rippen. »Hab Acht, Kerl, und aufgewacht! Nun trittst du vor deinen Richter!«

Der Osteeler hob den Kopf, und dann sahen sie in sein geschundenes Gesicht. Also hatte er seine Prügel heute früh schon bekommen. Hoffentlich vor der Grütze, so war's recht. Sie zerrten ihn vom Karren und wuchteten den Kerl die Treppe hinauf. Nicht eben glimpflich, denn das war überflüssig. Was sollten sie bei einem, über dem bestenfalls das Schwert hing, um sein dünnes Fell besorgt sein? Die Stiege hinauf in den Gerichtsraum, in dem Johannes Reertshemius schon wartete, wie immer in seiner schwarzen Hofrobe, der Kopf wölbte sich rund über der altmodischen spanischen Halskrause, gerade so, als habe man eine Rübe auf einen Fleischteller gelegt.

Neben Reertshemius der Schreiber und die Räte. Dahinter eine schwere Wollportiere, die den Raum nach rückwärts zu abtrennte. In der mannshohen Esse brannte ein Feuer, aber wohl noch nicht lange, denn der Atem hing den Männern wie Eiswolken vor den Mündern.

»Es mangelt dir an Respekt, da du nicht zu uns sprichst«, begann der Hofrichter ohne Einleitung. »Allein, es nützt dir nichts, denn die Dinge wenden sich gegen dich!« Er fuhr seine Hand aus, und der Schreiber legte ein Pergament hinein. Reertshemius sprach weiter, ohne auf das Blatt zu sehen, er hatte im Kopf, was er sagen wollte. »Es war dein Spaten, den wir fanden, und es war dein Kittel, an dem des Pastors Blut klebte. Und also zum letzten Mal: Wann hast du ihn getroffen?« Der Hoyer gab keine Antwort. »Warum hast du ihm aufgelauert?« Der Hoyer sagte nichts. »Weshalb hast du ihn erschlagen?« Der Hoyer schwieg. Und so schwieg jetzt auch der Hofrichter. Für eine Weile hörte man nur den Schreiber, er kratzte scharf mit dem Federkiel übers Pergament, es klang so, als wetze er ein Schlachtmesser.

Schließlich breitete der Hofrichter die Arme aus, es war eine Geste der Resignation, und dennoch kam die Bewegung kraftvoll und entschlossen. »Nun denn, so befragen wir dich nach der Congregatio Romanae et universalis Inquisitionis!«, sagte Johannes Reertshemius, kalte Härte in der Stimme, und da hob der Hoeyer den Kopf.

»Das dürft Ihr nicht, denn ich bin kein Ketzer!«

»Was glaubst du, was ich alles kann?«, schrie Reertshemius mit rotem Gesicht, »und was fährt nun in dich, dass du dich einlässt?«, aber da hatte Frerich Hoyer schon wieder den Kopf gesenkt und den Mund so fest verschlossen, dass ihn scharfe Falten umkerbten.

»Ein letztes Mal: Das Blut an deinem Kittel, und das Gekröse an deinem Spaten, woher?«, fragte der Hofrichter drohend, das Pergament hatte er auf den Tisch geworfen.

»Es war umgekehrt«, gab der Hoeyer dumpf zurück, den Kopf immer noch hängend, »und woher? Recht einfach: Ich habe eine Sau geschlachtet!«

Bei den Räten hörte man, wohl wegen der unsäglichen Doppeldeutigkeit dieser Worte, ein scharfes Einatmen und Reertshemius zog die Schultern hoch, als wollte er zum Schlag ausholen. »Und wozu dann dein Schweigen? Warum, Kerl, hast du bisher Grund gesehen, uns darüber im Dunkeln zu lassen?«

»Es ist die Art von Euer Gnaden Befragung, die mich abhielt. Wenn Ihr mir Sätze vorlegt auf eine Weise, als wolltet Ihr eine Antwort bestätigt sehen, die Ihr seit langem schon gefunden zu haben glaubt«, zahlte der Hoeyer kalt zurück.

Reertshemius funkelte ihn zornig an. »Ich frage, wie ich frage. Es kommt dir nicht zu, daran Mangel zu suchen!« Er fasste an seinen Duttenkragen und schob ihn zurecht, dass es raschelte. »Also eine Sau hast du geschlachtet. Und hast du Nachbarn, die dafür Zeugnis geben können?«

»Diese Sau ging keinen meiner Nachbarn etwas an«, sagte der Osteeler aufsässig, und Johannes Reertshemius schloss empört den Mund, er sah aus wie ein Karpfen, der nach Beute schnappt.

Einer der Räte trat näher, zupfte den Hofrichter am Talar, raunte und flüsterte auf ihn ein, doch Reertshemius wandte sich brüsk ab, schüttelte sogar die Hand von seiner Robe, er wusste sehr wohl, was er als Nächstes zu fragen hatte. »Und dann die Grassoden? Was hattest du für Anlass, sie über den Kittel zu werfen?«

»Die Hitze«, sagte der Osteeler, »die frühe Hitze im Mai. Ich wollte nicht, dass das Blut die Ratten anlockt.«

»Aber dann hättest du den Kittel in die Waschtonne geworfen!«, brüllte der Richter aus vollem Hals. »Und der Spaten unter den Soden? Den taucht man in den Schlot und hängt ihn zum Trocknen. Item mit dem Kittel!«

Der Hoeyer schielte listig von unten herauf, linste mit einem Auge durch seine Haarsträhnen über der Stirn. »Es ist zu dem Behufe noch kein Gesetz gemacht, das weiß ich. Und mit meinem Spaten verfahre ich nach Gutdünken, da er mein Eigentum ist!«, sagte er frech, den Kittel ließ er gänzlich unerwähnt.

Und da platzte dem Hofrichter sein spanischer Kragen. Er stieß einen Wutschrei aus, der sogar dem Hoeyer das Kinn in die Höhe riss. Dann hob er den Arm, als hielte der eine Richtklinge, und die Portiere wurde zur Seite geschoben. Dahinter tauchten zwei Stadtknechte auf, sie trugen rote Hauben über den Köpfen, die nur die Augen frei ließen.

»Es hat sich soeben gefügt«, sagte der Hofrichter bebend vor Zorn, »dass meine Geduld an ihr Ende gekommen ist. Auch bin ich es leid, von dir Frechheiten und Anwürfe gegen die Geistlichkeit zu hören, die ich sehr wohl erfasst habe. Stecke dich jetzt noch einen Tag ins Loch. Einen letzten. Da kannst du nachdenken. Und dann, Kerl, das wisse, nimmt die gräfliche Gerichtsordnung ihren Lauf!«

*

1.

Sei mir gegrüßt, du Erdenlicht,
schließ' mich in deine Arme.

Esens, 9. März 1564

Jan Jansen ließ den Schmiedehammer auf dem Amboss klingeln. Er war in Verzug, und er wusste es. Der Kerl da draußen auf dem Kutschbock hatte es ihm unmissverständlich klargemacht. Saß noch immer da, schnäuzte sich gelegentlich und schnalzte mit der Zunge, als wollte er seine Gäule antreiben. Noch nicht einmal absteigen wollte der, geschweige denn die Pferde ausschirren. »Keine Zeit, Schmied, du weißt, warum!«, hatte er geknurrt, und auf ärgerliche Art zur Seite ausgespuckt. »Nun mach hin und sieh zu!«

Den Trunk abgelehnt hatte er auch. Musste mitten in der Nacht aufgebrochen sein, stand da draußen jetzt schon seit vor dem Morgengrauen und machte die Welt verrückt mit seiner Ungeduld. Sollte ihn der Teufel holen! Jansen konnte nicht mehr als arbeiten, und das tat er, obwohl seine Frau nebenan in der Kate lag und sich durch ihre Wehen quälte. Aber die Amme war bei ihr, und was sollte er da helfen? Besser gesputet und den Auftrag erledigt, denn die Herren vor den Kopf stoßen, das konnte er sich nicht leisten. Nicht einmal dann, wenn sein erstes Kind geboren wurde. Der Hammer klingelte, als seine Frau eine Wand weiter zu schreien begann, klingelte lauter, tanzte auf dem Schmiedeblock, er ließ ihn hüpfen und fallen und schaltete seine Gefühle aus. Nur dieser eine Radreifen noch, es ist der letzte, und dann ist das Geschäft gemacht. Hob irgendwann prüfend das Stück vor die Augen und linste daran entlang, als er die

Amme hinter sich spürte. Sie musste schon eine Weile dort gestanden haben, er sah es an den Spuren, die ihre Füße scharrend im Sand hinterlassen hatten.

»Das Kind ist geboren«, sagte die Amme, sprudelte es jetzt hervor, »es ist alles gut gegangen, die Frau ist wohlauf und das Kind gesund!«

Er richtete sich auf und warf einen Blick auf seine Hände. »Wie groß ist der Knabe?«, wollte er wissen.

Sie sah ihn an, in ihren Augen stand offener Vorwurf. Seine scheinbar spröde Kaltherzigkeit, die wie zur Schau gestellte Gleichmut, die Art, wie er sichtlich am Leiden seiner Frau keinen Anteil nahm und bei dem Neugeborenen männliches Geschlecht voraussetzte, als gebe es hierzu keine Alternative, ärgerte sie so sehr, dass nun ihre Stimme zitterte. »Eine knappe Elle.«

»Klein!«, sagte Jansen, es klang enttäuscht, ein wenig so, als werde der Stammhalter deshalb fast wieder zu einer Tochter, deren Mitgift liefern zu müssen ihn jetzt schon mit Sorge erfüllte. »David«, sagte der Schmied dann, »wir nennen ihn David, nach dem himmlischen Steineschleuderer, dem Bezwinger des Goliath aus Gath!«

David war kein himmlischer Steineschleuderer, sondern ein hebräischer, dachte die Amme, aber sie hütete sich vor einem Widerwort. Sie verneigte sich knapp und stumm, bevor sie sich abwandte.

Jan Jansen hob den Radreifen an und ließ ihn vor der Esse springen. Er wusste, dass sein Nachbar, der Stellmacher Enno, mit Unwillen beäugte, was der Schmied da tat. Denn der Stellmacher baute auch Wagenräder und wollte, dass sie nicht allzu lange rollten. Jedenfalls nicht viel länger als eine Handvoll Jahre. Daraus schöpfte er nämlich ein Gutteil seines Verdienstes. Da waren des Schmieds Radreifen Gift.

Aber Jansens Auftraggeber war der Magistrat von Esens, und der wollte sein Geld nicht an unbewehrte Holzräder vergeuden. Schickte zudem Kerle wie diesen da draußen, auf dem Kutschbock, der jetzt herüberschielte und dann nach den Zügeln griff, dass die Geschirre bimmelten. »Was ist nun, Schmied? Willst du den behalten oder liefern, wie es dein Geschäft ist? Der Magistrat erwartet übrigens alle vierundzwanzig Reifen, weil er nur so seine sechs Fuhrwerke bestücken kann. Und lieferst du einen nicht, zahlt man dir nicht mehr als achtzehn, denn der Rest ist vertan!« So sprach der Kerl auf dem Bock und drehte sich weg und blies sich den Rotz aus der Nase. Also war er keine Leuchte, dachte sich Jansen, denn die restlichen drei könnte man zu jedem Anlass über das Holz ziehen, aber er antwortete nicht und warum auch?

Der Schmied stiefelte hinüber und warf der Kanaille den Radreifen auf die Pritsche, es klingelte und schepperte, und der Kutscher sagte nichts mehr, sondern schnalzte mit der Zunge und ließ die Gäule anziehen. Er war schon um die Ecke, als Jan Jansen wieder an der Esse stand, um die nur noch sacht glühende Schlacke auseinanderzuschieben und mit einem Guss zu löschen. Kohle war teuer, und was soll er sie noch verbrennen, da seine Arbeit für den Tag getan war?

Dann ging er hinüber in den Wohntrakt. Seine Frau lag blass in den Federkissen, die Amme wickelte Leinenstreifen, ihr Blick noch immer Vorwurf, und das Kind, der Sohn, lag neben der Mutter in der Wiege und schlief. Er sah flüchtig hin, blondflaumiges Haar über rosigem Gesicht, und trat zögernd an das Wochenbett.

»Wie steht es, Talke, mein Mädchen?«, fragte Jansen und nahm die kleinen Hände, und dann lief der Frau das Wasser aus den Augen.

»Es ist ein Sohn, Mann, wie du ihn dir gewünscht hast!«, schluchzte sie und er fühlte ihre Finger kalt und schwitzig in seinen Pranken.

Er küsste sie auf die Stirn. »Wir nennen ihn David«, sagte er, und: »Es ist gut, Talke, mein Mädchen, du hast deinen Teil getan. Nun lass mich meinen tun!«

Er schwenkte zur Wiege und nahm, der entsetzten Blicke der Amme nicht achtend, den Knaben auf und ging mit ihm in die Schmiede. Stellte sich an die noch warme Esse und langte sich den Eimer. »Ein Schmied wirst du nicht, dazu fehlt dir das Schmalz«, sagte Jansen spröde und angelte nach der Schöpfkelle. »Aber du bist der Sohn eines Schmieds und also soll dir geschehen, wie mir geschah, noch bevor ich über dem Taufstein hing!« Nahm die Schöpfkelle mit dem Schmiedewasser und goss sie über die Stirn des Säuglings, und dann, als der zu wimmern begann, löste sich die Spannung des Jan Jansen in heißen Tränen der Dankbarkeit.

2.

Über den Sternen ist Gott

Braunschweig, 2. Dezember 1582

Wohlgefällig ruhte der Blick von Heinrich Lampe auf seinem Schüler. Der Ordinarius für Mathematik und Astronomie an der Lateinschule zur Braunschweig war von den Fähigkeiten dieses ostfriesischen Studenten überzeugt. Zwar war der von niedriger Geburt, der Sohn eines Schmieds, und das unterschied ihn von seinen Mitschülern, deren meiste adelig waren, item seine schmächtige Gestalt und seine zarten Glieder. Aber eben auch sein wacher Geist, die hellen Augen und seine geniale Neigung zur Astronomie.

David Jansen hatte den Durchmesser des Vollmondes in kurzer Zeit als Bruch eines Grades ermittelt und erfasste mit dem Astrolabium[1)] Winkelhöhen von Sternen schon, wenn die anderen Studiosi noch schoben und peilten. Er hatte die Funktion dieses Instruments, eine in die Ebene übertragene Armillarsphäre[2)], vollständig begriffen und hantierte mit der Alhydate[3)] schon jetzt wie ein erfahrener Astronom, drehte die Peilvorrichtung und nahm die Werte von der Skala, als hätte er nie etwas anderes getan. Man hatte gar das Gefühl, als ertaste er sie, ohne das Dorsum[4)] auch nur anzusehen, und manchmal war er seinem Ordinarius so fast schon etwas unheimlich.

[1)] Astronomisches Scheibeninstrument zur Messung der Winkelhöhe von Sternen über dem Horizont. Vorläufer des Sextanten.

[2)] Wie [1)], aber Form wie ein Globus. Dient auch zur Darstellung der Planetenbahnen.

[3)] Messlineal auf einem Astrolabium

[4)] Rückseite eines Astrolabiums, enthält Peilvorrichtung zur Ermittlung von Höhenwinkeln.

Die Gruppe der Studenten verweilte mit ihrem Ordinarius auf der Plattform des Dachturms, unten schlummerten die Gemäuer ihres Instituts, die Nacht war kalt und von klarer Schärfe. Heinrich Lampe, der sich, der Mode folgend, Lampadius nannte, hob den Kopf und fixierte den jungen Mann. »Woher wissen wir, dass die Erde eine Kugel ist, Jansen?«, fragte er.

Im Schein einer Öllampe studierte der Junge eine Schrift von Regiomontanus, dem Baiern, der eigentlich Johannes Müller hieß und Werke des Ptolemäus ins Lateinische übersetzt hatte. Er antwortete, ohne von seinem Dokument abzulassen. »Durch den Schatten, den die Erde bei einer Mondfinsternis wirft. Er ist rund. Die Griechen haben es gefunden. Pythagoras wusste es schon, und auch Aristoteles hat es vielfach beschrieben«, sagte David, und es klang so, als wollte er sagen, was fragt Ihr mich da?

»Recht so!«, sagt der Ordinarius zufrieden, »und nun sage mir, wie es kommt, dass man den Kreis so unterteilt, dass er dreihundertsechzig Grad umfasst?«

Jetzt runzelte David die Brauen. Er schien gelangweilt. »Dies hat seine Wurzel bei den Babyloniern, die mit einem Zahlensystem rechneten, das auf der Sechs und der Sechzig fußt. Sie unterteilten den Kreis in sechs Segmente zu je sechzig Einheiten«, antwortete der junge Studiosus. »Sie verehrten auch das Sternbild des Orion. Es stellte für sie den großen Krieger Gilgamesch dar.« Hob nun den Blick und sah den Magister an, ohne zu lächeln. Auch die anderen blickten auf, zwei oder drei in wachem Interesse, einige der anderen mit dem Unbehagen derer, die fürchten, einem Gespräch nicht folgen zu können.

»Das hatte ich dich aber nicht gefragt«, gab Lampe mit Tadel in der Stimme zurück, doch seine Augen blieben mild. Er wandte sich an einen anderen Studenten. »Sage mir du, Wartenberg, wo steht Jupiter heute, am zweiten Tag des Christmonats?«

Mit flatternden Händen griff sich der Gefragte das Astrolabium und richtete sich suchend auf. Es war klar, er wusste nicht, wohin er sich wenden sollte, und dann sagte David Jansen recht nüchtern: »Er steht genau in Süd, der Winkel misst einundzwanzig Grad, das ist auch seine obere Kulmination.« Stand auf, nahm dem Wartenberg das Astrolabium aus den kalten, feuchten Fingern, visierte nach Süden an, drehte die Alhydate und zeigte dem Ordinarius den gefundenen Wert.

Der lächelte noch immer, aber sein Ton wurde kühler. »Ich habe nicht dich gefragt, sondern den Wartenberg. Du musst lernen, dich zu bescheiden, Jansen; mag sein, du hast eine Neigung zur Hoffart. Denn du weißt, dass du mit Geistesgaben gesegnet bist. Aber das verpflichtet dich zur Demut!«

Die anderen hörten stumm zu, der Wartenberg schon längst wieder hinter einem Folianten versteckt, in dem er eifrig studierte. Auch David hielt die Stirn gesenkt, schwieg, in seinem Kopf arbeitete es, sein Hirn war wie ein Schwamm, und niemand sah tiefer hinein als Heinrich Lampe. Als der Junge sprach, war es, als rede er zu dem Papier in seinen Händen. »Ich will wissen, Magister!«

Und Lampe nickte. »Ja, aber du sollst auch fühlen. Die Liebe des Herrn und alles, was in ihr ist!«

Da hob David die Augen. Er legte den Kopf in den Nacken und ließ ihn einen Halbkreis abstreichen. »Die Gestirne sind doch das Schönste, das Edelste in der Schöpfung!«, sagte er mit Inbrunst.

Lampe beugte sich so heftig vor, als wollte er auf die Füße springen. »Mag sein! Das mag so sein. Aber wisse: Über den Sternen ist Gott!«

Überrascht sah der junge Ostfriese ihn an. Das Haupt seines Magisters war von Atem umwölkt, es war, als wollte er sein Minenspiel verschleiern. Als sei ihm daran gelegen, seinen Worten zusätzliche Mystik zu verleihen, als sollten sie allein durch ihr Diktum wirken. »Meint Ihr das räumlich oder sinnbildlich, Ordinarius?«, fragt David, offen und ohne Arg.

Der Magister lehnte sich zurück, er schien ruhiger und auch das Lächeln war wieder da. »Ich meine es auf beide Weise, David, und das solltest du wissen.« Lampe setzte sich gemütlich zurecht. Die Eiswolke um seinen Kopf war verschwunden, er sah sehr zufrieden aus. »Aber nun sage mir, David, wo steht Jupiter jetzt?«

Der Junge blickte sich flüchtig nach Süden um, ganz so, als wisse er schon, was hierüber zu berichten war. »Jupiter steht unter dem Horizont. Er ist längst untergegangen, Magister.«

Der Ordinarius Heinrich Lampe nickte, streckte sich genüsslich und lächelte. »Bedeutet was?«

»Es ist weit nach Mitternacht!«, antwortete David Jansen und Lampe nickte erneut.

»Eben. Zeit für den Bettkasten!«

Am nächsten Morgen stand David Jansen in Heinrich Lampes Studierzimmer. Der Ordinarius hatte kleine Augen, er wird wohl die restliche Nacht wieder hinter Folianten verbracht haben, dachte sich der junge Mann. Oder er war noch böse, weil er, David, gestern etwas ungebührlich gewesen war, und das verkniff ihm die Lider. Jansen wusste natürlich, dass sein Professor auch Prediger war, aber das führte zu keinem Widerspruch zwischen ihnen, denn Lampes Widmung zu Gott teilte der junge Ostfriese ohne jeden Vorbehalt. Er konnte sich sogar vorstellen, ebenfalls das Wort des Herrn zu verbreiten, wenn das nur bedeutete, dass er nicht von den Sternen lassen musste. Denn das sollte ihn hart ankommen.

Aber er hatte auf Lampe wohl den Eindruck gemacht, als stelle er das Irdische über das Göttliche und das besorgte ihn jetzt, weil der Ordinarius mit finsterem Gesicht aufblickte.

»Deine Tage hier in Braunschweig sind gezählt, David!«, sagte Lampe spröde. Er stand auf und trat an seine Armillarsphäre, drehte gedankenverloren an Reifen und Kugeln, während der junge Ostfriese wie vor den Kopf geschlagen stumm blieb. »Ich träume davon, die Sterne durch ein Instrument zu sehen, das sie vergrößert, näher heranholt, klarer und deutlicher zeigt, verstehst du?«, wechselte Lampe plötzlich den Gegenstand, wandte sich um, seufzte. »Ach, wir wissen so wenig, so wenig!«, sagte der Ordinarius und wischte sich über die schweren Lider. Ließ sich ächzend in seinen Armstuhl fallen und wies dem jungen Studenten den Schemel an, der vor dem wuchtigen Studiertisch stand.

Es war dämmrig und kalt, der Kamin noch dunkel, auch für einen Magister stand am Tag nicht mehr als eine Schütte Brennholz zur Verfügung, und da hieß es haushalten. Davids Herz klopfte, als der Ordinarius den Mund öffnete. »Deine Tage hier sind vorbei«, wiederholte Lampe und plötzlich legte sich eine sanfte Milde über sein Gesicht. »Du kennst die Sterne und ihre Bahnen. Du verstehst dich auf Meridiandurchgänge ebenso wie auf Deklinationswinkel ...« Er hielt inne, lehnte sich zurück und schloss die Augen. »Nenne die Formel zur Errechnung des Höhenwinkels in der oberen Kulmination auf der Nordhalbkugel!«

Auch David schloss die Augen, er schien ruhig, aber sein Herz pulste dafür umso heftiger in den Ohren. Dann nannte er die Formel, locker und flüssig: »$\delta+90^\circ-\varphi$, sagte der junge Student und fügte ungefragt hinzu: »Für die untere Kulmination lautet sie $\delta-90^\circ+\varphi$.« Der Ordinarius hob die Lider wie nach langem Schlaf, und auch David sah ihn an. »Die beiden Formeln sind nur dann exakt, wenn der Kulminationspunkt auf dem Meridian liegt«, schloss der junge Ostfriese und wagte es, seine Lippen zu kräuseln.

Heinrich Lampe lächelte nun ebenfalls. »Das war leicht. Vielleicht zu leicht!« Er beugte sich vor, seine Züge hatten plötzlich etwas Schelmenhaftes. »Nun sage mir, wie lautet die trigonometrische Formel für die 2. Identität?«

David Jansen reckte den Hals, als müsste er von der Decke ablesen. Doch die war schwarz von Ruß, dunkel und kalt. Auf der stand nichts, rein gar nichts. »Die Formel drückt die Summe der complementi sinus zweier Zahlen als Produkt aus«, sagte David zögernd und für einen Augenblick schien es so, als wisse er nicht recht, wie fortfahren. Aber noch bevor der Magister die Lippen öffnen konnte, sprach der Studiosus weiter. »$\cos\alpha+\cos\beta=2\cos\frac{1}{2}(\alpha+\beta)\cos\frac{1}{2}(\alpha-\beta)$.«

Da breitete Heinrich Lampe die Arme aus. »Was soll ich dich noch lehren? Hier kann niemand mehr etwas für dich tun!« Stand auf und umrundete den Studiertisch, schob einen baculus jacobi, einen uralten Jakobsstab[5], achtlos zur Seite, setzte sich ächzend auf die Tischkante. »Du gehst nach Helmstedt, an die Academia Julia Carolina. Ich habe dich schon angemeldet. In der theologischen Fakultät. Du wirst auch Philosophie hören, mit ihren sieben freien Künsten, und damit ist deiner Liebe zu den Sternen wohl genügt!« Lampe erhob sich und ging steif hinüber zur Esse, nahm ein paar Scheite Holz und stellte sie für den Brand auf. Er bewegte sich langsam, wie nach einer langen, harten Arbeit. Dazwischen redete der Magister. Vielleicht auch, weil der junge Ostfriese wie verdattert schwieg. »Du bist jetzt stumm und das ist gut. Du weißt sehr wohl, dass die Philosophie recht eigentlich Grundlage für ein Studium der Theologie ist. Ich stehe in Briefkontakt mit deinem Ordinarius dort. Du bist begabt genug, beides zugleich zu tun, habe ich ihm gesagt. Er ist einverstanden. Du fährst noch vor dem Christfest.« Unterbrach sich, wandte sich um, lächelte sein warmes, freundliches Lächeln. »Jetzt kannst du reden, junger Ostfriese. Was ist? Warum bist du so schweigsam?«

David hielt die Arme vor der Brust verschränkt. Er fühlte eine feuchte Kälte in sich hochkriechen, eine Kälte, von der er nicht wusste, ob sie aus banger Ungewissheit spross oder aus der Tatsache, dass die Esse immer noch dunkel war. Was er aber wusste, war dies: Er wollte bleiben, hier in Braunschweig, bei seinem Lehrer Heinrich Lampadius, und bei seinen Sternen.

Gewiss, die sieben freien Künste waren so gestellt, dass deren letzte, zum Quadrivium gehörend, die Astronomie betraf, aber was sollte er mit der Theologie als Brotberuf? Prediger, nun ja, aber das hier lief doch wohl auf ein Pastorenamt hinaus. David war unsicher, ob er dies anstreben sollte. »Ich habe nicht das Geld, um in Helmstedt zu studieren, Ordinarius«, war alles, das ihm einfiel, womöglich in vager Hoffnung, die Dinge noch zu wenden, doch das focht den Alten nicht an.

»Das Geld für dein erstes Jahr kommt von mir. Dein Vater

[5] Instrument zur Messung von Winkeln und Strecken in der Seefahrt, der Landvermessung und der Astronomie. In der Nautik ein Vorläufer des Sextanten.

ist darüber bereits belehrt. Und hat seinen Segen gegeben!«, sagte Heinrich Lampe genüsslich, zwinkerte ihm zu und tat etwas verschwörerisch, ganz so, als wollte er sich mit dem Jungen zu gemeinsamer Kabale verabreden.

»Aber dann die Theologie ...!«, wagte der junge Jansen zaghaft einzuwenden, ehe Lampe ihm ins Wort fiel.

»Ein gottgefälliges Werk, das seinen Mann nährt und gerade jetzt mehr nottut als je. Ich bin Prediger und habe Muße für die Astronomie, und das wirst du auch.« Dann hob er mahnend den Zeigefinger. »Aber vergiss es nicht und denke stets daran, David Jansen: Über den Sternen ist Gott!« Und fügte für den jungen David recht kryptisch noch hinzu: »Die Astronomie ist mehr als ein gottgefälliger Blick auf die Schönheit der Sterne. Sie zwingt dich, zu forschen. So birgt sie Mühsal und oft auch Verdruss. Doch merke dir: Du wirst keinen Stein bewegen, wenn dir die Bereitschaft fehlt, ganze Mauern einzureißen!«

– Eintrag in das Tagebuch des David Jansen –
20. Januar 1583

Nun seit einer Woche in Helmstedt an der Universität. Mein Rektor ist um ein halbes Jahr jünger als ich, es ist der Herzog Heinrich Julius von Braunschweig-Wolfenbüttel, aber er war schon Rektor mit zwölf Jahren, weil es sein Vater so wollte und verfügte, also mag er es heute durch diese Protektion sein und nicht durch Leistung. Er gilt aber trotzdem als ein gebildeter Fürst. Man sieht ihn des Morgens auf seinem Zelter auf den Campus reiten, gänzlich unbewacht, nur ein Bursche ist bei ihm, der ihm danach das Pferd abnimmt, und wüsste man es nicht besser, so könnte man ihn wohl für einen reichen Studiosus halten. Er geht ohne Verzug in seine Räume und vergräbt sich, dem Vernehmen nach, in kostbare Folianten. Wir Studenten treffen ihn kaum, man sagt aber, dass er gelegentlich in die Vorlesung kommt. Doch nur, um selbst noch zu hören. Das Trivium hat mit dem Studium von Grammatik, Rhetorik und Dialektik stürmisch begonnen. Alle Fächer werden jeden Tag gegeben. Man muss sich schon strecken. Es ist gleichwohl nur die Vorbereitung für Arithmetik, Geometrie, Musik und Astronomie, die man hören muss, um sich schließlich dem Wort Gottes zu widmen. Gebe der Herr, dass meine Kräfte hinlangen, die Theologie zu betreiben, ohne darin zu versinken

Der Ordinarius für Astronomie wurde heute vorgestellt. Es ist ein gewisser Professor Johannes Decibelius. Er ist noch jung und hat die Augen eines hungrigen Wolfes. Davon verspricht man sich einiges.

Das Wetter trocken und klar, aber selbst für einen Januar menschenfeindlich kalt. Ich glaube wahrhaftig, wir erleben eine Art von Eiszeit.

3.

Aus dem Starken kommt das Süße (Ex Forti Dulcedo)[6]
Helmstedt, im November 1583

An die neue Art der Anrede musste sich der junge Student noch gewöhnen. Sein Ordinarius Heinrich Lampe war kein Freund von Förmlichkeiten gewesen, und hatte ihn in Braunschweig stets in vertraulichem Du nur David oder Jansen genannt. Hatte auch schon einmal in wohlwollendem Spott gefragt: »Was sagt denn wohl hierzu mein friesischer Genius?«, oder: »Wie denkt unser Davidus Magnus darüber?«, und die anderen hatten gelacht, wenn auch einige recht gezwungen. Hier war er nun Studiosus, hatte sich als David Faber Esensis in die Matrikel eingeschrieben, und ohne ernstliche Gegenwehr zugelassen, dass seine Mitbrüder in der Fakultät daraus David Fabricius machten. Was zunächst wohl eher als Studentenulk daherkam, war nun ein Faktum. Und doch war ihm immer noch so, als sei nicht er gemeint, sondern jemand anderer.

Friedrich von Spee hier neben ihm hatte es da leichter. Der fünfte Sohn einer rheinischen Adelsfamilie hatte keine Aussicht auf den Grafenhut seines Vaters, also wurde er Geistlicher, und es sollte wohl mit dem Teufel zugehen, wenn dabei nicht die Bischofswürde heraussprang. Man sah Spee an, dass er fest mit derlei rechnete. Er war seiner selbst sehr sicher, sah gut aus, roch gut nach seiner teuren Seife, und wenn er nur mit Herr von Spee angesprochen wurde, weil ihm der Grafentitel nicht zustand, dann zeigten sich schnell steile Falten des Unmuts auf seiner Stirn.

Aber Spee hatte auch seine guten Seiten. Er besaß eine teure Tischuhr, konnte trefflich davon erzählen und zeigte gern deren kostbare Teile, das Werk mit seiner Spindelhemmung, der lebhaften Radunruh, dem Federhaus mit der Kraftüber-

[6] Motto der Universität Helmstedt

tragung über Darmsaiten und Schnecken, den Rädern aus feuervergoldetem Messing. Sie hatte sogar ein recht seltenes Viertelstundenschlagwerk, schlug natürlich die vollen Stunden und Friedrich machte sich gelegentlich selbst eine Freude damit, den Kommilitonen dieses Wunderwerk vorzuführen. In der Schweiz, so hatte er erst neulich berichtet, gebe es derzeit Versuche, die Minute in weitere sechzig Teile zu gliedern und zu messen, ein gewisser Jost Bürgi forsche daran. Er nenne die neue Einheit Sekunde nach dem lateinischen pars minuta secunda, denn es handele sich hierbei, nach der Minute, ja um die zweite Teilung der Stunde in ein kleineres Zeitmaß.

Bei den meisten Studenten rief diese Nachricht ungläubiges Staunen hervor, manche zweifelten sie offen an, denn allgemein wurde der von Spee für einen reichen, wenn auch intelligenten Aufschneider gehalten. Der Adelige studierte ebenfalls Astronomie, hantierte sicher mit allen Geräten, er gehörte zu den Besten der Fakultät, aber seine Bestimmung war die Bischofsrobe, der Purpur des Kirchenfürsten. Er wurde nicht müde, darauf seine Hinweise zu machen. »In der lutherischen Kirche gibt es keine papistischen Fürsten, das merke dir!«, wurde ihm dann entgegengehalten, auch von David. »Du wirst niemals in Purpur leuchten!«

»Ein Fürstbischof ist ein regierender Graf, und der wirst du ja wohl nicht sein!«, sagte Fabricius einmal und schämte sich sogleich dafür, denn er war verärgert und sprach in verletzender Absicht.

Doch der von Spee setzte dann stets ein wissendes Lächeln auf, wie ein Magister, der seinen Studenten eine erste Extemporale aufträgt. Er hatte natürlich die Wahrheit im Rücken und seine Fakten im Kopf. In diesen Augenblicken erschien er den anderen kalt und dünkelhaft, sie begriffen nicht recht, warum er Theologie hörte. »Seht euch um, ihr Narren, denen es beliebt, mich falsch zu verstehen. Ich rede nicht von katholischem Karmin. Fürsten, die für ihr Land das Bekenntnis Martin Luthers als Religion durchsetzen, fungieren dort zugleich als Bischöfe, das wisst ihr so gut wie ich. Nun, diese Regel wird keinen Bestand haben. Es werden Zeiten kommen, da auch wir, die Lutherischen in Deutschland, unsere Bischöfe haben werden. Und einer davon werde ich sein, Friedrich von Spee!« Er sah danach stets sehr zufrieden aus und allen war klar: Es war nicht die Erfüllung als Seelsorger, die den Grafensohn trieb. Der von Spee wollte Herr und Fürst sein. Und da er es als Graf nicht sein konnte, wollte er es nun eben als Kleriker.

»Du träumst!«, rief dann gelegentlich einer von hinten, gedeckt durch die breiten Rücken seiner Kameraden, oder: »Gib's auf, Spee, denn du verrennst dich!«, aber hierauf konnte der Grafensohn vom Rhein recht heftig werden.

»Es gibt bereits seit nahezu fünfzig Jahren bei den Schweden und in Dänemark lutherische Bischöfe, die keine Landesherren sind. Denkt auch an Jan Blahoslav, den Böhmen!«

Und noch etwas nährte in David üblen Verdacht: Der Spee sprach häufig und voller Bewunderung von den Fürstbischöfen der anglikanischen Kirche. Besonders Thomas Wolsey, der unter Heinrich VIII. Lordkardinal gewesen war, hatte es ihm angetan. Unangefochten Primas der anglikanischen Kirche, Herrscher unter den Erzbischöfen, Bischöfen und Äbten, zeitweise, so glaubte zumindest das Volk, der mächtigste Mann im Reich. Und des Königs treuer, unerbittlicher Vollstrecker der Säkularisierung. Ein Purpurträger reinsten Wassers! Dann leuchteten die Augen des Grafensohns und sein Hals konnte sich im Eifer röten. Speisten sich hiervon seine geheimsten Wünsche? Eine Kirche, nicht ganz lutherisch, aber frei von Rom, ohne auf seinen Glanz zu verzichten? Und er, Friedrich von Spee, als deutscher Lordbischof, nahezu omnipotent und mit jenen Ehren überhäuft, nach denen er sich so offenkundig sehnte? Asche. Asche und Steine für die Christenheit, der Himmel bewahre uns! Spee redete sich in einen rechten Rausch, und niemand konnte ihn halten.

Auch David nicht, der ihn an bestimmte Dinge erinnerte: »Wolsey wurde von seinem König des Hochverrats angeklagt.

Er verlor seine Ämter und Besitztümer. Nur sein früherer Tod konnte ihn davor bewahren, seinen Kopf zu verlieren!«

»Er hat in Heinrichs Ehesache ungeschickt taktiert, zwischen Kaiser und Papst wie ein Rohr im Wind geschwankt, man hätte es besser machen können«, sagte darauf der von Spee und David begriff, dass er nichts erreicht hatte, die Diskussionen führten zu keinem Ende. Sie ließen dann fast erschöpft voneinander ab, wie eine Hundemeute, die sich müde getobt hatte.

»Wann bist du geboren, Fabricius?«, fragte Spee jetzt. »Sage mir nur den Tag und die Zeit, und ich nenne dir deinen Geburtsort!«

David sah auf die Tischuhr, legte das Schreibrohr ab und fuhr sich über das Gesicht. An seinen Fingern klebte die Tinte in großen Flecken. Er kannte dieses Spiel, er war nicht schlechter als der Spee. »Am neunten März. Die Uhr zeigte vier Stunden und neunundfünfzig Minuten nach der Mitternacht.« Er wusste die Zeit von seinem Vater, denn der war Schmied und nicht arm, er hatte eine Uhr in der Stube, wenn auch keine so schöne, kostbare wie der von Spee.

Der Rheinländer kramte in Listen und Tabellen, murmelte Zahlen, und nach einer Weile richtete er sich auf. »Polaris steht in Helmstedt in einem Winkel von 52 Grad und 13 Minuten über dem Nordpol. Geben wir ein Grad und einige Minuten nördlicher Breite hinzu, da du ein Fischkopf bist«, schmunzelte Spee und fuhr über seine Stirn, so, als müsse er sich nach harter Arbeit den Schweiß wischen. »Also, sagen wir 53 Grad und 20 Minuten.« Er übertrug die Position auf eine Karte und schloss mit einem breiten Grinsen: »Es muss irgendein Kaff an der Küste sein!«

»Esens«, sagte David, und: »Ich bin von Euren Künsten nicht beeindruckt.« Er wählte die förmliche Anrede mit Bedacht, wenn auch nur vorübergehend. »Und rede mir nicht von Höhen des Polarsterns über dem mathematischen Horizont noch von ihrer Korrelation zum Beobachtungsort, denn darauf verstehe ich mich selbst. Es sind im Übrigen 53 Grad und 38 Minuten!«

Doch der von Spee lachte nur.

Sie stritten häufig, jawohl, und oft über die Frage, welche Dinge die Welt in ihrem Inneren zusammenhalten. Für Spee war es das Geld, als Beweis führte er den Fugger an, der weiland in Augsburg sogar einen Kaiser gekauft hatte. Für nahezu fünfhundertfünfzigtausend Gulden. Spee kannte sogar die genaue Summe: »Es waren 543.589 Gulden, allein von dem Fugger. In Summa 852.589 Gulden und 56 Kreuzer!«

Seine Augen leuchteten, so fand David, für einen künftigen Mann der Kirche unangemessen hell, als er die Zahl nannte. Jedenfalls, es war ungeheuer viel Geld. Verteilt an die sieben Kurfürsten des Reiches, damit sie den König von Spanien als V. Karl zum deutschen Kaiser wählten. So einfach. Und sie nahmen, ohne zu erröten. Allein der Pfälzer sollte gut hundertzwanzigtausend Gulden eingestrichen haben. Dabei war sogar Papst Leo X. gegen Karl gewesen und hatte seinen Freund Franz, den Franzosenkönig, bevorzugt. Und dennoch hatte des Fuggers Geld den Ausschlag gegeben. Natürlich kannte David die Geschichte, und sie war ihm widerwärtig, aber er stritt mit dem Grafensohn vom Rhein darüber, und der rieb sich gerne an ihm.

Der Disput hatte sich wie folgt zugetragen. David sagte: »Es gab gute Gründe für Karl, denn der war Habsburger und damit Deutscher. Was sollten wir wohl mit einem Franzosen als Kaiser?«

Der Spee antwortete: »Karl war Habsburger, das ja, aber er war nie in Deutschland und konnte kein Wort unserer Sprache. Er ist in Gent geboren und aufgewachsen, seine Muttersprache war das Französische.«

Darauf David: »Es ist unwahr, dass er kein Deutsch konnte. Von ihm selbst stammt nämlich der Satz: ›Ich spreche Spanisch zu Gott, Italienisch zu den Frauen, Französisch zu den Männern und Deutsch zu meinem Pferd.‹«

Hierauf der Spee: »Also gut, Deutsch wenigstens mit seinem Pferd. Großartig! Der Papst hat aber Karl abgelehnt, weil Franz ihm der bessere Mann schien, um den Protestantismus zu besiegen!«

Dann David: »Der Papst hat Karl abgelehnt, weil der zugleich König von Neapel war. Leo fürchtete um seine Macht in Italien!« David wusste das alles ganz genau, denn sein Magister in Braunschweig, Heinrich Lampe, hatte es ihm berichtet.

Doch der Spee gab nicht nach, er verteidigte die Position des Pontifex mit einer Leidenschaft, die ebenso auffällig war wie sein verräterischer Satz über den Kampf gegen das Lutherische. Und dann spürte der junge Ostfriese: Der Grafensohn war im Grunde seines Herzens ein Papist. Wie in so vielen Fällen, in denen adelige Söhne ihre Väter nicht beerben konnten, vielleicht auch nur aus Machtkalkül oder zur Absicherung, war der junge Mann Protestant geworden, womöglich auf Weisung oder Rat seines Vaters als Einziger in der Familie, um so seinen Weg zu machen.

Am Ende sagte David Fabricius: »Wir reden über den Kauf hoher Fürsten gegen Gold, also von einer längst versunkenen Zeit. Heute wäre derlei nicht mehr möglich, denn Martin Luther hat auch Reinheit in die Welt gebracht. Und da du den Fugger so lobst: Hat dieser Kaufherr nicht für den Papst den Ablasshandel organisiert, damit der seinen Tempel auf dem Petersberg bauen kann? Was findest du an ihm so erbaulich?«

Darauf sah ihn Spee kopfschüttelnd an. »Höre gut zu! Weder lobe ich ihn, noch finde ich ihn erbaulich. Ich benenne nur die Fakten. Und was das andere betrifft: Der Herr erhalte dir deine unbekümmerte Einfalt!«

So war der Spee, ein Mann voller Widersprüche, klug und arrogant, dünkelhaft und amüsant, fesselnd und abstoßend.

Jetzt hob er den Kopf und ließ seinen Blick durch den Studiersaal wandern. Es waren nur noch wenige Kommilitonen anwesend, die meisten hatten ihre Plätze geräumt, denn es ging auf die Vesper. Vorn am Katheder stand ihr Magister für Astronomie, Johannes Decibelius, schon seit langem im tiefen Gespräch mit Franziskus Schmidbauer, dem Rektor der theologischen Fakultät, zugleich ihr Ordinarius für das Fach. Die beiden Professoren hatten soeben eine gemeinsame Vorlesung gehalten, ein neues Modell, einzigartig in

Deutschland, und für die jungen Studenten atemberaubend. In einem eleganten und furiosen Wechselspiel hatten sie sich Stichworte zugeworfen wie Bälle, hatte einer dem anderen den Anknüpfungspunkt für sein Thema geliefert, um genau so zu enden, dass der jeweils folgende ohne Bruch mit seiner Sache fortsetzen konnte. Und das alles, um den Beweis zu führen, dass die Astronomie, ebenso wie vice versa, des Glaubens bedürfe.

Es hatte die Studenten zwischendurch zu Beifallsstürmen hingerissen, sie waren aufgesprungen, für die ehrwürdige Universität zu Helmstedt durchaus unüblich, und hatten »Bravo« gerufen, einige sogar unpassend »Vivat, cresceat, floreat«, was eigentlich ein Trinkspruch ist.

Die Unruhe hatte schließlich den jungen Rektor der Anstalt, Herzog Heinrich Julius, angelockt, er wollte wohl sehen, was es da zu rufen gäbe, und hatte sich dann von der Begeisterung anstecken lassen und mit roten Wangen laut applaudiert. Und die beiden Lehrer hatten freundlich gelächelt.

Ihre stimmige Zweisamkeit im Vortrag, die Harmonie des gemeinsamen Wirkens war ohne Zuneigung nicht möglich, und doch wusste man, dass sie Feinde waren. Denn bei einer Vorlesung des Theologen über die Gefahren der Gegenreformation hatte der Astronom, der im Auditorium hockte, das Wort ergriffen, war aufgestanden und hatte in einem scharfen Vortrag für die sofortige Wiedervereinigung der Kirche plädiert. »Das Schisma ist des Teufels und es nützt nur ihm!«, hatte Decibelius gedonnert und seine hungrigen Wolfsaugen hatten vor Zorn geleuchtet.

Dem hatte der Schmidbauer, wie es seine Art war, mit sanfter aber fester Stimme widersprochen: »Solange der Papst und die Katholischen sich nicht läutern, sehe ich kein Auskommen mit uns!«

Der darauf folgende Disput wurde in kalter Härte geführt, so gnadenlos unversöhnlich, wie sich heute die beiden Lager gegenüberstanden. Und sonderbar, es war der Kleriker, der die Kirchenspaltung guthieß und der Astronom war es, der gegen sie stritt. Die Studenten lauschten still, mit klopfendem Herzen, und schnell war jedem klar, dass der Schmidbauer und der Decibelius keine Freunde waren, keine Freunde sein konnten.

»Bist du denn noch lutherisch, Decibelius?«, hatte endlich der Theologe den anderen leise gefragt, und der hatte ihn fest angesehen.

»Ja, ich bin lutherisch. Wäre ich sonst hier, an dieser Anstalt? Aber du musst eines begreifen, Schmidbauer: Es frommt weder dir noch mir, dass wir es sind, während ein größerer Teil der Kirche päpstlich ist. Die Trennung muss ein Ende haben!«

So war es gewesen, Decibelius hatte es dem anderen hingeworfen wie eine Last, die er nicht mehr tragen wollte, und das Auditorium verlassen in einem Schritt, als sei er auf der Flucht. Es wurde berichtet, man habe die beiden später in einer Schenke der Stadt beobachtet, sie hätten beim Dunkelbier gehockt und sich nur in die Augen gesehen, ohne zu reden. Aber immerhin tranken sie noch miteinander.

Die beiden Professoren beendeten ihr Gespräch und sahen jetzt herüber. Und wie sie da nebeneinander standen, in traulicher Nähe und doch durch kleine Ewigkeiten, fassbare Äonen getrennt, kamen sie David vor wie er selbst und der Spee, dessen Schulter er spürte, und der ihm doch so fremd war, ein Grafensohn vom Rhein, mit dem er kaum mehr gemein hatte als mit einem der Indier, die der Genuese Columbus vor einundneunzig Jahren entdeckt hatte. Oder entdeckt haben wollte.

»Ah, unsere beiden Primusse!«, rief Professor Decibelius mit breitem Schmunzeln. Es war dies typisch für ihn, den Mann klarer Worte, eine Formulierung wie »unsere primi inter pari« wäre ihm kaum über die Lippen gekommen. Selbst bei seinen Vorlesungen pflegte er einen dürren Ausdruck, hielt seine Studenten zu Gleichem an, und wenn einer schraubte und drechselte, dann konnte es geschehen, dass Decibelius ihn anblaffte: »Schone mich, Schachtelhalm!« oder: »Du hältst keine Osterpredigt!«

Auch Schmidbauer trat näher und lächelte. Er hatte sich zunächst reserviert gezeigt, es behagte ihm wohl nicht, dass ihm

Magister Heinrich Lampadius seinerzeit das Zugeständnis des gleichzeitigen Studiums der Philosophie und der Theologie für den jungen Ostfriesen abgerungen hatte. Es hatte schon alles seine wohlgefügte Ordnung mit den Studien, und wo kommen wir da hin, wenn davon Ausnahmen gemacht werden, und seien sie auch noch so gut begründet? Doch er war dem Lampe verpflichtet, und so hatte er schließlich, durchaus nicht leichten Herzens, eingewilligt.

Aber sehr bald hatte Schmidbauer dann bemerkt, was in David Fabricius steckte: ein hungriger Geist auf der gierigen Suche nach Nahrung. Ein ruheloser Wolf, der seine Zähne in alles schlug, was gelesen und gelernt werden konnte. Mit beeindruckender Leichtigkeit hatte sich der Student die lutherische Messordnung angeeignet, er ging sicher durch Agende und Kasualien der Liturgie, beherrschte deren feststehende und wechselnde Stücke, spielte fast mit Ordinarium und Proprium, kurz, er war schon nach wenigen Monaten ein überzeugender Liturg. Ohne Mühe hatte er Messen in der Kapelle der Hochschule gelesen und seine zur Probe gehaltene Predigt in der Kirche St. Stephani war kraftvoll und bündig gewesen.

Es war dies übrigens eine Auszeichnung, denn nur wenige Studiosi durften dort predigen. Immerhin war St. Stephani die Kirche, in der am 15. Oktober anno 1576 der Gründungsgottesdienst der Universität gefeiert worden war. Der alte Herzog Julius hatte anno 1568, als er die Herrschaft antrat, im gesamten Braunschweiger Land die Reformation eingeführt, war aber im Grunde seines Herzens noch immer ein katholischer Formalist und achtete pedantisch darauf, dass die Vorgaben der Messordnung eingehalten wurden. Er zog sogar zum Gottesdienst eine weiße Seidenschnur aus dem Hosensack und knotete sie nach den Teilen im Ablauf, ein Knoten für das Orgelvorspiel, einen für das Confiteor, einen für den Introitus und so fort, und war erst zufrieden, wenn am Ende der Messe seine Knoten stimmten. Predigen durften in St. Stephani nur die Besten der Fakultät, und dazu gehörten David und natürlich der von Spee.

Jetzt waren die beiden Professoren heran, standen fast Schulter an Schulter, sie wirkten wie Brüder und waren doch keine. »Unsere Primusse! Ja, in der Tat, dieses Bild trifft. Ebenso wie Jupiter strahlt und Gregors Kalender überflüssig ist«, sagte Magister Franziskus Schmidbauer mit leichter Ironie in der Stimme.

Decibelius' Lächeln gefror auf der Stelle. »Was stört dich am gregorianischen Kalender, außer dass ihn ein Papst ersonnen hat?«, fragte der Astronom in spitzem Ton.

Der Kleriker blieb ruhig. »Nicht er hat ihn erdacht, sondern der Mathematiker Christoph Clavius, ein deutscher Jesuit.«

»Ich meine, ersonnen im Sinne der Initiative!«, sagte Decibelius schnell.

»Ich weiß, was du meinst!«, gab der andere zurück.

Es wusste jeder, dass der Schmidbauer eigentlich auch im Unrecht war. Nicht der Jesuit Clavius hatte den Kalender gemacht, sondern eine Reformkommission des Vatikans unter der Führung von Kardinal Guglielmo Sirleto. Der Jesuit war Ordinarius am Collegio Romano und vom Papst nur mit der mathematischen Ausarbeitung beauftragt worden. Aber es gefiel dem Magister Schmidbauer wohl, die Sache so darzustellen, dass die Katholischen schlecht wegkamen. Dazu war ein Jesuit allemal geeignet.

Decibelius ließ seinen Blick durch den jetzt fast leeren Saal wandern. Nur noch wenige Studiosi waren dort, sie strebten hungrig dem Ausgang zu. Als der Astronom wieder sprach, war seine Stimme versöhnlich. »Wie auch immer, jedenfalls war seine Einführung notwendig, denn der Kalender Julius Cäsars war offenkundig zu ungenau.«

Schmidbauer wiegte zwar bedenklich den Kopf, blieb aber freundlich und es schien, als wollte auch er vor den Studenten keinen offenen Streit. Und doch ließen seine Worte das Gegenteil vermuten. »War sie notwendige Korrektur oder Ausdruck päpstlicher Machtwillkür in weltlichen Dingen, das ist doch die Frage!«, sagte der Theologe spröde, und man wusste, worauf er anspielte. Denn Papst Gregor XIII. hatte anno 1582 verfügt, dass auf Donnerstag, den 4. Oktober, unverzüglich Freitag, der 15. Oktober zu folgen hätte. Die fehlenden zehn Tage sollten für den notwendigen Ausgleich im Kalender sorgen.

Nun meldete sich der Spee zu Wort. Er sprach selbstsicher, fast in belehrendem Ton. »Sie muss wohl nötig gewesen sein, denn der Julianische Kalender war, gemessen am Sonnenjahr, zu lang.« Warf dem Decibelius einen raschen Blick zu, ganz so, als wollte er sage, höre gut her, ich habe meine Lektion gelernt! Dann fuhr er fort: »Somit schob sich das astronomische Frühjahrs-Äquinoktium, bezogen auf den Kalender, immer mehr zurück. Letztes Jahr, anno zweiundachtzig, war es schon der 11. März. Ohne eine Korrektur feierten wir das Osterfest schon bald im tiefsten Winter!«

Professor Schmidbauer warf dem Spee einen ärgerlichen Blick zu. Hüte dich, Grünschnabel, was unterstehst du dich?, konnte das heißen. Er schien unsicher, fuhr sich mit seinen langen, weißen Händen tastend über die Soutane. Suchte er nach Halt? Konnten diese feinen Glieder eine Klinge führen? Oder war er sich seiner drohenden Verirrung bewusst, des Verlustes der intellektuellen Redlichkeit? Ohne Not. Als billige Preisgabe. Nur, um in dem Disput die Oberhand zu behalten. »Die Christenheit ist mehr als eineinhalb Jahrtausende gut mit dem Julianischen Kalender ausgekommen. Brauchen wir wirklich einen neuen? Und warum musste es der katholische Papst sein, der ihn einführte? Was ist mit dem Kaiser?«

Die letzte Frage war, das wusste auch der Theologe, nichts als ziellose Rhetorik. Niemand ging darauf ein.

»Es werden seit dem vierzehnten Jahrhundert Gedanken zur Reform des Kalenders entwickelt«, sagte Decibelius nüchtern, »und wohl erwogen!« Er zog ein Sacktuch aus der Hose und blies hinein. »Erinnere dich an das Konzil von Basel. Schon damals gab es Gelehrte, die dafür plädierten und Vorschläge machten, die den heutigen sehr ähnlich sind.«

Und jetzt war der Theologe so unvorsichtig, sich auf unvertrautes Gelände zu wagen. »Gelehrte?«, fuhr Schmidbauer auf. »Oder doch eher Scharlatane?«

Der Astronom hob warnend den Zeigefinger, aber er sagte nichts und das veranlasste den Spee, erneut zu sprechen: »Nikolaus von Kues!«, sagte Spee trocken, ebenso unvorsichtig wie der Theologe, aber auf andere Weise. »Er wurde vom Konzil selbst beauftragt, Nikolaus Kopernikus!«

Johannes Müller, genannt Regiomontanus, der große Mathematiker aus Bayern, ergänzte David im Stillen, doch dann sprach auch er. »Wohl sehe ich den Nutzen im Sinne der Wissenschaft. Aber der Kalender hat die Christenheit tief gespalten, und das muss es erlauben, die Sinnfrage zu stellen«, sagte der junge Fabricius mit zitternder Stimme, denn er fühlte sich durchaus nicht wohl. »Im Ergebnis haben wir Unfrieden. In der Stadt Augsburg rüstet man sich zum Bürgerkrieg, und die Christenheit feiert an unterschiedlichen Tagen die Auferstehung des Herrn. Was soll uns daran frommen?«

Decibelius sah ihn mit Augen an, in denen nur Wohlwollen stand. David hatte ja zutreffend geschildert. Noch immer gab es sogar katholische Länder, die den neuen Kalender bisher nicht eingeführt hatten. Die lutherischen sträubten sich aus Prinzip. Das Osterfest wurde an abweichenden Tagen gefeiert und im Augsburgischen nahm der Streit Formen an, die zu schlimmen Befürchtungen Anlass boten. Es konnte Blut fließen, so viel war klar. Dabei war der Kalender nur der Vorwand, an dem sich der Konflikt zwischen Katholiken und Lutherischen entzündete.

»Unfrieden gibt es nur, wo zwei bereit sind, zu streiten!«, äußerte da der Spee kalt. Dann nahm er David frontal an: »Sagtest du nicht, Martin Luther habe Reinheit in die Welt gebracht? Wo ist denn jetzt deine Reinheit, wenn Christenmenschen wie in Augsburg bereit sind, sich die Köpfe einzuschlagen?«

»Dafür kannst du Martin Luther keine Kerbe machen!«, antwortete David schroff. »Er hat den Unrat gesehen, seine Absicht war rein und das heiligt sein Werk.«

Der Decibelius sah sich um, er senkte seine Stimme, nicht um zu verbergen, denn sie waren jetzt allein, sondern um zu mäßigen. Es war ja offensichtlich, dass sogar hier, an der Universität zu Helmstedt, die Dinge längst nicht befriedet waren, ja dass der Hader sogar wuchs, schwoll wie eine Gasblase, die eines Tages unheilvoll bersten konnte. Der Astronom wollte den Disput entschärfen, doch seine Worte bewirkten das Gegenteil. »Seine Absicht war rein, das ja, aber sein Wirken hat auch Böses verursacht, wer wollte das bestreiten? Denkt nur an die Verirrung der Wiedertäufer des Jan van Leyden. An das grausame Königreich zu Münster mit all seinem Blut, Elend und Tod. Ein Menschenalter erst ist das her!« Und da die Studenten betroffen schwiegen und der Schmidbauer rot anlief, fügte Decibelius rasch hinzu: »Versteht mich recht, ich sage nicht, dass Luther daran schuldig ist. Aber seine Lehre hat auch Anlass zur Entfesselung gegeben, zum Verlust von Bändigung durch Furcht, und diese Folgen kann auch Luther nicht gewollt haben.«

»Jetzt hast du dich verraten!«, schrie da der Theologe, ganz gegen seine Art, aus hochrotem Hals. Er schlug heftig mit den Armen, fast so, als wären ihm Flügel gewachsen, und seine Augen traten aus den Höhlen. »Bändigung durch Furcht heißt doch wohl Knechtschaft unter der Macht des Papstes und seiner Ordnung!« Schmidbauer verlor gänzlich an Fassung, brüllte jetzt so laut wie ein Märtyrer in einem Kessel mit siedendem Öl. »Niemals mehr, hörst du? Das ist es doch, wovor wir Erlösung gesucht und gottlob auch gefunden haben. Wofür wir gekämpft und geblutet haben; die Befreiung des Menschen von menschlicher Herrschaft. Die Abschaffung klerikaler Machtwillkür. Das Ende päpstlicher Despotie in allen Fragen des Glaubens und der Kirche!«

Die anderen hatten es gesehen, nur der Professor Schmidbauer nicht, er war in seiner Rage befangen und nahm nicht wahr, dass der Dekan der Universität, der junge Herzog, angelockt durch des Theologen Gebrüll, von hinten an sie herantrat.

Er musste wohl schon eine Weile in der Nähe gewesen sein, seine Worte jedenfalls ließen diesen Schluss zu. »Ich dulde solche Gespräche nicht. Nicht an meiner Universität, schon gar nicht in der hier geübten Diktion«, sagte der Dekan mit seiner Kinderstimme. »Und ich erwarte, dass meine Professores in Haltung und Pflichterfüllung ein Beispiel geben. Ein gutes!«, fügte er ohne zu lächeln hinzu.

Alle vier traten zurück und senkten die Stirn, die beiden Studiosi offensichtlich erschrocken, Decibelius mit harten Kinnmuskeln, der Schmidbauer noch immer errötet.

»Die Herren Professores zu mir nach der Vesper!«, schob der Dekan nach, als er sich schon entfernte. Dann blieb er unvermittelt noch einmal stehen. »Und Magister Schmidtbauer, ich habe Nachricht für den Studenten David Fabricius. Mir scheint, als seien seine Tage hier, da sie kaum ernsthaft begonnen, bereits wieder gezählt«, sagte Herzog Heinrich Julius, jetzt mit einem leichten Schmunzeln.

Das war der Satz, der die Situation entspannte, denn der Dekan nahm den Studentenulk auf, machte aus Faber Fabricius, adelte damit ganz nebenbei den Namen zu amtlicher Gültigkeit, und sein Lächeln steckte an.

Abends rief der Ordinarius für Theologie Franziskus Schmidbauer den Studenten David Fabricius in seine Kammer. Natürlich hatte der junge Ostfriese diesem Gespräch entgegengefiebert. Die Worte des Herzogs hatten in seinen Ohren geklungen, immer wieder, er kannte sie ja schon von Braunschweig her, aus dem Munde seines dortigen Magisters Heinrich Lampadius, und sie hatten sein Leben verändert. Seine Tage hier gezählt, sind gezählt, gezählt, gezählt …! Was mochte nun kommen? War sein Stipendiat zu Ende? Das Geld Heinrich Lampes verbraucht und der Vater unwillig oder nicht in der Lage, welches nachzuschießen? Immer wieder ging ihm auch der Disput mit den Magistern durch den Kopf. Was hatte er selbst gesagt? War er unbotmäßig gewesen? Hatte er eine Stellung bezogen, die der Dekan nicht dulden wollte? Nicht dulden konnte? Aber der Herzog hatte gelächelt, hatte ihn Fabricius genannt. So sprach man kaum über einen Studenten, den man aus der Matrikel streicht. Jedenfalls, David war angespannt, als er an die Kammertür klopfte.

Der Raum war spärlich beleuchtet und kühl, obwohl in der

Esse ein Rindenfeuer brannte. Schmidbauer saß an seinem Tisch, er erhob sich auch nicht, als sein Gast eintrat. Der Ordinarius wirkte müde und deprimiert, mit einer schlaffen Geste wies er auf den Schemel vor seinem Katheder. Wie es schien, war das Gespräch mit dem Dekan auf den Disput vor der Vesper für den Theologen eine Niederlage gewesen, vielleicht sogar eine Abfuhr. Womöglich, wer mochte es wissen, der junge Herr war schließlich allmächtig, verbunden mit dem Verlust von Ämtern und Würden?

Was auch immer, Schmidbauer wirkte wie ein Verurteilter oder ein Prophet, der Unheil wachsen sieht, das er nicht abwehren kann. Sein Gesicht war bleich, die Bewegungen unruhig. Er beugte sich zu einer Lade und zog ein Pergament hervor, das sofort in seinen Händen zu leben begann. David sah das Siegel an der Banderole, es kam ihm bekannt vor, ihm war so, als hätte er es schon gesehen.

»Habe hier ein Schreiben des gräflichen Hofes zu Aurich, es ist an seine herzogliche Gnaden gerichtet«, begann der Magister, stockte, als sei damit alles gesagt, beugte sich vor. »Lest selbst!«

Und David las mit fliegendem Herzen. Ihm war gar nicht aufgefallen, dass ihn der Magister plötzlich formell anredete. Las, und die Zeilen tanzten und schwangen vor seinen Augen. Der gräfliche Hof suchte einen Pastor für die Gemeinde in Resterhafe, stand dort in steilem Latein. Dabei denke man an den Studenten David Jansen. Baldigst, womöglich immediat, sobald abkömmlich und durch die gegenwärtigen Studien sowie deren Erfolg vertretbar. Der Jansen mache doch wohl gehörigen Fortgang? Seine gräfliche Gnaden erbitte jedenfalls zügigen Dispens, um einem recht kürzlich aufgetretenen Mangel in der Gemeinde abzuhelfen.

David sah, las, registrierte ohne zu erfassen, begriff, dass dort sein Geburtsname und nicht Faber stand, staunte darüber, dass dieses Dokument gleichwohl sein Ziel gefunden hatte, war hin- und hergeworfen zwischen tiefer Überraschung und verständiger Einsicht, und es dauerte lange, bis der Professor Schmidbauer das erkannte.

»Ihr versteht? Man bietet Euch die Pastorenstelle in Resterhafe an. Sobald als möglich!«, sagte der Ordinarius nüchtern.

David hob den Kopf, sein Herz flatterte, er hielt das Pergament mit feuchten Händen. »Das kommt recht früh. Ich weiß nicht, ob ich schon dazu tauge«, sagte der junge Mann flach.

»Ich weiß es umso besser«, gab der Magister zurück und brachte es fertig, zu lächeln.

Er stand auf und ging mit schweren Schritten an das Kammerfenster. Aus dem verzogenen Rahmen hatte sich eine Rolle Werg gelöst. Es zog unter der Leiste wie durch eine offene Stalltür. Der Magister griff nach einem Pfriem und drückte die Füllung zurück in die Fuge. Draußen dunkelte es stark, man roch schon den Schnee, der Zug vom Fenster blieb.

Schmidbauer hob die Schultern und breitete die Arme aus. »Ihr beherrscht die Liturgie und die übrigen Pflichten eines Amtes als Pastor. Einen guten Seelsorger, das wisset, kann die beste Universität nicht machen. Dazu bedarf es der Erfahrungen des täglichen Lebens und ihrer gottgefälligen Nutzung, vermöge eines großen Herzens unter klarem Verstand. Mehr nicht.«

Als wäre das nicht genug, als wäre das nicht schon jetzt zu viel für meine mageren Schultern, dachte David, schwieg und rührte sich nicht, das Pergament noch immer in den Händen.

Der Ordinarius spähte noch einmal nach draußen, seufzte und kam an das Katheder zurück. »Glaube mir, David, du wirst nicht besser, wenn du bleibst. Als ich meine erste Gemeinde übernahm, war ich kaum älter als du heute«, sagte er in vertraulichem Ton. »Du wirst dir den nötigen Respekt verschaffen, zu Beginn durch die Autorität deines Amtes, später durch deine Persönlichkeit.« Dann hob er mahnend den Finger. »Doch denke daran, wichtiger als das ist, dass deine Schafe dich lieben. Sie werden es, wenn sie wissen, dass sie bei dir in guten Händen sind.« Bückte sich erneut nach einer Lade und zauberte einen Krug Wein und zwei rheinische Gläser auf den Tisch. »Jetzt lass uns trinken. Auf dich, Doktor Martinus Luther und dein erstes Pastorenamt!«

David nippte nur, er war dem Wein weder geneigt noch war er in seinem Genuss geübt. Er wunderte sich über dies und das, über die Reihenfolge im Trinkspruch, und über den Magister Franziskus Schmidbauer, der jetzt gelöst vor ihm saß, und den er am Nachmittag doch ganz anders erlebt hatte; selbst in seinen leisen Tönen orthodox und angriffslustig, dem wohlfeilen Argument auch dann zugeneigt, wenn sein Gebrauch nicht redlich war.

David ließ seine Frage endlich von der Zunge, sie brannte ihm schon eine Weile darauf und er wusste, er musste sie loswerden, sonst würde er in der Nacht kaum Ruhe finden, bei dieser Nachricht schon gar nicht. »Wie kann es sein, Ordinarius, dass Ihr so vortreffliche Lesungen mit Magister Decibelius haltet, obwohl Eure Sichten zum Schisma derart scharf gegeneinander stehen?«, sagte der junge Ostfriese behutsam.

Der Schmidbauer setzte das Glas ab. Mit einem Mal waren seine Züge starr, das Leuchten in seinen Augen erloschen, die Gelöstheit dahin. Seine Stimme kam spröde und nüchtern, wie nach einem eiskalten Guss. »Es ist die Liebe zur Wissenschaft, die uns diszipliniert. Ich hoffe, dass es so bleibt. Bei uns!« Wischte sich plötzlich über die Augen und seine Stimme zitterte. »Für die übrige Zukunft, mein Sohn, sehe ich wenig Hoffnung auf Einvernehmen. Es wird Zwietracht sein und Krieg, Blut wird fließen und Menschen werden sterben im Namen des Herrn.« Und dann wandte er sich ab und brach tatsächlich in Tränen aus, so heiß und heftig, dass es ihn schüttelte.

David saß, als hätte ihn der Donner gerührt. Er wusste nicht was tun, erhob sich sacht und schlich auf leisen Sohlen hinaus.

4.

O sanfte Formen, betörende Bögen, köstliche Schwünge!
Resterhafe, Juni 1584

»Meta, zum Donnerwetter, wo bleibt meine Halskrause?«, sagte der Pastor David Fabricius.

Er sagte es ruhig, fast in resigniertem Ton, denn heute war sein Hochzeitstag und er wollte sich nicht ärgern. Zudem war Meta kaum zu beschleunigen. Die Hausmagd war ein echtes friesisches Kaltblut, langsam und gemessen in allem, was sie tat, zuweilen von nervtötender Bedächtigkeit, und der Pastor pflegte zu sagen, er stehe schneller als Meta gehe. Und die Magd habe gewiss in ihrem ganzen Leben noch nie geschwitzt.

Sie sah ihn dann an, wie man ein törichtes Kind betrachtet, mit einem Zug um den Mund, der nach Meinung des Pastors in unbegründetem Stolz wurzelte. In einer Form von Hoffart, für die jeder Anlass fehlte. Auch neigte sie zur Widerrede. So wie jetzt. Meta bog gemächlich um die Ecke wie ein Kahn, der bei schwerem Wind mühsam in ein Siel kurvt, und betrat das Zimmer, die Halskrause in der Hand, als trüge sie eine Wurst aus der Speisekammer. »Ein Paster flucht nicht!«, sagte die Hausmagd trocken.

Fabricius zog es vor, darauf nicht zu antworten. Aus Einsicht in die Sinnlosigkeit. Meta hielt ihm den Kragen hin, wie man einem Hund ein Stück Futter gibt. Knapp über Kniehöhe. Der Pastor musste sich bücken, um danach zu greifen.

»Übrigens ist er nicht bequem und kommt aus der Mode«, sagte Meta. »Die hohen Herren sieht man heute vielfach mit einem französischen Kragen, denn alles Spanische ist von Übel!«

Woher sie ihre Weisheit hatte, sagte die Hausmagd nicht und Fabricius hütete sich, danach zu fragen. Stattdessen sagte er: »Bin ich etwa ein hoher Herr?«

Sie sah ihn an, es war nicht nötig, zu sprechen, denn ihr Blick und die Art, in der sie schwieg, bedurften keiner Worte. Sie konnte in ihrer spröden Schlichtheit auch weisen, wiewohl ungefragten Rat geben. So wie neulich, als sie ihn beim Studium eines Wetterkalenders beobachtet hatte, es stand zu vermuten schon eine ganze Weile, bevor sie ihm mitteilte: »Man tut sich beim Umblättern leichter, wenn man zuvor den Zeigefinger anleckt.«

Er hatte erstaunt den Kopf gehoben, zu überrascht, um zu antworten, und in Metas Augen hatte die Frage gestanden, wie oft, Bengel, soll ich dir das denn eigentlich noch sagen? Und auch jetzt sprach sie reichlich nüchtern: »Ein hoher Herr? Je nun, als Paster solltet Ihr Euch wohl strecken, einer zu sein!«

»Papperlapapp und Tanterlatant! Spute dich und binde mir den Kragen, denn es wird Zeit!«, sagte darauf der Pastor David Fabricius. Er sprach obenhin, ohne besondere Betonung, aber es klang durchaus nach einer Rüge.

Die Magd konnte er damit nicht beeindrucken. Sie wälzte sich hinter ihn und band ihm die Halskrause. Und jetzt, da Meta in seinem Rücken stand, erlaubte er sich ein sonniges Lächeln. Was sollte er zürnen; es gab vielleicht Grund, doch fehlte jede Aussicht auf Besserung. Fabricius dachte an seine Mutter, die zu sagen pflegte: Wer sich ärgert, büßt für die Sünden anderer Leute.

Meta war ebenso wie ein Hofhund, den man über die Nahrhaftigkeit von Steckrüben zu belehren sucht. Sinnlos. Es gab keinen Zugang zu ihr, den sie in ihrer Einfalt nicht gestatten wollte. Erst gestern hatte sie sich bei ihm beklagt. Er war auf dem Sprung zu einem Krankenbesuch in der Gemeinde gewesen, die Zeit war knapp, man erwartete ihn schon, aber das war, er wusste es heute, keine Entschuldigung für seine unangemessen kurze Beschäftigung mit dem folgenden Gegenstand. »Im Englischen«, hatte Meta gesagt, »gibt es einen König, der die Weiber wechselt wie Ihr Euer Wams.«

»Was weißt du davon, wie ich meine Wämser wechsle?«, hatte er spöttisch gefragt, doch die Magd fuhr in ihrer Klage fort, als hätte er nicht geantwortet. Dabei war ihr Ton voller Vorwurf gewesen, ganz so, als sei er, der Pastor David Fabricius, persönlich verantwortlich.

»Er nennt sich christlich und ist doch ein Heide. Beraubt die Klöster und verbrennt seine Feinde, und einzig seine Loslösung vom Papst gereicht ihm zur Ehre!«

In ihren Augen hatte ein seltsamer Ausdruck gestanden, ein Gemisch aus Sehen und Suchen, wie diffuse Erkenntnis, beleuchtet von einem matten Geist, zu schwach, um wirklich aufzuhellen. Es war ja klar gewesen, sie sprach von Heinrich Tudor, dem achten seines Namens, aber was hätte David Fabricius ihr antworten sollen? Dass der schon lange nicht mehr regierte? Dass Heinrich ein Monarch gewesen war, der die Säkularisierung zumindest auf seine Art konsequent durchgesetzt hatte? Dass sein Bruch mit dem Pontifex eher der Lust des Fleisches entsprungen war als dem Streben nach konfessioneller Reinigung? Dass er trotz seiner Trennung von Rom noch katholisch genug gedacht hatte, um Menschen im Tower von London nur deshalb verhungern zu lassen, weil sie das Evangelium ins Englische übersetzt und verbreitet hatten?

»Auch bei uns brennen Menschen!«, hatte er kurz gesagt.

Meta hatte den Kopf geschüttelt wie jemand, der eine Geschichte nicht glauben will, die man schon zu oft gehört hat, um ihrer nicht überdrüssig zu sein. »Wir nicht. Wir verbrennen keinen. Das tun die Päpstlichen. Und übrigens rösten da Zauberer und Hexen!«

Doch David Fabricius hatte sie schroff angefahren, den Türgriff schon in der Hand: »Was redest du töricht, Närrin? Das merke dir: Schlechte Gedanken vergiften das Herz!«, und war dann über sich selbst in Zorn geraten, weil ihm in der Kürze nichts Treffenderes eingefallen war.

Er litt ja selbst. Widersprüche können zerreißen, Gegensätze unerträglich werden, aber gab es denn Gutes ohne Bedrohung durch das Böse, Liebe ohne zehrenden Hass, war der Glaube ohne giftige Ketzerei denkbar, Gott ohne Luzifer, der Jesus schon in der Wüste versucht hatte? Auch in Ostfriesland hatten Menschen gebrannt, was tat es da, dass dies in der Hauptsache durch die weltlichen Mächte geschehen war? Es besserte die Sache ebenso wenig wie priesterlicher Segen die Qualität eines minderwertigen Mahls. Die Kirche, seine Kirche, hatte nichts verhindert, nichts angehalten, hatte zugesehen, vielleicht sogar mehr als das.

Darüber hätte er reden müssen. Auch von Eggerik Beninga, dem unseligen Berater der lutherischen Gräfin Anna, ihre Hexenprozesse in Aurich um anno 1543 und darüber, dass Gottesglaube ohne Einsicht in die Existenz des Teufels nicht gelebt werden konnte. Also auch nicht ohne Kampf gegen Satan und seinen verderblichen Einfluss. Und er hätte reden müssen über die Schwierigkeit, in diesem Spannungsfeld aus zwingender Pflicht und barmherziger Nachsicht, dem Dickicht von Nötigem und Lässlichkeiten den richtigen Weg zu finden. Alles das hätte er tun müssen. Doch er war gegangen und hatte sie auf der Diele stehen gelassen.

Somit gab es hier noch einiges aufzuräumen. Aber heute nicht. »Fertig!«, sagte Meta in seinem Rücken, umkurvte ihn und griff nach dem Kreidepulver, um die Halskrause frisch zu weißen. Sie tat es behutsam, fast ängstlich bemüht, ihren »Paster« nicht ohne Not zu beschneien.

Denn einmal hatte sie es hier an Sorgfalt fehlen lassen, des Pastors Hals und Ohren erwischt und damit scheele Blicke und dumme Fragen verursacht. »Ist Euch kalt am Kopf?«, hatte der Pastor von Roggenstede ihn gefragt, dieser Döskopp, und geschlossen: »Eure Haut sieht wahrhaftig aus wie die von einer Moorleiche!«

Fabricius hatte darauf nichts geantwortet, was sollte er auch? Denn der Roggensteder neidete ihm die Pastorenstelle in Resterhafe, das wusste jeder. Der hätte sie gern selbst gehabt. Wegen der schönen Kirche, wegen des schönen Altars und wegen der schönen dicken Marienglocke, also aus Gründen, die ebenso plausibel wie nichtig waren.

»Mach's sorgsam!«, sagte deshalb der Pastor Fabricius und schob noch nach: »Denk an den Roggensteder, der ist heute auch da.«

Metas Zungenspitze schob sich rosig zwischen die Lippen, ihre Wangen glühten vor Eifer. »Der olle Döskopp!«, sagte sie.

David widersprach ihr nicht direkt, obwohl es Schick und Anstand geboten hätten. »Alt ist er noch nicht«, sagte er trocken.

Meta stieß ein helles Gackern aus, auf ihrer Oberlippe glänzten winzige Schweißperlen.

Fabricius streckte den Hals vor, als sollte er balbiert werden. »Ich sehe Schwierigkeiten voraus«, sagte er in düsterem Ton, während Meta die Kreidebüchse schüttelte.

Sie hielt inne. »Wegen dem Roggensteder?«

Er schüttelte den Kopf. »Unsinn! Wegen dir und Meta!«, antwortete David spröde und zauberte damit der Magd ein wissendes Lächeln ins Gesicht.

Sie sah ihm in die Augen und erlaubte sich großzügig ein vertrauliches Zwinkern. Meta Berens hieß die Braut des Pastors, die Frau, die er in weniger als einer Stunde zu heiraten gedachte, sie trug den selben Vornamen wie die Magd, war noch jung genug für Kinder, aber schon verwitwet, die Tochter des Schankwirtes Berens aus Westerbur. Er hatte sich rettungslos in sie verliebt, schon, als er sie das erste Mal sah.

Sie hatte vor ihm in seiner Kirche gestanden, in einem leichten Wollkleid, denn der Frühsommer war warm gewesen, ungewöhnlich warm, und hatte etwas wissen wollen, er hatte vergessen was, es war ihm auch gleichgültig, sie hatte ihr Gesicht wie zum Kuss gehoben und ihre Frage gestellt, und dann war es um ihn geschehen. Es begann mit ihrem Lippenbogen, diesem köstlichen Schwung, der ihren Mund umfing wie ein Engelsflügel eine gerettete Seele, und dann wanderten seine Augen, sachte, ganz sachte und schüchtern, es war wie ein hilfloses Suchen, und verloren sich in sanften Formen, vollendeten Rundungen und betörenden Bögen, während ihm das Blut in den Hals stieg.

So war das gewesen, und wenn Fabricius jetzt daran dachte, spürte er wieder die Wärme in seiner Brust. Und der schwere, süße Duft der Sommerblumen war wieder in seiner Nase.

»Wenn ich ›Meta‹ rufe, wer kommt denn dann?«, fragte der Pastor mit mauliger Stimme, und die Hausmagd lachte.

»Hängt vom Ton ab, in dem Ihr ruft. Ist er herrisch, so wollt Ihr befehlen, und dann komme ich nicht!« Und als er in gespielter Mürrischkeit die Schultern hob, fügte sie noch an: »Nur ruhig Blut, Paster, es wird sich alles finden.« Damit war für die Magd das Thema erledigt. Sie schmunzelte noch, als sie dem Pastor in die Kirche folgte.

Später, nach der Trauung, stand Meta mit glühenden Wangen an der Tafel, einen Fuß auf die Schragen gestützt, und verteilte den Hochzeitskuchen. Es war eine Freude, sie zu betrachten, weil man sah, dass sie selbst Freude hatte an dem, was sie tat. Sie strahlte eine fröhliche Herzlichkeit aus, eine Wärme, die jeden Gast bezauberte. In diesem Augenblick war David Fabricius stolz auf sie. Irgendwann, es musste schon so mancher Humpen geleert worden sein, standen die beiden Metas vor ihm, sie hielten sich wie Schwestern umschlungen und in ihren Augen blitzte der Schalk.

»So, du weißt also nicht, wer kommt, wenn du Meta rufst!«, sagte die eine Meta, die er soeben geheiratet hatte, und die andere gluckste.

»Doch, er weiß es, ich habe es ihm gesagt!«, sagte die andere Meta kichernd und streckte das Kinn vor. »Ich nicht, wenn er befehlen will!«

»So, so!«, sagte die Meta, die er soeben geheiratet hatte, »dann werde ich wohl gemeint sein!«, und dann hob sie den Kopf und ihr Schwanenhals wölbte sich und entließ ein Lachen, das sein Herz zum Schwingen brachte.

Der Zufall wollte es, das der Roggensteder Zeuge dieses Vorfalls wurde. Sein Gesicht sprach Bände, die offene Missbilligung dieses Beispiels unverzeihlicher Verbrüderung zwischen Herrschaft und Gesinde troff ihm wie dicker Sommerschweiß von den Zügen. Als die Frauen sich entfernt hatten, wandte er sich an den Amtsbruder. »Wie seid Ihr mit Meta zufrieden?«, fragte er betont arglos, aber er wollte etwas hören, das war offensichtlich.

Fabricius hob die Schultern, es sah aus, als wollte er vor

einem drohenden Schlag den Kopf einziehen, und ließ sie wieder fallen. »Sie tut oft, was man ihr sagt und schreit uns nicht an«, sagte der Pastor mit leichtem Lächeln.

Der andere runzelte die Stirn: »Sie ist doch Eure Magd?«

David lehnte sich entspannt zurück. Die Verwirrung des Roggensteders gefiel ihm. Was suchte der auch nach einer Ordnung, die es nicht gab, warum forschte er ohne Grund in Verhältnissen, die ihn nichts angingen? Fabricius griff nach seinem Weinglas und hob es dem Amtsbruder entgegen. »Oh, Meta ist weit mehr als das, weit mehr!«, sagte er gut gelaunt. »Sie kennt alle unsere Schwächen. Die kleinen und auch die großen. Und sie sorgt für Kurzweil, wenn der Hausfrieden sich längt.«

Der Roggensteder starrte ihn konsterniert an. Er fühlte sich gefoppt.

– Eintrag in das Tagebuch des David Fabricius –
18. Juni 1584

Es ist eine Lust, zu heiraten, aber ich habe nicht gewusst, was es kostet, wie auch? Der Schwiegervater hat alles im Wesentlichen bestritten, mein eigener Vater hat etwas dazugeschossen, nicht ohne wegen der Kosten meiner Studien in Helmstedt zu jammern. Er hat wohl auch aus Kalkül geweint, denn ich weiß, dass das erste Semester von Heinrich Lampe bezahlt worden ist. Zuletzt blieb nach der Rechnung des Schwiegervaters ein Betrag übrig, und er hat scheel geguckt, als ich sagte, dass ich den nicht decken kann. Er soll sich bescheiden; denn immerhin habe ich seine Tochter geheiratet, die verwitwet war, und biete ihr ein Dach, einen ehrenhaften Stand und ein regelmäßiges, wenn auch bescheidenes Einkommen. Werde wohl Kalender für die Bauern machen und zunächst sparsam leben, der Mauerquadrant[7] wird warten müssen, der Vater hat sich vorerst geweigert, ihn zu bauen, und ein anderer Schmied kostet zu viel Geld.

Mit Meta ist es eine reine Wonne, wir sind uns von Herzen zugetan, und der Teufel soll mich holen, wenn sich nicht bald Nachwuchs ankündigt. Auch mit der Hausmagd ist ein gutes Auskommen, die beiden Frauen verstehen sich prächtig. Neulich hat Meta zu meiner Frau gesagt: »Ich sehe die Arbeit selbst, es tut nicht nötig, dass Ihr mir Befehle erteilt!« Worauf meine Meta geantwortet hat: »Dann mache ich mir Sorgen um deine Sehkraft!«, und danach sind beide lachend in der Küche verschwunden. Wer soll das verstehen?

In der Gemeinde steht alles zum Besten, aber die Politik gibt Anlass zu Besorgnis. Das Haus Cirksena ist der Lage offenbar nicht gut gewachsen. Die beiden Grafen regieren nicht miteinander, wie sie es sollten, sondern gegeneinander. Die Leute wissen kaum, wem sie gehorchen sollen. Das schafft

[7] Astronomisches Gerät, hier: schwerer, eiserner Winkelmesser in Form eines Viertelkreises (Quadrant), der zur größeren Messgenauigkeit auf einer Mauer befestigt wird.

viel Unruhe und Verdruss. Gebe der Allmächtige, dass es nicht noch schlimmer kommt.

Schon am späten Nachmittag ein Sternenhimmel, der jeden Heiden in Gottes Arme treiben muss. Der Mond stand unter dem Mars und die Venus leuchtete so hell, wie ich es zuvor noch nicht gesehen habe. Die Nacht von erhabener Schönheit. Deneb im Schwan, Wega in der Leier und Atair im Adler als Sommerdreieck, erlebt wie im Rausch. Arkuntus im Bärenhüter trieb mich schließlich in den Bettkasten. Musste an Magister Lampadius denken, und an seinen Traum, die Sterne durch ein Instrument, es müsste etwas wie Augengläser sein, zu vergrößern. Aber das wird wohl ein Traum bleiben.

Das Wetter schön und sommerlich, die Frucht steht leidlich gut. Die Bauern werden zufrieden sein.

5.

Achte auf deine Feinde, denn sie sind dir nah!
Aurich, Anfang Oktober 1584

Die gräflichen Räte standen mit gesenkten Köpfen. Es war unklar, ob sie Betroffenheit verbergen wollten oder sogar ein Lächeln. Das Gespräch hatte nicht nur an Hitze zugenommen, es drohte völlig aus den Fugen zu geraten. Ein Eklat stand kurz bevor, das spürte jeder in dem Raum. Beide Grafen saßen vorgebeugt und starrten sich mit roten Gesichtern an. Man stritt um die großen Fuhrwerke aus der gräflichen Remise, denn davon gab es nur wenige und die Brüder mussten sie teilen.

Es war dies nicht als einziges Quell ständiger Konflikte, sondern eher ein Anlass von vielen, an denen sich der Zwist zwischen ihnen entzündete, aufbrach wie ein eitriges Geschwür, um seinen übelriechenden Inhalt zu ergießen. Dass der jüngere, Johann, dem Calvinismus zuneigte und damit offen oder verdeckt diese verdammten Unruhestifter in Emden unterstützte, nahm ihm Edzard besonders übel. Er schalt ihn untreu, warf ihm Verrat an der freien Grafschaft vor und Johann nannte den anderen dann einen versteckten Papisten. Und im Übrigen sei sein Teil der Grafschaft auch seine Sache und gehe Edzard einen feuchten Dreck an.

Die gräflichen Räte und Beamten waren vor allem mit der praktischen Politik überfordert. Natürlich versuchten sie, möglichst schon im Vorfeld, Auseinandersetzungen zu vermeiden. Aber die waren nicht zu vermeiden, wenn der eine Graf eine Steuer hob, und der andere sie senkte, der eine »hüh« befahl und der andere »hott«, und dann beide auf die strikte Befolgung ihrer Anordnung sahen. Ein rechtes Chaos, geradezu babylonische Verwirrung war häufig die Folge. Dabei gab es räumlich durchaus Gelegenheit, sich aus dem Wege zu gehen. Graf Johann, der jüngere Bruder, hielt die Ämter Leerort, Greetsiel und Stickhausen, schaltete und waltete dort nach Gutdünken und legte großen Wert auf Abgrenzung von der übrigen Grafschaft.

Trotzdem gab es Überschneidungen, es ließ sich nicht alles vom anderen trennen und die kleinen Leute hielten argwöhnisch ein Auge darauf, wo und warum der Nachbar besser gestellt war als man selbst. Auch die Bauern murrten, und es tat dem allgemeinen Landfrieden nicht gut, wenn etwa Edzard auf Schafwolle wie seit Urzeiten üblich den Zehnten nahm, während Johann demonstrativ darauf verzichtete. Es war dieser Misthaufen einfach zu klein, als dass zwei Hähne darauf krähen konnten, zumal dann, wenn er wärmend aus Quellen dampfte, die man sich teilen musste.

Diesmal also ging es um die schweren Gespanne in der gräflichen Landwirtschaft. Die restliche Ernte war einzuholen, das Wetter wurde unbeständig und die Zeit drängte. Der Einsatz der Fuhrwerke musste folglich abgestimmt werden. Selbstverständlich war es recht lächerlich, dass sich die beiden Grafen mit derlei beschäftigten. Aber ihre konfrontative Regierungsführung schuf Probleme, die von den Räten oft nicht gelöst werden konnten. Die Art der Brüder, einander als fremde Fürsten zu behandeln, nicht zu kooperieren, sondern vielmehr die Verfügungen des jeweils anderen durch gegensätzliche Anordnungen zu hintertreiben, legte das Saatkorn des Streites in fruchtbare Erde.

»Ich rede vom neunten Oktober!«, fauchte Graf Edzard soeben aus rotem Hals.

»Und ich vom neunzehnten!«, gab Graf Johann scharf zurück. Denn das Undenkbare war geschehen. Graf Johann hatte für seine Regierung den Kalender des Papstes Gregor eingeführt. In erster Linie, um sich zu unterscheiden. Die guten Gründe waren ihm gleichgültig. Er wollte die Provokation. Edzard hatte, wie die ganze protestantische Welt, den Kalender als papistische Einmischung in säkulare Fragen abgelehnt. Das war Johann Anlass genug, ihn für seinen Teil der Grafschaft verbindlich festzulegen.

»Ich rede von Julius!«, donnerte Graf Edzard.

»Und ich von Gregor!«

Der Ältere warf sich in seinem Stuhl zurück, dass die Verbände ächzten, fuhr seinen rechten Arm heftig in die Höhe, es schien, als wollte er zum Schlag ausholen. Seine Räte zur Rechten wichen im Schreck einen Schritt zur Seite. »Du hast ihn eingeführt, obwohl die Lutherischen ihn ablehnen. Vielleicht sogar, weil sie ihn ablehnen!«, brüllte Edzard aus vollem Hals.

»Ich habe ihn eingeführt, weil es vernünftig ist!«, konterte Graf Johann kalt. Er konnte auf messerscharfe Art leise schreien, und überzeugend lügen konnte er sogar im Zorn.

»Also bist du ein verfluchter Papist!«, schrie Edzard Cirksena.

»Nichts dergleichen. Aber du bist ein riesengroßer Narr, der nichts versteht!«, bellte Johann zurück, der jetzt klang wie ein gereizter Wolf.

Danach ließen beide voneinander ab, aber nicht lange. Denn das waren die Augenblicke, in denen sich der Schmerz in Edzards Brust löste, sich seine tiefe Verbitterung Bahn brach, immer wieder, gleichgültig wann und wo, außer Acht gelassen auch, in welcher Gesellschaft man sich just befand. Er hasste diese Verhältnisse, er hasste ihre Ursache und er hasste diejenigen, die sie durch Intrige und Verrat zustande gebracht hatten. Und dann musste er Dampf ablassen, dann musste alles heraus, seine herbe Enttäuschung und seine gallige Wut. »Ich bin der ältere von uns, der Grafenhut hätte mir zugestanden!«, zischte Edzard mit ermatteter Stimme.

»Das hat der Kaiser anders entschieden!«, zahlte Johann eisig zurück.

»Weil unsere Mutter es ihm eingeflüstert hat!«, schimpfte Edzard heiser.

»Sie hatten beide ihre guten Gründe!«, konterte Johann trocken.

Da waren sie wieder, die schmerzenden Dornen in Edzards Fleisch. Die ungeliebte Mutter Anna, die ihn ihrerseits nicht lieben konnte, sondern Johann stets vorgezogen hatte. Der stumme Vorwurf, mit seiner Heirat der Prinzessin Katharina von Schweden dem Hause Wasa dynastischen Einfluss in Ostfriesland eingeräumt zu haben. Und schließlich der Bruch der Primogeniturordnung durch die gleichberechtigte Belehnung der Söhne mit der Reichgrafschaft über Ostfriesland, die kein einziges Problem löste, sondern neue schuf, große, scharfe, unselige. Gründe? Der Kaiser? Lächerlich. Es war doch klar gewesen, der Kaiser hatte sich mit dieser Frage überhaupt nicht beschäftigt. Ihn plagten ganz andere Sorgen. Und seine Räte hatten die Gegenreformation zu befördern, Geld zu beschaffen und im Übrigen das Maul zu halten. Ostfriesland? Lag wo? Weit im Nordwesten. Am Ende der zivilisierten Welt. Ein Fliegenschiss auf der Reichskarte. Zudem ein protestantischer.

»Der Kaiser!«, grunzte Edzard mürrisch. »Auf den berufst du dich. Ausgerechnet auf Ferdinand, den Habsburger. Und seine Nachfolger sind auch nicht besser. Und dann Rudolf, ach du meine Güte. Noch ein Habsburger!«

»Er ist die Wahl der deutschen Reichsfürsten. Und er hat entschieden. So wie Maximilian vor ihm entschieden hat!«

»Maximilian hat überhaupt nichts entschieden. Er hat lediglich prüfen lassen«, sagte Graf Edzard grob, dann beugte er sich vor, die Augen im Zorn gerötet. »Und was hat denn Rudolf entschieden? Dieser Zauderer?« Er stieß ein Geräusch aus, das wohl ein höhnisches Lachen sein sollte, aber es klang wie der Schrei eines Falken im Sturzflug auf seine Beute. »Die Stände! Die ostfriesischen Stände sollen es zwischen uns richten! Das ist, weiß Gott, ebenso entwürdigend wie nutzlos. Mit der gleichen Aussicht auf Erfolg könnte man drei Hunde bitten, eine Wurst zu teilen, und dabei ein gerechtes Stück für einen vierten übrig zu lassen!«

Jawohl, genau so war es gekommen, als Graf Edzard sein Gesuch einreichte, der kaiserliche Hof in Prag möge die ostfriesische Frage, den flagranten Bruch der von Graf Edzard I. gesetzte Primogenitur, prüfen und entscheiden. Kaiser Maximilian II. hatte Anno 1573 eine Kommission beauftragt, den Fall zu untersuchen. Aber was hatten die hohen Herren getan? Was hatten sie geprüft? Das wusste nur Gott allein. Fünf lange Jahre war nichts geschehen. Und dann war Anno

1578 dieser lapidare Bescheid ergangen. Das Vermächtnis Unseres Bruders und treuen Dieners, Edzards I. Cirksena, in allen Ehren. Aber Wir, Rudolf, von Gottes Gnaden deutscher Kaiser, sehen nicht was tun. Denn die Witwe seines Sohnes, Gräfin Anna, hat als Regentin ebenfalls Recht gesetzt. Sie hat darum ersucht, ihre Söhne gleichberechtigt mit der Reichsgrafenschaft belehnen zu lassen, und diesem Gesuch ist Anno 1558 durch Unseren lieben Prädezessor, Ferdinand von Habsburg, entsprochen worden. Es käme das Recht aus der Welt, wollten Wir nun den Kasus wieder öffnen. In diesem Lichte erscheint es Uns als angemessen, den Ausgleich zwischen Eurer gräflichen Hoheiten Interessen durch die Stände Eurer Länder suchen und schaffen zu lassen.

Wie? Anna hatte Recht gesetzt? Mit ihrem Antrag? Lächerliche Ausflucht! Recht hatte allein Ferdinand gesetzt, durch seine ebenso falsche wie unsägliche Einwilligung!

Gezeichnet war das Edikt von einem Hofrat, das Signum war wie zum Hohn unleserlich, es wirkte wie eine weitere Flucht vor der Verantwortung. Am Ende leuchtete das kaiserliche Siegel, dick und prall, fast obszön, es kam Edzard seltsam deplatziert vor, wie eine Hostie im Straßendreck.

»Auch wenn sie dir nicht gefällt, Bruder: Es ist eine Entscheidung«, sagte Graf Johann mit kühler Stimme und die Brüder funkelten sich an. Dann fuhr der jüngere nüchtern fort: »Und was ist nun mit den Fuhrwerken?«

Die Räte hoben ihre Köpfe, man zückte Federkiele und raschelte mit Pergamenten.

»Ich nehme sie in der ersten Hälfte des Monats, dann tu, was dir beliebt«, polterte Edzard und wuchtete sich aus dem Lehnstuhl. Es hieß später, er war schon draußen, noch bevor die Schreibrohre seiner Räte über das Papier kratzten.

Als David Fabricius von diesem Zank erfuhr, saß er am Schreibtisch und schrieb und rechnete in astronomischen Tabellen. Unter seinen Armen lag der Entwurf einer großen Karte von Ostfriesland, die er in den nächsten Jahren zu veröffentlichten gedachte. Natürlich war es die Magd

Meta, die ihm alles haarklein erzählte, der Himmel mochte wissen, woher sie die Nachrichten hatte. Meta schmückte ihren Bericht aus, spielte burleske Verrenkungen und drückte sich kehlige Wutlaute aus ihrem geröteten Hals. Der Pastor schüttelte den Kopf. Auch wenn man die Hälfte abstrich, reichte es noch, um erschüttert zu sein.

»Was hat sie nur geritten?«, fragte er bitter und in anklagendem Ton, und er meine natürlich die Gräfin Anna und ihren unseligen Entschluss.

Auf den Lippen der Magd stand sofort ein anzügliches Lächeln, sie wusste, wovon die Rede war. »Wer! Die Frage ist doch, wer hat sie geritten!« Es war typisch für Meta, dass sie ihre Frage auch gleich selbst beantwortete. »Der selige Graf Enno war's wohl nicht, so viel kann als gewiss gelten.«

Unerhört, so etwas, schon allein in der Diktion, und dann unter diesem Dach! In der Schreibkammer eines Pastors! Fabricius sah sie strafend an, dann legte er das Schreibrohr vorsichtig auf den Tisch und hob warnend den Zeigefinger. »Hüte dich! Auf dich wartet ein langes Fegefeuer!«

»Auf wen nicht?«, gab Meta trocken zurück und segelte gemächlich um die Ecke, auf den Küchentrakt zu. »Nach welchem Kalender verfahren wir denn jetzt?«, fragte sie reichlich spöttisch noch über die Schulter, aber Fabricius gab keine Antwort. Er sah ihr stumm nach und hielt den Kopf still, was sollte er ihn schütteln, es nützte ohnehin nichts.

Aus der Stube winkte ihm seine Frau amüsiert zu. Sie musste alles gehört haben. Er winkte zurück und blickte liebevoll auf ihren leicht gewölbten Bauch. Schwanger war Meta nicht, die sanfte Rundung stand als Teil ihrer fraulichen Figur, die er so sehr an ihr liebte, erst neulich hatte er es ihr wieder einmal gesagt. Dann hatten sie ein langes Gespräch über die Zukunft ihrer Familie geführt, und Meta hatte ihm mit schelmischem Lächeln mitgeteilt, sie wollte mindestens sieben, höchstens aber acht Kinder haben. Und zwar, bitte sehr, genau geteilt, zur Hälfte Jungen und Mädchen. Das müsste doch wohl zu machen sein? Mit ein bisschen Sorgfalt?

Er hatte darauf verzichtet, mit ihr zu disputieren, das sei

bei sieben wohl kaum möglich, hatte undeutlich erraten, dass sie davon nichts hören wollte, und hatte die Forderung als ungefähre Vorgabe zur Kenntnis genommen. »Nun, das werden wir alles sehen«, hatte er ziemlich ausweichend geantwortet, denn vier oder fünf, du lieber Gott im Himmel, die hätten ihm völlig genügt.

Dann hatte Meta trocken gesagt: »Mein guter Mann, mit sehen allein ist es hier aber nicht getan!«

Daran musste David Fabricius jetzt denken, und ein Schmunzeln überzog sein Gesicht. Schon seltsam, wie ähnlich sich die beiden Metas in mancher Hinsicht waren. Und wie gottlob auch von Grund auf verschieden! Erst gestern hatte er Metas Horoskop gemacht; sie würde viel länger leben als er selbst, und auch das machte ihn froh. Er lächelte noch lange.

*

Tiefe Nachtschwärze war über Ostfriesland in diesem Frühwinter Anno 1584. Es war eine Schwärze, die sogar dafür sorgte, dass die Tage seltsam dämmrig und trübe blieben. Sie drückte auf die Herzen und schnürte die Gemüter. Die Leute schworen, es sei in den Nächten besonders dunkel, weil die Sterne fehlten. Auch der Mond sei seltsam blass. Gott wende sich von der Schöpfung ab, und die Dunkelheit sei dafür ein böses Vorzeichen. Es gab auch Gerüchte, die Pest sei wieder aufgetreten, und man habe sich auf eine neue Epidemie einzurichten. Sie stehe unmittelbar bevor.

David Fabricius versuchte in seiner Gemeinde das Gerede einzudämmen, aber der Aberglaube blühte. Kein Kampf ist härter als der, den man gegen die menschliche Einfalt führen muss. Denn sie hat viele Gesichter, wird wortreich begründet und nährt sich aus zahllosen Quellen. Weit im Westen gab es der Sage nach ein Inselvolk, das angeblich neunzig verschiedene Worte für Schnee hatte. Wenn das wahr sein sollte, dachte Fabricius, dann reichten zehntausend Worte nicht, um die Schlichtheit des menschlichen Gemüts zu beschreiben.

Tatsächlich war es schon sehr kalt, doch Schnee wollte nicht fallen. Normal. Der Nachthimmel war derzeit schwach beleuchtet, auch der Pastor hatte lange keine Sterne beobachten können, aber die Ursachen waren natürlich. Fabricius wurde nicht müde, das seinen Schafen zu erklären. Dennoch gab es Ereignisse, die Bauern und Knechte beunruhigten. Sie suchten geradezu nach Menetekeln und üblen Symbolen, sie wollten eine Bestätigung für ihre Ängste, und die kam endlich mit dem mysteriösen Tod von Frerich Frerichs. Der Mann war gesund und in seinen besten Jahren gewesen, und trotzdem hatte man ihn des Morgens auf seiner Miste gefunden, völlig nackt, blaugefroren, das schon, aber sonst unversehrt. Wie war er dort hingekommen? Und warum war er unbekleidet? War da Hexerei im Spiel? Der Satan? Seine Buhlen?

Es wurde dann gemunkelt, er sei, wie er es weiß Gott verdiente, an der Pest gestorben, an einer bis dahin unbekannten Form, weil die äußerlichen Merkmale fehlten. So gab es bereits vor der Beerdigung Unruhe und Verwirrung, die beim Begräbnis auf tragische Art einen Höhepunkt fand. Hinterher wusste niemand mehr recht zu sagen, wie sich alles zugetragen hatte, dazu war das Entsetzen einfach zu groß. Auch der Pastor wusste es nicht, denn er hatte sich gerade abgewandt und stand mit dem Rücken zum Grab, um einen laut weinenden Angehörigen zu trösten. Zu allem Überfluss war das Wetter lausig, ein scharfer, böiger Nordwest peitschte eiskalten Regen, und bei aller Trauer wünschte sich jeder, dass die Zeremonie bald beendet sein möge.

Jedenfalls, plötzlich war ein polterndes Geräusch zu hören, danach Schreckensschreie und dann schlug der Sarg mit dumpfem Knall auf die Grubensohle. War er weggerutscht, heraus aus dem Seil, oder hatte einer der Träger ausgelassen, der Himmel mochte es wissen. Fabricius fuhr herum und stürzte zur Grube, und dann sah er das ganze Drama. Der Sarg war mit der Kante aufgetroffen, so unglücklich, dass der Deckel aufgesprungen und der Leichnam von Frerich Frerichs zu sehen war. Er lag in seinem Sonntagskittel, den Mund leicht geöffnet und die Arme gekreuzt, auf seinen Zügen stand die Miene des Besserwissenden, des Auserwählten, eines Menschen, der in der festen Überzeugung lebt, unter lauter Blinden der einzig

Sehende zu sein. Es war der Gesichtsausdruck, mit dem Frerich gelebt und die Gemeinde aufgeregt hatte, und mit dem er schließlich gestorben war. Haltet Abstand, ihr Grottenolme und Schwanzlurche, und ich zeige euch den Weg ans Licht!

Denn Frerich Frerichs war der einzige bekennende Calvinist im Kirchspiel gewesen. Es hatte deshalb oft Streit in der Gemeinde gegeben, teilweise sogar beim Gottesdienst, und nicht nur einmal hatte ihn der Pastor schon beim Introitus zur Ordnung gerufen, weil Frerich das Psalmodieren oder den Gesang durch lautes Sprechen störte. »Das braucht es nicht, das braucht es nicht!«

Nicht wenige Glieder der Gemeinde wollten ihn deshalb nicht auf ihrem Friedhof haben. Sie waren am Vorabend des Begräbnisses sogar dem Pastor Fabricius auf die Stube gerückt, an Meta vorbei, und das wollte etwas heißen. »Soll er nach Emden gehen! Soll er dort verscharrt werden. Bei seinesgleichen«, hatten sie gefordert, aber Fabricius hatte sie abgewiesen.

»Wo soll Frerich denn noch hingehen? Er ist tot, habt ihr das nicht verstanden?« Und dann, als die Abordnung stur und stieselig geblieben war, hatte ihn die Geduld verlassen. »Leute, was denkt ihr euch? Ihr seid wohl toll, oder wie? Frerich ist Mitglied unserer Gemeinde gewesen, und er wird hier begraben. Punktum!«

So war das gewesen, und jetzt lag Frerich da im offenen Sarg und der Regen fiel ihm ins Maul. Also waren Nägel gespart worden, und nicht wenige, denn ein Sargdeckel, so viel steht fest, springt nicht ab, wenn er ordentlich vernagelt ist. Ein Blick des Pastors reichte, ein finsterer, wohlverstanden, und unter dem Weinen und Jammern der Familie sprang der Fassmacher in die Grube, zog Hammer und Nägel aus seinem Kittel und machte sich über den Deckel her.

Nachher nahm ihn David noch einmal ins Gebet. »Was hast du mit dem Sargdeckel gemacht? Konntest du ihn nicht so verschließen, dass er es bleibt?«

»Konnte man ahnen, dass die Träger zu blöde sind, ihn sachte abzulassen?«, fragte der Fassmacher ziemlich aufsässig zurück. Dann fügte er noch an: »Übrigens; dem lieben Gott wird's egal gewesen sein. Und Frerich auch. Denn schließlich glaubte er schon zu seinen Lebzeiten nicht an die Gegenwart des Herrn bei derlei.«

»Mann! Was redest du? Nicht beim Abendmahl! Nicht beim Abendmahl, du Tor!«, fuhr ihn der Pastor zornig an. Es mochte sein, dass er etwas angespannt war, Metas Schwangerschaft wollte sich partout nicht einstellen, und der Vorfall zerrte an seinen Nerven.

Der Fassmacher blieb ruhig. »Ihr vergesst Euch. Und was soll's schon? Der Deckel ist zu und Frerich ist begraben. Also, alles in Ordnung.« Wandte sich um und ließ ihn stehen, denn der Sturm nahm zu und blies einem den Regen jetzt waagerecht in die Augen. David Fabricius fühlte das Wasser in seinen Stiefeln. Die Zehen waren so kalt, dass er meinte, er stehe mit bloßen Füßen auf der blanken Erde. Zu Hause wartete die Magd mit einer heißen Suppe. Für heute war es wirklich genug.

Eintrag in das Calendarium Historicum des David Fabricius Januar 1585

Herrgott, gib mir Geduld. Aber möglichst rasch, denn bei dieser Gemeinde werde ich sie brauchen.

Zuerst das Schöne und Wichtige: Meta ist endlich guter Hoffnung! Seit dem Christtag wissen wir es sicher. Wir sind über die Maßen froh und glücklich.

Jetzt das zweite: Dieses Buch, in das ich nun schreibe, ist das ehemalige Nekrolog des Minoritenklosters in Gent. Meta, unsere gute Magd, hat es mir zum Christfest geschenkt. Das hätte ich ihr nicht zugetraut, es war eine schöne Überraschung. Es ist kaum beschrieben, nur wenige Seiten, und sehr schön liniert. Wird mir gute Dienste tun. Ja, du wirst mir ein stummer Freund sein. Ohne zu klagen, hast du als Sterberegister gedient, und künftig schulterst du Lasten, derer ich mich durch die Feder entledigen will.

Habe Meta daraufhin das Horoskop gestellt. Sie hat den Merkur im siebten Haus. Das hat mich gewundert, denn es deutet auf eine Tiefgründigkeit, die eigentlich nicht ihre Sache ist. Zusätzlich gibt es eine merkwürdige Verbindung zu Saturn, die ich noch nicht recht verstehe. Aber Meta kann mehr, als man ihr zurechnen will, das steht für mich fest.

Der Winter ist endlich gekommen, mit Eis und Schnee, wie es sich gehört. Auch die Sterne sind wieder gut zu sehen. Schönste Nacht war am 30. Dezember.

Der Calvinismus im Emden macht mir Sorgen. Nicht wegen der Religion, sondern aus politischen Gründen. Denn er wendet sich, namentlich gestützt durch Menso Alting, gegen alles, was nach weltlicher Herrschaft riecht. Geht es denn ohne sie? Die Grafen sind deshalb sehr aufgebracht. Zumindest in diesem Punkt herrscht zwischen ihnen Einigkeit. Muss auch mit Ubbo Emmius sprechen, wegen der Karte. Dass er mit Menso befreundet ist, darf keine Rolle spielen.

6.

Und die Hammerschläge waren noch in Rom zu hören.
Norden, August 1585

Die Reise war beschwerlich gewesen, denn David Fabricius war ein ungeübter Reiter, doch eine Kutschfahrt kam nicht in Betracht, sie hätte zu viel Geld verschlungen. Es waren gewiss nicht viel mehr als gute zehn Meilen zu reiten, höchstens fünfzehn, und trotzdem hatte er an der Station in Hage Rast gemacht. Er brauchte eine Pause für sein armes Heck. Meta hatte ihm ein Bündel mit Proviant geschnürt, reichlich Brot und Schinken, sogar eine Wurst hatte sie eingepackt.

Mit Zweifel im Blick hatte er den Beutel in der Hand gewogen. »Ich reite allein und bleibe nur eine Nacht. Und Ubbo ist nicht Hiob, sein Hungertuch ist nicht ausgezutzelt. Wenn er überhaupt eins hat, was ich bezweifle!«

Er hatte sich über ihre Fürsorge gefreut, wollte sie necken, doch Meta war nicht auf den Kopf gefallen. Die Magd hatte ihn angesehen wie eine Mutter, die ihrem schwachsinnigen Kind beim Singen zuhört. »Wer klagt schon über zu viel Geschmause?«, hatte sie kurz gefragt. Und dann, wie es ihre Art war, die Frage gleich selbst beantwortet: »Toren und Pastoren!«

Treffer! Aber er hatte es ja nicht anders haben wollen. Was konnte man darauf schon erwidern? Er hatte es sofort aufgegeben, hatte das Bündel über die Schulter geworfen und war wortlos nach draußen gestapft.

»Und warum? Sie müssen nicht aufs Feld, um dafür zu knacken. Es wird ihnen ins Haus gebracht!«, hatte Meta ihm noch nachgerufen, als er schon zu Pferde saß.

Unseliger Widerborst, was unterstehst du dich? Schmunzelnd hatte er sich vorgenommen, ihr Horoskop erneut zu prüfen. Es musste da etwas geben, eine versteckte Konjunktion, die auf angeborene Unbotmäßigkeit hinwies.

Ubbo Emmius hatte ihn freundlich empfangen. Mit einem Glas dunklem Bier schon auf der Schwelle, und das um diese Tageszeit. Er war nahezu doppelt so alt wie David Fabricius, aber er hielt sich aufrecht und gerade. Hatte er ein Geheimnis? War es das Bier? Helle, klare Augen deuteten auf einen wachen Verstand. Auch war er ein Freund der offenen Sprache. Belustigt hatte er zugesehen, wie sich David ächzend und mühsam aus dem Sattel schälte. »Kann mir denken, dass dir der Mors wehtut. Unsereins gehört auf die Kanzel, oder hinter das Katheder, nicht auf einen Pferderücken!« hatte er dem jungen Mann lachend zugerufen, und: »Was machen deine Sterne?«

Emmius war nun Rektor der örtlichen Lateinschule, auf das Norder Pastorenamt hatte er verzichtet, und war während seiner Studienzeit im helvetischen Genf zu einem überzeugten Calvinisten geworden. Wen konnte es da ernstlich überraschen, dass die beiden Männer einiges trennte, in fast allen Fragen der Politik und der Religion? Und trotzdem hielt David den anderen zu Recht für einen faszinierenden Gesprächspartner.

Das Übel, so fand Fabricius, war der Widerspruchsgeist nahezu aller Reformierten. Man konnte mit diesen Leuten nicht reden, ohne zu streiten. Man konnte nicht das Wetter beklagen, über die Ernte nörgeln oder Fragen der Wissenschaft diskutieren, ohne bald auf das Elend der Christenheit zu kommen. Unmöglich! Und sofort ging es ans Fell, ans Leben, ans Grundsätzliche. So war es auch jetzt. Er war wegen der Karte von Ostfriesland gekommen, und so hatte er es auch geschrieben, aber Ubbo kam zügig auf den Punkt. In allem, was er sagte, in Ton und Wortwahl, klang deutlich hörbar die Unduldsamkeit der Reformierten gegenüber denen, die urlutherisch geblieben waren, schnitt mit scharfem Eisenblatt der Vorwurf der Aufgeklärten an die trägen Traditionalisten und steckte die ständige Rüge: Was ist eigentlich mit euch los? Denkt ihr nicht?

David hörte die Frage, obwohl sie nicht ausgesprochen wurde, sie rauschte in seinen Ohren, und lautlos antwortete er darauf: Die Dinge des Lebens regeln sich nach der allgemeinen Verantwortung vor Gott, und nicht nach einer Gesinnung, die ihr wie den Heiland vor euch hertragt!

Er sah den Rektor vor sich sitzen, ruhig und still, und trotzdem fühlte er dessen sprungbereite Spannung, als hätte er eine Feder im Leib, die darauf wartete, gelöst zu werden. Es war diese Art, in der Emmius bestimmte Dinge nicht ansprach, die den Raum füllte wie tosendes Hörnerblasen eine Besenkammer. Sie saßen im Kartenzimmer, die Pergamente waren aufgeschnürt, aber Ubbo sprach bald voll Missbilligung über das gegenwärtige Verhältnis zwischen Grafenhaus und Ständen. Er schätzte den Adel als Gegengewicht zum regierenden Fürsten, so viel war klar, mehr aber hielt er von der Geistlichkeit, sofern sie reformiert war, und von freien Bauern und Bürgern.

»Es hält sich niemand lange, der seine Macht auf Klingen

stützt!«, sagte Ubbo irgendwann, und David ließ ihn reden. Klingen? Welche Klingen? Die Reformierten, so dachte David, hatten in ihrem verquasten Weltbild noch immer nicht begriffen, dass sich Macht heute anders gründete als auf geschmiedetes Eisen. Nämlich auf ein Geflecht von Geld, Einfluss und Kontrolle.

Es hält sich niemand lange, der seine Macht auf Strukturen stützt, die nicht der gottgewollten Ordnung entsprechen, hätte Fabricius antworten können, doch er hielt sich klug zurück. Was war der Auslöser gewesen? Eine Banalität. Eine Bemerkung Davids, die mit dem Gegenstand nichts zu tun gehabt hatte. Voller Bewunderung, ja ehrfürchtig hatte sich der junge Pastor über einen Kartenentwurf gebeugt und ihn studiert. Die Umrisse Ostfrieslands waren schon sauber ausgearbeitet gewesen, und eine erste Kolorierung gab es auch bereits. David hatte nur ein Lob zum Ausdruck bringen wollen, und nichts anderes.

»Dieses Werk verdiente es wohl auch, an eine wichtige Tür genagelt zu werden«, hatte er anerkennend gesagt. »Und auch hier würde man die Hammerschläge bis nach Rom hören!«

Emmius richtete sich auf, seine Stirne war so faltig wie Metas Waschbrett. »Hammerschläge? Welche Hammerschläge?«, fragte er scharf, und da wusste David, dass er einen Fehler gemacht hatte. Aber er hatte es gut gemeint. Sollte er nun deshalb zurückziehen?

Er ließ sich auf den Disput ein. »Ich meine die Hammerschläge des Doktors Martinus Luther am 31. Oktober anno 1517 an der Schlosskirche zu Wittenberg, Magister. Als er seine Thesen anschlug.«

Emmius schüttelte den Kopf wie jemand, der den größten Unsinn seines Lebens hört. »Wo soll er die angeschlagen haben?«

»An der Tür im dritten Joch der Nordseite. Die Nagelspuren sind heute noch zu sehen«, sagte Fabricius mit fester Stimme.

Ubbo Emmius lehnte sich zurück und griff nach seinem Becher. »Bruder, um Vergebung, aber das ist ein frommes

Märchen. Martin Luther hat seine Schrift dem Erzbischof von Mainz und Brandenburg geschickt. In einem Brief!« Er beugte sich vor und fixierte David mit einem herausfordernden Blick. »Albrecht von Brandenburg! Der hat sich aber nicht gerührt. Hat einfach nicht geantwortet. Keine Überraschung, übrigens, weißt du? Je höher die Stellung, desto schlechter ist das Betragen.« Und noch bevor der junge Pastor antworten konnte, fügte Ubbo Emmius hinzu: »Dann, verstehst du, als Albrecht sich nicht rührte, erst dann hat Luther seine Thesen an das Collegium weitergeben. Von dort wurden sie schließlich veröffentlicht, angeblich sogar zunächst ohne sein Wissen.«

David versteifte sich, es schien so, als wäre er einem Angriff ausgesetzt, von dem er nicht recht wusste, wie er ihn parieren soll. »Er hat sie angenagelt. Dafür gibt es Augenzeugen. Sein Sekretär hat davon berichtet, und der Philip Melanchthon auch!«

»Unsinn!«, gab Emmius grob zurück. »Der Sekretär redet Plural, er spricht von mehreren Kirchen in Wittenberg, und der Pastor Phillip Melanchthon war Anno 1517 noch gar nicht in der Stadt. Erst ein Jahr später. Wie konnte er da Augenzeuge sein?«

»Zumindest das erste kann dann aber als Beleg gelten!«, sagte Fabricius trotzig.

»Mitnichten!«, Ubbo Emmius setzte seinen Becher ab, schniefte, als hätte er geweint, wischte sich das Bier vom Mund. »Warum hätte er seine Thesen in publico anschlagen sollen? Für wen? Wen wollte er überzeugen? Sie waren in Latein geschrieben, also kaum für die einfachen Leute. Nein!« Der Rektor stand auf und trat an den Tisch, griff nach dem Bierkrug, langte sich eine Schale mit Brot und Lauch, kam zurück. Seine Augen funkelten. »Ich weiß, ihr wollt aus Luther einen öffentlichen Helden machen. Einen Heros für das einfache Volk. Einen Erzengel Michael. Einen Cherub für die Bauern und Bettler. Aber das war er nicht. So jedenfalls nicht. Und es ist uns zu nah an einer Form der Verehrung, die wir ablehnen!«

David war aufgebracht, in seinem Gesicht loderte helle Empörung. »Geht der Streit jetzt schon so weit, dass wir um seine Verdienste schachern? War er weniger heldenhaft als seine heutigen Kritiker? Was ist mit seiner Verbrennung der Bannbulle? Seinem Auftritt bei dem Reichstag in Worms Anno 1521? Seinem Disput mit Albrecht von Brandenburg?«

»Da war kein Disput«, sagte Ubbo abweisend, »denn der Erzbischof hat ihm nicht einmal geantwortet. Und das andere ist unwichtig. Für uns ist entscheidend, dass er auf halbem Wege stehen geblieben ist. Seine Lehre nicht zu Ende gedacht hat. Er hätte Steine aus dem Weg räumen können, an denen wir uns heute noch stoßen!«

»So wie die Realpräsenz?«, fragte David spitz.

Ubbo Emmius schüttelte müde den Kopf. »Das Abendmahl ist eine Feier zur Erinnerung an die Speisung Christi mit seinen Jüngern. Es hat mit körperlicher Gegenwart des Herrn nichts zu tun. Aber das ist ein nachrangiger Punkt, zumindest für mich.« Er linste nach der Brotschale, langte zu und begann zu kauen. »Viel wichtiger sind mir strenge Kirchenzucht, gottgefälliger Fleiß und Arbeitseifer als Grundlage für Wohlstand und nicht zuletzt Freiheit vor den Fürsten, gleich, ob sie kirchlich oder weltlich sind.«

Fabricius nickte, nicht aus Zustimmung, sondern wie jemand, der eine seit langem gehegte Befürchtung bestätigt sieht.

Eine Magd betrat das Zimmer und zündete Kerzen an, sagte, das Vesperessen sei gerichtet, und der Rektor knurrte: »So halte es warm. Wir haben noch zu tun!«

Später diskutierten sie über Methoden der Kartographie, sprachen von neuen Verfahren der Landvermessung, und David bewunderte alles, was Ubbo Emmius hier zu sagen und zu zeigen hatte. Seine neue Karte versprach in der Tat, ein Meisterwerk zu werden. Aber das Gespräch verlief in einer Atmosphäre nüchterner Sachlichkeit, kein Funke wissenschaftlicher Begeisterung oder Erkenntnis konnte es entzünden. Sie sprachen auch über das Wunder der Schöpfung, denn das Thema lag nahe, doch es einte sie nicht in gemeinsam empfundener Freude. Es war so, als sei eine

Vision erloschen, als sei ein schöner Vorhang zerrissen und hätte den Blick freigegeben auf einen seit langem bekannten Makel, eine Missbildung, die man bisher verschwiegen oder geleugnet hatte. Sie trennten sich bald und David verbrachte eine unruhige Nacht. Auch deshalb, weil sein Bettkasten etwas feucht war.

Am nächsten Morgen war Ubbo Emmius freundlich und aufgeräumt, gesprächig und um das Wohl seines Gastes bemüht. Er bedachte Fabricius mit wohlwollenden Blicken, aber er teilte ihm auch seine Sorgen mit. »Antwerpen ist gefallen. Gestern. Offenbar sehr blutig. Jetzt haben die Spanier den Süden der Niederlande fest in der Hand. Gebe Gott, dass der Norden steht!«

Ja, gebe es Gott! Seit fast zwanzig Jahren tobte dieser blutige Krieg, unterbrochen durch Phasen der Ruhe, die kein Einlenken waren, sondern nur dazu dienten, Kraft für den nächsten Waffengang zu schöpfen. Es war schon fast ein apokalyptisches Wirrnis. Kaiser Karl V. abgedankt. Sein Reich halbiert in einen spanischen und einen deutschen Teil. Die Niederlande unter spanischer Krone, die alles gnadenlos jagte, das auch nur nach Luther roch. Dann die Abspaltung der sieben nördlichen Generalstaaten, die sich als protestantische Republik verstanden und dem Papst und seiner Kirche nicht länger folgen wollten. Und für ihren Glauben unter König Phillip II. bluten und leiden mussten, der despotisch und in religiösem Verfolgungseifer gegen alles schlug, das nicht katholisch war.

»Amen«, sagte David. Sie beteten gemeinsam das Vaterunser, und für diesen Augenblick einte sie die Bedrohung durch den gemeinsamen Feind. Denn Phillip unterschied nicht zwischen Lutheranern und Reformierten. Für ihn waren sie alle Ketzer.

Doch sehr bald schon war er wieder da, der Schatten ihres schwelenden Streits, der nicht verschwand, nur wenn man ihn für den Augenblick unerwähnt ließ. Wir knien hier und rufen nach Gott, aber verbindet uns denn wirklich mehr als die Sprache Ciceros und Catos? Latein als der kleinste gemeinsame Nenner? Ist da sonst noch etwas? Die Hoffnung biedert sich dem Zweifel an, umwirbt ihn mit süßen Schalmeienklängen, mit Blicken, die schmachten und locken. Nutzlos. Mühe dich nicht und lass es gut sein, wir sind nicht füreinander gemacht. Nach einem kurzen Frühstück brach Fabricius auf.

Während des Heimritts nach Resterhafe befiel ihn plötzlich eine tiefe Unruhe. Metas Niederkunft stand bevor, in etwa zwei Wochen, aber es war das erste Kind und da wusste man nie, so jedenfalls wurde die Magd nicht müde zu sagen. Es sei zwar der Plan für alle folgenden, der Musterabdruck, die Urform, aber man könne sich des Ausgangs nicht sicher sein. »Ihr müsst es Euch denken wie einen Stich in einen Weizensack, um die Frucht zu prüfen, versteht Ihr? Man weiß nie, welches Korn man trifft!«

Das Bild war ihm reichlich schief erschienen, der Stich in den Weizensack nahezu ungehörig, in summa konnte er nichts damit anfangen. »Aber man weiß doch, wann man es hervorholt. Nämlich nach dem Stich, oder etwa nicht?«, hatte er ungehalten geantwortet.

Wie auch immer, es trieb ihn, er hob seinen Hintern, um das Pferd zu entlasten, und gab dem Gaul Zunder.

Die Station in Hage war gut gefüllt, er hörte das übliche Gerede, große und kleine Nachrichten. Gerüchte über einen Giftanschlag im Grafenhaus, die Leute schwätzten eine Menge, aber sie wussten nichts Genaues. Bei Esens hatte man einen Wilddieb gefangen und in den Stock geschlossen, auf ihn wartete der Richter. Der Fall von Antwerpen bestätigte sich, die Spanier hatten an die achthundert Mann verloren, die Niederländer reichlich viertausend, mehr als dreißig Schiffe mit Proviant, Kanonen und anderem Kriegsgerät für die Stadt waren in die Hände der Sieger gefallen. Auf Baltrum war ein junger Fischer erschlagen worden, der Mörder war gefasst, er sollte demnächst hingerichtet werden.

Vor dem Weiler Nesse traf er auf Bauern, die unter der Aufsicht eines Büttels mehrere Scheiterhaufen aufrichteten.

Die Brandpfähle standen schon, sie wurden mit Ästen und gebündeltem Reisig umschichtet. Der Pastor der Gemeinde stand daneben, mürrisch und schweigsam, und sah sich das Spiel an. Er fühlte sich offenkundig unwohl. David kannte den Mann als klug und aufgeklärt, er hatte auch bei Heinrich Lampadius gehört, aber hier schien er unschlüssig.

»Wozu baut ihr die Scheiterhaufen?«, fragte David den Büttel. »Habt ihr Hexen?«

Der Mann glotzte ihn aus roten Augen an, er hatte wohl lange nicht geschlafen oder die Nacht beim Bier verbracht. Als er den Mund aufmachte, roch man das letzte. »Wir nicht, aber man hört so einiges, aus Pewsum und Loquard«, sagte der Kerl in einem Ton, als verkünde er die Entdeckung einer neuen Welt.

»Und was habt ihr damit zu schaffen? Bringen sie die Leute etwa zu euch, damit sie hier brennen?«, fragte David Fabricius scharf zurück.

Sein zorniger Ton machte den Mann unsicher. Er sah auf den mürrisch schweigenden Pastor aus seinem Kirchspiel, dann kam sein Blick zurück, kleine, böse Eberaugen, er schwankte zwischen Angriff und Rückzug, das sah man deutlich. »Unbesorgt! Wir werden sie schon brauchen«, sagte er aufsässig. »Und wenn nicht zum Brennen, dann immerhin als Abschreckung.«

»Nun, der Herr sei dir gnädig«, sagte der junge Pastor kühl und segnete ihn, doch der Kerl starrte ihn nur feindselig an. Er bekreuzigte sich nicht und der Priester wandte sich sogar ab. David Fabricius war wütend, und übel war ihm auch. Er sah zu, dass er nach Hause kam.

7.

Kein Spanier, kein Ostfriese.
Resterhafe, früher März 1586

In der Kirche herrschte gespannte Ruhe, als der Pastor die Kanzel bestieg. Meta, seine Frau, saß mit der kleinen Magdalena, die noch im Kinderbündel lag, in der ersten Reihe. Daneben stolz und mit rotem Gesicht die Magd, betulich und gluckenhaft hielt sie eine wollene Decke über dem Säugling, ganz so, als hätte sie selbst ihn geboren. Die Bänke waren gut gefüllt, trotz des schlechten Wetters, und David dachte, vielleicht sogar deshalb, denn die Leute suchten Trost und Halt in schwerer Zeit.

Und in der Tat, die Gemeinde hatte böse Wochen hinter sich. Die letzte Ernte war miserabel ausgefallen, die Frucht kümmerlich und klein. Insgesamt war der Sommer zu kalt und zu nass gewesen, vieles war auf dem Halm verdorben. Das Landvolk war tief verunsichert. Nicht nur, dass ihm ein harter, hungriger Winter noch in den Knochen steckte; es hielt alles für schlimme Vorboten einer weit übleren Zukunft. Beängstigend war auch, dass die Pest immer wieder aufflackerte, hier und dort, stärker und schwächer, sie hielt die Menschen in Atem, ganz so, als wollte sie sagen: Seht her und hütet euch, ich bin unbesiegt!

Als der Pastor an den Rand der Kanzel trat, reckten sich ihm bleiche Gesichter erwartungsvoll entgegen. Es war, als schaue er in eine Kalkgrube, auf eine Herde verlorener Seelen, die verzweifelt auf niederregnendes Manna warteten. David musterte den Drosten Johann Malisius, der zusammengesunken in seinem Gestühl hockte. Erst gestern hatte ihm der Mann in Tränen aufgelöst gegenübergesessen. War hereingeschneit gekommen wie eine eisige Winterböe, von Furien gehetzt, an Meta vorbei, die nur noch rufen konnte: »Es ist der Drost! Malisius!« Was liegt denn an, zum Donnerwetter?

Dann das: »Achttausend Gulden im Jahr? Unmöglich!«

»Und doch ist es wahr«, hatte Malisius geschluchzt.

»Und wofür?«

Der Drost hatte die Schultern gehoben und nach seinem Sacktuch geangelt. »Was weiß ich? Für Wohlverhalten? Neutralität gegenüber dem Spanier. Ist ja auch gleich. Entscheidend ist doch, dass er es nimmt. Unser Graf und lutherischer Fürst. Von dieser katholischsten aller Majestäten!«

Da musste Fabricius ihm recht geben. Schon lange wucherten die Gerüchte im Land, Graf Edzard erhalte von Phillip II. eine Pension. David gab nichts darauf, denn es wurde viel geschwätzt, aber nun schien es sich zu verdichten. Der Drost schniefte und rotzte und irgendwann hatte der Pastor genug. »Woher wisst Ihr das?«, fragte er schärfer, als er wollte.

»Es muss Euch genügen, dass ich es weiß!«, gab Malisius mit nassem Gesicht, aber störrisch, zurück.

»Nun wohl! Sei's drum! Und was gibt es da zu flennen?« Verdammt und zugenäht, du bist doch der Drost hier, vertrittst den Grafen in nahezu allen Belangen der Herrschaft, und wenn er Geld nimmt, auch dieses Geld, und damit Gutes tut, wo ist da der Fluch?

Johann Malisius hatte die Augen aufgerissen, als wollte er ihn mit den Lidern verschlingen. »Das fragt Ihr mich? Ja, begreift Ihr denn nicht? Es ist unsere Welt, die immer mehr aus den Fugen gerät! Wo ist da noch Halt? Wo ist noch Ordnung?«, hatte da der Drost unter neuen Tränen gerufen, und geweint, so schlimm, dass die Magd Meta spöttisch lächelnd mit einem Bettlaken um die Ecke gesegelt kam. Nur ein energisches Kopfschütteln des Pastors, ein Drohen mit der geballten Faust, hatte sie wieder vertreiben können.

Nun also, er hatte den Drosten kaum beruhigen können. Nah, sehr nah war David daran gewesen, ihn anzufahren: ›Wenn Euch das übel ist, was weint Ihr hier bei mir? Geht zu ihm und macht dort Euren Vorhalt. Schließlich ist er zu allererst Euer Herr!‹, aber er hatte gesehen, wie es um Malisius gestanden hatte, und darauf verzichtet. Auch wegen Meta, von der er gewusst hatte, dass sie hinter der Ecke stand und lauschte.

Und nun saß der Drost in der Kirchenbank und wartete auf Erlösung. Von einem Mann im Talar, der sein Sohn hätte sein können. Fabricius schien es, als hätte der Graf in der Auswahl seiner Leute keine glückliche Hand. Die Welt aus den Fugen. Halt und Ordnung. Ordnung und Halt. Zumindest in seiner Gemeinde wollte er einen Beitrag dazu leisten. Wer, wenn nicht er, der Pastor David Fabricius, sah hier die Augen erwartungsvoll auf sich gerichtet?! Alle Augen, alte und junge, auch die von Dienern der Obrigkeit, auch die von heimlichen Kritikern der Kirche. Sie brauchten ihn. In Dornum wurden die Gerste krank, und sie suchten bei ihm Rat. In Reersum verschwand ein Kind spurlos, und sie fanden bei ihm Trost. Was sollte ein Seelsorger in diesen Zeiten anderes tun, als Geborgenheit durch Beistand in den kleinen Dingen zu geben?

Er sah die Magd an der Wolldecke zupfen und musste lächeln. Und plötzlich ergriff ihn ein Gefühl von Wärme und Zuneigung, umfing sein Herz, durchströmte seine Brust und trug ihn davon. »Gott ist kein Spanier«, begann der Pastor, und in der Kirche wurde es still. »Denn wäre er es, so würde er über alles weinen, was zu dieser Zeit in spanischem Namen geschieht. Ich glaube aber nicht, dass Gott weint. Ich glaube eher, dass er zornig ist!«

Er schwieg einen Moment und ließ seine Worte nachklingen, aber das Schweigen wirkte, als zöge eine Schwadron Landsknechte mit Kesselpauken durch die Kirche. Die Gemeinde duckte sich, man konnte ihre Beklemmung spüren. Des Pastors Blick wanderte über die Köpfe, die Leute sahen sein Lächeln, sie saugten es in sich auf wie eine Fuhre Zunder einen Wassertropfen.

»Gott ist aber auch kein Ostfriese. Denn wäre er es, was sollten dann die Oldenburger sagen?«

»Das sind Sachsen!«, rief einer und vereinzelt hörte man zaghaftes Lachen.

»Sachse ist er erst recht nicht, denn wäre er es, was sollten dann wir Ostfriesen sagen?«, fuhr der junge Pastor fröhlich fort, und die Stimmung in der Kirche löste sich. Hier und dort regten sich Füße, knarrten Bänke, setzte man sich zurecht.

»Es ist stets falsch, Gott nur bei sich selbst zu verorten, ihn für sich zu vereinnahmen«, sagte David Fabricius. »Jesus wurde als Galiläer geboren, aber er ist nicht das Eigentum dieses oder eines anderen Stammes!« Meta sah ihn mit strahlenden Augen an, die Magd stolz wie eine Braut, der Drost hielt sich das feuchte Sacktuch an die gerötete Nase. »Der irrt, wer Gott nur bei sich selbst sieht. Er steht zudem in der Versuchung, ihn auch für sich verantwortlich zu machen, für die eigenen Fehler, die persönlichen Sünden und Schwächen.« Der Pastor strich sich über den Talar, in der Tasche fühlte er das kleine, silberne Herz, seine Meta hatte es ihm heute früh geschenkt, sie war wieder guter Hoffnung. Er horchte in sich hinein, begriff sein Glück und betastete das Herz, und es war ihm, als hätte er nie etwas Kostbareres berührt.

»Er gehört euch also nicht allein. Und trotzdem ist Gott bei euch. Er ist bei euch, wenn eure Scheune brennt, wenn eure Gerste vergilbt und wenn eure Kuh im Schlot ersäuft, gerade dann ist er bei euch«, sagte David und seine Stimme wurde fest, fast kühl. »Es ist deshalb eure Pflicht, dass auch ihr bei Gott seid, dass ihr ihn nicht allein lasst, dass ihr so lebt, wie er für euch gestorben ist, dass ihr sauber und anständig bleibt, gerade in dieser Zeit.« Er wandte den Kopf und fixierte den Drosten und für einen Augenblick schien es, als spräche er nur zu ihm. »Und gebt denen ein gutes Beispiel, die schwächer sind als ihr. Die Welt, unsere arme, geschundene Welt, sie genest, wenn jeder sich danach fügt!«

Am Nachmittag nach dem Gottesdienst sprach die Magd ihn neugierig an. »Was hattet Ihr mit dem Drosten. Johann Malisius. Was hattet Ihr mit ihm?«

Fabricius musterte sie freundlich. »Du merkst wohl alles, Meta, wie? Dir entgeht wohl überhaupt nichts, was?« Er griff sich sein Astrolabium und stand von seinem Schreibtisch auf. Der Tisch war übersät mit Skizzen, seine Fingerspitzen schwarz von Tinte. Seit einiger Zeit arbeitete er an einer Karte für die Grafschaft Oldenburg. Es war eine Auftragsarbeit des dortigen Magistrats, der sich genötigt gesehen hatte, die Grenzen seines Landes neu vermessen zu lassen. Aber die musste nun warten, die Dämmerung setzte ein und die ersten Sterne schimmerten.

»Es war doch klar. Jeder hat gesehen, dass Ihr ihn angesprochen habt, ganz am Schluss!«

David trat ans Fenster und öffnete es. Es hatte aufgeklart, der Wind war eingeschlafen und die Welt schimmerte in einem sanften, zart duftenden Grün. Der zaghaft beginnende Frühling hatte auch den Sternenhimmel erfasst. Jupiter und Venus nahmen stolz Abschied, sie verblassten mit nahezu hoheitlicher Würde. Löwe wollte bald herrschen, aber noch war es nicht so weit. Wassermann und Fische begleiteten den Gang der Sonne, und Mars kehrte rot strahlend und schön an den Himmel zurück. Jetzt ein großes Rohr. Ein Sehrohr! Ein Königsreich dafür!

»Du hast den Drosten doch erlebt!«, sagte David trocken. »Du hast ungerufen ein Betttuch für seine Tränen gebracht. Du hast hinter der Tür gestanden und gelauscht.« Meta entrüstete sich in einer abwehrenden Bewegung, aber der Pastor hob lächelnd die Hand. »Lass gut sein. Und das muss genügen. Du bist nicht dumm, mach dir selbst deinen Reim darauf. Und denke an deine arme Seele. Hab ein Auge auf sie. Ein wachsames!« Die Magd schlug ein hastiges Kreuzzeichen und des Pastors Lächeln vertiefte sich. Also konnte er Meta doch noch beeindrucken. Er ließ sie stehen und ging hinaus. An seinem Handgelenk pendelte das kleine Silberherz.

Er wollte es eigentlich als Kette tragen, aber seine Frau hatte den Kopf geschüttelt. »Du bist Pastor. Die Brust ist für das Kreuz!«

Er hatte gelächelt. »Der obere Teil. Ich dachte tiefer, so etwa zwischen Hemd und Herz.«

»Da sehe ich es ja nicht!«, hatte Meta geantwortet, und hier musste er ihr recht geben.

In der Stube wurde die kleine Magdalena mit einem Brei gefüttert. Er gab seiner Frau einen Kuss und strich der Kleinen zärtlich über den Scheitel. Dann trat er in den Hof. Eine seltsame Mischung aus Ruhe und Ungeduld ergriff ihn. Die

Pläne für den Mauerquadranten hatte er schon im Kopf. Er sollte hier stehen, mitten auf diesem Platz, fest und schwer, genau dort, wo jetzt sein Holzpodest stand.

8.

Wer lange lebt, wird alt.
Aurich, Ständekammer, Juli 1587

Als es von Sankt Lamberti zur Vesper läutete, war Graf Edzards Laune auf dem Tiefpunkt. Alles verratzt und verschissen! Wie zum Hohn leuchtete das Siegel des Kaisers und der Hohen Reichstände herüber. Seit dem Augsburger Religionsfrieden von anno 1555 hing die Urkunde als Replik an der Wand, auch das Siegel war ein Nachguss, aber immerhin war der Text authentisch. Das Volk hatte gefälligst den Glauben seines Fürsten anzunehmen. Wer das nicht wollte, mochte auswandern. Cuius regio, eius religio. Wessen Land, dessen Religion, so war es vereinbart worden. Und vom Monarchen signiert. Gerade gute dreißig Jahre her. Was hatte davon heute Bestand? Was waren denn Verträge noch wert? Pacta sunt servanda? Lächerlich! Der Graf stieß ein kurzes Knurren aus, er klang wie ein gereizter Hofhund kurz vor dem Biss.

Er wusste wohl, er war hier nicht gut gelitten, denn politisch gehörte er nicht in diese Versammlung. Ein Aufruhr, als er sich zum ersten Mal unterstand, bei einer Sitzung aufzutauchen. Was will er hier? Was soll das jetzt? Verwunderte Rufe, wütende Fragen, sein Recht zur Anwesenheit wurde offen bezweifelt. In einem gräflichen Gebäude und auf gräflichem Grund. Unerhört. Aber er hatte sich nicht beirren lassen, war geblieben, und es hatte sich als klug erwiesen. Auf diese Weise war es doch möglich gewesen, so mancher unschönen Entwicklung zumindest die giftige Spitze zu brechen.

Und trotzdem war alles verschissen! Verbittert ließ der Graf seinen Blick über die Reihen der Ständevertreter wandern. Da saßen sie, die edlen, hochmögenden Herren, die stolzen Vertreter des Adels. Die von und zu Innhausen-Knyphausen, die Freien zu Lütetsburg, die durchlauchtigsten Hohen zu Gödens und die arroganten Erben der ostfriesischen Häuptlinge. Unsäglich. Jeder Einzelne von ihnen wäre gern an seiner, Edzards, Stelle, voll brennendem Ehrgeiz, getrieben von Machtgier, und nun, da sie es nicht konnten, machten sie ihm wenigstens das Leben schwer. Gemeinsam mit den Deputierten der Städte und den freien Bauern. Und redeten und quatschten und fuhren ihm in die Parade bei allen Fragen der Gesetzgebung, der Steuererhebung und der Rechtsprechung.

Und dann der Klerus, ach du meine Güte! Prälaten gab es nicht mehr, damit hatte die Säkularisation ein Ende gemacht, gottlob!, dachte er. Denn auch ein Kirchenfürst ist ein Fürst, der einen eigenen Misthaufen beansprucht. Es gab nur einige Pastoren von großen Kirchspielen als Beobachter. Immerhin mit einem profunden Verständnis gottgewollter Ordnung, aber was konnte das nützen? Von dieser Seite war kaum Beistand zu erwarten. Im Gegenteil! War ihm nicht sogar von der Kirchenkanzel aus gedroht worden? In Norden? Hatten nicht frevlerische Hundsfotte im Talar, die sich Pastoren nannten, in der Predigt schwadroniert, auch das Volk könne sehr wohl zum Schwert greifen, gegen die Obrigkeit, versteht sich? Ein offener Affront. Von geweihten Männern. Gegen den Landesfürsten! Usurpatoren, die ganze Bande, der eine wie der andere!

Die Herren Junker schmerzten ihn besonders. Als Räte waren sie zu nichts nütze, und Calviner waren sie auch noch! Zumindest die meisten. Und damit also ungehorsam. Unruhestifter und Aufrührer. Rebellen, die dem Land letztlich schadeten. Wie sein Bruder Johann, der wieder einmal durch Abwesenheit glänzte. Erst neulich hatten sie einen hitzigen Disput über das geführt, was Johann den Freiheitskampf der Niederländer nannte.

»Sie alle sind Helden, die für ihre Zukunft und die ihrer Kinder auf edle Weise fechten«, hatte Johann kalt gesagt, und Edzard war die grüne Galle hochgekommen.

»Aha! Alle? Auch die Geusen?«, hatte er scharf nachgefragt. Diese niederländischen Truppen unter der Führung Ludwigs von Nassau-Dillenburg waren vor den Spaniern ins

Reiderland ausgewichen. Ein Heer unter dem Herzog von Alba hatten sie verfolgt und Anno 1568 bei Jemgum schwer geschlagen. Danach waren Albas Soldaten durch das Land gezogen, hatten gebrannt und geplündert, gemordet und vergewaltigt, ein Trauma, das bis heute nachwirkte.

»Gewiss. Auch die Geusen. Gerade sie!«, hatte Johann geantwortet, in einem Ton, als wollte er sagen, was nur fragst du mich?

»So bist du gottlos und des Teufels!«, hatte da der Ältere geschrien. »Denn sie haben fremde Söldner ins Land geholt, die ostfriesisches Blut vergossen haben!«

»Erinnere dich, dass das die Seite ist, der du heimlich zuneigst, Bruder«, hatte Johann feindselig erwidert, und damit war das ganze Wirrnis der Zusammenhänge offenbar.

Nun, also Johann fehlte heute, und dabei wäre es sein Pflicht gewesen, sich dieses Jammerspiel mit eigenen Augen anzusehen. Es ging um das unabhängige Obergericht, das die Cirksena, das beide Grafen nicht wollten, und um das heftig gestritten wurde. Nicht etwa darüber, ob es zu schaffen sei oder nicht, sondern lediglich über die Besetzung. Jeder Stand versuchte natürlich, seine Paritäten zu sichern, und die Räte redeten und zankten und diskutierten sich die Gemüter heiß. Graf Edzard neigte den Kopf zur Seite, aus seinem Mundwinkel tröpfelte ein verächtliches Lächeln. »Sieh sie dir an, Sohn«, sagte er gedämpft zu seinem Erstgeborenen, der festlich gekleidet neben ihm saß. »Das ist das Gesocks, mit dem du dich eines Tages herumschlagen musst!«

Der junge Graf knurrte nur. Enno war inzwischen vierundzwanzig, man hielt ihn für klug und gebildet, die Hoffnungen des Hauses Cirksena ruhten auf ihm. Er wusste auch, was alle anderen wussten: Die Stände waren mächtig, weil das Grafenhaus schwach war. Und das Grafenhaus war schwach, weil die beiden Grafen sich bekämpften, miteinander stritten, sich sogar bekriegten, so sehr, dass sie darüber das Regieren vergaßen. Wären sie einig, zögen die Brüder ein Seil, und zwar in die gleiche Richtung, dann sähe die Sache wohl anders aus. Wie ein Lauffeuer hatte sich die von Graf

Johann verfügte Einführung des päpstlichen Kalenders im Land verbreitet. Es sollte Unverständnis, ja sogar Gelächter gegeben haben. Edzard trug ein gerüttelt Maß an Schuld, auch an diesem Schauspiel.

»Dieses Gericht, verstehst du, wenn es kommt, musst auch du als regierender Fürst anrufen, wenn du Streit mit einem Pächter hast«, fuhr der Graf giftig fort. »Du hast Glück, wenn du bei der Bestellung der Räte mitreden darfst.«

Ennos Blick war finster, er saß wie festgefroren, hörte zu, nickte und schwieg, doch sein Gesicht sprach Bände. Freude auf die Regentschaft war daraus nicht abzulesen.

Es gab jetzt eine Debatte über die Vorlage von Deputiertenlisten, die Stände hatten sich beraten und man stritt um den Termin. »Am 15. Oktober«, sagte der Knyphausen mit seiner bräsigen Bauernstimme.

»Unmöglich! Nicht vor Ende November«, hörte man aus der Abordnung der Städte.

Der Obermeister der freien Zünfte sah zu seinen Leuten hin, dann schüttelte er den Kopf. »Viel zu spät. Dann wollen wir unsere Kandidaten schon gewählt haben!«

Der von Innhausen-Knyphausen richtete seine kleinen roten Augen glitzernd auf den Grafen. Sauaugen!, dachte Edzard gehässig. In einem Saukopf sind Sauaugen. Eberaugen! »Was denken denn Eure gräflichen Gnaden zu dieser Sache?« Es war klar, die Frage war kaum ernst gemeint, denn die Cirksena wollten dieses Gericht überhaupt nicht, das wusste auch der von Knyphausen. Zudem lehnte er die gräfliche Anwesenheit ab. Edzards Teilnahme an den Sitzungen nannte er gerne »Eine Veranstaltung zur Eurer Liebden sinnentleerten Zerstreuung«. Knyphausen wollte eine Posse, ein Schauspiel, und weiter nichts.

»Ich plädiere für den 31. Dezember«, gab Edzard kalt zurück.

»Nach Julius oder nach Gregor?«, fragte Knyphausen spöttisch, und von weiter hinten hörte man verstohlenes Kichern.

Verfluchte Tat! Für eine solche Provokation wäre der Kerl zu guten Zeiten ins Loch gegangen! Mindestens für ein paar

Tage. Edzard blieb ruhig, aber hinter seiner Stirn drehten sich die Räder. Obacht, Sauhund! Warte nur, und du wirst sehen. Verschleppen. Verzögern. Aufhalten. Hintertreiben. Die Zeit zur Verbündeten. »Nach Julius, denn das ist der Kalender, der in meiner Grafschaft gilt. Das Jahr wäre noch festzulegen, aus meiner Sicht nicht vor Anno 1589, die Sache will wohl bedacht sein.«

Im Saal entstand Gemurmel, dann kamen spöttische Zwischenrufe zum Kalender und Protest. Was soll das jetzt? Warum auch fragst du ihn? Schlechter Vorschlag! Völlig unzureichend! Warum so spät?

»Wie Eure gräflichen Gnaden sehen, trifft dieser Rat nicht auf Zustimmung«, sagte Knyphausen genüsslich. »Es ist deshalb nötig, dass die Stände auch ohne Euer Gnaden Zustimmung, die ohnehin nicht erforderlich ist, also vermöge eigener Machtvollkommenheit entscheiden.«

Es war dieser Satz, bei dem sich Edzards Nackenhaare sträubten. Sie richteten sich auf und standen wie der froststarre Pelz eines Wolfs, den man durch einen verschneiten Winterwald gehetzt hatte. Er erhob sich abrupt und trat einen Schritt vor. Dann macht doch, was ihr wollt. Dann macht doch euren Dreck allein. Aber noch ist es nicht so weit! Noch seid ihr nicht am Ziel! »Was habt ihr denn in eigener Machtvollkommenheit zu entscheiden?«, donnerte Edzard. »Doch wohl nur über Eure Deputierten. Aber nicht über die Aufstellung des Gerichts. Dazu braucht es landesherrliche Befugnis, und die hat nach Lage der Dinge nur der Kaiser!«

Dann war plötzlich Unruhe, von weiter hinten rief jemand: »Dies ist das Haus der ostfriesischen Stände. Hier brüllt niemand!«, aber der von Knyphausen, kühl bis ans Herz, hob beschwichtigend die Hand. Er hatte den Grafen mit Erfolg angestochen, und das Ergebnis schien ihm zu gefallen.

»Nun, dann wenden wir uns an den Kaiser«, sagte er ungerührt, »er ist ohnehin auf unserer Seite.«

»Dazu viel Glück und Gott befohlen!«, konterte der Graf, noch immer in Rage. »Rudolf hat übrigens andere Sorgen. Denkt Euch, die Türken machen ihm zu schaffen. Er hatte sie noch Anno 1566 in Ungarn, also nicht nur vor der Haustür, sondern schon fast bei der Kaiserin im Schlafgemach, und sie werden wiederkommen, das ist gewiss. In dieser Lage ist ihm ein Obergericht in Ostfriesland so viel wie ein trockener Furz vor der Morgensuppe.«

Der von Knyphausen gab kalt zurück, das bleibe abzuwarten, in jedem Fall nähmen die Stände ihre verbrieften Rechte wahr. Graf Edzard sah ihn lange und bohrend an, in seinen Augen stand der Zorn in hellen Flammen. Rechte? Welche Rechte? Und wo verbrieft? Es gibt doch nur diesen Wisch von anno 1578, auf den ihr euch stützt. Und daraus anmaßend eure Privilegien zieht. Also eigentlich ungehorsam seid. Dafür gehört ihr alle unter das Schwert!

Edzard räusperte sich, mehrfach, und bekam den Hals einfach nicht frei. »Wie Ihr wollt. Ihr werdet Euch die Finger verbrennen, und nur so wird es kommen. Und der Kaiser wird sich erinnern, wer ihn in schwerer Zeit mit derlei Nichtigkeiten belästigt. Aber das löffelt Ihr dann aus. Ihr allein. De lang leevt, word old; de lang schiet, word de Neers kold!«, röhrte der Graf und stiefelte davon. Sein Sohn folgte ihm nur zögernd.

*

Zwei Stunden später stand der Pastor Fabricius vor Edzard. Der Graf hatte ihn zitiert, und das aus gutem Grund. Denn es war ihm berichtet worden, was sich in der Ständekammer abgespielt hatte, nachdem er gegangen war. Der Pastor aus Resterhafe hatte als Beobachter für die Geistlichkeit an der Sitzung teilgenommen, war irgendwann aufgestanden und hatte laut eine flammende Philippika gehalten. Über das Ober und Unter der göttlichen Ordnung. Über die Rechte eines Landesherrn. Und über die Pflicht zum Gehorsam in weltlichen Dingen, die Prinzipien des Glaubens nicht verletzen. Zuerst hatten alle verblüfft geschwiegen. Dann waren Stimmen laut geworden, Rufe und Flüche. »Wer ist denn der?« – »Was will denn der?« – »Wer hat denn den hergebeten?«

Der von Knyphausen hatte scheel zu ihm herübergelinst,

auf der Stirn eine steile Zornfalte. Dann hatte er ihm donnernd befohlen, sich zu setzen und zu schweigen. David hatte zurückgedonnert: »Ihr befehlt mir nicht!«, sich aber gleichwohl gesetzt.

Das alles hatte man dem Grafen gemeldet, und nun stand David mit enger Brust in der Residenz.

»Gut zu wissen, dass es in Ostfriesland noch Geistlichkeit gibt, die dem Grafenhaus zugewandt ist!«, sagte Edzard Cirksena wohlwollend.

David Fabricius verneigte sich, er hörte sein Herz klopfen. »Ich habe nicht explizit für Eure gräfliche Gnaden Partei ergriffen, sondern sprach ganz allgemein.«

Der Graf nickte und wies auf einen Lehnstuhl. »Aber zum Nutzen des Landes. Und derlei ist nicht die Norm!«

Ein Diener erschien und servierte gezuckerte Früchte und mit Minze gewürztes Wasser. Es war trotz vorgerückter Stunde noch immer warm. Die Flügeltüren standen weit geöffnet, im gräflichen Garten summten die Bienen. Edzard griff nach einer Apfelscheibe. »Nun, was sagt Ihr zu diesem Schauspiel?«

David wusste, er bewegte sich auf sehr dünnem Eis. Seine Antwort kam bedächtig und überlegt. »Eure gräflichen Gnaden sollten versuchen, zu einem Ausgleich mit dem Adel zu kommen. Das scheint mir der natürliche Verbündete zu sein.«

Der Graf lehnte sich zurück, aus seinem Mundwinkel rann der Saft, lief über das Kinn, tropfte auf die Weste. »Natürlich habe ich versucht, einzelne Räte auf meine Seite zu ziehen. Aber das ist nicht leicht, denn im Zweifel wollen die Herren Geld, und meine Mittel sind knapp!«

David dachte an den Drosten Johann Malisius und die achttausend Gulden, die Edzard jährlich von dem Spanier bekam, aber das war nicht belegt und so er hütete sich, davon zu sprechen.

»Zudem werden sie gemindert, durch den Herrn von und zu Leerort, Greetsiel und Stickhausen!«, fuhr Edzard ätzend fort, doch Fabricius schwieg. Er wusste ja, die Rede war von Edzards Bruder, Graf Johann, der seine Ämter hielt und dort seine eigene Politik machte, aber was sollte er denn sagen?

Sollte er ausspucken, was ihm auf der Zunge lag? Dass sich die Brüder gefälligst einigen sollten? Zum Besten des Landes und seiner Menschen?

»Bliebe nur noch Land. Als Lehen. Aber was geben? Schließlich bin ich kein Feudalfürst, der hier aus dem Vollen schöpfen könnte. Am Ende machte sie das auch nur noch mächtiger!«, sinnierte Edzard. Er sah den Pastor Fabricius auffordernd an, anscheinend wollte er eine Bestätigung hören, aber David entschied sich für Diplomatie.

»Landübertragung kann auch Abhängigkeit schaffen, und das macht den Lehnsherrn mächtiger«, sagte er vorsichtig.

Der Graf tat so, als hätte er David nicht gehört. Seine kalten Augen wanderten über den Obstteller. »Und schließlich sind alle Calvinisten. Ich traue ihnen nicht über den Weg«, sagte er, und legte damit, ungewollt oder beabsichtigt, sein eigentliches Motiv offen. Dass dieses Misstrauen herrschte, war ja völlig unbestritten. Erst anno 1575 hatten vier adelige Landräte dem Grafen ihren Dienst aufgekündigt. Er hatte sie aus Argwohn regelmäßig und mit Absicht von Entscheidungen ausgeschlossen, die in ihren Geschäftsbereich fielen. Er habe, so hatte Edzard damals gesagt, zu ihnen und ihrem calvinischen Wesen kein Vertrauen. Seither umgab sich der Graf vermehrt mit auswärtigen Räten, von denen einige, so munkelte man, sogar katholisch sein sollten.

»Ich stelle den Landfrieden über die Religion«, sagte David, es roch nach einer versteckten Rüge, und der Graf sah ihn scharf an. Er schien zu verstehen, aber er sagte dazu kein Wort.

Stattdessen brummte Edzard: »Mir bleibt nur die äußere Politik. Woraus soll ich noch Kraft schöpfen in einem Land, in dem mich sogar der Klerus von der Kanzel aus bedroht?«

David kannte diesen Vorwurf, er gründete sich auf jene unselige Predigt, die ein Pastor in Norden gehalten hatte, und die er zutiefst missbilligte. So durfte nach seiner Überzeugung ein Geistlicher nicht reden. »Aus der Liebe zu Euer Gnaden Landsleuten«, versetzte Fabricius sanft, und Edzard nickte, doch sein Ton blieb schroff.

»Daran ist kein Mangel!« Dann stand er auf. »Segnet mich«, sagte er mürrisch. Es klang wie ein Befehl.

Nachdem David die Residenz verlassen hatte, befahl der Graf den geheimen Rat von Münch zu sich. Münch war aus Münster, der Stadt, in der vor wenigen Dekaden der Niederländer Jan Beukels mit seinen Wiedertäufern ein blutiges Regiment errichtet hatte. Edzard pflegte Münch mit der Frage zu foppen: »Was gibt es Neues im Königreich Jerusalem?«, aber heute stand ihm der Sinn nicht danach. »Was wisst Ihr über den Fabricius?«, fragte er den Rat ohne Einleitung.

Münch legte die Stirn in Falten, aber nachdenken musste er nicht. »Pastor in Resterhafe durch Euer gräflichen Gnaden Verfügung«, sagte er trocken. »Lutherisch durch und durch. Guter Seelsorger, von seinen Schafen geliebt. Trennt kirchliches strikt von Weltlichem, ohne letzteres gering zu schätzen.«

Edzard hob den Kopf. »Familie?«

»Tochter und halbjährigen Sohn, Johann, glaube ich. Diesen Januar geboren, Euer Gnaden«, sagte Münch.

»Hetzreden gegen das Grafenhaus? Andere unliebsame Äußerungen?«, fragte der Graf lauernd, aber Münch schüttelte den Kopf.

»Nicht seine Art, Euer Gnaden. Er ist eher jemand, der die Welt nüchtern sieht. Da hat irrendes Blendwerk keinen Platz.«

Auf Edzards Gesicht stand plötzlich ein wölfisches Lächeln, es war, als schwanke er zwischen Schmunzeln und Zubeißen. »Schwächen?«, fragte er scharf.

Münch hob die Schultern. »Ihr wisst, dass unsere Pastoren nicht auf Rosen gebettet sind. Fabricius hat eine junge Familie, die noch wachsen wird. Er macht jetzt schon Kalender mit Wetterprognosen für die Bauern seines Kirchspiels, um sich etwas zusätzliches Geld zu verdienen. Dazu betreibt er die Astronomie als Passion.« Der Rat breitete die Arme aus. »Geld, Euer Gnaden. Wenn er eine schwache Seite haben sollte, dann heißt sie Geld. Denn das wird er brauchen. Auch für Geräte und Instrumente.«

»Er macht mir nicht den Eindruck, als könne man ihn kaufen, falls es das ist, was Ihr meint«, wies ihn Edzard zurecht. Dennoch kann es nicht schaden, dachte er, einen solchen Mann auch für das Volk sichtbar an seiner Seite zu haben. »Habt ein Auge auf ihn«, sagte der Graf knurrend. »Hier ist ein Kleriker, der tauglich scheint. Werde vielleicht noch auf ihn zählen!«

Eintrag in das Calendarium Historicum
des David Fabricius
28. Oktober 1587

Es ist tatsächlich geschehen, und das Volk ist noch immer wie gelähmt. Graf Edzard Cirksena hat seinem Bruder Johann das Amt in Stickhausen mit Soldaten entrissen. Vor einer Woche, früh im Morgengrau, hat sich ein Fähnlein der Auricher Stadtwache dort eingefunden, den Drosten des Grafen Johann aus dem Bettkasten geholt und ihn gezwungen, die Amtsräume zu öffnen und alles an Siegeln und Akten herauszugeben. Sie waren mitten im Laufe der Verrichtung, als draußen eine Amtswache des Grafen Johann erschien und mit gezogener Klinge versuchte, den Akt gewaltsam zu verhindern. Gegen die Übermacht der Auricher Stadtsoldaten ist aber kein Erfolg möglich gewesen. Es soll Blut geflossen sein. Am Ende hat Graf Edzard alle notwendigen Stellen in Stickhausen mit eigenen Leuten besetzt. Einen neuen Drosten gibt es auch schon. So versucht Edzard Cirksena, seine Grafschaft zu einen, aber ist das der richtige Weg?

Magdalena ist bereits eine stolze kleine Jungfer und Johann gedeiht prächtig. Übrigens ist mit seiner Geburt Metas Vorgabe zu einem Viertel erfüllt. Sie hat nicht darüber gesprochen, aber ich weiß, dass sie rechnet. Sind, was die Familie betrifft, voll Glück und Zuversicht. Habe gestern für beide Kinder nochmals das Horoskop gestellt. Für Johann deutet alles auf eine Zukunft als Gelehrter. Das macht mich über die Maßen neugierig.

Astronomisch habe ich den Cetus im Auge, den das Volk Walfisch nennt. Er steht zwischen den Fischen und Eridanus, ist für uns nur vom späten Sommer bis zum frühen Frühjahr sichtbar. Mit anderen Worten: Ein seltener Gast an unserem Himmel. Anfangs duckt er sich tief über dem Horizont, später scheint er sich zu strecken und seine Sterne wandern höher, es ist, als wende er sich bittend an Gott den Herrn. Er fordert mich heraus, versteckt seine Geheimnisse vor mir, aber ich bin fest entschlossen, den Schleier zu zerreißen.

Die Ernte wieder höchstens mittelmäßig, aber die Bauern klagen ja immer. Der Kalender für Tammo Haneken und seine Pachtbauern heute fertig. Für die Magd eine Pelzmütze zum Christfest, für Meta einen silbernen Becher von 12 Lot. Zusammen 15 Taler, davon 1 Taler Machelohn.

9.

Das Funkeln im Walfisch.
Resterhafe, Frühling 1589

Meta und die Magd saßen bei Backwerk, als Fabricius heimkehrte. Er hatte ihr Gelächter schon von draußen gehört, Metas helle, klare Stimme war wie Musik in seinen Ohren, und das Gackern der Magd, tief und voll, schien aus der Kehle eines riesigen Urvogels zu kommen. David war auf seltsame Art glücklich und traurig zugleich. Er hatte endlich einen Herausgeber für seine Ostfrieslandkarte gefunden, sie wurde bei Johannes van Oldersum in Emden gedruckt und er hatte einen guten Vertrag ausgehandelt. Man war einig geworden über das Papier und die Farben, und auch über die Tantiemen hatte man sich nach einigem Feilschen verständigt. »Was seid Ihr, Pastor oder Handelsherr?«, hatte ihn van Oldersum mürrisch gefragt.

Und David hatte mit festem Blick herausgezahlt: »Pastor! Mit Familie. Und du? Bist du Buchdrucker oder segelst du auf Kaperbriefen?«

Jedenfalls, sie hatten schließlich eingeschlagen und das Geschäft war gemacht. Johannes hatte anschließend ein kleines Mahl aus Fleisch und Steckrüben gereicht, dazu Brot und dunkles Bier, zur Feier des Vertrages, und sie waren beschwingt und als Freunde auseinandergegangen. Das war das Gute an diesem Tag und auch, dass er einen Auftrag aus dem Hause Oldenburg hatte, eine Karte für die dortige Grafschaft zu schaffen. Über Geld musste noch geredet werden, das schon, aber es hieß, der Oldenburger zahle gut. Vielleicht, wer wusste es denn, würde sich die Kartographie einmal als weiteres Standbein entwickeln, neben den Kalendern für die Bauern, die zudem ihre Schuld vielfach mit Feldfrüchten oder Speckseiten beglichen.

Aber nun das andere. In Emden war es nicht auszuhalten

gewesen. Die Stadt war voll von niederländischem Kriegsvolk, das Plätze und Gassen erobert zu haben schien. Es wurde gesoffen und marodiert auf eine Art, die schon den Weg in die Herberge zu einem beschwerlichen Abenteuer machte. Dann der abendliche Rabatz vor seiner Unterkunft. Die Knechte hielten Tumult, sie würfelten und prügelten sich und zogen die Dirnen an. Die Feuer brannten bis zum frühen Morgen. Nicht selten wurden die Messer gezogen. Der Magistrat unternahm nichts dagegen, er sah zu, und vielleicht aus Überzeugung. Schließlich waren diese Herren calvinische Brüder, die im Süden ihres Landes tapfer gegen das übermächtige Spanien kämpften. Also was taten sie dann hier, fragte sich Fabricius.

Nach zwei nahezu schlaflosen Nächten hatte er genug gehabt. Er zahlte seine Zeche und holte sein Pferd aus dem Stall. Der Wirt maulte, denn David hatte für zwei weitere Tage optiert, aber der Pastor murmelte etwas von seiner Herde, die ihn brauche, und saß auf.

Und dann, auf dem Heimritt, sprang ihn das ganze Elend des Bruderzwistes der Cirksena in die Augen, so sehr, dass sich seine Laune stetig verschlechterte. Es begann am Greetsieler Tief, wo er von einem Zollposten angehalten wurde. Der Mann trug die Farben des Grafen Johann. Bei ihm lümmelte ein unrasierter Kerl mit Hellebarde, funkelnden Augen und pechschwarzem Haar, der ein kleines Feuer unterhielt und so sehr stank, dass man ihn auf zehn Schritte riechen konnte. Er musste ein fremder Söldner sein, der Teufel mochte wissen woher. Nun also, der Posten griff zu und packte den Gaul am Zaumzeug. Er verlangte zunächst einen Passierschein, den David nicht hatte. Dann forderte er Geld. Als David sich weigerte, gab es ein Wortgefecht und der Kerl vom Feuer kam herüber. Er hielt die Stoßlanze locker in der Hand, aber sein Bizeps war fest. Jetzt sah David den wuchtigen Hirschfänger am Gürtel.

»Was is'? Willer nich' bezahln?«, fragte der Fremde, doch der Posten hob die Hand.

»Lass stecken, Willem!«

David Fabricius zog sein Brustkreuz aus der Bluse. Dann

fixierte er den Zollposten mit festem Blick. »Ich habe keinen Pass und auch kein Geld, mein Sohn. Und jetzt lass mich über die Brücke.«

»Kein Geld!« Der fremde Kerl spuckte verächtlich aus, wischte sich über das Maul und besah sich das Ergebnis. »Aber 'n Pferd hatter. Und Pfaffen ohne Taler hat's noch nie nich' gegeb'n. Die ham immer Geld!«

Der Zollposten sagte darauf nichts, aber er wurde unsicher, das sah man. Er ruckelte fahrig mit den Schultern, seine Augen huschten scheu über das Brustkreuz. »Ihr seid Pastor und reist in der Kittelbluse?«

Fabricius blieb kühl bis ans Herz, während sein Ärger stieg. »Wie soll ich sonst reisen? In Talar und spanischem Kragen? Vielleicht noch mit einem Tragealtar unter dem Arm?«

»Nimm seine Fennije und lass'n ziehn!«, sagte der fremde Kerl, doch da fuhr der andere herum und fauchte ihn an.

»Jetzt halt die Schnauze, Willem, und zurück ans Feuer!«

»Is' dein Posten«, sagte der Fremde trocken. Dann warf er Fabricius einen feindseligen Blick zu und trollte sich. Er ließ einen wabernden Gestank zurück, den David nicht deuten konnte. Faules Fleisch mochte das sein, dazwischen der scharfe Ton von Urin oder Schafsdung und Menschenkörper, seit langem ungewaschen.

»Wir dürfen keinen ohne Zoll über das Tief lassen. Befehl vom Grafen!«, sagte der Posten jetzt hilflos und Fabricius nickte. Mochte sein, dass der Kerl log, dass er sich hier für den eigenen Beutel bedienen wollte. Es konnte aber auch sein, dass er die Wahrheit sagte. Seit diesem unseligen kaiserlichen Dekret vom 2. Februar dieses Jahres waren die beiden Grafen außer Rand und Band.

Der Kaiser hatte verfügt, dass die Grafschaft Ostfriesland zwischen den Brüdern Cirksena aufzuteilen war. Zugleich hatte der Habsburger die Ämter Leerort, Greetsiel und Stickhausen als Besitz des Grafen Johann endgültig bestätigt. Und nun ließ Johann, gestärkt durch diesen Erfolg, seinen herrschaftlichen Gelüsten freien Lauf. Johann regierte. Er änderte die Polizeiordnung, schuf neue Strukturen in der Verwaltung, setzte Zollrecht. Alles das hatte er vorher auch schon getan, gewiss, aber nicht mit dieser Verve, bei weitem nicht mit solchem Vergnügen. Ja, es ging ihm auch um Machtausübung, um Geld und Einfluss, aber vor allem wollte er sich unterscheiden. Seht her, nicht nur er, auch ich bin Reichgraf in Ostfriesland, vom Kaiser selbst belehnt. Sein Bruder Edzard trat dem entgegen, wo immer er konnte, auch er setzte auf deutliche Zeichen seiner Macht, und damit wurde der Wirrwarr vollendet.

David Fabricius sah hinunter auf den Zollposten. Der Mann stand unschlüssig, noch immer hielt er das Zaumzeug des Pferdes in der Hand, aber sein Griff hatte sich gelockert. »Befehl vom Grafen«, wiederholte der Posten und David glaubte ihm jetzt.

»Ich war in Emden«, sagte er ruhig. »Emden ist teuer wie alle großen Städte. Mein Geld gehört nun dem Wirt vom Gasthaus *Zum Schwan*. Alles, was ich geben kann, ist Gottes Segen.« Sprachs, schlug das Kreuz und der Posten kniete nieder und tat es ihm gleich.

Als David über die Brücke ritt, sah der Schwarze am Feuer ihm nach, seine Augen waren wie Glutnester im Moor.

Bei Osteel traf David auf eine berittene Landstreife des Grafen Edzard. Er wurde angerufen, zum Stehen aufgefordert und ein übereifriger Bewaffneter wollte ihn visitieren, aber der Streifenführer erkannte Fabricius und pfiff den Mann zurück. »Lass gut sein, Jann. Das ist der Paster von Resterhafe.«

»Wen sucht ihr? Den Kaiser der Chinesen?«, fragte David, halb im Scherz und halb im Zorn, er war wirklich ungehalten, aber der Streifenführer ging nicht darauf ein. Er saß unruhig auf seinem Pferd, sein Kopf war ständig in Bewegung, wandte sich hierhin und dorthin, als erwarte er einen Angriff aus ungewisser Richtung.

»Haben da einen Vorfall aus Marienhafe«, knurrte der Mann grimmig. Er schnäuzte sich, zog ein Schnupftuch aus der Ärmelstulpe und wischte damit über Nase und Stirn. Setzte den Hut auf und zeigte die Zähne, aber seine Augen blieben kalt.

»Irgendein Kriegsvolk. Wohl holländische Marodeure. Die Schweine sickern über die Krummhörn zu uns herein, klauen und prügeln, kujonieren die Leute. Holen das Geflügel aus den Ställen, gehen den Mägden an die Röcke, derlei!«

David Fabricius wartete.

Der Streifenführer spie ins Gras und legte alle Verachtung in seine Stimme. »In Marienhafe haben sie's dann übertrieben. Den Bauern halb tot geschlagen, eine Magd notgezüchtigt und zwei Rinder von der Weide geholt!«

»Und? Habt ihr die Kerle?«, fragte der Pastor, doch der andere hob die Schultern.

»Wir suchen noch.«

Fabricius ließ seinen Blick über die Streife wandern, es waren zehn Mann zu Pferd, alle trugen Arkebusen auf den Rücken, der Führer einen schweren Säbel. »Viel Aufwand für ein paar Kriegsknechte!«, sagte Fabricius ohne Vorwurf, aber der Streifenführer sah ihn kühl an.

»Bedenkt den Anlass. Und der Graf muss seine Leute schützen. Auch vor dem anderen!«, sagte er spröde.

David fragte nicht. Er wusste, wen der Mann meinte. Der Andere war Graf Johann, der jüngere Cirksena, und niemand sonst.

Der Streifenführer zog den Hut, wendete sein Pferd und die Truppe ritt ab, noch bevor David antworten konnte. Was hätte er auch sagen sollen? Dass es nicht angemessen war, wenn sich zwei fürstliche Brüder derart stritten? Dieser Satz an einen Streifenoffizier? Mit welchem Ziel? Um was zu ändern?

Fabricius war deprimiert und wütend. Er dachte an das Gezerre um das Amt Stickhausen, und daran, was schließlich daraus geworden war. Es war ja klar, dieser Streit war unvermeidlich gewesen, sein Saatkorn lag in fruchtbarer Erde, Graf Edzard selbst hatte es doch hineingelegt, damals, mit seinem Handstreich im Oktober anno 87. Johann hatte für seine Düngung gesorgt, mit der Eingabe an den Hof in Prag, einziger Aufschrei der Empörung und herzzerreißender Appell an den Kaiser, seine Rechte wiederherzustellen. Das Korn war gelegt gewesen und es nur eine Frage der Zeit, bis es aufbrach und zu sprießen begann. Es streckte auch bald seine scharfen Spitzen aus dem Boden und stach zu, es war am 2. Februar 1589. Nicht allein die Entscheidung Rudolfs II., mit der er Johann als Herr seiner drei Ämter bestätigte, war das Ärgernis gewesen. Auch nicht die erneute Stärkung der Ständischen Rechte in diesem Schreiben. Sondern vor allem die fast obszön demütigende Art, in der Johann sein Amt Stickhausen wieder in Besitz genommen hatte.

Wie ein römischer Imperator war er aufgetreten, arrogant und hoffärtig, hatte Edzards Drosten öffentlich schwer geohrfeigt, seine Knechte verjagt und alles auf dem Platz verbrennen lassen, was durch Siegel und Pergament an die Herrschaft des Bruders erinnerte. Jeder, auch der Dümmste, selbst der Blindeste, konnte sehen, dass damit die Frucht für neuen Streit, für anhaltenden Zwist im Hause Cirksena unter fetter Krume lag, und wer geglaubt hatte, mit dem kaiserlichen Beschluss werde Frieden einkehren, fänden die beiden Grafen einen modus vivendi, komme Ostfriesland zur Ruhe, der sah sich getäuscht.

Dabei ging der Riss ja auch quer durch das Volk. Es gab Streit unter Nachbarn und Raufereien beim Bier. »Ich halte es mit Edzard, nur ihm gebührt der Grafenhut!«, sagten die einen. »Der Kaiser hat gesprochen, und das weise!«, hielten die anderen dagegen und irgendwann flogen die Fäuste.

Für Fabricius war ebenfalls Edzard der am ehesten legitimierte Fürst im Lande, aber da er es nun nicht unbestritten sein konnte, war doch nach einer Ratio, eine Vernunftlösung zu suchen. Es stimmte ihn traurig, dass die Cirksena dazu nicht fähig waren. Den offen ausgetragenen Bruderkampf hielt er für unsäglich.

Niedergeschlagen hatte der Pastor seinen Ritt fortgesetzt, bis Resterhafe war er dann unbehelligt geblieben.

Es war schon dämmrig, als er eintraf, und seine Stimmung hob sich erst, als er das Gelächter der Frauen hörte. Metas Gegacker trieb ihm ein warmes Lächeln auf die Lippen, und das silberhelle Perlen seiner Frau floss ihm sanft durch die Brust, es war, als habe ein Engelsflügel sein Herz berührt.

Er versorgte das Pferd und stolperte in die Stube. Zwischen den Frauen stand ein Krug mit Süßmost, er schien zu erheitern, rötete die Wangen und die Magd stand auf und schob ihm einen Becher in die Hand. David dankte, trank, küsste seine Meta und zog den Vertrag des Johannes van Oldersum aus der Reisetasche, die er noch immer über der Schulter trug.

Meta verschwand in der Küche, um für den Pastor das Nachtmahl zu richten, und David redete sich die Reise von der Seele. Seine Frau hörte zu und streichelte seine Hand, und am Ende fühlte er den kleinen Gegenstand, den sie ihm zwischen die Finger schob, ganz sanft und vorsichtig, als könnte der leiseste Druck ihn brechen. Dabei war es doch ein massives silbernes Herz, klein und rundlich, aber so vollkommen, dass es David das Wasser in die Augen trieb.

Er fand in dieser Nacht lange keine Ruhe, Meta lag schon, und den Kindern in ihrer Kammer hatte er still den Scheitel gesegnet. Dann war er in den Hof gegangen, auf seine Plattform gestiegen und hatte seine Augen auf den Südhorizont gerichtet. Langsam, ganz allmählich, war der Walfisch aufgegangen, zögernd hatte sich Tau Ceti gezeigt wie eine zarte Jungfrau, die neugierige Blicke scheut, und dann hatte ihn das Jagdfieber gepackt. Oben, hinter dem Kopf des Walfischs, so glaubte er, schimmerte ein leichtes Funkeln. Es stand ihm vor Augen, wenn sein Blick über diese Stelle glitt, und verschwand, sobald er scharf visierte. Lebte und starb, erschien und verblasste, lockte an und stieß ab, es machte ihn schier verrückt und seine Unruhe stieg. Gegen Morgen schob sich eine flache Wolkenbank vor den Horizont, blähte sich auf, wuchs und hatte bald eine Höhe von mehr als dreißig Grad erreicht. Es schien, als habe der Walfisch den Himmel zum Verbündeten. Da gab er es auf. Er schimpfte noch, als er von dem Podest stieg. Niemals zuvor hatte er sich brennender ein Sehgerät gewünscht, eine Form von Optik, eine Art Brille, um Cetus sein Geheimnis zu entreißen, nie so sehr wie in dieser Nacht.

10.

Gott ist ein harter Herr!
Aurich, Oktober 1591

»Die Cirksena waren schon immer für die Trennung von Kirche und Staat, die Säkularisierung«, sagte Graf Edzard und griff nach einem Hühnerbein. Dabei wanderte sein Blick über die reich gedeckte Tafel, ganz so, als spähe er schon nach dem nächsten Bissen.

Die Gräfin saß stocksteif neben ihrem Gatten. Sie trug ein Kleid mit den drei goldenen Kronen des Hauses Wasa, wie zum Trotz, als gelte ihr Schweden mehr als die Farben Ostfrieslands. Ihre Augen waren kühl, der Ausdruck spröde, der Teller vor ihr leer. Sie hatte keinen Appetit und wirkte im Ganzen ungnädig. Und doch hätte sie zufrieden sein können, denn Graf Johann war endlich tot und ihr Mann herrschte allein. Dieses Mahl, der späte Leichenschmaus für Johann, hätte insgeheim ein Fest werden können, aber ad primum war das nicht schicklich und ad secundum gab es dafür keinen Grund. Denn ihr Gatte war ein Reichsgraf, dem die Stände auf der Nase tanzten, ein Fürst, der Städte wie Emden nicht beherrschte, also was gab es da schon zu feiern?

»Schon Graf Enno II. hat durchgegriffen und Fakten geschaffen«, fuhr Edzard schmausend fort, und die Gräfin legte ihre Fleischgabel mit einer betonten Geste auf den Tisch, es hatte etwas Endgültiges, als wollte sie sagen, von alledem werde ich keinen Bissen zu mir nehmen. Die Rede des Grafen war auch nicht für Katharina von Wasa bestimmt, sondern für die anderen Zuhörer am Tisch, die Drosten und Pastoren, die Räte und die Vertreter der Städte, denen Katharina jetzt aus den Augenwinkeln glitzernde Blicke zuwarf.

David Fabricius war nicht entgangen, dass die Gräfin einen kalten Moment auf den Emdern verweilte, vor allem bei Menso Alting und Ubbo Emmius, die wie Brüder nebeneinander hockten. Und richtig, als hätte er es geahnt, hob Alting die Hand und meldete sich zu Wort.

»Was nennt Ihr durchgegriffen, Euer Gnaden? Und welche Fakten hat er denn geschaffen?«, fragte Alting mit klarer Stimme. Er sprach sehr ruhig, und doch waren seine Worte scharf wie geschliffenes Eisen. »Es ist wahr, er hat die Klöster entmachtet, das schon. Die Äbte abgesetzt und die Mönche fortgejagt. Doch was weiter? Alles Messgerät aus Gold und Silber hat er eingezogen, wertvolle Ornate konfisziert und daraus Roben für sich und seine Räte gemacht. Aber was sonst?«

»Alles das war nötig!«, widersprach Edzard in unwilligem Ton. Er überging den Vorwurf der Bereicherung geflissentlich. Kein Wort zu Kelchen, Kreuzen und Gewändern, er wusste, hier stand er auf sehr dünnem Eis. »Wie soll denn der Ordensklerus gerupft werden, wenn man ihm seine Symbole lässt? Seinen Reichtum? Seine Pfründe?« Er richtete sich auf und stieß seine Fleischgabel in Richtung auf den Prediger, als wolle er ihn damit aufspießen. »Gerade ihr Emder Calviner habt euch doch derlei entledigt mit einer Konsequenz, die ohne Beispiel ist. Wie könnt ihr also an Enno Mangel finden?«

Danach war Ruhe an der Tafel, nur bei den Emdern tuschelte es, man spürte die Empörung, hörte Worte wie »Gold gestohlen« und »Silber unter den Nagel gerissen«, und dann hob Ubbo Emmius den Kopf. Es schien, als spielten sich die beiden Emder Kleriker jetzt die Bälle zu.

»Mit Verlaub, Euer Gnaden, es reicht eben nicht, Mönche zu verjagen, Klostermauern zu schleifen und edles Metall aus Sakristeien zu holen!«

Fabricius spürte den Zorn in sich aufsteigen. Gewiss, Emmius nutzte hier eine griffige Darstellung, aber war damit die Säkularisierung Ostfrieslands bündig, und vor allem, redlich beschrieben? Jawohl, die Johanniter waren vollständig enteignet worden, man nutzte hier geschickt die landesherrliche Schutzgewalt über den Orden. Man könnte auch sagen, sie wurde missbraucht. Aber durfte man die

Entschädigungszahlungen unerwähnt lassen? Die Vergleiche? Die Verhandlungen vor dem Reichkammergericht? Was hieß denn das, Klostermauern schleifen? Hatten sich nicht Klöster wie Norden und Ihlow freiwillig aufgelöst? Und waren nicht Pensionen gezahlt worden, um Mönche und Nonnen zu erhalten? Das alles gehörte auch zur Wahrheit. Und hier redete ein Mann der Kirche aus Kalkül nur von der dunklen Seite. David dachte mit Bitterkeit an die drei Siebe des Sokrates. Wahrheit im Bericht, Güte des Gesagten, Notwendigkeit der Mitteilung; wie weit wollen wir uns von dieser Ethik eigentlich noch entfernen?

»Hüten wir uns vor einseitigen Darstellungen. Und die Auflösung der Klöster war eine wichtige Voraussetzung für die Reinigung der Kirche!«, warf der Pastor aus Resterhafe ein. Er saß ganz hinten, am Ende der Tafel, und das Grafenpaar wandte ihm die Augen zu, Katharina kühl und prüfend, Edzard mit einem freundlichen Lächeln.

»Es hätte einer schlüssigen Fortführung bedurft«, fuhr Ubbo Emmius fort, als hätte David nichts gesagt, »einer weiteren Verweltlichung des religiösen Lebens ohne Kultus und Reliquien, der deutlicheren Trennung von Kirche und Obrigkeit, einer schärferen Ausprägung der Bedingung von Schrift, Christus, Gnade und Glaube im Herrn.«

»Die letzten sind Teil eurer calvinistischen Doktrin, eure vier Soli, sie haben mit der Säkularisierung nichts zu schaffen«, sagte Fabricius schärfer als er wollte, er ärgerte sich über die Missachtung durch den Emder, und nun hatte er die ungeteilte Aufmerksamkeit der gesamten Tafel. Alting und Emmius musterten ihn mit bohrenden Blicken, es war klar, diesen beiden galt er als Nestbeschmutzer, als Renegat, als Verräter an der Sache ihrer Kirche. Davids Augen blieben auf Emmius haften. Der starrte ihn finster an. Da war es wieder, dieses Gefühl, durch Welten getrennt zu sein, das ihn schon damals angesprungen hatte, im August anno 85, als er Emmius wegen seiner Ostfrieslandkarte besuchte. Trostlos. Man trug den gleichen Gott im Herzen, legte den gleichen schwarzen Talar über die Schultern, und doch war man sich fremd wie Rettung und Verdammnis, Hoffnung und Zweifel, Liebe und Hass.

»Er hat die Stärkung der Stände vergessen!«, maulte der Herr von Knyphausen dazwischen, und Edzard knurrte kurz auf, wie ein Hund, dem man einen Knochen wegnehmen will.

Durch den Saal wehte jetzt ein Duft von Minze und Apfelmus. Diener brachten das Dessert und der Graf ließ Wein nachschenken. Es setzte bald eine lebhafte Unterhaltung ein, auch unter den Räten wurde gemurmelt und dann hörte man von dort Worte wie »das Schwert als Lösung«, »den Knoten durchschlagen«, »Alexander«, und »der Streitwagen des Gordios«, und dann war es plötzlich totenstill. Unter der Geistlichkeit wurde eisern geschwiegen und bei den Emdern hoben sich Köpfe.

»Aus dem Schwert kommt kein Heil!«, sagte David Fabricius laut und deutlich, und dann erhob sich Graf Edzard und setzte zu dieser unseligen Erklärung an. Er wollte mäßigen, beschwichtigen, und erreichte doch das Gegenteil, wie ein Straßenräuber, der sein Opfer mit der Dolchklinge streichelt.

»Man hüte sich vor einem schnellen Urteil, bis man das Ende des Schwertes kennt!«, sagte Edzard und ignorierte den warnenden Blick seiner Frau. Der Graf hielt inne und ließ seine Augen über die Gesichter wandern. David Fabricius hatte sich abgewandt, sein Kopf war gesenkt, aber die Emder hielten stand, hart und funkelnd, und bei den Ständen schien man eine Kriegserklärung zu erwarten.

»In Lübeck«, fuhr Edzard fort, »hat man anno 1565 eine Galeone auf Kiel gelegt. Sie war hundertzwanzig Ellen lang, maß gute hundert Ellen vom Kiel bis zum Topp und hatte an vier Masten eine Segelfläche von mehr als viertausend Quadratfuß. Sie trug hundertzwanzig Geschütze und bot Platz für tausend Mann Besatzung. Es war die *Adler von Lübeck*, das größte und mächtigste Schiff der Welt, eine furchtbare Waffe, es sollte für die Hanse im Nordischen Krieg gegen Schweden kämpfen. Zwei Jahre dauerte es, sie zu bauen und auszustatten, aber als sie anno 1567 vom Stapel lief, da hatte sie ihren Schrecken schon verloren.« Er sah in die Runde, es war klar, er wollte, dass jemand nach dem Grund fragte, aber es fragte niemand, kein Laut war zu hören, keine Stimme regte sich, es herrschte eine kalte, feindselige Ruhe. Edzard schien sie nicht wahrzunehmen. Er nahm wieder Platz und griff nach seinem Glas. Dann stellte er die Frage selbst. Er tat es lächelnd, wie bei einem Gespräch mit uralten Freunden.

»Warum? Nun, es hatten schon Friedensverhandlungen eingesetzt. Man einigte sich, und die *Adler* wurde ein Kaufmannsschiff für den Handel mit Portugal. Bereits anno 1581 schlug es leck, wurde an portugiesische Holzhändler verkauft und abgewrackt. Aus seinem dicken Bauch schuf man Weinfässer und Holzlöffel für die armen Leute. So kann aus einem Schwert ein Pflug werden«, schloss Graf Edzard und sah doch nur in zweifelnde, misstrauische, ablehnende Gesichter. Niemand glaubte ihm, selbst seine Räte runzelten die Stirn und wenn er die Absicht gehabt hatte, durch dieses Bild Vertrauen zu schaffen, so war sie gründlich fehlgeschlagen.

Später, beim Punsch, gab es dann doch noch den Eklat, den alle schon früher befürchtet hatten. Die Reihen waren bereits deutlich gelichtet, auch die Gräfin hatte sich empfohlen. Fabricius war noch da, er fühlte, es sei nötig, die Emder saßen fest am Tisch, als sei es der eigene, und auch der von Knyphausen und seine Getreuen blieben hocken und hielten den Platz. David hatte den Eindruck, als wollten die Männer nicht vorzeitig das Feld räumen, als rüste man sich im Gegenteil zum Angriff, denn wo konnte man den Löwen am ehesten besiegen, wenn nicht in seiner Höhle? Und auch aus diesem Grund blieb David. Er nahm an, dass ihn seine gottgewollte Loyalität zum Landesherrn dazu verpflichte.

Graf Edzard indes gab sich arglos und großzügig. Man trank den Rauch aus gerollten Tobakblättern, ein Kraut, das dieser Genueser Kolumbus aus Indien mitgebracht hatte, sündhaft teuer, aber Edzard verteilte mit vollen Händen. Er selbst zog unter den erstaunten Blicken der Gäste ein merkwürdiges Instrument aus der Tasche, ein Tonrohr mit einer Verdickung am Ende. Dort hinein stopfte er geriebenes Tobakkraut und zündete es an.

»Aus Amsterdam, ihr Herren!«, sagte er fröhlich, dort heiße man es Pfeife, sprach's und hüllte sich in dichte Wolken.

Man ergab sich dem Genuss, allenthalben war ein Schmurgeln und Schmatzen, die Gläser mit dem Punsch klackten und die Lage war friedlich, aber jeder wusste, da waren noch Fragen offen, es gab noch ein Rätsel zu lösen, man hatte sich noch nicht abschließend erklärt.

Und dann brach der Streit los. Es begann der von Knyphausen, er beugte sich vor und nahm den Grafen frontal an. »Ihr habt geredet, Euer Gnaden, als verachtetet Ihr das Schwert. Und trotzdem habt Ihr es erhoben, gegen den eigenen Bruder!«, sagte er tadelnd.

Und danach, als hätten sie sich verabredet, fügte Ubbo Emmius spitz hinzu: »In Stickhausen.«

Der Graf winkte ab. Er war noch leutselig, aber in seinen Augen stand plötzlich Unruhe. »Das waren meine Söhne. Jungenstreiche. Längst vergessen!« Edzard Cirksena setzte sich zurecht, ließ sich einen Kienspan reichen, denn seine Pfeife wollte nicht recht brennen. »Hört, Ihr Herren, das alles ist vorbei. Wozu Schlachten schlagen, die lange schon vergangen sind, frage ich? Die Primogenitur ist hergestellt. Ich habe meinen lieben Bruder begraben müssen, und nun soll die Zukunft gelingen!« Er wollte noch etwas hinzufügen, aber dann besann er sich. Man ließ ihm auch keine Zeit. Es war Menso Alting, der sich nun zu Wort meldete.

»Wie ist es denn, zwei Herren zu dienen?«, fragte er fast schläfrig, aber die Frage war wie ein giftiger Dorn.

Edzard fuhr auf, als hätte ihn ein glühender Stachel getroffen. »Was soll das heißen? Hütet Euch, Menso Alting, ich rate Euch gut, überspannt den Bogen nicht!«

Der andere blieb ruhig, er schien sich seiner Sache sicher zu sein. »Nun, Euer Gnaden, Ihr habt doch Apanage von Phillip, dem Spanier, wie man hört. Und jetzt auch noch von Elisabeth I. Tudor, die Königin der Engländer ist, oder nicht?«

Der Graf starrte ihn aus roten Augen an. Verfluchte Tat! Woher wusste dieser verdammte Calvinistenhund davon? Woher von Phillip, woher von der Tudor? Es war ja richtig, sein Bruder Johann war schon zwei Tage tot gewesen, als am 21. September diese Kiste eingetroffen war, begleitet durch eine bewaffnete Truppe, versandt durch ein Handelskontor in Hamburg. Sechstausend Goldgulden hatten darin gelegen, angewiesen aus London, zu zahlen an den Grafen Johann Cirksena, der bleich und starr nebenan auf der Bahre lag. Die Truppe hatte Johann gesucht und nicht gefunden, und dann war man nach Aurich gekommen, um das Geld bei der Familie abzuliefern, der Führer der Waffenknechte war ein pflichtbewusster Mann. Er selbst, Edzard, war aus allen Wolken gefallen, wie Schuppen war es ihm von den Augen gesprungen. Jetzt war ihm klar, wie sich Johann so lange hatte halten können. Mit seinen drei Ämtern. Ohne wirklich nutzbares Hinterland. Auf unzureichenden Flächen. Aber, zum Teufel, wen hatte das zu interessieren? Was ging diesen Hundsfott das alles an?

»Es wird viel dummes Zeug geredet«, grollte der Graf mit rotem Kopf. »Ihr solltet fähig sein, Schein von Wirklichkeit zu trennen. Und zu Gerüchten erkläre ich mich nicht.« Stand dann auf, so abrupt, als wollte er sagen, damit ist der Abend zu Ende, ging an die Karaffe, bediente sich selbst zum Erstaunen seiner Lakaien, kam zurück. Im Raum herrschte jetzt feindseliges Schweigen. Die Emder sahen sich an, die Herren um den von Knyphausen saugten an ihren Tobakrollen.

David Fabricius hatte bisher geschwiegen, er trank keinen Rauch und sein Punsch war hell von Wasser. »Ich möchte meine Brüder an die Pflicht zur Barmherzigkeit erinnern«, sagte er jetzt spröde. »Eine Christenpflicht. Sie fordert auch Zurückhaltung mit Vorwürfen, für die es kein Zeugnis gibt.«

Auf Menso Altings Ledergesicht stand ein verächtliches Lächeln und Ubbo Emmius warf ihm Blicke zu, von denen jeder einzelne genügt hätte, einen ausgewachsenen Stier abzustechen. Und wer geglaubt hatte, dass damit des Streits genug gewesen sei, der sah sich getäuscht. Denn nun machte Edzard II. Cirksena das Maß erst voll. Er nahm einen tiefen Schluck Punsch, räusperte sich und wandte sich in herrischem Ton an den Herrn von Knyphausen. Dass der Graf sich nicht setzte, sondern stehen blieb, gab seinen Worten unnötig zusätzliche Schärfe.

»Nun, ich sagte es bereits, die Primogenitur ist endlich hergestellt. Damit entfällt der kaiserliche Auftrag an die Stände, für Ausgleich im Haus Cirksena zu sorgen. Für mich folgt weiter daraus, dass die Stände selbst einen Gutteil ihrer Aufgaben verlieren. Insbesondere das von Euch angestrebte Obergericht ist nunmehr überflüssig. Ich werde mich in dieser Sache an den Kaiser wenden.«

Der von Innhausen-Knyphausen hatte sich langsam erhoben, hatte mit wachsender Unruhe zugehört und jetzt, mit zornrotem Kopf, zahlte er zurück. »Niemals, gräfliche Gnaden, nie werdet Ihr das erreichen. Es gibt keinen Schluss zwischen der Primogenitur und dem Recht der Stände. Richtet Euch an Rudolf, so werden wir es Euch gleichtun!« Setzte seinen Punsch ab, so hart, dass das Glas fast zerbrach, warf die Tobakrolle hinein, verneigte sich knapp und rauschte hinaus, und alle anderen hinterher, bis auf den Pastor aus Resterhafe.

*

»Es ist der Drost! Malisius!«, rief Meta lauter als nötig und gab die Tür nur unwillig frei.

Der Mann behagte ihr nicht, er kam zu oft, ohne sich anzukündigen, und brachte das Haus in Unordnung. Setzte sich bräsig auf die Bank, im Winter nahe am Feuerplatz, und sah sich suchend um, ganz so, als wollte er sagen: »Was ist? Wo bleibt die Wirtschaft?«

»Du solltest freundlicher zu ihm sein«, hatte David die Magd einmal getadelt, aber Meta hatte ihn angesehen, als wäre er nicht mehr ganz frisch.

»Er behandelt uns wie seine Lakaien!«, hatte sie bündig geantwortet, und dabei war es geblieben.

Auch heute kam der Drost wieder überraschend und brachte einen plötzlichen Schneeschauer mit ins Haus, die Flocken umtanzten ihn wie Motten ein Nachtlicht im Hochsommer. Malisius kam zurück von einer Visitation der gräflichen Latifundien an der Küste. Sein Hut war weiß beflockt, er rieb sich die Hände und schielte forschend zur Küche. Meta saß mit Nadel und Faden an einer Pelzhaube für den kleinen Heinrich und die Magd kurvte gemächlich mit einem Becher heißen Wein um die Ecke. Der Drost trank und berichtete. Er war unzufrieden mit seiner Inspektion, unzufrieden mit dem Wetter und unzufrieden mit dem Leben schlechthin. Und dann, irgendwann, brach es aus ihm heraus.

»Gott ist ein harter Herr in diesen Tagen!«, klagte der Drost mit schwankender Stimme. »Er bleibt uns fern und nimmt mit voller Hand.«

Derlei bleibt in einem Pastorenhaus nicht lange ungerügt, und Meta schien darauf nur gewartet zu haben. Sie fuhr den Drosten an, so harsch, dass der auf der Bank zurückwich. »Was redet Ihr da? Gott ist, wo man ihn liebt. Und lässt uns doppelt, was wir mit ihm teilen!«, raunzte die Magd aus vollem Hals.

Malisius erbleichte, glotzte mit offenem Maul, und David Fabricius wandte sich ab, um sein Lächeln zu verbergen. Dabei schien ihm das Klagen des Drosten ebenso verfehlt wie es Metas Replik an Logos gebrach, aber ihre nahezu kindliche Gottgläubigkeit rührte ihn. Er ging an seinen Schreibtisch und legte die Hände auf die Kartenblätter, die den Tisch bedeckten, als hätte ein Sämann ihn bestreut. Aufgeräumt war es hier nicht, aber er brauchte es so und verbot den Frauen jede Art von ordnender Beschäftigung mit diesen Dingen. Vor allem der Magd.

Er strich über den Entwurf seiner zweiten Ostfrieslandkarte, und die drei silbernen Herzen an seiner Hand klingelten leise. Eigentlich sollten es vier sein, aber dieses hatten sie mit Heinrich begraben. Ja, der Drost hatte ja nicht unrecht, es war eine harte Zeit, und anno 1590 hatten sie ein wirkliches annus horribilis hinter sich gebracht. Am 24. Februar hatte seine Meta ihren zweiten Sohn tot geboren, sie hatten ihn Heinrich getauft und zu Grabe getragen, und alle waren untröstlich gewesen. Und dann, wie zum Trotz, hatte sie ihm bald darauf ein weiteres Herzchen in die Hand gelegt, und am 22. Dezember erneut einen Sohn zur Welt gebracht. Auch ihn taufte Fabricius auf den Namen Heinrich.

So hatte sich alles ein Stück weit zum Versöhnlichen gewendet, und dennoch war seine Frau seither verändert, wer wollte es ihr verdenken? Ja, die Liebe war noch da, und die Freude am Leben auch, natürlich, sie war ja noch jung, aber es gab diese ungezwungene, sprudelnde Hingabe nicht mehr, die er so an ihr geliebt hatte. Es war noch Feuer da, gewiss, aber was früher hell geprasselt hatte, verbarg sich heute in tiefer Glut. Meta glich in diesen Tagen einem beschlagenen Spiegel, der Licht aufnahm, aber nicht zurückwarf. Was sollte er da an Karten malen, wozu nächtens den Himmel betrachten? David hoffte inständig, seine Meta werde ihre alte Natur wiederfinden, das fröhliche Lachen aus voller Brust, den funkelnden Geist, ihre strahlenden Augen, er wünschte es sich wie nichts sonst auf der Welt.

Eintrag in das Calendarium Historicum des David Fabricius Dezember 1591

Neun Begräbnisse auf drei Taufen. In dieser tristen Zeit wird mehr gestorben als gelebt. Der Graf ist ein ungeschickter Herrscher, aber ich glaube an seinen gottgewollten Führungsanspruch. Er braucht Hilfe, vor allem gegen Emden, das mir große Sorgen macht. Dort braut sich etwas zusammen, das Edzard nicht sieht, nicht sehen will. Ich fürchte sehr, er stürzt sich in unsinnige politische Konflikte, deren Folgen er nicht übersehen, deren Abläufe er nicht steuern kann. Das alles wird kaum ein gutes Ende haben. Sein Versuch, über die Primogenitur die Stände zu schröpfen, muss scheitern. Und das Obergericht wird kommen, weil Rudolf es so will, warum, das weiß Gott allein.

Johann und seine Pension aus dem Hause Tudor! Unsäglich. Und peinlich. Woher wussten die Emder davon? Augenscheinlich wird unter den Calvinern offen gesprochen, gleich ob Bauer oder Fürst. Edzard und Phillip darf für bestätigt genommen werden, also hatte der Drost recht. Kaum weniger anrüchig. Aber Geld kann Gutes tun, hoffentlich hier auch.

Scharfer Nordwest und viel Schnee. Keine Sterne. Cetus schaut zu mir herüber, doch ich kehre ihm den Rücken. Für eine Zeit. Heinrich nun endlich abgestillt. Magdalena lernt die Buchstaben, es ist eine Freude, sie zu beobachten. Schuhe für Johann. Schon wieder! Der Bursche wächst wie eine Birke.

11.

Lasst sie brennen!
Emden und Krummhörn, Sommer 1592

Das Gespräch war sehr gut verlaufen. David Fabricius hatte sich in Emden, sozusagen auf halbem Weg, mit dem Holländer getroffen. Frans Hals vertrat die Druckerei in Amsterdam, die den Auftrag des Hauses Oldenburg zur Drucklegung erhalten hatte. Die Karte sollte nun bald veröffentlicht werden. Der Preis war verhandelt, nicht zu hoch, die Tantiemen lagen fest und sein Honorar hatte der gräfliche Rat Hubertus von Donnerschwee gleich mitgebracht.

In der Kanzlei ging es zu wie auf einem Bauernmarkt. Mandanten kamen und gingen, Schreiber trugen Papiere umher, Anwälte riefen sich Daten und Zahlen zu. Man lebte in einer streithaften Zeit, die Prozesse häuften sich, Politik und Handel boten hierzu hinreichend Anlässe, das Geschäft blühte. Fabricius hätte deshalb ein ruhiges Gasthaus vorgezogen, aber der letzte Kontrakt musste beglaubigt werden und Hals hatte auf diesem Kontor bestanden. Man arbeitete schon seit Jahren erfolgreich zusammen. Nun war man am Ende und David hatte allen Grund, zufrieden zu sein, und trotzdem fühlte er sich nicht wohl. Er dachte über die Gründe nach, hörte seine Partner über Belangloses reden und er wusste genau, was ihn bedrückte.

Es lag an der Stadt. Nicht an ihren Bürgern, sondern an der Atmosphäre, den allgemeinen Zuständen und der Politik. Schon auf dem Herweg war er scheel beäugt worden, ganz so, als rieche man das Lutherische an ihm sogar gegen den Wind. Dann das Zusammentreffen mit Menso Alting in seiner, Davids, Gaststube unweit vom Hafen. Im *Schwan* war kein Platz gewesen, die Stadt war voll von Kaufleuten, und so hatte er eine Kammer an der Pier gefunden, war dort am Abend zu allem Überfluss auf Alting gestoßen, der mit einigen Emder Klerikern beim Bier hockte. Man hatte sich begrüßt, steif und förmlich, der Leichenschmaus für Graf Johann und seine unsäglichen Begebenheiten steckten noch in allen Köpfen. Und dann, als wäre es unvermeidlich, hatte ihm Menso offen und ohne Umschweife seine, Fabricius', zu große Nähe zum Grafenhaus vorgehalten. »Du bist ein Mann der Kirche und machst dich gemein mit dem Despoten!«, hatte der Emder grollend geäußert.

»Despot? Wohl kaum, da ihr ihm ohne Schaden widersteht. Und er ist dein Herr, wie er der meine ist«, hatte David kühl erwidert und war weitergegangen. Alting hatte noch etwas gerufen, es war fast ein Wutschrei gewesen, aber er hatte nicht darauf geachtet.

Mit Bitterkeit überdachte er jetzt diesen Vorfall, während um ihn herum die Kanzlei brummte. Er war eine Episode gewesen, ein unbedeutender Disput zwischen Leuten mit unterschiedlichen Meinungen, ein kurzer Reiz auf heller Haut, mehr nicht.

Beim ersten Blick. Dahinter steckte jedoch ein bis tief ins Fleisch gehendes Zerwürfnis. Die Stadt löste sich ab, das stand ihm deutlich vor Augen. Emden war ostfriesisch, das ja, aber nicht lutherisch. Es gehörte zur Grafschaft, aber nicht zum Grafen. Es unterstand dem Haus Cirksena und entzog sich seiner Ordnung. Der gräfliche Bürgermeister der Stadt mühte sich, für Edzard die Steuern einzutreiben, aber er war nur noch geduldet. Die Stadt wurde zusehends zu einer Enklave der holländischen Generalstaaten. Schon heute war sie ein calvinistischer Stachel im fürstlichen Fleisch. Ihre Macht wuchs täglich. Sie nährte sich aus Reichtum durch den Seehandel, schöpfte Kraft aus der religiösen Opposition zum Haus Cirksena und saugte Nektar aus dem rapide ansteigenden Selbstbewusstsein der Stände.

»Zumindest das Rathaus gehört noch mir!«, pflegte Graf Edzard mit giftigem Sarkasmus gelegentlich zu sagen, aber stimmte das denn noch?

Dir gehört hier nichts mehr!, war die offene Botschaft, die ihm stolz entgegenschlug, und deinen Bürgermeister, das wisse, den ertragen wir wie eine Fliege auf dem Festtagsbraten. Noch!

Denn es gab sie ja schon, die Gegenmacht. Bereits im Jahr 1589 hatte man den Rat der Vierziger gewählt, ursprünglich auf gräflichen Wunsch, als notwendiges Übel, so viel verstand sich, zur Bündelung von ständischen Auffassungen und Interessen, recht eigentlich zu deren Kontrolle, sozusagen als innenpolitischer Gesprächspartner. So weit die gute Absicht. Aber was war daraus geworden? Unsägliches. Diese Frechlinge sahen dem Bürgermeister auf die Finger, behinderten den Magistrat bei der Arbeit, stellten gräfliche Anordnungen und deren Umsetzung in Frage. Kleine Adelige, Handwerker, Kaufleute und Reeder, nicht zuletzt der Klerus, sie alle hatten die Süße der erfolgreichen Auflehnung gekostet, den Rausch der Ebenbürtigkeit mit ihrem Fürsten, er hatte ihre Herzen vergiftet und ließ sie nicht mehr los.

Wohin sollte all das führen? Zu nichts Gutem. Die Gegensätze waren unversöhnlich, sie ließen sich nicht auflösen. Sie mussten sich entzünden, irgendwann. Es hatte sich ja schon damals gezeigt, anno 1588, in der Großen Kirche, als Graf Edzard zum Begräbnis seiner Tochter Margarete verlangt hatte, dass die Trauerpredigt von einem lutherischen Pastor gehalten werden sollte. Ein einziger Aufschrei der Entrüstung war die Folge. Diese Provokation! Die Calvinisten tobten. Aber der Graf, in seiner unseligen Dickfelligkeit, bestand auf seiner Forderung, und um ein Haar wären sogar in der Kirche die Fäuste geflogen. Es hatte wahrhaftig nicht viel gefehlt, und Edzard wäre mit dem Klerus vor dem Altar handgemein geworden. Der Graf hatte schließlich doch noch klein beigegeben, hatte unter dem Einfluss seiner Frau so viel Vernunft mit Mühe aufgebracht, aber dieses Ereignis stand symbolhaft für den Verlust gräflicher Macht.

So lagen die Dinge in Ostfriesland, sie bedrängten den jungen Pastor wie ein Schwarm wütender Hornissen, und plötzlich ging ihm, hier in der Kanzlei, das ganze Theater um ihn herum fürchterlich auf die Nerven. Die ständige Unruhe, das umständliche Siegeln der Kontrakte, der verkniffene Gesichtsausdruck des Rates von Donnerschwee, der aufpasste wie ein Schießhund, als ginge es um seinen persönlichen Hochzeitsschatz. Donnerschwee hatte wohl scharfe Instruktionen, das merkte man, aber er tat, als hinge seine Seele von jedem Jota ab. Er warf sogar einen scheelen Blick auf den Wachsabdruck, den das Petschaft nicht ganz gleichmäßig gesetzt hatte. Und nun reichte es! David setzte sein Signum unter die Verträge und erhob sich als Erster. Ein alter Kanzleidiener führte sie zu einem kleinen Tisch mit Wein und Brot. Sie tranken ein Glas im Stehen, das Brot rührte niemand an. Fabricius hatte es eilig. Er empfahl sich, sobald die Höflichkeit es zuließ.

Schon auf der Stiege nach unten hörte er Brausen und Rumoren, das er nicht recht deuten konnte. Vor dem Tor stellte sich ihm ein Wächter in den Weg und hob warnend die Hand. »Ihr solltet jetzt nicht auf die Gasse treten!«, doch David schob ihn wortlos zur Seite. Draußen rauschte das Volk unter einem Wald von Sensen und Dreschstöcken in Strömen an ihm vorbei, ein tosender Sturzbach aus Leibern, der einem magischen Ziel zustrebte wie fallendes Wasser unergründlicher Tiefe. Darüber hing schwer ein tumultuöser Gischtnebel, eine Wolke aus Lärm und Wut, und mit einem Mal spürte David, dass hier etwas Ungeheuerliches im Gange war. Der Pastor wollte zurückweichen, doch es war zu spät, er wurde erfasst, umschlungen, fortgerissen. Jetzt hörte er das Schreien, die Rufe, die wirr und wild aus dem Getöse hervorschossen wie Funken aus einer Esse, und nun verstand er sie auch. »Sie brennen! Brennen! Lasst sie brennen!«

Es ging nach Osten, so viel konnte er erkennen, der Mob wälzte sich auf den großen Markt zu. Plötzlich wuchs das Gedränge, die Menge vor ihm staute, dann teilte sich der Strom, ein Gefährt tauchte auf, ein offener Kutschwagen, und Fabricius fühlte sich von kräftigen Fäusten gepackt und nach oben gerissen. Er fiel in den Wagen, stieß schmerzhaft irgendwo mit der Schulter an, sah hoch und hatte das schwitzende Gesicht von Johann Malisius über sich. »Gemackelk, Paster, gemackelk!«, grinste der Drost.

*

Die Manningaburg stand drohend im Abendlicht, wie ein glühender Berg, der abweisend und zornig seinen Platz beansprucht. Sie trug ihren Namen zu Unrecht, seit Hoyko Manninga sie anno 1565 an Graf Edzard verkauft hatte, mitsamt der Pewsumer Mühle, dem Vernehmen nach für fast achtzigtausend Gulden, doch wer wusste das schon. Es wurde viel geschwätzt. Aber Hoyko hatte immer auf großem Fuß gelebt, so viel stand fest, gesoffen, und das Geld mit vollen Händen ausgegeben, so wie sein Vater, dessen Schulden ihn zusätzlich gedrückt hatten.

Nun, Hoyko Manninga lag seit anno 1568 unter der Erde, Friede seiner Asche, und heute sah sein ehemaliger Herrensitz dieses makabere Schauspiel. Der Platz war schwarz vor Gaffern. Sie bevölkerten Hänge und Böschung des Wassergrabens. Sogar die Brücke zur Burg, auf der eigentlich nur der Henker und seine Helfer etwas zu suchen hatte, war voll von Menschentrauben.

Die Büttel setzen ihre Hellebarden ein, sie schlugen und traten, und schafften es dennoch nur mit Mühe, die Mitte des Weges so weit freizuhalten, dass sich zumindest der Nachrichter mit seinen Leuten frei bewegen konnte. Wegen der einsetzenden Dämmerung brannten bereits zahlreiche Fackeln; sie blakten und knisterten und setzten ihren stechenden Pechgeruch frei.

David sah den Drosten von Pewsum, Claus Pels, ein verknittertes Männchen in einer wollenen Schaube, für die es eigentlich zu warm war. Aber Pels war ein alter Mann, er brauchte die Hitze und wärmte sich gelegentlich gerne an Scheiterhaufen, sie hatten zudem so etwas wohltuend Ordnendes. Etwas so recht erfrischend Reinigendes. Sie brachten sozusagen eine notwendige Katharsis in diese verderbte Welt. So wie erst unlängst, als er hier im Weiler die Tiade Nannen auf den Haufen gestellt hatte. Hübsch gebrannt hatte sie, sehr schön gebrannt, und so lange, denn ihr Fleisch war noch jung und frisch erhalten gewesen.

»Claus Pels wird auch immer verhutzelter, er sieht aus, als wäre er nie in seinem Leben jung gewesen. Wie eine Steckrübe aus dem vergangenen Frühjahr«, sagte Malisius. Fiel ihm sonst zu dieser Sache nichts ein? David knurrte gereizt.

Er war dem Drosten dankbar dafür, dass der ihn aus dem Pöbel gefischt hatte, das ja, aber er war ihm dennoch höchst widerwillig gefolgt. Malisius hatte breitbeinig auf dem Bock gestanden, wie ein Wilder die Peitsche geschwungen, ganz so, als hätte er den Verstand verloren, und immerzu geschrien: »Nach Pewsum, auf nach Pewsum!« Was hätte David tun sollen? Vom Wagen springen? In rasender Fahrt? Also war er geblieben und nun sah er das ganze Drama.

»Gleich werden sie die Weiber bringen«, schwafelte Malisius weiter, »es wird sie hart ankommen, das ist gewiss!«

»Nun haltet endlich das Maul, Drost!«, blaffte Fabricius ihn an, und der Verwalter schwieg beleidigt.

Das Kinn des Pastors war wie in Stein gemeißelt, als er zum Tor hinüberspähte. Aus dem Burghof kam Rumoren, dann leuchtete Feuerschein auf. Es wurde so still auf dem Platz, dass man das Knistern der Fackeln hörte. Die Menge war jetzt nur noch als schwarzer Lindwurm sichtbar, wie ein frühzeitliches Ungetüm mit riesigem Schlund, das gierig darauf wartet, gefüttert zu werden. Dann wurde das Tor aufgestoßen und Dietrich Spranger betrat die Brücke. Der Pastor aus Pewsum hatte sich schon früher hervorgetan, hatte gemeinsam mit Pels in seinem Kirchspiel Hexen gejagt, und es schien, als ergänzten sich beide großartig. Mit brennenden Augen starrte David Fabricius auf diesen hoffärtigen Mann, der doch lutherischer Pastor war, sah sein kaltes Gesicht, seinen harten Blick, und in diesem Augenblick schämte er sich dafür, den gleichen Talar zu tragen. Spranger hielt segnend ein Brustkreuz in die Höhe, ging auf den Pewsumer Drosten zu, und hinter ihm war jetzt Bewegung zu erkennen.

»Da! Sie kommen!«, ächzte der Drost an Davids Seite, im Volk brandete Jubel auf, und dann wurden die beiden Frauen ins Licht gezerrt. Sie hielten ihre Köpfe gesenkt, doch man sah blutige Risse und Schrammen, die von Schlägen stammen mussten. Sie waren mit einer Kette gefesselt, so schwer, dass ihnen jeder Schritt Mühe bereitete. Und trotzdem wurden sie gestoßen und getreten, damit es schneller ginge, und David stiegen die Tränen in die Augen. Er stand mit Malisius noch immer in der Kutsche und sah so mehr, als ihm lieb gewesen wäre. Schon auf dem Herweg, diesem rasenden Ritt auf dem Kutschwagen, hatte ihn der Drost ungefragt mit Einzelheiten gefüttert, gequält, hatte ihm Dinge zugebrüllt, die David nicht wissen wollte, hatte sich abschätzig über seinen Amtsbruder in Pewsum geäußert und Fabricius den Fall dargelegt. Unnötig.

Der Pastor wusste ja ohnehin, was im Lande vorging. Noch immer hielt man Gericht, brannten die Scheiterhaufen. Erst anno 1543 hatte es diese bitteren Hexenprozesse in Aurich gegeben. Gräfin Anna und ihr unseliger Berater Eggerik Beninga hatten für Ordnung gesorgt auf eine Weise, die neunzehn Menschen mit dem Leben bezahlt hatten. Es ließ nicht nach. Es hörte nicht auf.

»Schwestern. Aus Loquard. Tyabben und Sybben. Beide mit reichen Männern verheiratet. Beide in guter Hoffnung!«, schnaufte Malisius neben ihm, und David knirschte mit den Zähnen. Das Geschrei auf der Brücke nahm zu, als der Henker vortrat, und der Drost Claus Pels ein Pergament aus der Schaube zog. »Sechzigtausend Gulden Kaution haben die Familien aufgebracht, es hat nichts genützt!«, schwafelte Malisius und David fuhr herum.

»Schone mich endlich mit deinem Geschwätz, Mann! Sie sind denunziert worden! Verleumdet! Von unglücklichen Kreaturen. Unter der Folter. Oder etwa nicht?«, schrie er den Drosten mit roten Augen an.

»Unter der Folter spricht man mit der Zunge des Herrn, das solltet Ihr wissen. Und sie haben nicht widerrufen!«, gab der Verwalter zornig zurück. »Bedenkt auch, dass sie wegen Blasphemie angeklagt sind!«

In diesem Moment drehte Dietrich Spranger den Kopf und sah zu ihnen herüber, ganz so, als hätte er den Drosten gehört.

Malisius verfiel in mürrisches Schweigen. Dafür sprach jetzt Claus Pels. Das Pergament in seinen Händen zitterte, aber seine Stimme trug weit. Er verlas mit kalter Stimme die Anklageschrift, als hinter ihm auf der Brücke ein Tumult losbrach. »Die Familie«, sagte Malisius knapp, und hielt dann den Mund.

Also waren die Männer und ihre Angehörigen unter den Leuten. Es gab ein Handgemenge, die Büttel stießen ihre Hellebarden, wie es schien wahllos, in die schwarze Wand aus Menschenleibern. »Unrecht! Unrecht!«, wurde gerufen, »Gott strafe, Gott verfluche euch!«, und die Waffenknechte teilten weiter aus, man hörte Schmerzschreie und »Holl dat Muul, Snöttlepel!«, und irgendwann war so viel Ruhe, dass Pels wieder zu vernehmen war. Er sagte mit seiner kalten Stimme, dass er die beiden Frauen für überführt halte, dass aber die gräfliche Justiz, gestützt durch die Polizeiordnungen von anno 1545 und anno 1556 in ihrer menschenfreundlichen Reife zur Sicherheit eine letzte Prüfung vorsehe, um unschuldiges Leiden zu verhindern.

»Wir schreiten daher zur Wasserprobe«, rief der Drost Claus Pels, aus der Menge scholl nur spärlicher Beifall, da jetzt die meisten Menschen schwiegen. Es kam aber Bewegung in die schwarze Wand, sie schwankte und drängte, schob sich nach vorn und wuchs ein Stück in die Höhe, denn da wurden Hälse gereckt. Der Pastor Spranger trat auf die beiden Frauen zu, hielt ihnen das Brustkreuz entgegen, machte dann eine nachlässige, fahrige Bewegung des Segnens, und nun gingen die Knechte des Henkers daran, den Unglücklichen die Fesseln zu lösen.

Auf dem Platz herrschte jetzt tiefe Stille, nur vereinzelt hörte man ein zaghaftes Schluchzen, und als die Ketten auf das Pflaster polterten, klang es David Fabricius so, als öffne sich das Tor der Hölle. Und dann packten die Knechte zu und warfen die Frauen über die Mauerbrüstung in den Wassergraben. Tyabben fiel kreischend, Sybben stumm wie ein lebloses Kleiderbündel, sie hatte wohl keine Kraft mehr, auch nur einen Laut von sich zu geben. Das Volk brandete nach vorn und erregtes Rufen war zu hören, als kurz darauf die Köpfe der beiden Frauen aus dem Wasser auftauchten.

»Also werden sie brennen«, sagte Johann Malisius, er sprach nüchtern, ohne Bedauern, es war eine dürre Feststellung, und dann sah er dem Pastor in das tränennasse Gesicht. Schüttelte den Kopf und breitete die Arme aus. »Ich verstehe Euch nicht recht, das muss ich Euch sagen. Es wird nur getan, was auch der Doktor Martinus Luther für richtig gehalten hat!«

David starrte blicklos auf den dunklen Himmel, er schien tot, eine finstere Glocke, nicht ein Stern zeigte sich.

Eintrag in das Calendarium Historicum des David Fabricius Oktober 1592

Die Karten sind schön geworden und verkaufen sich gut. Gestern hat ein Bote das erste Honorar gebracht, immerhin fünfundsiebzig Taler. Meta war froh, denn Magdalena braucht neue Röcke. Sie ist in ihrem achten Jahr und wird langsam eitel, aber die Kleider hat sie wirklich nötig. Johann rauft mit den Nachbarbuben. Recht übel. Das muss ich ihm austreiben. Heinrich hat den Nachttopf entdeckt, vor allem seine Nützlichkeit. Es ist ein Segen!

Die beiden Pewsumer Frauen leben noch. Immerhin, das ganze Vermögen der Familie ist eingezogen, eine beträchtliche Summe, die Rede ist von vielen zehntausend Gulden. Aber sie haben nicht brennen müssen, obwohl sie nach des Drosten Worten schuldig sind. Durch die Wasserprobe sei das eindeutig erwiesen. Nur wer untergehe, sei unschuldig, wer schwimme, sei es eindeutig nicht. Der Graf zögere noch, sie auf den Haufen zu stellen, denn es gebe eine Note des Reichskammergerichtes zu Speyer, wonach sogar die Tortur der Wasserprobe ungesetzlich sei. Es hieße weiter, so sagt Malisius, der ganze Casus sei unrecht, und man habe den Grafen aufgefordert, sich zu erklären. »Und warum lasst ihr sie dann nicht frei?«, habe ich den Drosten gefragt. Der hat die Schultern gehoben und mich angesehen wie ein einfältiges Kind, dem man zum wiederholten Male die einfachsten Dinge erklären muss. »Weil hier oben seine Herrlichkeit, Edzard II. Cirksena, der Fürst ist, und nicht der Kaiser in Prag!« Ich habe nicht gewusst, wie einfältig dieser Mann im Grunde ist. Manchmal geht er mir schrecklich auf die Nerven.

Werde im nächsten Jahr meinen Quadranten bauen lassen, auch ein weiteres Visierinstrument und vielleicht einen Sextanten. Es muss sein, wenn ich ernsthaft forschen will. Der Vater hat es erneut abgelehnt, den Quadranten in seiner Schmiede zu bauen, er wird vielleicht auch zu alt, arbeitet nur noch gelegentlich etwas an Hausrat oder Geschirren für die Nachbarn.

Cetus leuchtet mir wieder, reizt mich, fordert mich heraus. Ist es Wissenschaft oder Neckerei, dass man strahlt, um anzulocken, und verblasst, um abzuweisen? Glaube fast, dass da ein nur periodisch sichtbarer Stern ist, einer, der in seiner Helligkeit schwankt, kommt und geht. Ich will, ich muss es wissen!

Meta, meine Meta, lacht wieder wie früher. Ich glaube, die Magd steckt dahinter. Habe sie neulich in der Küche gehört, als die Magd sagte, Malisius sei ein oller Dwarsbüngel! Meta hat gelacht, dass die Butzen geklingelt haben. Mein Herz hat auch geklingelt.

Das Wetter ruhig und mild, aber zu trocken.

12.

De Düvel sall mi halen!
Resterhafe und Osteel, Frühjahr 1595

So rauschte das Leben dahin. David Fabricius war einunddreißig und fühlte sich oft uralt. Im letzten Jahr hatte ihm seine Meta einen weiteren Sohn tot geboren, und sie hatten das kleine Silberherz mit dem winzigen Körper begraben, er war nicht größer als ein Kätzchen. So dicht folgten Freud und Leid in diesen Tagen einander, dass sich der Kopf drehte. Es ging alles zu schnell, zu fordernd, weder konnte man in Trauer versinken noch seine Freude auskosten, kaum hatte man das eine begonnen, klopfte das andere an die Tür.

David seufzte. Er warf einen langen Blick auf das vierte Silberherz an seinem Arm. Es war ein wunderschöner Morgen gewesen, als ihm seine Meta das Kleinod in die Hand geschoben hatte, mit einem strahlenden Lächeln und Tränen an den Wimpern. Er hatte sie in den Arm genommen und geküsst, in einer Inbrunst, die sogar ihn selbst überrascht hatte. Atemlos hatten sie danach gestanden und sich angesehen, und aus Metas Augen hatte eine Wärme gestrahlt, ein Leuchten, das ihm ein heißes Würgen in den Hals getrieben hatte. So nah ist vielfach das Glück dem Unglück, die Not dem Überfluss, das Heil der Verdammnis.

Der Pastor öffnete das Fenster. Sein Mauerquadrant stand fest und wuchtig, endlich, er war nach seinen Plänen geschmiedet worden, und der Vater hatte sich immerhin bereit erklärt, die Herstellung zu überwachen.

Soeben segelte Meta um die Ecke. Sie trug einen Melkeimer, hatte eine Wurzelbürste in der Hand und steuerte auf den Quadranten zu.

»Was soll das denn werden, wenn es fertig ist Meta?«, fragte Fabricius neckend.

Es kam keine Antwort. Die Magd hatte ungeheuer zugelegt. Schwanger war sie nicht, krank war sie auch nicht, der Genuss von Backwerk mit der Frau Paster hatte, zum Teufel, damit überhaupt nichts zu schaffen, und David schob alles auf die nahrhafte Luft in Resterhafe. Meta rauschte heran wie eine Galeone unter Vollzeug, setzte den Eimer ab, dass es schepperte, und richtete sich zu ihrer vollen Schönheit auf.

Sie sah den Pastor an wie ein Ordinarius seinen schwächsten Studenten. »Auf wen fällt es zurück, wenn dieses Ding schmutzig ist?« Und wie es so ihre Art war, gab Meta die Antwort gleich selbst. »Na, Paster? Auf wen wohl? Auf mich, und nur auf mich!«

David lächelte. Er drohte schelmisch mit dem Finger. »Da sind Gradzahlen eingegraben, und andere Messwerte. Dass du mir die nicht wegputzt!«

Meta zog es vor, darauf nicht zu antworten. Das war auch nicht nötig, ihr Gesicht sprach Bände. Es erzählte von Männern, die sich für klug halten, und doch zum Sterben einfältig sind. Die Magd bückte sich nach dem Eimer und streckte ihr pralles Hinterteil in die Höhe. Mit etwas bösem Willen hätte man das für ein Zeichen von Missachtung halten können, aber Fabricius war guten Willens.

»Es ist nur aus Eisen! Zerbrich es nicht!«, scherzte er launig, doch Meta schüttelte lediglich den Kopf.

»Es ist vor allem dreckig! Und wenn Ihr Euch am Viertelkreis den Talar befleckt, oder am Visier das Auge, Paster, so heißt es im Kirchspiel wieder, die Meta, dat is di man 'n oll Suddeltrien!«

Verblüfft starrte Fabricius sie an, und dann hörte er hinter sich seine Frau lachen. Zwischen dem Hühnerstall und den Schuppen tobte Johann hervor. Er trieb einen Nachbarsjungen mit dem Stecken vor sich her, gefolgt von der scheltenden Magdalena, dahinter Heinrich, völlig verdreckt und kaum erkennbar, auf seinen kurzen Beinen. Die Lage drohte, unübersichtlich zu werden. Und noch bevor der Pastor sich entscheiden konnte, wo zuerst eingreifen, hörte man ein fernes Poltern und Grollen. Das schwoll an, wurde stärker, und dann bog ein Trupp Reiter auf den Hof ein. Es war Malisius, der Drost, begleitet von einem offenbar höheren Beamten des Hofes und einem Fähnlein der gräflichen Wache.

Malisius stellte seinen Begleiter als den Hohen Rat von Münch vor, der galant seinen Hut zog. Forschend blickte David in das Gesicht dieses Mannes, es war glatt und ausdrucklos, nur die Augen schienen zu leben, aber aus ihnen sprach ein scharfer und wacher Verstand. Die Aufforderung zum Absitzen lehnte der Verwalter fast schroff ab. »Keine Zeit«, sagte Malisius knapp, »wir kommen von einer Inspektion und sind auf dem Weg nach Emden.«

»Dann solltet Ihr Euch nicht aufhalten lassen«, sagte Fabricius kurz. Meta war hinter ihn getreten und hatte ihre Hand auf seine Schulter gelegt.

Der Drost richtete sich im Sattel auf. Er schien sich unwohl zu fühlen. »Es gibt Stunk«, sagte Malisius langsam, lupfte den Hut und wischte umständlich über das Schweißleder. Schwieg dann, als sei alles gesagt, stülpte seinen Hut auf den Kopf und linste scheel nach der Sonne. »Schon spät«, knurrte er, »wir sollten uns sputen.«

»Das solltet Ihr«, bekräftige David, dem das Getue des Drosten auf die Nerven ging, und dann sprach der Hohe Rat von Münch.

Seine Stimme war angenehm, sie klang wie bei einer Plauderei im Salon, aber was er zu sagen hatte, war das schroffe Gegenteil. »In Emden ist Aufruhr«, sagte Münch spröde, als spräche er über das Wetter. »Die Stände haben das Rathaus besetzt und den Bürgermeister zum Teufel gejagt.« Er lächelte dünn, doch seine Augen blieben hell und nüchtern, als bäten sie um Nachsicht für den Teufel und die Jagd.

Der Pastor hörte seine Frau hinter sich tief einatmen, und die Magd trat näher, Eimer und Bürste noch immer in den Händen. »Der Graf hat mich beauftragt, nach dem Rechten zu sehen«, schloss Münch, und bevor David den Mund öffnen konnte, schob er noch nach: »Ihr sollt mich begleiten. Graf Edzard wünscht es so.« Er lächelte erneut, diesmal deutlich wärmer. »Sagen wir, Ihr wäret mein priesterlicher Beistand.«

Es sprach für Meta, dass sie in diesem Augenblick wortlos kehrt machte und auf den Pferdestall zustapfte. Anscheinend wusste die Magd, wie die Sache ausgehen würde. Fabricius wies mit dem Kinn auf die gräfliche Wache. Die Männer hockten noch immer auf ihren Pferden, sie trugen Musketen und schwere Säbel. Aber es waren nicht mehr als zehn Mann. »Und dieser Beistand da? Der wird Euch im Zweifel wenig nützen«, sagte der Pastor trocken.

»Darauf kommt es jetzt auch nicht mehr an«, gab der von Münch freundlich zurück und schielte nun gleichfalls nach der Sonne. Aha, dachte David, darauf kommt es also nun auch nicht mehr an. Aber worauf dann? Er fragte nicht, sondern warf einen Blick auf die Uhrkette, die auf dem Wams des Rates baumelte. Münch zog sie wohl nicht aus Höflichkeit, und weil der Gang der Gestirne auch heute noch das Leben der Menschen weit stärker bestimmte als diese Instrumente aus Zeigern, Zahnrädern und Federn. Wer wusste das besser als der Pastor selbst?

Erst sehr viel später begriff David, dass seine Rolle bei dem Unternehmen wichtiger war als die des geistlichen Beistandes. Bedeutender als das Amt des Seelentrösters und Vermittlers. Der Graf setzte auf seine Wirkung als Priester. Darauf, dass man sich an seiner Robe nicht vergreifen würde. Auf die Ehrfurcht des Pöbels gegenüber dem Geweihten. Er, der Pastor David Fabricius aus Resterhafe, sollte zur Not für den Schutz sorgen, den diese zehn Musketenträgern der gräflichen Stadtwache kaum bieten konnten.

Er packte seine Montur ein, so nannte Münch Kragen und Talar, fasste die von Meta reichlich sortierte Verpflegung und saß auf. Der Drost nahm die Spitze, das Fähnlein folgte. Der Rat von Münch erklärte, er werde David bei der nächsten großen Rast umfassend instruieren. »Wir werden es auch mit Menso Alting zu tun haben, Ihr kennt ihn ja, und es redet sich gewiss besser unter Klerikern«, sagte Münch, doch etwas in seiner Stimme klang so, als habe er selber Zweifel daran.

»Ich bin nicht sein Freund!«, gab David vielsagend zurück, und er sah den Rat freundlich nicken.

»Ich weiß. Das ist nicht entscheidend, aber Ihr könnt von Priester zu Priester sprechen. Das wird helfen.«

Wobei? fragte sich David, und der Herr erhalte dir deinen Optimismus. Ja, weißt du denn nicht, Münch, Hoher gräflicher Rat, wie wir zueinander stehen? Wie es um die Liebe zwischen Lutheranern und Calvinern bestellt ist? Wo lebst du denn? »Warten wir's ab!«, knurrte Fabricius.

Der von Münch lächelte schweigend, gab seinem Gaul die Sporen und David sah zu, dass er mithielt.

*

Im Weiler von Osteel machten sie Rast, sie waren auf lutherischem Boden und fühlten sich wohl. Der Pastor dort, ein uralter Mann mit roten Augen und laufender Nase, gab ihnen Quartier, ließ die Magd für das Vespermahl sorgen und sah ihnen beim Essen zu. Er selbst begnügte sich mit einem Kanten Brot und einer Kanne Bier. Das Fähnlein war bei Bauern im Dorf untergekommen. Es war schon spät, als die Magd endlich abtrug, Krüge und Becher brachte, und sich dann empfahl. Der Rat von Münch stopfte sich eine Tonpfeife und ließ sich Feuer geben. Dann berichtete er. Er sprach mit weit zurückgelehntem Oberkörper, das Gesicht zur Decke gerichtet, als stünden dort alle Antworten auf die Fragen der Welt.

Also, der Graf sei entschlossen, dem Spuk in Emden ein Ende zu machen. Die Opposition in die Schranken zu weisen. Endgültig. Ein für alle Mal. »De Düvel sall mi halen, wenn ik dat nich do, hett he seggt«, warf der Drost mit schiefem Grinsen ein.

»Schön und gut. Aber was heißt denn das? Und wie soll es ins Werk gesetzt werden?«, fragte Fabricius spitz.

Darüber werde später entschieden, belehrte ihn der Rat von Münch. Zunächst gehe es darum, die Lage so präzise wie möglich zu erfassen. Dann erging sich der nüchterne Mann erstaunlich langatmig über den Ungehorsam der Emder und machte ihn deutlich an der Person des Pastors Menso Alting, so zornig, irrational und verletzend, dass David den Kopf hob.

»Dieser Mann ist wie ein Pestgeschwür!«, wütete von Münch mit lauter Stimme. »Eine Plage. Unbotmäßig aus Natur, aufsässig im Blut, widerspenstig durch das Gift in seiner Seele. Er trägt den Talar und ist doch gottlos!« Der Drost nickte.

»Er ist das Sprachrohr seiner Leute«, warf der alte Pastor vorsichtig ein, »in ihm bündeln sich ihre Kräfte!«

»Das macht die Sache nur noch schlimmer«, gab Münch zornig zurück. Er griff nach seinem Becher.

»Aber auch einfacher!«, nutzte Malisius die Pause. »Wenn er nicht mehr wirken kann, dann bricht die Spitze.« Als ob es so einfach wäre, dachte David, aber er schwieg und hörte zu.

»Man denke nur an seinen Aufruhr wegen der Sache in Groningen«, fuhr von Münch bitter fort. Die Stadt, bis Juni 1594 in spanischer Hand, war von den Generalstaaten zurückerobert worden. Schon sehr bald bat der Magistrat die Emder darum, Alting in die Stadt zu entsenden. Groningen war nach der langen spanischen Herrschaft völlig verderbt, der katholische Ungeist steckte in allen Mauern und Knochen, er musste ausgerottet, mit calvinischem Besen vertrieben werden. Alting sollte es richten, aber der regierende Reichsgraf von Ostfriesland, Edzard II. Cirksena, verbot die Reise. Menso Alting, dieser unbotmäßige Unflat, trat sie trotzdem an.

»Er hatte den Emder Kirchenrat im Rücken«, sagte der alte Pastor mit zitternder Stimme. Seine Augen tränten, an der Nase hing ein Tropfen.

Malisius schnaufte. »Und wenn schon! Die Entscheidung des Grafen stand, und sie war rechtens.« Er knirschte mit den Zähnen. »Und dann kommt dieser Kerl zurück und setzt seinen Arsch wieder auf den Stuhl des Pastors von Emden!« Das Bier begann zu wirken. Der Drost stand auf und stützte sich schwer mit den Fäusten ab. »Dann enthebt ihn sein Landesherr dieses Amtes, wie es ebenfalls sein Recht ist, und macht diese Sau? Sie bleibt! Bleibt einfach sitzen!«, röhrte Johann Malisius aus rotem Hals.

»Wieder unterstützt durch den Kirchenrat«, wandte der

alte Pastor ein, er schien die aufgeladene Stimmung nicht zu spüren, er wollte Ordnung, so wie in seinen Kirchenbüchern.

»Das schert mich einen Dreck!«, schrie der Drost mit überschlagender Stimme. »Der Graf hatte zu entscheiden, nicht der Kirchenrat!«

»Ihr vergesst Euch!«, rügte David. Fügte dann scharf hinzu: »Auch in Eurem Ton gegen Menso Alting. Er mag ein schwieriger Mensch sein, das wohl, aber er ist Priester und kein Stück aus dem gräflichen Schweinekoben, merkt es Euch!«

Malisius glotzte ihn wütend an, doch der alte Pastor lächelte nachsichtig. »Die jungen Leute!«, sagte er schmunzelnd.

Danach war eine Weile Ruhe am Tisch. Malisius, als wollte er sich nach seinem Ausbruch nützlich machen, putzte umständlich die Kerzen und der Alte schenkte ein. Münch saß tief in Gedanken versunken. Seine Augenbrauen waren zusammengezogen unter glatter Stirn. Es schien, als grübele er über Unerfreuliches, das ihn selbst nichts anging. »Das war alles nur Geplänkel«, ließ sich der gräfliche Rat schließlich vernehmen. »Was nun kommt, ist von anderer Güte.«

»Güte? Ihr scherzt!«, fauchte Malisius gallig, aber Münch ging nicht darauf ein.

Er warf dem alten Pastor einen kühlen Blick zu. »Der Kirchenrat ist wie eine eiternde Wunde. Von ihm geht alles aus, er ist nicht nur Quell des Giftes, sondern sorgt auch für seine Verteilung.«

Der Rat von Münch langte nach seinem Becher und starrte hinein, auf seinen Zügen stand tatsächlich so etwas wie Missmut. Irgendwo im Haus hörte man ein Rumoren, anscheinend war die Magd doch noch nicht in ihrem Bettkasten. »Er hat sich wieder getroffen, am 18. März«, fuhr Münch fort und hob den Kopf. »Aber nicht in seinen üblichen Räumen, sondern im Hauptschiff der Großen Kirche!«

»Es sind ihrer viele«, bemerkte der alte Pastor eifrig, als hätte man ihn um eine Erklärung gebeten, »sie finden sich aus gleichem Sinn und wachsen weiter. Geistlichkeit und Kaufleute, auch Handwerker aus den Vorstädten.«

»Sie finden sich nicht aus gleichem Sinn, sondern weil jemand an Drähten zieht«, wies Münch den Alten kühl zurecht. Er bedachte den Pastor mit einem warnenden Blick. Vorsicht! Vergiss nicht, wessen Brot du isst, konnte das heißen. »Graf Edzard geht jedenfalls von einer vorbereiteten Inszenierung aus. Es ist kein Zufall, dass an diesem Tag so viele Leute zusammenkamen. Vor allem die Masse der Menschen aus Faldern war mehr als auffällig.«

Der Drost stieß ein tiefes Knurren aus, wie ein Bär, der aus dem Winterschlaf geweckt wird. Faldern! Das waren die reichen Zünfte aus der Vorstadt, um die Edzard Cirksena mit Emden stritt, als ginge es um das Heil ihrer Seelen. Die Stadt wollte sie als natürlichen Teil der urbanen Macht, als zusätzlichen Muskel und als weitere Geldquelle, und der Graf wollte alles das aus den gleichen Gründen nicht. »Zufall!« Malisius spie das Wort aus wie ein Stück faulen Fisch. »Menso hat sie antanzen lassen, wer sonst?«, grollte der Drost.

»Er ist der Pastor dort«, sagte der Alte lächelnd, in seiner arglosen Fröhlichkeit übersah er die ihn umschwirrenden Klingen, oder sie beeindruckten ihn nicht. Natürlich schützten ihn auch seine Jahre und seine Rolle als Gastvater. Johann Malisius und Münch wechselten einen Blick, aber sie ließen den Alten in Frieden. Die Tür wurde aufgestoßen, und die Magd trug ein großes Tablett mit Backwerk auf, flache Kuchenscheiben aus Roggenmehl und Honig, und der alte Pastor strahlte. »Greift zu, Ihr Herren! Das sind Metas feine Backkünste. Ihr solltet sie unbedingt kosten. Sie stopfen die letzten Ritzen des Magens aus, und bringen Euch über die Nacht.«

Die Männer lächelten, Fabricius sogar auffallend breit. Anscheinend hießen alle Mägde dieser Welt Meta.

Doch das heitere Schmausen währte nicht lange, Nüchternheit kehrte zurück und bald nahm der Rat von Münch seinen Faden wieder auf. »Und dann hat einer der Räte der Vierziger, Gerhard Bolardus, diese Brandrede gehalten, für die er in der Hölle schmoren müsste«, sagte Münch und angelte nach seiner Tonpfeife.

»Man könnte sagen, er hat für Hitze gesorgt, nachdem Alting das Feuer entfacht hat«, fügte Malisius an.

Der Alte griff nach der Bierkanne. »So ist es, denn das erste Wort hat immer der Pastor«, sagte er heiter, »und Gerhard Bolardus ist Mitglied im Kirchenrat!«

Der Drost umfasste die Tischkante so heftig, dass seine Knöchel weiß wurden, und der Rat von Münch langte hastig nach seinem Bierbecher. David Fabricius schwieg beharrlich. Man musste die Lasten des Augenblicks nicht ohne Not vermehren.

Die Kerzen waren heruntergebrannt und der alte Pastor zeigte heftig gähnend seine schwarzen Zahnstummel, als der Rat von Münch schließlich seinen Bericht beendete. Seine Sätze kamen dürr und trocken, waren doch wie Säbelhiebe und die anderen hockten und lauschten in angespanntem Schweigen. Man hatte noch in der Kirche eine Art Bürgerwehr geschaffen, ihre Führung aus Obersten und Hauptleuten gewählt, war dann nach Hause gegangen und hatte sich still bewaffnet. Hatte anschließend unter Lärm und Gebrüll die Straßen bevölkert, das Rathaus besetzt, die Wälle und Stadttore überrannt und die Bedeckungen entwaffnet, den Hafen mitsamt der gräflichen Geschützbatterie im Handstreich genommen. So weit die dürren Fakten.

Der alte Pastor lächelte aus müden Augen, er tat so, als berichte Münch über einen Ausritt in die Sommerfrische. »Und was wollt Ihr nun dort?«

Der Rat musterte ihn kühl. »Ich soll feststellen, was tatsächlich stimmt. Und den Schaden begrenzen.«

Das klang anders als die Prahlerei von Malisius, das Gerede von Ausrotten und Ordnung schaffen. Dem Spuk ein Ende machen, in die Schranken weisen, de Düvel sall mi halen, wenn ik dat nich do? Klang da bereits Resignation oder legte der Rat nicht alle Karten auf den Tisch? Jedenfalls, es gab wohl nichts mehr zu sagen, der Alte erhob sich mit krachenden Knochen und empfahl sich für die Nacht.

David hockte mit tief gesenktem Kopf. »Woran denkt Ihr?«, fragte der Rat von Münch mehr aus Höflichkeit als aus Neugier.

Fabricius hob blicklos die Augen, sie streiften das Gesicht des anderen kurz und wanderten dann zum Fenster, schienen auf etwas sehr Fernes und Schönes gerichtet. »Es steht ein Sternbild im Süden«, sagte er mit verträumter Stimme. »Man nennt es den Walfisch. Es birgt ein Geheimnis, das ich lüften werde. Sehr bald schon. Sehr bald!«

Münch sah ihn aufmerksam an und setzte sich zurecht, fast so, als wollte er etwas sagen. Aber dann nickte er nur und wünschte, gut zu ruhen.

13.

Leib, Gut und Blut der Bürgerschaft.
Emden, Frühjahr 1595

Der nächste Morgen holte sie früh aus den Strohsäcken, denn der Weg war noch weit und sie hatten einen langen Tag vor sich. Sie frühstückten schweigend, der Drost mit rot verquollenen Augen, Münch mit einem glatten Gesicht wie nach tiefem, erholsamem Schlaf. Die Magd wartete ihnen auf, sie entschuldigte den Pastor, der zu einem Sterbefall aus der Nacht schon unterwegs war. Sobald das Fähnlein eintraf, saßen sie auf und ritten los.

Sie nahmen den Weg auf Loppersum zu, er war breit und bequem zu reiten. Der Drost ritt neben dem Fähnleinführer, er stand fest in den Steigbügeln und ließ seinen Gaul laufen, er war überhaupt ein guter Reiter, und David dachte über den Mann nach. Er sah ihn wieder vor sich, damals, als er, Malisius, über die achttausend Taler Rente berichtete hatte, die der Graf angeblich vom spanischen König erhielt. Geflennt hatte er, über den Zusammenbruch seiner heilen Welt hatte er Rotz und Wasser geheult, und dann gestern dieser Auftritt. Diese Zornausbrüche, nahezu unkontrolliert, das fast tollwütige Bellen und Toben. Die unbeherrscht herausgeschrienen Bannflüche über Emden und alles, was darin war. David musste den Kopf schütteln; er wurde aus dem Mann nicht klug.

Nach einer Rast in Suurhusen überraschte ihn der Rat von Münch mit einer Nachricht, die ihn fast aus dem Sattel holte. Es begann ganz harmlos damit, dass der Mann auf ihr gestriges Gespräch zurückkam. »Ihr forscht am Walfisch?«, fragte er fast beiläufig, und David hob den Kopf.

»Schon lange. Es ist schwierig und lohnend zugleich, aus vielen Gründen«, gab Fabricius zurück, knapp, denn er glaubte nicht an das Interesse des anderen.

Er sah den Münch nicken, wie jemand, der sich auskennt,

und dann freundlich herüberlächeln. »Das wird Tycho interessieren!«, sagte er und David riss an den Zügeln, so hart, dass sein Pferd vor Schmerz schnaubte.

»Ihr meint *den* Tycho? Tycho Brahe? Den dänischen Astronomen?«, fragte der Pastor ungläubig.

»Denselben«, sagte Münch trocken.

Fabricius starrte ihn an. »Ihr wollt sagen, Ihr kennt ihn?«

»Und ob«, lachte der Rat, »ich bin über die Linie einer Großmutter weitläufig mit ihm verwandt.«

David ließ sich in den Sattel sinken. Sein Kopf war plötzlich rot und auf der Stirn standen Schweißperlen. Natürlich strengte ihn das Reiten an, wie immer, aber dass seine Sätze jetzt keuchend und stoßend kamen, hatte noch einen anderen Grund. »In Padua, an der Universität dort, lehrt ein Magister Mathematik und Himmelskunde. Er heißt Galilei. Kennt Ihr den auch?«

»Den nicht«, schmunzelte Münch, er habe von dem Italiener wohl gehört, habe aber keinen Kontakt zu ihm. Vielleicht Tycho. Wenn der Pastor es wünsche, sei es möglich, die Verbindung zu Brahe herzustellen. Es war dieser Gedanke, der David nicht mehr aus dem Kopf ging, und wie in Trance tauschte er kurz vor Emden auf Bitte des Rates von Münch seinen Reisekittel gegen die Montur.

Das Palisadentor im Nordwall war von Aufständischen besetzt. Es waren deutlich mehr als zwanzig Mann, alle vorzüglich bewaffnet. Ein Leutnant nahm sie in Empfang, das Gesicht grau vor Müdigkeit, er musste schon lange kein Bett mehr gesehen haben. Der Offizier besah sich eingehend das Papier des Grafen, das der Rat als Pass bei sich trug, und musterte sie aus kalten Augen. Erst den Münch, dann das Fähnlein mit glitzerndem Blick, den Drosten gleichgültig, Talar und Kragen des Pastors in offener Abneigung. »Ihr werdet erwartet.« Er winkte einen Mann zu sich. »Bring sie zur großen Kirche. Auf dem üblichen Weg.«

Der gräfliche Rat hob die Hand. »Nicht in die Kirche. Ich will aufs Rathaus!«, sagte von Münch fest, aber der Leutnant schüttelte den Kopf.

»Wozu dieses? Da findet Ihr keinen der Euren mehr. Der neu gewählte Magistrat ist in der Kirche.«

Malisius brüllte los wie ein angestochener Bulle. Mit einem Schlag war er wieder der rasende Wüterich, so wie gestern beim Bier. »Der neu gewählte Magistrat? Ohne gräfliches Mandat? Was untersteht Ihr Euch?«, röhrte der Drost aus rotem Hals.

Doch der Leutnant blieb kalt bis ans Herz, er zeigte nicht die kleinste Regung, vielleicht war er einfach zu müde. »Wer seid Ihr? So, der Drost von Resterhafe? Hier brüllt niemand außer mir, das merkt Euch. Bleibt ruhig oder ich werfe Euch ins Loch, mitsamt Eurer Truppe!« Er wandte sich ab und schnippte mit den Fingern, sagte: »Munition«, und in Windeseile war das Fähnlein ohne Patronen. »Die Musketen könnt ihr behalten«, schob der Offizier noch trocken hinterher, es klang nicht einmal höhnisch.

Der von Münch machte einen letzten Versuch, sagte etwas von gräflichen Rechten und Waffenprivileg, aber der Wachhabende ließ sie einfach stehen. Jetzt kommt es wohl tatsächlich auf meinen Talar an, dachte David, doch er hütete sich, auch nur ein Wort zu sagen.

Es blieb ihnen nichts übrig, als aufzusitzen und dem Soldaten zur Großen Kirche zu folgen. Überall auf den Gassen waren Bürger mit Musketen und Spießen, die ganze Stadt schien unter Waffen zu stehen. Sehr bald wurde klar, was der Leutnant mit dem »üblichen Weg« gemeint hatte. Der Posten führte sie recht überflüssig am Hafen vorbei. Mit funkelnden Augen besah sich der Drost das gräfliche Geschütz, über dem nun das Stadtbanner wehte. Sie sahen die Kanoniere, bereitgelegte Lunten, die Kugelpyramiden, das Feuer in den Eisenkörben. Ein paar Schritte abseits lagen die Pulverbeutel, sie waren mit Strohmatten abgedeckt. Die Botschaft war klar: Seht her, wir sind bereit, hieß das. Man schien sie allen Auswärtigen vermitteln zu wollen.

»Wen wollt ihr damit beeindrucken?«, fragte der Drost mit kaltem Spott, aber der Soldat gab keine Antwort.

Auf die Frage des Rates von Münch ließ er sich wenigstens zu dieser Erklärung herab: »Das Rathaus ist zu klein. Alle

Obersten, der Magistrat und der gesamte Rat sind versammelt. Seit Tagen schon. Deshalb die Große Kirche.«

Der Leutnant musste zeitgleich einen Melder losgeschickt haben, denn als sie eintrafen, stand Menso Alting vor dem Portal. Er war allein. Der Emder Pastor wartete nicht ab, um sie zu begrüßen, sondern warf ihnen einen eisigen Blick zu und verschwand in der Kirche. Vor der Türe sahen sie keinen Posten, keine Männer der Stadtwache, nichts. »Sie müssen sich sehr sicher fühlen«, sagte von Münch mit knarzender Stimme, aber der Drost knurrte nur.

Sie saßen ab, und dann vertrat ihnen ihr Begleiter den Weg. »Keine Flinten in der Kirche«, sagte der Soldat. Er wies auf die Musketen. »Die lasst hier. Meinetwegen unter Bedeckung.«

»Was soll das? Wir haben keine Munition!«, protestierte der Fähnleinführer, doch der andere hob die Schultern.

»Die Flinten bleiben draußen. Stehender Befehl!«

Der Fähnleinführer schüttelte den Kopf. Sie ließen einen Mann bei den Pferden und sammelten sich vor dem Eingang. Und plötzlich war da ein Brausen und Summen in der Luft, ein Geräusch wie ferne Meeresbrandung, das sie nicht recht deuten konnten, dazwischen ein hohes Pfeifen und wohl auch Fetzen von Gelächter, und es dauerte eine Weile, bis sie begriffen, dass es aus der Kirche kam.

Dann, als sie das Portal öffneten, schlug ihnen ein Orkan von Beifall entgegen, prasselndes Händeklatschen, sogar Spottgesänge waren zu hören und lärmendes Johlen. Der Rat von Münch stand wie festgefroren, nur langsam löste sich seine Starre. Er blinzelte heftig, als traue er seinen Augen nicht. Der Raum war gesteckt voll mit Menschen, ein Fahnenmeer über Hüten und Federn, hell erleuchtet von Kerzen und Fackeln. Waffen. Überall. David sah sogar Priester mit Stoßlanzen und schweren Messern. Flinten und Musketen. Der Drost warf einen zornigen Blick darauf. Feuerwaffen waren hier nur für Fremde verboten, das wussten sie jetzt. Und dann, als David schon dachte, hier werden wir wohl Wurzeln schlagen, setzte sich der von Münch in Bewegung und trat würdevoll und gemessenen Schrittes näher. Das Mittelschiff war angefüllt wie beim Gottesdienst an Ostern, eine Gasse ließ man ihnen frei, durch die sie nun, begleitet vom Rufen und Gelächter der Versammelten, nach vorne gingen, auf den großen Tisch zu, der vor dem Altar stand.

Da saßen sie nun, die neuen Fürsten der Stadt, in all ihrer Herrlichkeit, Stolz in den Augen, hohe Häupter, bekränzt mit Schärpen und Spitzen. Sogar Menso Alting trug jetzt einen Hut, mit einer Feder, die gewiss mehr als eine Elle lang war. Er thronte in der Tischmitte, eingerahmt von Obersten und Räten, und damit war auch klar, wer hier das Wort führen würde. Neben Alting hockte ein ungewöhnlich eitler Mensch mit sorgsam gezwirbelten Bartspitzen, die Schultern steckten in einer geckenhaft roten Schaube, das musste Gerhard Bolardus sein, der Sprecher des Rates der Vierzig. Zu seiner Überraschung entdeckte Fabricius auch Ubbo Emmius am Ratstisch, weiter hinten saß er, in einem einfachen schwarzen Rock, mit hochgerecktem Kinn, und sah kühl herüber. Nun, Ubbo war seit anno 1588 Rektor der Lateinschule in Leer, Norden hatte er im Streit verlassen, mit den Vorgängen in Emden hatte er selbst nichts zu schaffen, aber seine Anwesenheit zeigte, wie die Kraftlinien in diesem Konflikt tatsächlich verliefen.

Für einen Moment versenkten sich ihre Blicke ineinander. Was David dort sah, empfand er eigentlich nur als Ablehnung und Dünkel. Dann schalt er sich ungerecht: Vor wenigen Monaten erst hatte Ubbo Emmius eine eigene Ostfrieslandkarte veröffentlicht, genauer und schöner als je eine zuvor. Ein Meisterwerk! Was Wunder, dass der Handel mit seiner, Davids, Karte, merklich zurückging. Damit musst du leben. Ubbo erntet die Früchte seiner Arbeit. Tue ihm gleich oder bescheide dich! Fabricius nickte hinüber, aber der andere antwortete nicht.

Und noch bevor er sich darüber ärgern konnte, wurde es still in der Kirche, denn Menso Alting hatte sich erhoben und nahm das Wort. Seine volltönende Stimme trug weit, sie schwang sich nach oben, eilte Pfeiler und Kannelüren entlang, brach sich an der Decke der Apsis und fiel als Eisenregen auf sie herab. »Penintentiam agite!«

Und jetzt zeigte sich, aus welchem Holz der Rat von Münch war. Er stand locker wie am Bierfass bei der Kirchweih, in seinem Blick war alle Ruhe der Welt versammelt. »An wem es ist, Buße zu tun, wird sich noch zeigen, es ist aber nicht Gegenstand unserer Inspektion«, bemerkte er trocken.

Vorsicht, Rat! Du stehst auf dünnem Eis, dachte David und richtig, es erhob sich Gemurmel, schwoll, stieg an und endete in wüstem Geschrei.

»Inspektion? Wieso Inspektion?«, »Wer ist dieses Großmaul?«, »Werft sie hinaus!«, »Unerhört!«.

Alting hob einen Arm und nach zwei Herzschlägen war Ruhe. Er lächelte. »Das ist der gräfliche Rat von Münch, Brüder. Lasst ihn sagen, was sein Herr ihm aufgetragen hat!«

Das war ein Anwurf, eine flagrante Unverschämtheit, aber der Rat stand noch immer wie bei einem freundlichen Plausch, das Sonntagsfrühstück mit seiner Frau hätte ihn kaum entspannter finden können. »Ich erinnere Euch, Menso Alting, dass der Reichsgraf von Ostfriesland auch Euer Herr ist«, sagte Münch heiter, zog ein Dokument aus dem Rock und öffnete es. Fabricius sah das leuchtend rote Siegel des Hofes von Prag. »Habe hier ein Pönalmandat seiner kaiserlichen Majestät, Rudolfs II. von Habsburg. Es besagt, dass der Herr von Ostfriesland das Recht hat, den Gehorsam aller Bürger zu verlangen. Es besagt auch, dass Graf Edzard ermächtigt ist, die Auflösung verdächtiger Konventikel zu befehlen. Dazu gehört vor allem der Rat der Vierzig sowie der Magistrat von Emden!«

Also doch! Also doch der Krieg, schoss es David durch den Kopf. Wie hatte von Münch sich ausgedrückt? Feststellen, was tatsächlich stimmt. Den Schaden begrenzen. Alles nur Gerede! Gerede! Oder spielte der Rat auf Risiko? Setzte er alles auf einen Wurf? Sollte er das? Hatte er den Auftrag, so vorzugehen?

In der Kirche war es noch immer still, der von Münch hielt

dem anderen das Pergament hin, aber Alting nahm es nicht. Er setzte sich wieder hin, und in diese Bewegung hinein ließ Münch das Papier fallen, es segelt auf den Tisch und lag, bevor Menso seinen Stuhl berührte. »So kommt das Recht vor die Bequemlichkeit«, sagte Münch mit leisem Spott.

Alting lächelte jetzt auch. »Hört die Fakten, Rat«, begann er trocken. »Wir haben das Rathaus, die Wälle und das Geschütz. Die Stadt ist unter Waffen.«

»Ihr wollt mir drohen?«, unterbrach ihn Münch ruhig, aber Alting schüttelte den Kopf.

»Nicht drohen! In Kenntnis setzen. Hört weiter. Wir haben auch einen neu gewählten Magistrat. Wir haben ferner eigene Abgesandte in Marsch gesetzt, und zwar zu den Generalstaaten nach den Haag und nach Prag.« Er hob die Hand mit gestrecktem Zeigefinger. »Das alles ist getan, ohne auch nur einen Tropfen Blut zu vergießen. Wir nehmen damit Rechte wahr, die uns auch Edzard nicht verbieten kann. Und was wollt Ihr nun tun?«

Malisius hatte bisher geschwiegen, hatte den Münch reden lassen, aber jetzt, in die Stille hinein, meldete er sich zu Wort. Der Drost mochte ein wankelmütiger Mensch sein, ein zum Selbstmitleid neigender Heißsporn, aber ein Feigling war er nicht. Er trat einen Schritt vor, drehte sich, sah sich interessiert um, wie ein Bauer im Schweinekoben seines Nachbarn. »So sieht also ein Schlangennest aus«, sagte Malisius mit seiner knarzenden Stimme.

Er hätte es nicht sagen sollen. Alting fuhr hoch wie von einem Giftstachel. »Wir sind in einer Kirche, du Unflat!«, röhrte er mit roten Augen.

»Eine Kirche, in der Pfaffen Hüte und Flinten tragen, ist für mich keine mehr!«, schrie der Drost aus vollem Hals zurück. Und dann riss der Deich. Was bisher mühsam zurückgehalten worden war, brach sich Bahn in Chaos und Tumult, und dass keine Eisen gezogen wurden, dass die Musketen kalt blieben, war das reine Wunder. Ein Toben und Brüllen rauschte durch das Kirchenschiff, Vorwurf und Antwort, Verdammung und Replik, Fluch und Gegenfluch, eine Stoßwelle im Wintersturm, nur der Rat von Münch blieb ruhig wie ein Feuerzeichen in tief empörter See.

Alting griff nicht ein, er ließ die Dinge treiben, nahm sogar an dem Furor teil, und irgendwann, als erschöpfte Ruhe eingekehrt war, keuchte er: »Emden, das wisset, ist in diesen Tagen der Nabel der Welt. Das Jerusalem der Christenheit!« Jerusalem! Die Stadt des Heils. Ein Name als Fanal. Als Ausdruck unversöhnlicher Starre. Als Zeichen einer zur Hybris gesteigerten Selbstgewissheit. In die Welt posaunt mit zwei dürren Sätzen.

»Der Herr bewahre uns!«, sagte da David Fabricius, und zog mit diesen wenigen Worten alle Blicke auf sich. Der Pastor aus Resterhafe war jetzt sehr wütend. Er spürte sein Herz hart an den Rippen und plötzlich wurde ihm der Kragen eng. »Jerusalem! Das hatten wir schon einmal auf deutschem Boden. Als ein Königreich. In Münster. Die Wiedertäufer unter Jan Beuckels, dem Wirrkopf aus Leyden. Auch sie waren guten Willens. Glaubten, die Ordnung Gottes zu errichten, und es endete in Blasphemie, Mord und Hurerei!«

»Und mit dem Tod. Ihre Knochen, oder was davon noch übrig ist, wisst Ihr, hängen heute in Käfigen an der Spitze von Sankt Lamberti dort!«, fügte der Drost noch genüsslich an. Ganz ohne Frage war das letzte recht überflüssig, goss Malisius damit unnötig Öl ins Feuer, aber auch David biss sich jetzt auf die Lippen. Er hatte der Regung des Augenblicks nachgegeben und im Zorn gesprochen. War das im Sinne seines Landesherrn?

Diesmal blieb es ruhig in der Kirche, nur vereinzelt hörte man empörte Rufe, sie kamen aus dem Schiff und vom Tisch der Räte, David sah zu Ubbo Emmius hinüber und fing von dort einen kalten, abweisenden Blick.

»Wie denn, Ihr vergleicht uns mit diesen Irren?«, »Was untersteht Ihr Euch?«, »Unerträglich!«, »Was soll die Drohung mit dem Tod?«

Menso Alting hatte sich wieder erhoben. Mit spitzen Fingern, als berühre er etwas ungewöhnlich Giftiges, nahm er das kaiserliche Pergament und legte es sorgfältig zusammen.

Dann schob er das Dokument mit eine entschiedenen Geste von sich. »Es gibt weiter nichts mehr zu sagen. Die Dinge sind, wie sie sind. Wir werden sie schützen, Münch, mit Leib, Blut und Gut der gesamten Bürgerschaft!« Griff dann zur Überraschung aller erneut nach dem Bündel, hob es an und reichte es dem Rat. »Geht und sagt das Eurem Herrn, der auch der meine ist. Aber er ist es keinesfalls als König über Sklaven, sondern nur in den Grenzen, die wir ihm nach Gottes Willen gestatten!«

Sie verließen die Kirche nicht in offenem Unfrieden, eher in einem Zustand von Ungewissheit und Verdruss. Auch Ubbo Emmius war zuletzt noch aufgestanden und hatte einen Satz hinter ihnen hergeschleudert, scharfe, bissige Worte, durchtränkt mit Zorn. Nun also. Was hatten sie denn erreicht? Was war das Ziel gewesen? Hatte der Rat von Münch die Stadt gewinnen oder ängstigen sollen? Die Dinge ordnen oder verwirren? Sollte er die Linien aufbrechen oder zu ihrer Verhärtung beitragen? David hatte das bittere Gefühl, versagt zu haben. Sie alle hatten versagt, Alting, der Rat von Münch, der Drost Malisius, und er auch, der Pastor Fabricius. Er machte sich heftige Vorwürfe.

Sie saßen auf und ritten los, denn niemand von ihnen wollte hier die Nacht verbringen. An der Palisade im Nordwall hatte der Offizier der Wache gewechselt. Es war nicht mehr der Leutnant mit dem grauen Gesicht, sondern ein uralter, stämmiger Hauptmann, der ihnen die Patronen des Fähnleins mit gutmütigem Grinsen aushändigte. Dann kehrten sie Emden den Rücken. Die Stadt lag dunkel und drohend im roten Abendlicht. Sie mochten eine knappe Meile geritten sein, als von Westen her ein scharfer Kanonenschuss die Stille zerriss. Und dann noch einer. »Es geht los!«, sagte der Rat von Münch.

Eintrag in das Calendarium Historicum
des David Fabricius
August 1595

»Eure Mission wird nicht dadurch christlicher, dass Ihr sie mit einem Talar verschleiert!« Das war der Satz, den Ubbo Emmius hinter uns hergerufen hat. Ich weiß, er meinte mich, und vielleicht hatte er das Recht, ihn zu rufen, aber er sollte sich ebenso unwohl gefühlt haben bei alledem, wie ich es noch immer tue. Was dann noch geschehen ist, muss uns zweifeln lassen, ob wir unserem Herrn gut gedient haben. Aber hat Edzard sich selbst denn guten Dienst getan? Die Kanonenschüsse an der Knock waren ja sein Werk, zumindest hat er es nicht gehindert. Und der von Münch hat es gewusst. Es muss, für mich unfassbar, vorbereitet gewesen sein, noch bevor Edzard wissen konnte, mit welchem Erfolg wir aus Emden kommen. Ausgeführt wurde es durch seine Söhne. Der junge Graf Enno soll den ersten Schuss abgefeuert haben, eine Brigantine aus Eelde kommend hat den zweiten Mast verloren, später hat es einer schweren Galeone der Kauffahrtei von Appingedam ein Loch ins Schanzkleid gerissen. Mehr nicht. Kleine Schäden, verglichen mit dem, was in den Köpfen der Menschen angerichtet worden ist. Und in ihren Herzen.

Die Emder haben darauf die gräfliche Burg genommen, übrigens ohne Widerstand, und die Befestigung zur Stadtseite hin geschleift. Die Anlage ist damit ohne Schutz. Der Graf hat schon erklärt, dort nie wieder residieren zu wollen. Ich glaube, er fühlt sich durch diese Vorgänge sehr verletzt, ohne darüber nachzudenken, welche Verletzungen er anderen zufügt. Er ist ein schwacher Mensch, aber er bleibt trotzdem unser Herr.

Doch was steht nun am Ende? Der Graf hat sich nicht anders zu helfen gewusst, als die Generalstaaten zur Vermittlung anzurufen. Wusste er denn nicht, dass er damit die Büchse der Pandora öffnete, die nach der Mythologie der Griechen außer der Hoffnung nur Laster und Untugend birgt und daher niemals geöffnet werden darf? Nun, Edzard hat sie ergriffen und aufgemacht. Er hat damit die Generalstaaten auch offiziell auf den ostfriesischen Schauplatz geholt und den Kraftquell erst recht zum Sprudeln gebracht, aus dem Emden seine Unbotmäßigkeit nährt. Welch ein Fehler!

Im darauf folgenden Vertrag von Delfzijl hat man es ihm dann gesteckt: Er wollte das Monopol des calvinischen Ritus für Emden und seine Vorstädte brechen, und nun ist es gesetzt. Er wollte die Wahl des Emder Magistrats durch den Rat der Vierzig verhindern, doch eben das ist jetzt verfügt. Er wollte sein Zollrecht behaupten, und musste doch in schmerzhaften Umfängen darauf verzichten. Er wollte zuletzt die Union der reichen Vorstädte mit Emden um keinen Preis, vor allem die Vereinigung mit Faldern, und ist genau darin gescheitert. Zu seinem, des Grafen Nachteil, wird die Stadt damit stärker und mächtiger als je zuvor.

Was Edzard bleibt, ist die Hohe Gerichtsbarkeit über die Stadt, und man fragt sich, ob es ihm damit ebenso ergeht wie mit dem Hofgericht in Aurich, das er bis aufs Blut bekämpft hat, und doch seit anno 1593 auf des Kaiser Verfügung hin ertragen muss. Auch sollen ihm Gelder zufließen, als Ausgleich für erlittene Schäden an seinem Gut und an seiner Ehre. Wie denn letzteres? Kann Ehre mit Gold wiederhergestellt werden? Zu allem Hohn und Überfluss garantieren die Generalstaaten für die Einhaltung des Vertrages. Damit sind sie endgültig Partei in Ostfriesland und jeder weiß, auf welcher Seite sie spielen. Summa summarum steht der Graf schlechter da als ehedem. Ist das nun die Frucht aller Mühe?

Was soll ich sonst noch schreiben, über Familie, Kirche und das Wetter? Es ist heute keine Muße dazu. Das Herz wird mir schwer, wenn ich an mein Ostfriesland denke. Dank Gottes Segen sind die Kinder gesund, und Metas Bauch rundet sich. Ein Blick in ihre Augen gibt mir Kraft. Es liegt so viel Liebe und Wärme in ihnen, dass einem der Kittel eng werden kann. Sie sagt, es wird ein Mädchen, aber das haben wir ja nun schon. Mich schwindelt, wenn ich an die Mitgift denke.

Bevor ich für heute schließe, noch dieses von der Magd: Wir hatten neulich einen Disput. Natürlich ging es wieder um

Malisius. Sie bezeichnete ihn als ollen Düllkopp und ich sagte ihr, dass er als gräflicher Drost ihren Respekt verdiene. Wenn schon nicht seiner selbst, dann zumindest seiner Stellung wegen. »Außerdem bist du nicht konsequent. Du betüddelst ihn, als wäre er eine Vollwaise, lässt aber zugleich kein gutes Haar an ihm. Wie geht denn das zusammen?«, fragte ich recht ungehalten.

»Ich trenne das Amt von dem Mann. Als Drost ist er eine Plage, als Mann kann er nach Erziehung noch etwas werden«, sagte Meta in ruhigem Ton.

Ich widersprach ihr energisch. Dann sagte ich: » Eins vergiss nicht; er ist einer von denen, die in Ostfriesland für Ordnung sorgen!«

Doch Meta schüttelte den Kopf: »Nee, Paster! Holl up! Das ist so falsch, dass nicht einmal das Gegenteil richtig ist!« Ich muss wohl ziemlich entgeistert ausgesehen haben, denn als Begründung sagte sie noch: »Wo Malisius ist, kann keine Ordnung sein. Weil er bei sich selbst keine hat!«

Ich wusste, was sie meinte, mochte ihr aber so zugespitzt nicht folgen. Allein, mit Meta zu streiten ist müßig. »Aber für Ostfriesland wollt ihr doch wohl dasselbe!«, fragte ich, und die Magd schüttelte erneut den Kopf.

»Wir wollen noch nicht einmal etwas Ähnliches!«, gab sie heraus und dann erklärte sie, warum. Sie habe mit dem Drosten schon darüber gesprochen, sagte sie, bereits das wunderte mich sehr. Dann fuhr sie fort, Malisius stehe für ein Ostfriesland der Ordnung durch Grenzen. Für Schutz durch Obrigkeit. Sie aber verzichte auf Regeln, die doch vor allem das Ziel hätten, ihre Flügel zu stutzen. Dabei schwammen plötzlich ihre Augen. Ich konnte ihr vor Überraschung nicht antworten.

Dass Meta in ihrem fülligen Busen trotz aller zeitweiligen Ruppigkeit ein gutes Herz verbirgt, ist uns schon aufgefallen. Hinter ihrer etwas groben Stirn scheint jedoch zudem ein Geist zu wohnen, der zu Gediegenheit fähig ist. Ich werde heute Abend besonders inbrünstig für sie beten.

14.

res mira.
Resterhafe, Sommer 1596

»Drei starke Fähnlein zu Pferd«, sagte der Bauer und drehte seine Mütze in knotigen Händen. Sein Kittel war fleckig und die Klumpen verdreckt, er kam geradewegs vom Feld. »Mit Piken und Musketen!«

Fabricius starrte ihn ungläubig an. Er wusste, nebenan hockte der Drost Malisius und wartete auf ihn, doch hier stand einer seiner Leute aus der Gemeinde und hatte ein Problem. Aber er kam nicht damit heraus, sondern hielt Abstand, umkurvte es umständlich wie ein voller Heuwagen eine Wiesenfurche.

»Drei Fähnlein? Bist du sicher?« Der Mann nickte. »Und aus den Generalstaaten?«

Der Mann nickte erneut. »Direkt aus Groningen«, bestätigte er.

Fabricius zweifelte noch immer. »Bist du dir wirklich gewiss? Woher hast du deine Nachricht?«, fragte David schärfer, als er wollte.

Der andere hob beleidigt den Kopf. »Hab meine Leute in der Stadt, Herr, und Familie!«, brummte er, »die wissen was vorgeht, davon könnt Ihr überzeugt sein.«

Jetzt nickte David und klopfte dem Bauern begütigend auf die Schulter. »Ist gut, Jannes«, sagte er und sah den Mann freundlich an. »Aber deshalb bist du doch kaum zu mir gekommen?«

Der Kerl knüllte seine Mütze in den Fäusten. »Nee, deswegen nicht. Es ist wegen der Pest, Herr. Da brauch ich ein Horoskop. Für meinen Acker.«

Herrgott, gib mir Geduld. Aber rasch! David zählte langsam bis fünf. Dann ging er zu seinem Hörn und hockte sich hinein. Es war ja richtig, die Pest war wieder aufgeflammt, es gab einzelne Fälle unten an der Ems, und schob sich nach Norden vor, aber Fabricius verstand noch immer nicht. Oder doch, er begann, das Knäuel zu entwirren, das Ende des Fadens sah er schon, aber er konnte es noch nicht greifen. »Ein Horoskop für deinen Acker?«, fragte David ruhig.

Der Bauer nickte erleichtert, ganz so, als sei eine schwere Last von seinen Schultern genommen. Endlich hat er es kapiert, der Paster, word ok Tied, er ist aber man heute auch zu duddig! »Jawohl! Damit die Pest nicht kommt!«

Fabricius lehnte sich zurück und lächelte. »Da hast du etwas falsch verstanden, Jannes. Ich mache dir sehr gerne ein Horoskop, weißt du, jederzeit. Aber die Pest lässt sich damit nicht abwehren. Ob sie nach Ostfriesland kommt oder nicht, kann man schon eher sagen!«

Jannes wischte sich über das Gesicht. Er war enttäuscht, das sah man. Nickte knapp, setzte seine Mütze auf und verließ die Stube, mit steifen Schritten und ohne ein weiteres Wort.

Malisius, draußen in der Vorkammer zur Küche, einen dampfenden Teller mit Suppe vor sich, sah ihm schmunzelnd nach. Es stellte sich heraus, dass der Drost einen Brief des gräflichen Rates von Münch überbrachte, den David ungeöffnet in die Tasche steckte.

»Was ist mit diesen holländischen Truppen in Emden?«, fragte er Malisius in einem Ton, als mache er dem anderen deshalb einen Vorwurf.

Das Lächeln des Drosten erstarb. »Lasst mich dafür ohne Kerbe, ich habe sie nicht gerufen!«

»Sondern wer?«

Malisius hob die Schultern und legte zugleich seinen Löffel ab. Er schien keinen Appetit mehr zu haben. »Hört, Fabricius, es ist keinem recht, dass sie da sind, auch dem Grafen nicht.« Er schielte auf die Suppe und schluckte trocken. Anscheinend tat es ihm schon wieder leid, den Löffel abgelegt zu haben.

»Den Emdern wird es wohl gefallen!«, konterte der Pastor spröde, und dann bog Meta um die Ecke. Sie hielt ein Brett mit Würsten und Brot.

Malisius folgte ihr mit den Augen. »Oh, sie sind nicht in der

Stadt«, sagte der Drost eifrig. »Sie liegen in den stadtfreien Vororten. Also draußen. Friedlich. Es soll wohl nicht der Eindruck entstehen, als wären sie zur Besetzung dort. Oder gar als Verstärkung des Emder Heeres!«

Malisius schien die Zusammenhänge zu durchschauen, aber David war noch nicht zufrieden. »Das heißt also, sie liegen auf gräflichem Land, oder wie?«

»Ja, ja! Freilich. So ist es«, sagte der Drost.

Fabricius beugte sich vor. »Da der Graf sie nicht gerufen hat, sind sie gegen seinen Willen im Land. Sie besetzen reichsgräfliches Gelände, stützen, das sieht doch ein Blinder, nur Ihr nicht, Malisius, den Emder Magistrat, ohne ihm zur Last zu fallen, und zeigen Graf Edzard auf Kosten der Cirksena den Knüppel. Wo ist denn da der Segen?«

»Sie stellen keine Gefahr dar. Und da sie auf gräflichem Grund liegen, unterstehen sie unserer Jurisdiktion«, sagte Johann Malisius mit roten Gesicht und streckte die Hände aus.

Das täten sie in der Stadt auch, Drost, und es ist schlimm genug, dass du das nicht siehst, schoss es David durch den Kopf. In diesem Augenblick kam Meta zurück und legte dem Drosten still eine Räucherwurst in den Suppenteller. Fast schien es, als wollte sie ihn für etwas belohnen. Malisius sah überrascht auf. Fabricius war der Magd dankbar. Ich muss mich mäßigen, dachte er, ich bin manchmal wie Meta, ich muss aufhören, den Mann anzugehen, aber er regt mich nun mal auf!

»Es könnte ja auch so aussehen, als stünden sie dem Grafen bei, versteht Ihr, gegen Emden«, schnaufte der Drost zwischen zwei Löffeln Suppe, und machte damit die Verwirrung vollkommen. Der Gedanke schien David so abenteuerlich, dass er auf eine Antwort verzichtete. Truppen der Generalstaaten als Gegengewicht zu einer calvinischen Stadt? Absurd! Aber was war in diesen Zeiten schon plausibel?

»Na denn, Mahltied!« Er ließ den Drosten löffeln und ging hinüber in die Schlafkammer.

Meta hatte ihre kleine Tochter Elsebe im Arm und fütterte sie mit einem Brei, ihre eigene Milch langte nicht mehr hin, die Kleine zu stillen. Sie hatte das Kind im letzten November so leicht geboren, dass es allen als gutes Omen schien, wie die Befreiung von einer Last, die man von der Schulter geworfen hatte. Die Magd war stolz, als hätte sie selbst Elsebe zur Welt gebracht, und seine Meta hatte ausführlich erklärt, dass damit ihre Vorgabe zur Hälfte erfüllt sei. Zur Hälfte. Sie hatte ihn liebevoll aber auch fest angesehen und ihren Zeigefinger gehoben. »Zur Hälfte, Mann! Kein Grund, die Hände in den Schoß zu legen!«

»Der Faule ruht, bis er vergilbt, was kann sich da schon fügen?«, hatte Meta, die soeben aus der Küche gekommen war, frech ergänzt, und was sollte er jetzt noch Kluges antworten? Gänzlich sinnlos. Er hatte etwas gebrummt und sich flugs abgewandt, das Lächeln der beiden Frauen hatte er im Rücken gespürt.

Nun beugte er sich hinunter, strich Elsebe sanft über den Kopf und küsste seine Frau auf die Stirn. »Post von Münch«, sagte er knapp und zog den Brief aus der Tasche. Als er das Siegel brach und das Papier auffaltete, fiel ihm daraus ein zweites Schreiben entgegen. Es war kaum mehr als ein kleines Billet, nicht größer als eine Hand, fein säuberlich in Latein beschrieben. Und als er noch darauf starrte und nichts verstand, spürte er, wie sich plötzlich sein Herzschlag beschleunigte. Überrascht hob er den Kopf. »Tycho, Meta!«, sagte er mit trockener Kehle. »Ein Brief von Tycho Brahe!«

Er musste sich zwingen, zunächst den Brief des Rates von Münch zu lesen, tat es dann auch und hielt das Pergament mit zitternden Händen. Der Rat erinnerte an ihren Ritt nach Emden und an das Gespräch über die Astronomie. »So hat trotz aller Unbill für Euch ganz persönlich diese Reise ihren glücklichen Abschluss gefunden, denn Tycho wünscht Euren Kontakt, aber das lest selbst in seinem Brief. Seid gewiss, dass ich Euch in der Überwindung aller damit verbundenen Mühe nach besten Kräften fördern werde«, so schrieb Münch am Schluss. Das Schreiben des Dänen war kurz, aber sehr freundlich, und David zeigte sich vom perfekten Duktus und eleganten Stil tief beeindruckt. Auch er forsche intensiv am Walfisch, schrieb Brahe, und freue sich, in David einen collega gefunden zu haben. »Lasst mich baldigst von Euren Fortschritten wissen, so wie ich Euch über meine berichten werde!«, stand da in feinen Lettern.

Fabricius küsste seine Frau auf die Wange und ging hinaus. Der Drost hockte noch immer am Tisch und schäkerte mit der Magd. Vor ihm stand der Suppenteller wie ausgeleckt. »Gute Nachrichten, Paster, wie ich vermute!«, schmunzelte Malisius, und David schoss nach vorn, packte den Drosten an den Ohren und drückte ihm einen Kuss auf die feuchte Stirn. »Ho, ho!«, machte Malisius, wischte sich dann mit beiden Händen demonstrativ durch das Gesicht, ganz so, als sei er soeben in einen heftigen Regenguss geraten.

Fabricius hörte die beiden hinter sich herlachen und eilte an den Schreibtisch. Mit fliegenden Händen stöberte er durch seine letzten Aufzeichnungen, las Messungen, verglich Tabellen, studierte Notizen. In seinem Kopf wirbelten die Gedanken.

Langsam, ganz allmählich begann er, sein Glück zu erfassen. Wie sauer war ihm dieser Ritt nach Emden geworden, wie bitter war ihn sein desaströses Ende angekommen. Und jetzt dieses. Brahe! Und vielleicht sogar, wer wusste es denn, Galileo! Das Wundertier aus Pisa! Erneut griff er nach dem Brief und las. Also forschte auch der Däne. Also barg der Walfisch ein Geheimnis! Also gab es in seinem Bild unentdeckte Körper. Bisher unbekannte Sterne. Es musste so sein. Wie er selbst immer vermutet hatte. Und Brahe, der große Tycho Brahe, lieferte nun die Bestätigung, hegte den gleichen Verdacht, teilte seine Erkenntnis. Es durchrieselte ihn wie ein warmer Sommerregen ein Kornfeld nach großer Dürre. Und mit einem Male, ganz hinten an der Hirnrinde, war da ein anderer Gedanke, noch diffus, zögernd, flackerte auf wie ein spärliches Flämmchen aus feuchtem Zunder. Was, wenn der Däne mir zuvorkommt? Was, wenn ich, ICH, David Fabricius, ihm zuvorkomme? Plötzlich befiel ihn eine tiefe Unruhe. Ungeduldig forschte er durch die Butzenscheibe nach draußen. Bis zur Dämmerung war es noch lang. Zu lang!

*

»Es ist doch völlig klar, wie das Geld in die Stadt kommt!«, sagte der Rat von Münch. Er sprach in einem Ton, als wollte er sagen, das weiß aber nun jedes Kind. Malisius nickte. Er wusste es also auch. Demnach konnte es kein großes Geheimnis sein. Münch setzte sich zurecht und griff nach seinem Glas. Meta hatte ihnen eine Flasche Roten aufgemacht. Der Rat war unverhofft hereingeflattert, Münch befand sich auf dem Rückweg von Domänen bei Esens und hatte die Gelegenheit für ein Gespräch mit dem Drosten von Resterhafe nutzen wollen. In der Drostei war unbekannt gewesen, wo Malisius sich aufhielt, man hatte die Schultern gehoben, und dann hatte ein Kanzleischreiber den rettenden Einfall gehabt, dass der Drost des Öfteren mit dem Paster wat to beproten hett.

Metas Würste waren längst verspeist, das Brot krümelte in Resten auf Kitteln und Röcken und der Wein schmeckte vorzüglich. Der Drost war satt und zufrieden, er fühlte sich sauwohl und auch dem Rat war es behaglich, nur der Pastor wetzte mit dem Hosenboden unruhig auf seinem Hörn. Gelegentlich warf Fabricius lange Blicke durch das geöffnete Fenster. Es war ein lauer Abend, die Luft roch mild nach frischem Wiesenschnitt, und am Himmel zeigten sich die ersten Sterne.

Der Rat von Münch hob sein Glas und trank. Anerkennend hielt er dann den Pokal gegen die Lampe. »Rotspon«, sagte David Fabricius trocken. »Aus Lübeck.« Es sind die letzten Flaschen, eine Gabe des Schwiegervaters zur Hochzeit, ergänzte er im Stillen. Geht sorgsam damit um, aber eilt euch, denn Cetus wartet.

»Es hängt ja doch alles am Seehandel«, nahm Münch den Faden wieder auf. »Die Spanier haben den Süden Hollands und seine Häfen fest im Griff. Keine Maus kommt dort hinein oder heraus.« Er sah an sich herunter, nahm eine größere Brotkrume vom Rock und steckte sie in den Mund. David scharrte mit den Füßen. »Dadurch hat sich der Handel nach Norden verlagert, und die Emder schneiden sich ein gehöriges Stück von diesem Braten ab. Das Getreidegeschäft mit Westfalen läuft zu großen Teilen über den Delft!«

»Kein Grund, ihre Schiffe zu beschießen!«, wandte David brummend ein, und der Drost warf ihm einen schrägen Blick zu.

Münch lehnte sich gemütlich zurück. Er lächelte entspannt, seine Hände drehten das Weinglas. »Das waren die stürmischen jungen Grafen«, sagte er, als wäre damit jeder Makel getilgt.

David nickte stumm. Ja, aber der Alte hat es gebilligt, und du hast es gewusst, von Anfang an.

»Ist ja nicht viel passiert«, bemerkte der Drost abschätzig, und in diesem Moment ärgerte sich Fabricius über ihn. Als ob glimpflicher Ausgang eine Rechtfertigung wäre! Immerhin hatte ein Schiff einen Mast verloren, ein anderes war am Schanzkleid getroffen worden. Und gewiss hatte es Blessuren gegeben, es wäre ein schieres Wunder, wenn solche Folge ausgeblieben wäre. Aber hier setzten sich diese Männer des Grafen hin und redeten wie über den letzten Sonntagsausritt.

»Diese Kanonenschüsse werden noch lange zu hören sein!«, sagte der Pastor mit kühler Stimme. »Sie werden ihre Musik noch spielen, wenn die Cirksena ihren Klang längst vergessen haben.« Er stand auf und hob beschwichtigend die Hände, als die anderen ihm folgen wollten. »Euren Dispens, Ihr Herren!«, sagte David förmlich. »Lasst es Euch weiter munden, aber ich muss nun zu meinen Sternen.«

Der Drost nickte in sein Glas und Münch lächelte verständnisvoll. »Will Euch nur noch sagen, dass der Ubbo Emmius nicht mehr in Emden ist.« David blieb stehen. »Ist nach Groningen berufen«, fuhr der Rat fort, »soll dort wohl eine Universität gründen.«

»Was soll's schon werden? Eine calvinistische Schlangengrube!«, zischte Malisius giftig und hob die Augen. »Gut so! Kein Verlust. Ein Unruhestifter weniger in Ostfriesland!«, aber da war Fabricius schon draußen. Er trat an seinen Mauerquadranten, stieg hinauf und sah nach Süden.

Und mit einem Mal spürte er ein Vibrieren in der Brust, war da ein seltsamer Druck in der Magengrube und plötzlich wusste er, dass in dieser Nacht die Entscheidung fallen würde.

Er hörte Münch und den Drosten aufbrechen, sie riefen ihm noch Grußworte zu, aber er hatte keine Sinne dafür, denn das Fieber stieg. Das Ziel vor Augen. Der unsichtbare Kampf. Er oder ich. Tycho oder David. Fabricius oder Brahe!

Und dann grenzenlose Enttäuschung! Es ging auf Mitternacht, als sich im Süden eine schmale Wolkenbank zeigte, eine dünne Fahne, die David argwöhnisch anpeilte. Sie zerfasert zuerst, wie von hohen Winden verblasen, dann setzte sie sich, schob sich zusammen und ballte sich zu dichten Flocken wie Wolle bei der Schafschur. Er fluchte, wie kein Pastor je fluchen sollte. Er drohte mit der Faust. Er visierte so scharf, als könnte sein Blick jeden Wassernebel tilgen. Der neue Tag war schon geboren, als er es endlich einsah und sich abwandte. Aus. Vorbei. Sinnlos. Fabricius packte seine Utensilien, nahm die Unterlagen, seine Tabellen und Skizzen, und kehrte der Sache seinen Rücken. Er tat es mit einer ruckartigen Bewegung, die nicht nur Zorn, sondern auch Missachtung ausdrückte. Wie zum Hohn klangen ihm die Worte seines alten Lehrers Heinrich Lampe in den Ohren. »Die Astronomie ist mehr als ein gottgefälliger Blick auf die Sterne. Sei bereit, Mauern einzureißen!«

Wohlfeiler Rat! Billig und schnell erteilt. Hier stehe ich und bin fertig, jeden Stein zu bewegen. Jeden. Ich nehme ihn auf, drehe ihn um, werfe ihn in gleißendes Licht und betrachte ihn von allen Seiten. Ich stoße ihn nieder, mit allen seinen Brüdern, werfe in den Staub, um neu zu errichten. Aber, Heinrich Lampadius, wo ist sie denn, deine Mauer? Verborgen hinter lügenhaftem Dunst. Sie wirft sich in Tüll. Verschleiert sich wie eine schamhafte Jungfrau.

Fabricius stieg von der Mauer und stapfte mit geballten Fäusten auf das Haus zu. Er warf einen letzten zornigen Blick über die Schulter. Und stand wie vom Donner gerührt. Die Wolke war in Bewegung geraten, an der Schwanzflosse im Walfisch sogar aufgerissen und Deneb Kaitos strahlte hell und schön zu ihm herunter. Und während er noch wie erstarrt stand und schaute, mit Armen so schwer, als hingen Klafter von Holz an ihnen, hob sich der Schleier und Cetus zeigte sich in herrlichem Glanz. Er stürzte zurück auf den Sockel, nahm Maß und peilte, fuhr den Hals entlang, an Eridanus vorbei, tastete sich vor in Richtung auf den Kopf zu. Zwischen Menkar und Baten Kaitos stand wieder dieses Funkeln, ein rötliches Schimmern, und mit pochendem Herzen peilte er diese Stelle an. Seine Hände waren feucht, der Kittel wurde ihm eng und die Hoffnung verdichtete sich zögernd zur Gewissheit. Er schwitzte, prüfte Skizzen, visierte, maß, visierte nochmals, murmelte Zahlen, nahm Werte und dann flog seine Hand über das Pergament.

»Azimut 151 Grad, Höhe 28 Grad, heller Stern, roter Schein!«

Stand auf, rannte ins Haus, betrat vorsichtig die Stube, sah auf die Uhr, kam zurück und notierte: »Zwei Uhr und einundfünfzig Minuten am 3. August Anno Domini 1596!« David Fabricius seufzte tief und lehnte sich zurück, in seinen Augen stand das Wasser.

Was tun? Schreien? Singen? Die Welt umarmen? Meta wecken? Schwer wie ein alter Mann erhob er sich und trat an den Quadraten. Manche Siege werden erst in der Stille süß, es gibt Triumphe, die braucht man für sich allein. Er lehnte ruhig an dem Instrument und sah nach oben. Mira, dachte er. Ich werde dich res mira[8)] nennen.

[8)] Lat. für: »wunderbare Sache«. Johannes Kepler prägte später den Namen »mira ceti«. Die heutige wissenschaftliche Bezeichnung ist »o Ceti«.

15.

Die Seele brennt vor Leidenschaft – Tycho Brahe.
Wandsbek, Mai 1598

Bereits vor Oldenburg tat ihm der Hintern weh und David Fabricius war froh, dass sie in Bremen die Kutsche besteigen konnten. Die Postlinie war sogar schon bis Hamburg geschlossen und das galt dem Pastor als wahrer Segen. Erst vor drei Jahren war Leonhard I. von Taxis durch den Kaiser zum Generalpostmeister des Reiches ernannt worden, und der Mann hatte seine Zeit genutzt. Mit einem Seufzer ließ sich David in die Sitzpolster fallen. Der Rat von Münch warf ihm einen belustigten Blick zu. Er hatte den Ritt mit eleganter Leichtigkeit hinter sich gebracht.

An der Schlachte stieg ein Reeder aus der Stadt in die Kutsche, er wurde von einem Geschäftsfreund aus Hamburg begleitet. Damit waren sie lediglich vier und Fabricius streckte behaglich die Beine aus. Es war ein wunderbar warmer Tag, die Luft süß und schwer, die Landschaft leuchtete in frischem Grün und schon hinter Oyten zog es den Bremer und seinen Begleiter zum Schwager auf den Kutschbock. Der Rat von Münch knöpfte sich den Rock auf und zog seine Pfeife aus der Tasche. »Malisius ist ein Heuochse!«, sagte er knapp und nahm damit ein früheres Gespräch wieder auf.

David dehnte sich mit wohligem Stöhnen. Er wunderte sich über den von Münch und seine Wortwahl, aber Neues hörte er hier nicht. Schon unterwegs hatte sich Münch über die Zustände in einigen Drosteien beklagt, über schlechte Wirtschaft und magere Erträge, und auch in Resterhafe standen die Dinge nicht zum Besten. Es war überhaupt alles schlechter als früher. Ja, denkt Euch nur, damals! Und heute? Die Verwalter hatten ihre Bauern nicht im Griff, die Bauern hatten ihre Knechte nicht im Griff, die Knechte hatten die

Äcker und die Viecher nicht im Griff. Und Malisius schien ohne Plan, hatte kein Konzept, ließ vieles treiben.

Fabricius verstand die Klagen nicht. Man könnte diese Reihe ja wohl fortsetzen. Was ist mit dem Griff des Grafen und seiner Räte? Und was Malisius betrifft; dann jagt ihn doch zum Teufel! Wozu haltet ihr ihn? »Er ist vor allem ein hungriger Heuochse, denn wenn er kommt, und das ist oft, schielt er nach den Töpfen«, sagte der Pastor sarkastisch. »Vielleicht solltet Ihr ihn nur besser bezahlen!«

Münch streckte hastig beide Arme aus. Er tat erschrocken, grinste aber trotzdem. »Gott behüte! Die Frage ist doch, ob er die Taler wert ist, die er bekommt!«

Fabricius schwieg. Er hatte andere Sorgen. Im Herbst anno 1596, wenige Wochen nach der Entdeckung des Sterns im Walfisch, hatte er diesen wieder verloren. Res mira wurde schwächer, das rote Leuchten fiel zu einem diffusen Glimmen zusammen, bevor es ganz verschwand. Vergeblich hatte er gesucht, gepeilt und visiert. Der Walfisch stand flach über dem Südhorizont, Kopf und Schwanz waren leidlich zu sehen, aber am Hals blieb es dunkel. Zwar waren David schöne Beobachtungen gelungen, er hatte sich am Anblick eines Kometen ergötzt, allein Mira blieb verborgen. Er hatte Brahe davon geschrieben, auch über den Kometen, darauf eine späte und merkwürdig unklare Antwort erhalten, auf die er sich keinen Reim machen konnte.

Versonnen fiel sein Blick auf das Band an seinem Handgelenk. Es trug nun fünf kleine Herzen, denn Meta war wieder guter Hoffnung. Bald schon in diesem Jahr, noch vor dem Herbst, sollte das Kind geboren werden. Die Magd prahlte jedem die Ohren voll und tat so, als sei der kommende Spross das Ergebnis ihres segensreichen Wirkens im Haushalt. Immerhin, die Familie wuchs, war gesund und seine kleine Welt war hinlänglich heil. Und dann, wie aus heiterem Himmel, vor drei Wochen, diese Einladung auf das Schloss des Grafen Rantzau, in dem sich Tycho Brahe seit einigen Monaten aufhielt. Der Drost hatte sie ihm überbracht, auf Bitte des Rates von Münch. Breit grinsend war er über die Hausschwelle gestolpert, das Papier wie eine Fahne schwenkend, hatte laut »Gute Botschaft, Paster!«, gerufen, die Augen schon halb verdreht, in Richtung auf die Küche zu.

Fabricius gähnte, streckte sich und zog den Rücken gerade. Vor dem Fenster flog die Landschaft vorbei, und vom Kutschbock her hörte man den Schwager und die beiden anderen lachen. Münch lag in seiner Ecke wie ein Knecht nach harter Arbeit. Den Rock hatte er ausgezogen, die Weste war von Tabak übersät. »Er hat mit Emden alles versucht«, sagte Münch ohne Vorbereitung und David wusste, der Rat meinte den Grafen. Fabricius wartete. Aus seiner Sicht gab es noch einiges, was man hier hätte tun können, ebenso wie es Dinge gab, die man besser unterlassen hätte, aber was sollte er sagen? Münch beugte sich vor. »Er hat sogar erwogen, den Generalstaaten seine Grafschaft als Provinz anzubieten!«

David sah ihn ungläubig an. »Als Provinz? Den Generalstaaten untertan?«

Münch nickte. »Wie ich Euch sage!«

Der Pastor schüttelte den Kopf. »Und er? Edzard? In welcher Rolle?«

»Statthalter über Ostfriesland«, sagte Münch trocken.

Von oben kam jetzt lautes Singen, draußen leuchtete das frischzarte Grün der Eichen und David Fabricius war damit beschäftigt, zu verdauen. »Um Emden zu packen? Ihr wollt mich foppen!«

Diesmal wartete Münch, er sagte nichts, lag da und schwieg, um den Mund ein Zug von Ungeduld, als wollte er sagen, nun begreift es endlich.

David richtete sich auf, er war jetzt zornig. »Als lutherischer Landesherr Statthalter einer calvinistischen Macht, um eine ebensolche Stadt zu beherrschen? Das glaubt Ihr doch selbst nicht!«

»Man kann konvertieren. Er wäre nicht der erste Fürst, der es tut«, gab der Rat von Münch mit kühler Schärfe zurück, und das verschloss David die Lippen.

Da war sie wieder, die ziellose Art dieses Cirksena. Die irrationale Bereitschaft, mit hohem Risiko und ohne wirkliche

Kontrolle über das Ende unsichere Wege zu gehen, damit schließlich alles bleiben konnte, wie es war. Das sprunghaft Unstete im Verhalten Edzards beschäftigte David schon lange, es machte ihn traurig und wütend. Es erinnerte ihn auch an Ocko tom Brook, den Brokmannen, der vor rund zweihundert Jahren den Grafen von Holland zum Lehnsherrn genommen hatte, um dessen Macht für die eigenen Zwecke zu nutzen. Wie soll Ostfriesland so gesunden?, das fragte er sich. Er sah den Rat von Münch zweifelnd an. »Nun wohl! Und wozu das? Was ist der Zweck von alledem? Greife die Klinge, damit sie bricht? Werde Teil einer Gefahr mit dem Ziel ihrer Bändigung?«

Jetzt war es Münch, der David anstarrte, lange und nachdenklich. Schließlich lächelte er knapp. »So etwa!« Dann schüttelte er den Kopf und sein Lächeln wurde breiter. »Nein; nicht so etwa. Sondern genau so!« Hob schließlich den Zeigefinger und stieß ihn vor wie einen Degen. »Wohlgemerkt, Fabricius; er hat es erwogen! Nicht getan.«

»Ach, genug davon, ich bin es müde«, gab der Pastor zurück, und für eine lange Weile schwiegen beide.

Bei Rotenburg wechselten sie die Pferde, der Bremer Reeder und sein Begleiter klagten lachend über den harten Kutschbock und der Schwager tauschte die Postsäcke.

Der Rat von Münch fasste David am Arm. »Gehen wir ein Stück«, sagte er freundlich. Nach wenigen Schritten standen sie unter schattigen Bäumen. Die Poststation war neu errichtet, das Bauholz roch kräftig nach Harz und die Schindeln leuchteten. Sie sahen den Schwager laden und die beiden anderen in Richtung Bierfass verschwinden.

»Graf Rantzau versteht sich als Humanist, er fördert die Künste«, nahm Münch ihr Gespräch wieder auf.

»Und auch Tycho?«

Der Rat schmunzelte. »Tycho hatte Einkünfte vom dänischen Hof. Lange Zeit. Zudem ist er selbst vermögend.« Münch klopfte seine Pfeife aus und tastete nach dem Tabakbeutel. »Aber nun ist er eigentlich ein Flüchtling«, fuhr der Rat fort. Der neue König von Dänemark, Christian IV., habe ihm seine Ländereien in Norwegen und damit die wichtigste Einnahmequelle genommen. Auch habe er es zugelassen, dass dieser honorige Bürger seines Landes, stets von der Krone geschätzt, zudem selbst Angehöriger des Adels, nun plötzlich allerlei Angriffen und Vorwürfen ausgesetzt war, mit dem offenkundigen Ziel, ihn zu diskreditieren. »Denkt Euch, man hat ihm sogar vorgeworfen, mit einer Mätresse zu leben und seit langem schon nicht mehr am Abendmahl teilgenommen zu haben!« Münch sonderte ein empörtes Schnaufen ab. »Als wenn es nicht üblich wäre, eine Buhle zu halten, selbst der Kaiser tut es«, wütete er. Das versäumte Abendmahl interessierte ihn wohl nicht.

David schwieg. Zu der Buhle gäbe es aus seiner Sicht eine Menge zu sagen, aber er hielt seinen Mund.

Der Rat sprach jetzt bitter, ganz so, als sei er persönlich betroffen. Er stopfte die Pfeife nachlässig, ein großer Teil des Tabaks fiel auf den Boden, es schien keine Rolle zu spielen. »Dabei geht es Christian nur darum, die Macht des Adels zu schröpfen. Ihn kurz zu halten. Wie heute so oft. Wie an so vielen Stellen!« David dachte an das Verhältnis des Grafen Edzard zu den ostfriesischen Ständen, vornehmlich zum Adel, und sagte nichts. Münch schien auch keine Antwort zu erwarten. Er hob den Kopf und sah Fabricius in die Augen. »Auch aus diesem Grund ist Tycho auf der Flucht. Er ist bei Heinrich Rantzau untergekommen, aber nur vorübergehend. Es zieht ihn wohl nach Prag.«

Der Kutscher war fertig mit dem Stauen und schwenkte ebenfalls auf die Schenke zu. Aus der Station kam plötzlich Gelächter und Rufen, es schien die Schritte des Schwagers zu beschleunigen. Die Pfeife steckte sich der Rat schließlich kalt zwischen die Zähne, denn sein Zunder lag in der Kutsche, neben der Eisenkiste mit der Holzglut. »Tycho ist aus ganz besonderem Holz«, sagte Münch und fixierte den anderen mit festem Blick. »Hier habt Ihr einen, dessen Seele vor Leidenschaft brennt. Und der eigenes Geld hat. Er ist niemandes Knecht!« Das klang wie ein Vorwurf. Fabricius öffnete den Mund. »Er wird ein ganz Großer werden!«, schloss der Rat.

David nickte stumm. Was interessiert mich Tychos Geld? Ja, es ist wahr, ich bin auf seine Schätze aus. Aber diese leuchten und ziehen ihre Bahnen, sie werden weder gegossen noch geschlagen.

Münch zog ihn lächelnd auf das Haus zu. »Kommt. Eine kleine Erfrischung wird auch uns gut tun!«

Sie hielten an der Kutsche, wo der Rat sich Feuer holte. Er paffte, hüllte das Gesicht in dicke Wolken und es war nicht zu sehen, ob er grinste oder besorgt war. »Eins noch, David: Erschreckt nicht wegen Tycho. Er hat eine goldene Nase«, sagte Münch geheimnisvoll.

*

»Ihr werdet diesen Kometen nicht wiedersehen, und ich auch nicht«, sagte Tycho Brahe, und seine volltönende Stimme war ohne Spott.

Fabricius sah ihn an, wie man ein seltenes Tier betrachtet, und er musste sich beherrschen, nicht zu glotzen. Auch wegen der Nase. Es war alles so über die Maßen rätselhaft, dass sich ihm der Kopf drehte.

Am späten gestrigen Abend waren sie auf Schloss Wandsbek eingetroffen, es war schon dunkel und die Umrisse des mächtigen Baues nur zu erahnen, aber in der Spitze des hohen Mittelturms glomm noch Licht, und Münch erklärte ihm, Heinrich Graf Rantzau habe dort für Tycho Brahe eigens ein Observatorium eingerichtet. Und Tycho war fleißig, so berichtete der Rat von Münch, er verbrachte viele Stunden und lange Nächte in seinem Turm, ließ sich hier sogar die Mahlzeiten servieren. David war begeistert. Wie wunderbar musste doch das Leben eines Mannes sein, der sich mit ganzer Kraft, ohne die Lasten eines Brotberufes, seinen Studien widmen konnte.

Und dann dieser Raum. Durch deckenhohe Fenster fiel das Licht und tauchte alles in nahezu mystischen Glanz. Eine verwirrende Fülle kostbarster Geräte und Utensilien stürzte David Fabricius in fassungsloses Staunen, wertvolle Astrolabien und Armillarsphären aus edler Bronze, die sündhaft teuer gewesen sein mussten. Das Prunkstück war aber zweifellos ein in Deutschland gefertigter Himmelsglobus mit hölzernem Kern und einer Haut aus feinstem Metall, in die der Däne alle Sterne eingrub, die er vermaß, dem Vernehmen nach in jeder Woche einen neuen, es waren inzwischen mehr als siebenhundertsiebzig. Allein die Zahl ließ den Pastor aus Resterhafe schwindeln, und der von Münch sah es mit einem feinen Lächeln.

Das Rätselhafteste aber war der Besitzer all dieser Schätze, Tycho Brahe, der Däne. »Ihr seht hier nur, was ich transportieren konnte. Zu Hause in Dänemark besaß ich eine eiserne Armillarsphäre mit einem Durchmesser von zwanzig Fuß. Damit konnte ich Positionen bis zum Hundertstel eines halben Grades peilen«, hatte Tycho im Plauderton bemerkt, ganz nebenbei, ohne den geringsten Gestus von Stolz, und David war der Mund trocken geworden. Er wusste, dass dieser Wert der Genauigkeit eines Winkels entsprach, den er selbst mit seinem Mauerquadranten nicht erreichen konnte, dem hundertsten Teil des Monddurchmessers.

Fabricius ließ seine Augen durch dieses astronomische Paradies gleiten, vom Glanz geblendet und zugleich angezogen, aber immer wieder kehrte der Blick zu dem Dänen zurück, der groß und schwer in der Mitte stand, voller Gelassenheit und Kraft. Die goldene Nase saß unter einer hohen Denkerstirn, wurde eingerahmt von gütigen grauen Augen und offenbar von einem umlaufenden Fleischwulst gehalten, und das machte das Rätsel vollkommen. Tycho habe die eigene bei einem Duell verloren, das hatte Münch noch verraten, einem Ehrenhändel, der gottlob das Augenlicht unversehrt gelassen habe. Ein Gefecht unter Studenten, aber nicht wegen einer Frau, hatte der Rat schmunzelnd angefügt.

Das konnte stimmen oder auch nicht, aber David hütete sich, danach zu fragen. Stattdessen fragte er etwas anderes. »Dieser Komet. Werden wir ihn nicht mehr sehen, weil er nicht wiederkommt, oder weil unser Leben zu kurz ist?«

Tycho Brahe sah ihn lächelnd an, seine Augen funkelten. Vielleicht, weil ihm die Frage gefiel. Der Pastor forschte nach kühler Arroganz, aber da war nur Wärme, Zuwendung und

Freundlichkeit. »Wer kann das wissen?« Brahe trat an den Sternenglobus und tippte mit seinem wuchtigen Zeigefinger auf einen bestimmten Punkt. Es klang wie das Pochen an ein verschlossenes Tor, die herrische Forderung nach Einlass in eine neue Welt. »Ich habe anno 1577, es war am 13. November, einen Kometen beobachtet, der auch nicht wieder sichtbar wurde.« Brahe richtete sich auf, er lächelte noch immer, aber in seinen Augen stand nun ein Glitzern, das David an einen hungrigen Wolf erinnerte. »Allerdings habe ich festgestellt, dass sein Weg die Kreisbahn des Mondes kreuzte. Auch die von Merkur und Venus. Damit ist für mich die Vorstellung widerlegt, dass sich die Planeten bei ihren Läufen um die Erde auf Kristallschalen bewegen. Ich glaube auch nicht daran, dass Engel sie schieben!«

Der Däne drehte sich dem Fenster zu, das Licht der Sonne fiel auf seine Nase, das Gold strahlte auf wie ein neuer Stern. Mit schweren Schritten trat Brahe an einen kostbaren Intarsientisch, griff nach einer kristallenen Karaffe und goss Roten in drei Gläser, eines für David, eines für Münch und eines für ihn selbst. Wein um diese Zeit ist nichts für mich, schoss es Fabricius durch den Kopf, aber dann sagte er sich, es sei schließlich einerlei, aus welchem Grund der Kopf sich drehte. Münch griff seinen Pokal und setzte ihn gleich an, er schien sehr vertraut mit Tycho zu sein. Der Däne stapfte heran und drückte David das Glas in die Hand. »Vieles ist uns verborgen, aber die Erkenntnisse wachsen an jedem Tag!«

Er legte seinen Bärenarm auf Davids schmale Schultern, führte ihn zu einer gepolsterten Truhe, drückte ihn zum Sitzen nieder, als ob es nichts wäre. Allein das Gewicht des Arms schien zu genügen, den Ostfriesen in die Knie zu zwingen. »Wir alle sind gut beraten, junger Freund, Träume von dem zu trennen, was wir als wahr erkannt haben.«

David nickte, trank und schwieg, betäubt vom Wein und der sicheren Sprache des Dänen. Wahr! Erkannt! Woher nimmt er nur diese Selbstgewissheit? Sogar Münch sah mit hohen Brauen zu ihnen herüber. Sein Glas war leer, er stand am Tisch, um sich zu bedienen.

Tycho Brahe lehnte sich zurück, sein mächtiger Körper ruhte satt und schwer an einem prächtigen Gobelin. »Ich halte es da mit dem alten Ptolemäus«, fuhr der Däne fort. »Der Mond umkreist die Erde, und die Sonne auch. Weiter draußen, in größerer Ferne. Alle übrigen Planeten ziehen um die Sonne, und damit um unseren Globus. Merkur und Venus begleiten die Sonne, deutlich entfernt auch Mars, Saturn und Jupiter.«

David starrte den Dänen an. »Und die Erde bewegt sich nicht?«

Brahe musterte ihn freundlich. »Warum sollte sie? Nein, die Erde steht fest und stetig in der Mitte unseres Universums. Sie hat es getan, seit Gott sie schuf, und sie wird es tun bis zum Jüngsten Gericht!«

»Wenn alle ziehen, warum sollte die Erde eine Ausnahme machen?«, wagte Fabricius zu fragen, denn er war noch immer ein kritischer Geist und trotz aller Nebel in seinem Gehirn dachte er nicht daran, dem Dänen blind zu folgen. Hans von Münch kam zu ihnen herüber, stellte sich etwas abseits, drehte gedankenverloren an einem silbernen Astrolabium, spitzte dennoch die Ohren.

»Weil es Gottes Wille ist!«, gab Tycho gut gelaunt zurück. Er setzte sich zurecht und drückte sich gemütlich in die Ecke, die sein Oberkörper massig füllte. »Lest Ptolemäus' *Megiste Syntaxis*, und Ihr werdet alle Antworten finden.«

»Und weitere Rätsel!«, fügte der von Münch mit spöttischem Lächeln hinzu, aber Brahe ging nicht darauf ein.

Woher soll ich die nehmen?, dachte sich David Fabricius. Dann sah er dem Dänen in die Augen, vorbei an der goldenen Nase, und er wusste, Tycho wartete schon auf die nächste Frage. Doch der Pastor aus Resterhafe stellte keine Frage, sondern er nannte nur einen Namen. »Nikolaus Kopernikus!«

Tycho Brahe räusperte sich. Er hatte in Deutschland studiert, unter anderem in Leipzig und Wittenberg, und war der Sprache nicht nur mächtig, er beherrschte sie in der feinen Melodie seiner Landsleute. So auch jetzt, es klang, als sänge er ein friedliches Abendlied, aber in den Augen loderte es. »Ah, ich verstehe. Ihr meint sein Weltbild. Die Sonne als Mittelpunkt des Universums!« Er richtete sich auf und beugte sich vor, doch nichts an ihm war unfreundlich. »Wo habt Ihr studiert? In Helmstedt, nicht wahr, ich weiß es von Hans Münch. Und hat dort Nikolaus' Werk *De Revolutionibus Orbium Coelestum* nicht ebenso unbeachtet in der Ecke gestanden wie im Lesesaal Eurer Lateinschule in Braunschweig, bei Heinrich Lampe? Oder wie bei mir in Leipzig?«

David hatte es den Kopf in die Höhe gerissen, in seinem Hirn wirbelte, zuckte und blitzte es, verdammter Wein, wieso wisst Ihr?, woher kennt Ihr?, aber dann blieb er auf seiner Spur wie ein Bluthund bei der Jagd. »Weil es dem Klerus nicht gefiel!«, sagte er mit flacher Stimme.

Der Däne langte hinüber und legte dem Ostfriesen seine Pranke auf die Schulter. »Weil es nicht stichhaltig begründet ist, junger Freund. Dass Kopernikus den Schöpfungsplan in Frage stellt, ist für mich nur eine Arabeske. Seine Theorie wird keine Zukunft haben!«

Ein Lakai betrat den Raum und rollte einen Servierwagen herein. Es dampfte aus Töpfen und Terrinen, und Brahe forderte mehr Wein. Der Diener nickte, deckte einen Tisch, verschwand und brachte den Roten. Der Däne winkte sie an die Tafel. Er füllte ihre Teller und schenkte nach. Für eine Weile aßen sie schweigend, bevor Tycho ihr Gespräch wieder aufnahm. »Es gibt doch erfreulichere Themen, junger Friese, etwa Eure Entdeckung im Wal!« Er griff nach dem Mahltuch und fuhr sich damit über den Mund, dann, weil es ihm wohl gerade in den Sinn kam, über das ganze Gesicht und hatte plötzlich seine Nase in der Hand. Für einen Moment sah David noch die offene Stelle zwischen Tychos Augen, ein flächig verheiltes Narbengewebe mit zwei Löchern, bevor der Däne seine Prothese zurück in den Wulst klemmte. »Res mira«, fuhr Brahe unbekümmert fort, als wäre nichts gewesen. »Ich beglückwünsche Euch!«

Es stellte sich heraus, dass Tycho den Stern ebenfalls beobachtet hatte, jedoch später als der Ostfriese. »Diese

Entdeckung gehört nur Euch«, sagte Brahe, es klang ehrlich, wie eine Anerkennung unter Gleichberechtigten.

»Ich habe sie verloren«, antwortete David, und er sah den anderen nicken.

»Ich auch!«

Fabricius legte seinen Löffel zur Seite. »Ich habe lange darüber nachgedacht. Mir scheint es fast so, als wäre res mira ein Stern, der seine Leuchtkraft ändert«, sagte der junge Ostfriese langsam. Brahe sah ihn neugierig an, und der von Münch hob den Blick. »Könnte das so sein?«

Der Däne zuckte mit den Schultern. »Wer weiß das schon? Wir müssen weiter suchen, junger Friese. Die Sterne zu erforschen ist nicht selten mühevoll und zuweilen sogar verdrießlich!«

Er spricht wie Heinrich Lampe, dachte David, und er weiß nicht, wie es ist, wenn man daneben auch noch für sein Brot arbeiten muss.

Doch bevor er etwas sagen konnte, langte Tycho Brahe nach seinem Weinglas und hob es an. In diesem Augenblick lächelte er wie ein kleiner Junge. »Wie gut, dass es gottgefällige Wege zur Zerstreuung gibt!«, sagte er, trank mit Lust, seufzte tief und streckte sich wohlig wie jemand, der im Genuss schwelgen kann, ohne dessen Fortbestand zu begrübeln.

Es schloss sich eine Unterhaltung über andere Dinge an. Münch berichtete von der ostfriesischen Politik, Tycho hörte aufmerksam zu, nickte ab und an bitter, doch er enthielt sich jedes Kommentars. Er verlor auch kein Wort über sein persönliches Los als Flüchtling, lobte mit einigen kurzen Sätzen die wissenschaftliche Freiheit am kaiserlichen Hof in Prag, die auch Künstler anlocke, dorthin ziehe es ihn und bald werde er wohl reisen.

Irgendwann kam die Sprache auf die Möglichkeiten des wissenschaftlichen Austauschs, der Rede und der Gegenrede, des wechselseitigen Messens von Gedanken und Theorien, und David sagte etwas undeutlich: »Astronomisch ist Ostfriesland ganz und gar eine Wüstenei!«

Brahe sah ihn mit feinem Lächeln an, ganz so, als wollte er sagen, nicht nur astronomisch, doch dann antwortete er:

»Wie kann es das, da Ihr doch dort wirkt?«, und in diesem Augenblick gewann er Davids Herz. Er sollte es nicht mehr verlieren.

An diesem Abend ging David sehr früh zu Bett, es mochte sein, dass der Wein ihn zwang, vielleicht aber auch das Bedürfnis, alles zu verarbeiten. Brahe. Seine kostbaren Gerätschaften. Die goldene Nase und wohl auch die Lebenssituation dieses Mannes, von dem er nicht wusste, ob er ihn beneiden oder bedauern sollte. Tycho lebte wie ein Fürst, er aß von edlen Tellern, und zugleich wirkte er seltsam wehrlos, wie eine gefällte Eiche, mächtig im Stamm und doch besiegt. Fabricius stellte sich vor, wie es ihm erginge, wenn er Ostfriesland verlassen müsste, um anderenorts zu leben und zu forschen, und darüber wurde ihm der Kragen eng.

Aber da war noch eine andere Seite. Natürlich hatte er gehofft, mit diesem genialen Wissenschaftler arbeiten zu können, an seiner Seite zu stehen, wenn er peilte und Sterne vermass, ihm über die Schulter zu blicken, wenn er rechnete und aufzeichnete, aber alles das hatte Tycho nicht zugelassen. Der Däne hatte zunächst, wohl aus Höflichkeit, zu Ausflüchten gegriffen, er wolle einem Gast nicht zumuten, die Nacht anders als im Bettkasten zu verbringen. David brauche Erholung. Die lange Reise, die fremde Umgebung, und so weiter. Und hatte dann, als er begriff, dass das nicht half, mit fast brutaler Offenheit erklärt, er wolle bei seiner Arbeit alleine sein. Zum ersten Mal begegnete dem arglosen Ostfriesen die raue Welt des geistigen Streites, der Wissenschaft als Kampf, in dem es immer darum ging, besser und schneller zu sein als andere. Die Nase vorn zu haben. Erkenntnisse nicht zu schnell preiszugeben, sondern sie zu bewahren, bis der Vorteil ihrer Urheberschaft wirklich gesichert war.

Es war erst der Anfang, aber er gab seinem Herzen einen Stich. Und er brauchte eine Weile, um zu erkennen, dass der Däne sich selbst und seine Arbeit nur schützen wollte. Schützen musste. Es gab wohl zu viele Raubfische in diesen Gewässern. Geistige Diebe. Lügner, die fremde Leistungen zu eigenem Nutzen missbrauchten. Später sollte er erleben, dass Tycho Brahe seine Mitarbeiter durch eine schriftliche Erklärung verpflichtete, über alles zu schweigen, was in seinem Laboratorium getan und gefunden wurde. Er würde den Zwang dahinter sehen und verstehen, aber nun fühlte er sich durch Misstrauen verletzt. Dann sagte er sich, du musst Geduld mit ihm haben, es ist das erste Zusammentreffen, und doch, tief innen spürte er einen dummen, ärgerlichen Schmerz. Er wurde überstrahlt durch ein grenzenloses Maß an Wertschätzung und Bewunderung für diesen außerordentlichen Geist.

Es war das Frühstück des nächsten Tages, das alles wieder ins Lot brachte. Vielleicht hatte Tycho ein schlechtes Gewissen, vielleicht sich anders besonnen, jedenfalls saß er wuchtig und schwer am Tisch und sah aus, als hätte er köstlich geschlafen. Seine Nase war heute nicht golden, sondern schimmerte wie vergilbtes Silber, und er sagte lächelnd, die goldene trage er nur zu besonderen Anlässen. »Wenn hohe Gäste kommen!« Der Däne war warmherzig, liebenswürdig und freundlich wie am Tag zuvor. Er trank Bier zur Suppe, hob den Becher und wandte sich an David. »Besucht mich in Prag. Ich gebe Euch Nachricht, wenn ich mich niedergelassen habe. Wir werden zusammen forschen«, bemerkte er trocken, und dem Ostfriesen schlug das Herz in den Ohren.

»In Prag gibt's ein gutes Bier. Die Böhmen verstehen sich vorzüglich darauf, es zu brauen«, meldete sich der Rat von Münch mit seltsam kleinen Augen zu Wort.

»Und du, mein guter Hans, verstehst dich darauf, es zu trinken!«, warf Tycho ein und alle lachten.

Später stiegen sie hinauf auf den Turm und der Däne gab David einen umfassenden Einblick in seine Instrumente. Besonders lang standen sie am Himmelsglobus. Tycho sprach über den Holzkern, der sich auf dem Transport verzogen hatte und nachgeschliffen werden musste, erklärte gut gelaunt, er selbst habe es getan, zeigte und erläuterte schließlich alle Einträge. Dann fühlte Fabricius plötzlich wieder den Bärenarm auf der Schulter. »Seht her!«, sagte Brahe, es klang schroff, fast wie ein Befehl, und dann folgte der Ostfriese dem mächtigen Zeigefinger, der auf eine bestimmte Stelle wies. Es waren die Gestirne des Südens und David erkannte das Sternbild des Wals. Am Hals saß ein besonders markierter Punkt. res mira, stand dort, und daneben: 3.8.1596, fabricius esensis. Der Däne sah ihn an. »Das ist der einzige Stern auf diesem Globus, den ich nicht selbst vermessen habe. Es war nicht nötig!«, schmunzelte er, und David Fabricius wurde der Kragen eng.

16.

Das Weltgeheimnis.
Resterhafe, September 1600

»Dat word ja man ok Tied!«, sagte die Magd Meta trocken, als an diesem Morgen die kleine Jenneken zum ersten Mal ihren Nachttopf selbst ausleerte. Das Kind war fast zwei Jahre alt und entwickelte sich prächtig, nur auf den Beinen war es noch etwas unsicher. Es hatte in der Stube gesessen, unter dem Gejohle seiner Geschwister mit hochrotem Kopf gedrückt, war dann aufgestanden, hatte das Geschirr angehoben, dabei seinen flüssigen Inhalt zu erheblichen Teilen auf dem Stubenboden entleert und war nach draußen getaumelt, in Richtung auf den Abort zu. Heinrich und die beiden Mädchen waren ihr neugierig auf den Fersen geblieben, und dann hatte man vom Hof freudiges Rufen und Lachen gehört, anscheinend war es Jenneken gelungen, ihren Nachttopf ohne größere Zwischenfälle an seinen Bestimmungsort zu bringen. Die Magd war gefolgt wie eine besorgte Glucke, mit einem feuchten Tuch bewaffnet, während die Frau Pastor lächelnd den Fußboden säuberte.

Fabricius hatte die Szene vom Schreibtisch aus verfolgt, er saß an einer Karte für die Herrlichkeit Gödens, eine Auftragsarbeit, die er noch diesen Monat abzuliefern hatte. Johann neben ihm ging dabei zur Hand. Der junge Mann war mitten im Stimmbruch. Vielleicht war das der Grund, warum er im Vergleich zu seinen Geschwistern eher ruhig war, ja manchmal sogar zur Schweigsamkeit neigte. Fabricius genoss das. Der Junge machte es mehr als wett, mit seinem Fleiß, seinem wachen Interesse an der Astronomie und schließlich durch eine Ernsthaftigkeit im Geist, die dem Pastor das Herz wärmte. Er konnte sich keinen besseren Schüler wünschen. Dabei würde ein ferner Beobachter durchaus den Eindruck gewinnen können, dass Johann für sein Alter zu nüchtern war, von gewisser Sprödigkeit, der Würze des Humors kaum zugänglich, aber nur, um gänzlich falsch zu liegen.

Das Gegenteil traf zu. Fabricius wusste, dass sein Ältester über einen trockenen Witz verfügte, der zuweilen sogar bissig sein konnte. In diesem Punkt teilte er vieles mit der Magd, vor allem in der Beurteilung des Drosten Malisius, aber er machte auch vor Meta selbst nicht Halt. So wie jetzt, als er den Kopf hob, und der Magd hinterhersah. Sein Blick blieb an Metas schaukelndem Heck hängen. »Der Nachttopf, auf den Meta passt, muss wohl erst noch gebrannt werden«, sagte Johann nüchtern, und der Vater schüttelte den Kopf.

»Unbesorgt! Sie geht des Nachts auf den Abort wie wir alle.«

»Den wird sie wohl treffen!«, gab Johann trocken zurück und beugte sich über seine Arbeit.

Fabricius musterte nachdenklich den gesenkten Kopf seines Sohnes, der stumm und konzentriert an Maßstäben rechnete. Erst gestern hatte der Junge am Mauerquadraten gestanden und gepeilt wie ein erfahrener Astronom, und neulich hatte er den Vater mit der Feststellung überrascht, von allen Planetenbahnen interessiere ihn die des Mars am meisten. Neugierig hatte David ihn angesehen. »So! Der Mars. Aha. Warum?«

Der junge Mann hatte unsicher gewirkt, etwas in ihm schien im Widerstreit zu liegen, aber seine Stimme war fest geblieben. »Er hat etwas, das ihn von anderen Planeten unterscheidet. Ich kann es noch nicht belegen, aber ich glaube, es liegt an seinem Verhältnis zur Sonne.«

Jetzt konnte der Vater nur noch staunen, und das tat er nachhaltig. »Sein Verhältnis zur Sonne, Sohn? Was meinst du damit?«

Johann hatte geschluckt, mehrmals und trocken, und dann gesagt: »Sein Weg. Die Kreisbahn um die Sonne. Er zieht anders als Jupiter und Saturn.«

So war das gewesen, und nun, als David daran dachte, fragte er sich, was aus dem jungen Mann wohl werden würde. Ein Mann im Talar, so wie er selbst? Oder ein stolzer Wissenschaftler, dessen Kopf der Doktorhut krönte? Neigte er der Kirche zu, oder fand er sein Glück hinter dem

Katheder? Konnte er ihm denn zum Klerus raten, der zwar einen Mann nährte, aber ihn auch zerriss, in dieser Zeit, in der die Religion wieder missbraucht, der Glaube als Waffe eingesetzt wurde? Von den Fürsten ohnehin, egal welche Krone sie zierte, gleich, welchen Purpur sie trugen, und von Geweihten! Auf beiden Seiten.

Aber dann die Forschung. Wie stand es damit? Er hatte sie doch kennengelernt, zumindest daran gerochen, damals, in Wandsbek, bei Tycho Brahe. Ein Löwenkäfig. Ein Becken voller Hechte, worin jeder zugleich Jäger und Beute war. In dem alles fraß, was Zähne hatte. Welcher Vater konnte seinem Kind ruhigen Gewissens zu derlei den Segen geben? Fabricius wusste es nicht, und Johann, der nichts von diesen Gedanken ahnte, saß neben ihm und rechnete, murmelte Zahlen, schrieb sie flink auf das Papier.

Von draußen kam jetzt lautes Gelächter. Die Meute kehrte zurück. Allen voran die kleine Jenneken, schwitzend und glücklich, den leeren Nachttopf mit beiden Armen umschlingend vor der Brust, die Geschwister hinterdrein. Im Hof hörte man Meta krakeelen. Heinrich drängte sich vor die beiden Mädchen. »Jenneken hat um ein Haar den Pisspott in den Abtritt geworfen!«

»Gar nicht!«, rief Elsebe laut. »Sie hat ihn immer festgehalten, nur ist sie selber mit dem Kopf durchs Loch, und wäre fast hinterhergefallen!«

Wankend und mit strahlenden Augen kam Jenneken an den Tisch und konnte nur mit Mühe davon abgehalten werden, das Geschirr darauf abzusetzen. Dann erschien Meta in der Türfüllung, schwer und dunkel. Sie winkte mit dem feuchten Tuch. »Hier up an, mien Deern, Achterste ofwisken!«

Johann war aufgesprungen, während Fabricius mehr in belustigter Schreckstarre abgewartet hatte, wie sich die Dinge entwickelten. Die Magd pflückte Jenneken mit einer entschiedenen Bewegung vom Boden weg, hob sie auf das Knie und wischte der Kleinen den Po. Befriedigt sah Meta dann auf das Ergebnis. »So sauber war er noch nie!«, sagte der Pastor lächelnd hinter vorgehaltener Hand.

Die Magd sagte nichts, aber ihr Blick sprach Bände. Heinrich, der an ihr vorbeilief, gab sie einen Klaps auf den Hintern. »Das ist für den Pisspott! Und jetzt an die Apfelernte!«

Von der Gartenpforte her hörte Fabricius Geklapper und die Stimme seiner Frau, die Knechte des Nachbarhofs waren mit ihren Leitern eingetroffen, und die Bande tobte hinaus, Jenneken mit fliegendem Kittel hinterher.

»Als wäre ein Gewitter abgezogen«, sagte Johann dumpf, die zusammengeraffte Karte noch immer schützend vor der Brust. Sein Vater sah ihn liebevoll an. In diesem Moment empfand der Pastor David Fabricius vollkommenes, ungetrübtes Glück. Und staunte darüber. Denn wenn er sein Leben bedachte, so hielten sich Freude und Leid recht eigentlich in der Waage.

Zum Beispiel anno 1598. Tycho in Wandsbek war eine Sternstunde gewesen. Für David hatte sich damit die Tür zu den Großen der Wissenschaft geöffnet. Dann die glückliche Geburt der Tochter Jenneken im September, gefolgt durch den Pesttod von Davids Mutter Talke im späten Herbst, ein Verlust, dessen bloße Tatsache durch die Art der Umstände zusätzlich bitter wurde. Es war ein wahrhaftes Kreuz mit dieser Seuche, die schon besiegt schien, und doch immer wieder aufflackerte, hier und dort nach Opfern suchte, sie riss, um danach wieder einzudämmern, als schöpfe sie Kraft für den nächsten Angriff. Und ausgerechnet Talke ging ihr ins Netz. Die Familie war lange Zeit untröstlich.

Auch das Jahr 1599 hatte schlecht begonnen, es schreckte Ostfriesland mit dem Tod Graf Edzards II., der seine Augen am 3. Januar für immer schloss. Und dann dieser schlimme Fall, der unsägliche Eklat im Anschluss, als die Emder sich weigerten, Edzard in der Großen Kirche beisetzen zu lassen, wie es wohl sein Wunsch gewesen war. Als Lutheraner war er dort auch jetzt nicht willkommen. Noch heute spürte Fabricius die helle Empörung darüber in seiner Brust, ein unchristlicher, billiger und schmutziger Sieg einer unbotmäßigen Stadt über den toten Leib ihres ungeliebten Fürsten.

Was sollten die Cirksena tun? Mit Piken und Musketen

war ein Begräbnis schlecht durchzusetzen. Aber hier lag die Leiche und sie musste unter die Erde. Es folgte eine elende Phase des Feilschens und Verhandelns, der Appelle und ihrer Abweisung, von Forderung und Widerspruch, sogar von Drohung und Gegendrohung, die nichts zeitigte, außer den Graben zwischen beiden Seiten weiter zu vertiefen. In der Kirche Sankt Lambertus in Aurich hatte Graf Edzard schließlich am 13. Mai seine letzte Ruhe gefunden.

Die bangen Augen der Menschen hatten sich dann auf Enno gerichtet, der als III. seines Namens in dieser unsicheren Zeit die Herrschaft über das Land in seine Hände nehmen musste. Jung war er nicht mehr, vielmehr stand er schon in seinem sechsunddreißigsten Jahr, aber bald atmeten die Ostfriesen auf, denn Enno schien gut vorbereitet. Der neue Herrscher agierte geschickt, er wandte sich dem Norden zu und es gelang ihm tatsächlich, das Harlingerland der Grafschaft anzugliedern. Der Vertrag war am 28. Januar in Berum geschlossen worden, und die Freude darüber war groß, nicht nur im Grafenhaus.

Und dann, am 29. Oktober, dieser Paukenschlag! Ein Ereignis, das David förmlich von den Füßen gerissen hatte. Nie, niemals in seinem Leben hätte er damit gerechnet. Gewiss, er hatte die Botschaft gehört, aber konnte man derlei Glauben schenken? Nun, es war, wie es war. Was Fabricius für oberflächliche Konvention gehalten hatte, für eine geplauderte Floskel, es wurde nun Wirklichkeit. Brahe redete nicht, er handelte. Diesmal war es nicht Malisius gewesen, sondern der Rat von Münch in höchsteigener Person, der die Einladung in das Pastorenhaus gebracht hatte. Tycho war also in Prag. Und nicht nur das; er war auch Mathematicus und Astronom am kaiserlichen Hof. Der Däne wollte den Ostfriesen sehen. David sollte reisen, sobald es möglich wäre.

Fabricius streckte die Beine von sich und seufzte vor Behaglichkeit. Er sah Johann beim Rechnen zu und hörte die Kinder im Garten toben, dazwischen Metas warmes Lachen und die keifende Stimme der Magd. Nach planmäßiger Arbeit klang das nicht. Na, die beiden Knechte des Nachbarhofs würden es wohl richten. Also nun, reisen! Seine Gedanken kehrten zu dem Gespräch mit Münch zurück. Bei aller Freude hatte der Pastor sofort auch Bedenken gehabt. Woher sollte er die Taler nehmen? Der Verkauf seiner Ostfrieslandkarte hatte deutlich nachgelassen, und der Absatz von Prognostiken und Kalendern auch. Die Zeiten waren unsicher und die Bauern saßen auf ihrem Geld.

»Prag ist weit. Diese Reise ist teuer!«, hatte David gesagt.

Der Rat hatte zustimmend genickt. Das hier war ein anderes Stück als eine beschauliche Landpartie nach Wandsbek. »Da habt Ihr recht.«

Münch hatte dann, ziemlich unpassend, gleich die Summe genannt, die es in die Hand zu nehmen gelte. »Alles in allem muss man wohl mit zwanzig Gulden rechnen. Pro Nase!«, und den Pastor hatte es bei dieser Zahl geschwindelt. Und dann, als er sich schon sagte, nun schlag es dir aus dem Kopf, hatte sich Hans von Münch mit listigem Lächeln zurückgelehnt. »Graf Enno weiß natürlich, dass Ihr das so ohne weiteres nicht heben könnt. Er bietet Euch seine Hilfe an.« So war das gewesen, und während Fabricius' Herz in der Brust wild hüpfte und pochte, hatte der Rat ganz gemütlich die Katze aus dem Sack gelassen. »Das Geld für Eure Reise kommt aus dem Hause Cirksena. Als Gegenleistung unterstützt Ihr mich in einer delikaten diplomatischen Mission.«

»Also reist Ihr mit!«, hatte David sofort geantwortet, unbedacht, denn eigentlich war es ja umgekehrt, und das Lächeln des Rates war noch breiter geworden.

Er hatte die Arme geöffnet wie ein segnender Priester. »Natürlich! Prag ist ein Sündenpfuhl, wisst Ihr? Ich kann Euch dort als Pastor unmöglich allein lassen!«

Fabricius hatte mitgegrinst, an das böhmische Bier gedacht, und in seiner Euphorie den zweiten Satz Münchs völlig verdrängt. In dürren Worten hatte ihm der Rat dann erklärt, worin diese diplomatische Mission bestand. »Es geht um die Zügelung der Stände. Und um Emden. Enno will beim Kaiser einen neuen Vorstoß wagen.«

David hatte geseufzt. Es war die alte Leier, der vertraute Streit, der immer noch schwelende Konflikt. Gab es denn niemals Ruhe? »Aber Harlingen ist doch gewonnen!«, hatte er gesagt, in einem Ton, als wollte er fragen, was verlangt ihr denn noch?

»Jawohl, Harlingen, das schon. Aber das Jeverland ist verloren, auf Dauer, und Emden ist dem Grafen ein giftiger Dorn im Fleisch.«

Nun, zu Jever hätte der Pastor einiges zu sagen gewusst. Dieser Verlust ging eindeutig zu Lasten der Grafenfamilie. Denn immerhin hatten die Cirksena ein Eheversprechen an Maria Wiemken, der Tochter des jüngeren Edo, nicht gehalten. Sondern hatten versucht, das Jeverland durch militärischen Druck für die Reichsgrafschaft zu gewinnen. Wahrlich kein Glanzstück im politischen Verkehr! Doch das Unternehmen war schiefgegangen, und am Ende hatte man Maria von Jever in die Arme der Oldenburger Grafen getrieben, denen sie auch ihr Land vererbte. An diesen Gegner wagten sich selbst die Cirksena nicht.

Und nun Emden, du meine Güte! Diese unendliche, das Leben im Land vergiftende Geschichte. »Was soll der Kaiser denn tun? Hat er nicht selbst Schwierigkeiten mit seinen Ständen in Böhmen?«

Münch hatte die Schultern gehoben. »Das wird sich finden. Aber für Emden rechnet sich Enno einiges aus. Immerhin ist Rudolf katholisch.«

Ja, Mann, es ist richtig, der Kaiser ist katholisch, aber die Cirksena sind doch lutherisch, oder nicht? Woher soll denn da die Zuneigung kommen? Diese Sache stimmt doch vorne und hinten nicht!

»Das Verbindende kommt aus der gemeinsamen fürstlichen Identität. Daraus will der Graf Nutzen ziehen«, hatte Münch noch nachgeschoben, ganz so, als hätte er Davids Gedanken erraten.

Also dann, um Gott des Herrn willen! Er würde reisen! Das war das Wichtigste. Tycho sehen. Mit ihm forschen, wie der Däne es versprochen hatte. Von ihm Neues erfahren über die wunderbare Welt der Wissenschaft, die allem so fern lag, was Ostfriesland in seiner Liebenswürdigkeit umschloss.

Fabricius stand auf und trat an sein Buchregal. Dort lag das Werk dieses Johannes Kepler, jener Band, den ihm Tycho am Morgen ihres Abschieds in Wandsbek in die Hand gedrückt hatte. *Mysterium Cosmographicum* hieß es, *Das Weltgeheimnis*. Darin machte Kepler eine andere Rechnung über die Welt auf, eine, die Tycho nicht gefiel, das hatte man deutlich gemerkt. Auch der Mann schien dem Dänen nicht zu gefallen, denn Tycho hatte sich über ihn beklagt in einer Weise, die David aufhorchen ließ. »Er hat es mir geschickt, mit der Aufforderung, ihm darüber einen langen Brief zu schreiben«, hatte Brahe mit Groll in der Stimme gesagt. Und dann angefügt: »Er scheint gerne über die Zeit anderer Leute zu verfügen. Derlei schätze ich gering!«

In seiner Verwirrung hatte Fabricius nur in dem Buch geblättert, und es dann zurückreichen wollen, aber Tycho hatte abgewinkt. »Behaltet es. Ich habe noch eins.« Woher der zweite Band stammte, hatte der Däne nicht erklärt.

Er wird es gekauft haben, wenn nicht aus Begeisterung, so aus Neugier, dachte David, während seine Hand über den Einband glitt. Dieser Kepler war ein Widerborst, hielt sich für den größten lebenden Mathematiker und räumte mit Aristoteles und Ptolemäus auf, als hätte es sie nie gegeben. So machte man sich keine Freunde, das war klar. Stellte natürlich die Sonne in den Mittelpunkt des Universums, so wie dieser Kopernikus, den Tycho auch nicht mochte. Und verlangte zum guten Schluss auch noch, dass man ihm dafür Beifall klatschte. Kein Mann, zu dem sich David hingezogen fühlte, so wie zu dem Dänen. Und doch, das musste er sich eingestehen, wäre es wohl interessant, ihn zu treffen. Oder mit ihm Kontakt zu haben.

»Fertig, Vater«, sagte da Johann in die Stille hinein, und holte David damit in die Gegenwart zurück. Der Junge hatte weitergearbeitet, und seine Daten auf die Karte übertragen. »Alles maßstabsgerecht verkleinert, nach Projektionsregeln verebnet und eingefügt!«, fuhr der junge Mann stolz fort, und Fabricius klopfte ihm lächelnd auf die Schulter.

*

Eintrag in das Calendarium Historicum
des David Fabricius
November 1600

Wahrhaft seltsame und auch schreckliche Dinge geschehen in diesen Zeiten. Es packt eine Menschenseele und schüttelt sie hart, und gebe Gott, dass sich alles zum Besseren wendet. Die Schafe in der Gemeinde von Resterhafe wollen gehütet sein, sie sind einfältig und brauchen Führung. Des Sonntags bei der Predigt sehe ich in manch nasse Augen, aber was nützt es, wenn nach dem Segen alles vergessen ist? Sie sind haltlos, schwankendes Schilfrohr im Wind, und es gibt keine Nachricht, und sei sie noch so unsinnig, die sie nicht ängstigt. Seit Wochen machen wieder Gerüchte über die Pewsumer Hexenprozesse die Runde und man sollte glauben, dass sie nach über acht Jahren in Barmherzigkeit vergessen sind. Aber so ist es nicht. Es heißt, die Frauen wären gefoltert worden, dabei habe die Orgel der Pewsumer Kirche gespielt, damit man die Schreie nicht hört. Den Dorfleuten habe man bei Androhung einer Strafe von zehn Gulden verboten, auch nur in die Nähe der Kirche zu kommen. Was davon wahr ist, weiß Gott allein, aber es reicht, derlei in die Welt zu setzen, niemand holt es zurück, denn nichts ist so schnell wie das gesprochene Wort, und das gilt vor allem für die Lüge.

In Rom wurde der Priester Giordano Bruno öffentlich verbrannt, wohlgemerkt von der weltlichen Macht, nicht vom Klerus, doch das macht die Sache nicht besser. Gewiss, dieser Dominikaner war ein Wirrkopf, er glaubte an die Unendlichkeit der Schöpfung, ließ dem Jenseits keinen Raum und leugnete damit das Jüngste Gericht als Erfüllung des göttlichen Plans, aber ist das ein guter Grund, einen Menschen zu verbrennen? Wenn wir jeden Einfältigen dieser Welt auf den Scheiterhaufen brächten, wäre es bald still um uns.

Im italienischen Florenz, so hört man, sei ein Musikschauspiel zur Vorführung gebracht worden, der Rat von Münch sprach davon, die Italiener nennten es Opera, und es sei die höchste bekannte Form der heutigen Kunst. Nun wohl! Aber wem soll derlei frommen oder nützen? Ich sehe kein wirkliches Gut über die Kirchenmusik hinaus, das gefördert werden müsste.

Nochmals Münch, der mir in diesen Tagen eine wichtige Quelle ist: Der Leibarzt der Königin von England, William Gilbert, so ist sein Name, hat dem Vernehmen nach eine Entdeckung gemacht, über die ich unbedingt mit Tycho Brahe sprechen muss. Es geht wohl um verborgene Kräfte, die man nicht sehen kann, ihre Wirkung aber sehr wohl. Sie führt dazu, dass metallene Gegenstände zueinander streben. Allerdings müssten sie durch Reibung geweckt werden, wie ein Zündfunke für das Feuer.

Nun Malisius. Es mag ein Zufall sein, aber ich glaube nicht daran. Die Nachricht kam von ihm und sie passt zu dem Mann. Wie stets stolperte er über die Schwelle, wie stets unangekündigt und wie stets hungrig. Er muss schon nicht mehr bitten, die Magd bringt ihm seine Schüssel, noch ehe er Platz genommen hat. Verstehe einer die Frauen! Sie behandelt Malisius wie einen Latrinenfeger, dann wieder tut sie, als sei er ihr kostbarster Besitz. Mir kommt es vor wie Zuneigung, die ihre Offenbarung fürchtet. Wie auch immer; der Drost ist bereits eine Art Familienmitglied, zumindest aber Metas Schützling, und ich frage mich inzwischen, ob es daran liegt, dass Johann Malisius noch ohne Weib ist. Seine Neuigkeit immerhin war bemerkenswert, er hat sie aber erst herausgelassen, als sein Mahl schon beendet war.

»Der Kaiser hat von Innhausen-Knyphausen zum Reichsfreiherrn ernannt. Er ist damit nun auch offiziell der Führer der ostfriesischen Ritterschaft!« Ob das den Grafen freuen wird? Wohl kaum.

Malisius war dann hastig aufgebrochen, er müsse noch zu einer Beratung mit den Drosten der Grafschaft und wolle nicht zu spät sein. Johann meinte daraufhin nüchtern, die Beratung, der Malisius durch Abwesenheit schade, müsse erst noch gefunden werden, aber da war der Drost gottlob schon draußen.

Schließlich Johann. Er ist ein guter Sohn und macht mir viel Freude.

Feucht und für November viel zu warm. Auf den Feldern wächst das Unkraut, und die Bauern fürchten, vor der Frühlingsaussaat noch mehrmals pflügen zu müssen. Die Nachthimmel dunstig und wenig ergiebig.

17.

Der Friede ist gefunden.
Prag, Mai 1601

Der Rat von Münch war ein exzellenter Begleiter. Er strahlte die Ruhe eines Mannes aus, der sich einer Aufgabe gegenübersieht und weiß, dass er ihr gewachsen ist. Aber er trug, anders als bei ihrer Fahrt nach Wandsbek, einen Degen, und das gab Fabricius zu denken. Sie brauchten volle siebenundzwanzig Tage für die Reise und der Pastor wusste schon nach den ersten hundert Meilen nicht mehr, wo ihm der Kopf stand. Zu viele Eindrücke, zu viel Neues und Fremdartiges bestürmte ihn.

Dabei war die Etappe zu Pferd noch das Vertrauteste, sie ging gottlob nur kurz, von der heimatlichen Haustür bis nach Oldenburg, wo sie eine Kutsche der kaiserlichen Post bestiegen. Sie profitierten von einer Nebenlinie, die Leonhard von Taxis aus seinem Brüsseler Kontor jüngst versuchsweise hatte einrichten lassen. Die Strecke war stark genutzt, erst ab Köln, wo sie das habsburgische Postnetz hinter sich ließen, nahm das Gedränge in der Kutsche ab. Aber damit wurde das Reisen nicht einfacher, im Gegenteil. Von nun an waren sie auf die Botendienste der Städte angewiesen, und das bedeutete häufig unsichere Verbindungen, längere Wartezeiten, oftmals müde Pferde und deutlich weniger Bequemlichkeit. In den Kaleschen der Taxis hatten sie auf weichen Polstern gesessen, nun mussten sie nicht selten mit harten Holzbänken vorliebnehmen.

Doch bei all diesen Widrigkeiten zeigten sich die Qualitäten des Rates von Münch. Mit weltmännischer Gelassenheit organisierte er, sprach mit Wirten und Postmeistern, verhandelte er über Preise und Routen. Auf einem Teilstück zwischen Frankfurt und Würzburg war ihnen der städtische Kutscher mit glasigen Augen und unsicherem Schritt entgegengetreten, und ihre Befürchtungen bestätigten sich bald. Schon nach wenigen Meilen stürzte der Mann vom Bock. Er musste wohl eingenickt sein, aber die Gäule kannten ihren Weg und liefen auch bei durchhängender Leine. Münch las ihn auf, warf ihn wenig zart auf die Ablage für den Postsack und nahm selbst die Zügel.

Im böhmischen Grenzgebiet wurde die Lage kritisch. Sie erreichten Marktredwitz noch ohne größere Schwierigkeiten, aber dort saßen sie fest. Die städtische Botenanstalt unterhielt keinen Kurierdienst nach Eger, offensichtlich war man uneinig über Geld und Routen. Zudem bestritt man wohl auf böhmischer Seite fremde Rechte und versuchte mit Nachdruck, das kaiserliche Postregal durchzusetzen. Hier bissen selbst die Verhandlungskünste Münchs auf Granit. In ihrem Gasthof erzählte ihnen der Wirt bei der Abendmahlzeit schauerliche Geschichten über Räuberbanden im Fichtelgebirge und beklagte die Unfähigkeit der Behörden, mit ihnen aufzuräumen. Man komme damit nicht voran. In den letzten fünf Monaten seien vier Kutschen von privat Reisenden verlorengegangen. Von den Menschen und der Fracht fehle jede Spur, nicht zu reden von Wagen und Pferden. Alles werde geraubt und ins Mährische verschoben, die Leute womöglich umgebracht und verscharrt. Zurückgekommen sei jedenfalls keiner.

Sie nahmen für die Nacht Quartier, und am nächsten Morgen, nach einem guten und reichhaltigen Frühstück, machten sie sich auf die Suche. Der Wirt hatte ihnen in offenem Unbehagen drei Familien genannt, die gelegentlich Fuhren ins Böhmische unternahmen. »Mit gutem Gewissen empfehlen kann ich keine. Es sind allesamt rechte Nichtsnutze und Krawallbrüder. Und achtet auf Eure Geldkatzen!«

»Das werden wir«, hatte Münch mit grimmigem Lächeln erwidert.

Auf dem ersten Hof trafen sie niemanden an, nur ein paar scharfe, freilaufende Hunde, die sie rasch wieder auf ihre Mietpferde trieben. Doch schon an der zweiten Stelle hatten sie Erfolg. Sie fanden den Kerl an seiner Esse, er stand grob und klotzig vor seinem Amboss und ließ den Hammer klingeln. Neben ihm offenbar sein Sohn, noch einen Kopf größer, mit einer fürchterlichen Narbe unter dem rechten Auge, die sein Gesicht schrecklich entstellte.

Mit der Unbefangenheit des Weltreisenden trat der Rat von Münch an die Esse. Er musste seine Stimme erheben, weil der Kerl nicht aufhörte zu klingeln. Der Schmied schüttelte zunächst den Kopf. »Nicht nach Eger. Lohnt den Aufwand nicht. Der Preis würde Euch auch nicht gefallen!« Legte den Hammer weg und schlug eine Fuhre nach Karlsbad vor. Dann nannte er eine Summe, die David den Schweiß auf die Stirn trieb.

Der Rat von Münch blieb gelassen. Er stand entspannt wie bei einem Gottesdienst, allerdings ruhte die Hand auf dem Degen. »Ich will Eure Kutsche nicht kaufen, Schmied, sondern nur mit ihr fahren!«

Der Klotz sah ihn kalt an, linste scheel auf Münchs Waffe und lächelte nicht. »Im Preis sind die Kosten für die Bedeckungsmannschaft, und die werdet Ihr brauchen. Schlagt ein oder lasst es!«, knurrte er giftig und griff nach seinem Hammer.

Münch nickte freundlich. »Wer fährt uns?«

Der Kerl wies mit dem Kinn auf seinen Sohn. »Mertin hier. Er führt auch die Schutztruppe.«

»Gut!« Münch lächelte Mertin an, aber dessen Miene blieb starr und abweisend.

Den folgenden Tag brachen sie auf. Das Fahrzeug des Schmieds erwies sich als überraschend bequem, die Sitze waren gepolstert, wenn auch nicht sauber. Mertin trug einen altmodischen Harnisch. Die Bedeckung bestand aus zwei weiteren Männern, beide groß und kräftig und gut beritten. Sie führten schwere Haurapiere mit groben Klingen, deren Anblick schon zum Fürchten war. Armbrüste oder Musketen waren nicht zu sehen, und der Rat sprach ihren Führer darauf an. »Gottfried und Gottlieb brauchen derlei nicht, sie kämpfen immer am Mann!«, gab Mertin knapp zurück, die Kerle grinsten und Fabricius wusste nicht, was ihn mehr verwunderte, die Namen oder deren offensichtlicher Widerspruch zum Habitus ihrer Träger.

Jedenfalls, Gottlieb und Gottfried waren ihre Taler wert. Einer ritt voraus und fegte wenn nötig die Straße frei, der andere machte die Nachhut, und sie erreichten Karlsbad ohne jeden Zwischenfall am Abend des dritten Tages. Mertin setzte sie vor einem Gasthof mitten auf dem Marktplatz ab. Das Geld für die Fuhre nahm er mit einem stummen Nicken. Dann wendete er die Kutsche.

»Ihr wollt zurück? Noch vor Beginn der Nacht?«, fragte Münch überrascht.

Mertin hob die Schultern. Zum ersten Mal zeigte er so etwas wie ein Grinsen, es verzerrte sein Gesicht zur Fratze und jetzt wussten sie, warum Mertin nicht gern lächelte. »Wir haben nichts zu fürchten!«, sagte er kurz, und sie glaubten ihm.

*

»Ihr werdet einen anderen Tycho erleben als noch in Wandsbek«, hatte von Münch schon unterwegs geheimnisvoll angedeutet.

David hatte neugierig den Kopf gehoben. »Aha! Warum?«

Der Rat hatte sich mit glitzernden Augen zurückgelehnt, man hatte gesehen, dass es in ihm arbeitete. »Dort war er ein Flüchtling. In Prag ist er wieder, was er in Dänemark war: ein geachteter Diener der Krone.«

»Die allerdings katholisch ist«, hatte Fabricius bissig eingeworfen, »nun gut, aber was ändert das an ihm?«

»Ihr werdet es sehen, wartet nur ab«, hatte von Münch mit schrägem Lächeln wiederholt. Hatte dann noch nachgeschoben, der Däne sei gar nicht in Prag selbst, sondern habe sich vom Kaiser Schloss Benatky zuweisen lassen, einen Herrensitz vor der Stadt, weil er in Ruhe arbeiten wollte. All das steigerte Davids Spannung, er fieberte dem Treffen förmlich entgegen.

Nun, auf den ersten Blick war Brahe der Alte. Seine goldene Nase strahlte sonnengleich, es schien so, als leuchte sie aus sich selbst, aber das hatte sie in Wandsbek auch getan. Mit klopfendem Herzen saß ihm David gegenüber und freute sich über das Wiedersehen. Der Rat hatte sich nach einer kurzen Begrüßung zurück nach Prag verfügt, wo er in der kaiserlichen Hofkanzlei Graf Ennos Depesche loswerden wollte. Allein waren sie deshalb nicht. Ein Schwarm von Assistenten und Mitarbeitern bewegte sich in dem Raum, der riesig war, wenn auch nicht so lichtdurchflutet wie das Observatorium von Heinrich Rantzau in Wandsbek.

Aber es gab weitere, überraschende Unterschiede. Tycho stellte ihm Simon Marius vor, einen Astronomen aus Gunzenhausen, der zurzeit bei ihm forsche. »Simon ist also ein Landsmann von dir, David«, sagte Tycho einfach, und diese Art der Vertrautheit war die erste Überraschung. Sie wärmte dem Pastor sämtliche Innereien. Der Bayer verneigte sich höflich, und entfernte sich mit raschelnden Papieren. Dann schrie Tycho nach Wein, was in keiner Weise überraschend war, im Gegensatz zu der Kreatur, die ihn brachte. Sie war zweifellos ein Mensch, wenn auch ein viel zu kleiner mit einem viel zu großen Kopf. »Das ist Jeppe«, sagte Tycho grinsend.

Der Zwerg maulte: »Da, du oller Suffkopp!«, und drückte dem Dänen, der nun schallend lachte, eine Flasche Roten in die Hand.

»Wo soll ich mit dem Quark hin, du Unflat? Schenk ein, Kerl, schenk ein, für David auch!«, gab Tycho gut gelaunt zurück, und der kleine Mann goss zwei Gläser voll, aber so, dass sie überliefen. Danach bediente er sich selbst aus der Flasche, und Brahe gackerte dazu wie ein krankes Huhn. Es stellte sich heraus, dass Jeppe der Hausnarr des Dänen war, und Fabricius sollte dessen Unarten und Launen noch zur Genüge kennenlernen.

Als sie tranken, umtanzte sie der Narr mit wilden Bocksprüngen, setzte sich dann auf den Boden und sagte plötzlich in weinerlichem Ton: »Schade, dass Preben nicht mehr ist!«

Tycho warf ihm einen warnenden Blick zu, aber David sah fragend auf. »Wer ist Preben?«

Der Däne zuckte die Achseln. »Ach, das ist lange her. Eine alte Geschichte. Niemand, den du dir merken musst«, gab er trocken zurück.

»Hör nicht auf ihn!«, krähte der Zwerg. »Preben war ein feiner Kerl, das edelste Glied der Familie Brahe für alle Zeiten. Niemand verstand zu trinken wie er!«

Nun hob David erschrocken den Kopf, aber der Däne beruhigte ihn. »Preben war ein zahmer Elch, den ich zu Hause hielt«, sagte Brahe, und schwieg dann, als bedürfe es keiner weiteren Erklärung.

Fabricius spürte schon den Wein in seinem Kopf, er fühlte eine seltsame Leichtigkeit, mahnte sich, pass auf und sieh zu, dass du hier nicht unter die Räder kommst, und dann ritt ihn plötzlich der Teufel. »Ach ja. Preben. Natürlich!«, als wollte er sagen, wie konnte mir das entfallen. »Ich wusste nicht, dass er trank!«

Tycho hob ein zweites Mal die Schultern. »Je nun. Preben mochte halt Bier!«

»Und nicht nur das, er verstand, es zu saufen!«, ergänzte Jeppe und brach in brüllendes Gelächter aus.

Die Geschichte amüsierte jetzt auch David. Auf seiner Stirn standen plötzlich tiefe Sorgenfalten. »Was ist ihm zugestoßen?«, wollte der Ostfriese wissen.

»Er trat fehl und stürzte unglücklich«, erwiderte Tycho trocken und griff nach dem Weinglas. Es war sein drittes an diesem Morgen.

»Stürzte?«, fragte Fabricius entgeistert.

»Ja, du hörst es doch. Im Garten. Eine steinerne Treppe hinunter!«

»So! Aha! Und dann?«

»Brach er seinen Hals!«, sagte Brahe roh.

»Ich sah ihn fallen. Er war ganz locker!«, brabbelte Jeppe dazwischen, in seiner Stimme schwang Begeisterung.

David zeigte dagegen Mitgefühl. »Der Arme!«

Tycho zuckte die Achseln, als wollte er sagen, Preben bekam, was er verdiente.

»Was heißt arm? Er war sturzbesoffen! So einen schönen

Tod möchte wohl jeder haben!«, meckerte der Zwerg übellaunig und trollte sich.

Später, als sie sich gegenübersaßen, fand David bestätigt, was der Rat von Münch angedeutet hatte. Tycho war ein anderer geworden. Äußerlich nicht. Er trug seine goldene Nase, ein erlesenes Gewand und trank schon zum Frühstück, wie es seine Art war. Er war noch immer der Bär, der Kraftkerl, von dieser gelassenen Souveränität, die David in Wandsbek so beeindruckt hatte. Es war eine Freude, zu beobachten, wie er mit seinen Assistenten umging. Der Däne rief sie zu sich, ließ sich über den Stand der Dinge berichten, gab Anweisungen für den Fortgang der Studien, und alles in einem kameradschaftlichen, freundlichen Ton, ganz so, als berate er sich mit Kollegen. Schmunzelnd sah Tycho den jungen Männern nach, die mit Feuereifer davonstürzten, um sich wieder der Arbeit zu widmen. »Die müssen jetzt ran!«, sagte er fröhlich. Er selbst befasse sich derzeit mit großen Planetentafeln, die er für Rudolf mache, er habe es versprochen, und David wusste, er meinte den Kaiser.

Es dauerte noch eine ganze Weile, bis Fabricius begriff, was anders war. Er las es dem Dänen von den grauen Augen ab. Sein Blick, der damals in Wandsbek zuweilen noch gedroht und gefunkelt hatte, der schrecken konnte wie die Lichter eines hungrigen Wolfs, er strahlte eine Ruhe aus, die alle Rätsel löste. David sah und verstand. Tycho Brahe hatte in Prag seinen Frieden gefunden. Er machte wie früher seine Scherze, er lauschte versunken, was andere zu sagen hatten, er konnte sich begeistern und er trank seinen Wein, aber er tat alles mit der Abgeklärtheit eines Heiligen. Eines Heiligen? Gehst du da nicht ein Stück zu weit? Nein, durchaus nicht! Was früher als wilde Lebensgier erschienen war, wirkte jetzt wie der beschauliche Genuss des Gesättigten, der in Vergnügen schwelgt, denen er auch mühelos entsagen könnte.

Es gehe ihm gut, sagte der Däne fröhlich. Der Kaiser habe ihm ein Salär von stolzen dreitausend Gulden im Jahr versprochen, mehr als allen anderen seiner Diener, aber dafür zahle er schlecht. »Rudolf ist halt immer klamm. Wie jeder

Fürst!« Mit einer großartigen Gebärde, die nach feiner Ironie roch, strich Brahe den Saal ab. »Doch du siehst, es fehlt mir an nichts.« Der Himmelsglobus stand neben einem wuchtigen Schreibtisch, David sah die eingravierten Sterne herüberglitzern, es waren zu diesem Zeitpunkt genau 777. Und einer davon, auf dem Südhorizont gelegen, das war seiner, res mira, dachte David, während ein warmer Schauer durch seinen Körper rann, und der kam nicht vom Wein. Tycho folgte seinem Blick. »Tja, der Globus. Er muss warten, die Tafeln haben nun Vorrang!« Er streckte sich, stöhnte wohlig und lächelte den Ostfriesen an. »Aber die müssen heute auch warten. Wir werden morgen gemeinsam daran arbeiten.«

Weiter hinten im Raum rechnete der Bayer, Simon Marius, mit einem Assistenten an einer Himmelskarte. Sie sahen ihn mit einem Zirkel messen und Positionen übertragen. Irgendwo krakeelte Jeppe, dann brach Glas und es hob ein Geschrei an, als hinge ein Mensch auf dem Pfahl. Aber das schien niemanden zu interessieren, nicht einmal Marius sah auf. »Und ich dachte, du wolltest hier in Ruhe arbeiten?«, bemerkte David trotzdem, doch der Däne schmunzelte. Der Humor des Ostfriesen schien ihm zu gefallen.

»Es gibt eine Art der Ruhe, mein Guter, die auch Lärm nicht stören kann. Aber das wirst du noch lernen, du bist ja noch jung.« Fabricius wusste von Münch, Tycho war weit über fünfzig, und vielleicht mischte sich hier die Muße des Alters mit einer Kraft, die nur aus der Geborgenheit wächst. Was konnte, was würde dieser geniale Mann noch leisten, unter solch günstigen Bedingungen? Er fühlte den Blick des Dänen auf sich ruhen und hob den Kopf. Tycho lag in seinem Lehnstuhl, als wollte er sich heute nicht mehr rühren. »Was ist köstlicher als ein Tag, über den man frei verfügen kann?«, fragte er, träge wie eine Hauskatze nach einem guten Stück Fleisch. Langte im Liegen nach seinem Glas, setzte es an und leerte es. »Aber nun los, mein junger ostfriesischer Freund! Sag an und berichte! Was gibt es Neues an deinem Himmel?«

Und dann tauchten sie ein in ihre Welt von Sternen, Planeten, Kometen und Umlaufbahnen. Zwischendurch brachte

Jeppe Wein und machte Unsinn. Saß unter dem Tisch und brabbelte und furzte, bis ihn der Däne mit dem Fuß in die Rippen stieß. Er tat es lachend und ohne das Gespräch zu unterbrechen.

Tycho merkte auf, als David von seinem Sohn Johann erzählte. »So, so, der Mars. Seine Bahn, wie? Das ist sehr interessant, auch für mich!«, sagte Brahe anerkennend. Irgendwann wurde er ernst. »Kepler war hier. Letztes Jahr, im Winter!« Seine Stimme wurde harsch und es legte sich tatsächlich ein düsterer Schleier über seine Augen. »Einerseits kam er mir ungelegen, weil hier noch umgebaut wurde«, fuhr Tycho fort, »zum anderen war es gut, denn ich suchte Assistenten.« Er richtete sich auf und kramte ausführlich in seinem Hosensack, brachte aber nichts zu Tage außer Tabakbrocken und einem gelbseidenen Tuch. Lehnte sich zurück und schwieg einen Augenblick. David wartete. »Aber er konnte sich nicht unterordnen«, sagte der Däne grimmig, »wollte nicht nach meinen Vorgaben forschen, sondern suchte nur nach Beweisen für die wüsten Theorien, die er in seinem Buch, du kennst es ja, aufgestellt hat.«

David schenkte nach, hob sein Glas und sah Tycho grinsen. »Jeppe hat ihn auch aufgeregt. Er zog ihn an den Füßen und machte ihm Grimassen. Das hat Kepler als unwürdig empfunden, konnte nicht damit umgehen.« Brahe hob die Schultern und blickte zu einem Regal hinüber, an dem der Narr soeben seine Possen turnte. »Er ist von einer Verbissenheit, mit der ich nicht umgehen kann. Scheint aber sehr begabt zu sein, zumindest als Mathematiker.«

Voller Neugier beugte Fabricius sich vor. »Was hast du ihm zu forschen gegeben?«

»Die Marsbahn«, sagte Tycho mit hochgezogenen Brauen, und dann lachten beide.

18.

Aus sich selbst und durch sich selbst.
Prag, Juni 1601

Das frühe Licht verschmolz mit den Resten von Dunkelheit und tauchte die Welt in dämmriges Grau. Fabricius fühlte sich unwohl, auch wegen der ungewohnten Montur. »Kommt nicht im Talar, tragt nur Euren Kragen. Der Graf will es so. Ihr sollt als Priester erkennbar sein, das schon, aber wir wollen sie nicht zu sehr provozieren«, hatte der Rat von Münch gesagt. Provozieren? Mit einem Talar? Und dann die Art, wie er das »sie« ausgesprochen hatte. Fast hatte er es ausgespuckt. Sie, das waren die anderen, die Kaiserlichen. Die Katholischen!

Nun gut, aber doch auch die, von denen sich Graf Enno Hilfe erhoffte. Die ihn in seinem Streit mit den Ständen unterstützen sollten, oder wie? Und gegen Emden! Wie hatte der Rat sich noch ausgedrückt? »Für Emden rechnet sich Enno einiges aus ...!« Fabricius knurrte, ihm war unbehaglich. Das klang alles nicht gut. Anscheinend war die Sache doch nicht so aussichtsreich, wie Münch sie dargestellt hatte.

David hätte auch gerne noch etwas geschlafen, es war gestern spät geworden, er hatte mit Tycho gearbeitet und dabei, unvermeidlich, gemeinsam mit dem Dänen dem Roten zugesprochen. Nicht zu viel, aber es hatte gereicht. Er war böse über die zeitige Stunde, dabei hatten sie noch Glück. In der Hofkanzlei arbeitete man nicht selten die Nacht hindurch. Es waren stets Protokollbeamte und Schreiber im Dienst, die Räte blieben, solange der Kanzler sie brauchte. Die Behandlung der Eingaben und Petitionen hatte ihre eigene Methode. Man erzählte sich, dass missliebige Delegationen und Anliegen gerne zwischen Mitternacht und vier Uhr morgens abgefertigt wurden. Jawohl, abgefertigt! Und zwar im Wortsinne! Von irgendeinem nachgeordneten Rat.

Münch war taufrisch, er sah aus als hätte er zwei Jahre geschlafen. »Wir haben es wohl mit dem Hofrat Hans Ruprecht zu tun!«, sagte er fröhlich, ganz so, als ginge es um einen gemeinsamen Ausflug. Dann nötigte er David in die Kalesche. Der Hradschin lag schwarz und drohend über ihnen, und als die Kutschenräder scharf kratzend und schlafstörend durch die Gassen donnerten, war sich der Pastor gewiss, dass ihr Unternehmen kein gutes Ende haben könnte.

Doch der Rat von Münch schien unbeeindruckt. Er lag in seiner Ecke und schmauchte. »Sprecht nur, wenn man Euch fragt. Sonst überlasst alles Reden mir«, lächelte Münch, es klang, als berieten sie ihre Taktik über eine Partie Tarock. Ihr fintiert, ich steche von hinten, und schon haben wir den Ruprecht im Sack! Die Würfel werden schon längst gefallen sein, es wird kaum darauf ankommen, wer spricht, dachte David. »Ich kenne Ruprecht. Er ist ein Ziehsohn des Großkämmerers Wolf Siegmund Rumpf, den der Kaiser letztes Jahr abgeschossen hat. Und er ist genauso arrogant, genauso spröde, genauso humorlos. Ich weiß ihn zu nehmen«, äußerte der Rat in einem Ton, als rede er über die Sommerfütterung von Schweinen. Wenn es so einfach wäre, dachte David. Es war nicht so einfach, und das sollten sie bald merken.

Schon am Tor dauerte es, die Posten nahmen sich Zeit, als wollten sie sagen, wenn wir hier stehen müssen, dann könnt ihr keine Eile haben. Ein Diener empfing sie stumm, führte sie stumm, brachte sie wortlos in die Kanzlei und entfernte sich schweigend, als gelte es, die kaiserliche Ruhe nicht zu stören. Dabei war es laut. Und es wurde gearbeitet, fünf Schreiber saßen an Tischen und übertrugen Entwürfe in Reinschriften. Vor der Doppeltür stand ein baumlanger Gardesoldat mit Pike und starrte blicklos geradeaus. Er hielt sich etwas seitlich, denn ein Flügel war geöffnet. Fabricius erhaschte einen Blick in den Raum, viel sah er nicht, aber was er hörte, reichte völlig. Drinnen wurde soeben eine Delegation nach Strich und Faden zusammengedonnert, während Kanzleidiener in ständigem Wechsel Papiere holten und brachten. Und der da sprach, hatte die Stimme eines

Bären, den man aus dem Winterschlaf geweckt hat. »So nicht, Herr ... Was denkt Ihr Euch? ... Der Kaiser ist empört ... Ein Ansinnen ... Zudem ungebührlich vorgetragen ... Nicht im Sinne der Krone!«

David warf dem Rat von Münch einen flatternden Blick zu, aber der grinste frech zurück. Ruhig Blut, damit haben wir nichts zu schaffen, sollte das wohl heißen. Drinnen gewitterte es weiter, man hörte gemurmelte Antworten, es ging noch eine Weile so, und dann verließen die Herren fluchtartig die Kanzlei, mit roten Köpfen und hochgezogenen Schultern. Und jetzt kam der Hofrat Ruprecht heraus, ein Pergament zusammengeknüllt in der Faust, schüttelte es wie einen erlegten Hasen, warf es auf den Tisch. »Weg damit! Schafft es in die Ablage. Aber ganz nach unten!« Wandte sich um und musterte die Ankömmlinge mit einem frostigen Blick. »Cirksena, wie? Gut. Kommt gleich mit!«

Das klang nach Abfuhr in einem Abwasch, und David wurde es mulmig, aber der Rat von Münch lächelte fein. Sie folgten dem kaiserlichen Rat in ein geräumiges Kanzleizimmer. Das Erste, was David auffiel, war eine Betbank, die vor einem Kruzifix an der Wand stand, und er dachte sich seinen Teil. Sie traten an ein mächtiges Pult, das mit Pergamenten übersät war. Die Depesche des Grafen Enno lag zuoberst, das Siegel der Cirksena baumelte am Schleifenband. Ruprecht war noch unter Dampf, das sah man, und es war keine gute Voraussetzung. Er wuchtete sich in einen Sessel und wies mit einer knappen Gebärde auf zwei gepolsterte Stühle. Und nun, in dieser Audienz, sollte Fabricius den Rat von Münch erst richtig kennenlernen. Sein Geschick, seine Geschmeidigkeit und seine höfische Eleganz waren sprichwörtlich. David verstand bald sehr gut, warum Graf Enno den Rat als Gesandten ausgewählt hatte.

»Tut mir leid, dass wir Euch so zeitig aus der Bettstatt geholt haben«, eröffnete Hans von Münch mit einem charmanten Lächeln.

Der Hofrat fixierte ihn scharf, seine Augen waren rot, klein und kalt. »Bettstatt? Habe diese Nacht noch keine gesehen!«, gab Ruprecht grimmig zurück. Es klang so, als wollte er sagen, was untersteht Ihr Euch? Nicht Ihr seid es, der mich von den Pfühlen fernhält, sondern meine Pflichten.

Das war alles zur Begrüßung. Kein Wort des Willkommens, keine Floskel, keine Konvention. »Wie war die Reise? Seid Ihr gut untergekommen?« Nichts davon. Der Rat war schlechter Stimmung und sah keinen Anlass, es zu verheimlichen. »Der Kaiser trägt eine schwere Last mit seinem Reich, und vielfach auch durch seine Untertanen. So wie jetzt, in Eurem Fall. Es ist an Leuten wie mir, einen Teil davon zu schultern«, sagte Hans Ruprecht stattdessen verbiestert, und verstieß damit gegen alle Regeln der Etikette, von fürsorglicher Behandlung nicht zu reden.

Es war ein klarer Vorwurf, ein glatter Affront und David fühlte sein Herz zornig klopfen, wer zwingt Euch, dann tut doch etwas anderes, aber Münch saß wie bei einem köstlichen Mahl. »Es ist wahrhaftig edlen Schweiß wert!«, sagte er geschliffen.

Der andere warf ihm einen scheelen Blick zu. Griff dann ohne eine Erwiderung zur gräflichen Depesche und faltete sie auf. Blickte nicht hinein, sondern warf sie achtlos zurück auf den Tisch, denn er kannte den Inhalt. »Was Euer Herr da fordert, ist ja längst verhandelt und entschieden!« Hans Ruprecht erhob sich, trat an einen Tisch und bediente sich aus einer Wasserkaraffe. Sie hörten ihn trinken, er klang wie ein durstiger Hund.

»Reichsgraf Enno kennt die Sachlage. Er bitte lediglich um ihre erneute Prüfung«, sagte Münch in Ruprechts Rücken, und der Rat fuhr herum.

»Ist ihm denn nicht klar, dass er damit eine kaiserliche Verfügung in Frage stellt? Bei einer derartigen Marginalie? In dieser Zeit? Unter solchen Umständen?«, fauchte er zornig. Immerhin, er brüllte nicht, wie bei der Delegation zuvor.

»Für Ostfriesland ist es ganz zweifellos keine Marginalie«, erwiderte der Rat von Münch friedfertig, dann sagte er schnell: »Ich weiß, Ihr denkt an die Türken, wir verstehen das, aber Graf Enno ist auch in einer schwierigen Lage. Er wird hart bedrängt aus den Generalstaaten, wisst Ihr, von protestantischem Militär!« Der Rat musste den Begriff ganz bewusst gewählt haben, sagte nicht lutherisch, sondern protestantisch, und David dachte, gib acht, Münch, jetzt stehst du auf ganz dünnem Eis.

Aber Ruprecht ging nicht darauf ein. Im Gegenteil, er fuhr so fort, als hätte Münch nicht gesprochen. »Das Hofgericht in Aurich ist verfügt, das dortige Ständeparlament ist verfügt und der Status von Emden ist auch verfügt. Es gibt darüber kaiserliche Resolutionen und Verträge. Der Graf Simon zur Lippe hat sie Euch überbracht!«, sagte Ruprecht unwillig. Er kam zurück an den Tisch, sein Wasserglas hielt er in der Hand.

Münch warf einen kühlen Blick auf das Getränk, aber sein Gesicht blieb entspannt. »Es gibt auch den Vertrag von Delfzijl. Ist der im Sinne der Krone?«

»Euer Herr hat ihn unterschrieben!«, gab der andere spröde zurück.

»Jawohl. Weil er keine Wahl hatte!«

»Es gibt stets eine Alternative!«, belehrte ihn Ruprecht kalt. Welche denn in diesem Fall?, fragte sich David. Doch wohl nur der Krieg gegen die eigenen Leute. Münch sagte nichts, aber er behielt den kaiserlichen Rat im Auge. Der setzte sich zurecht. Seine Augen waren nun so klein, dass man die Pupillen kaum noch sehen konnte. »Für das Reich existiert im Übrigen dieser Vertrag nicht. Der Kaiser hat ihn, wie Ihr wisst, mit seiner Resolution von anno 1579 aufgehoben.«

»Aber seine Statuten nicht!«, erwiderte Hans von Münch spitz.

Ruprecht schob seine Brauen in die Stirn. Für einen Augenblick wurde die Bindehaut sichtbar, sie war grau vor Müdigkeit. »Richtig. In diesem Punkt ist der Kaiser dem Vertrag gefolgt«, antwortete der Hofrat knapp. Aus Überzeugung oder aus Kraftlosigkeit?, schoss es David durch den Kopf, und er sagte sich, ich denke wohl alles, was Münch nicht fragen darf.

Danach schloss sich ein furioses Wechselspiel an, ein schnelles Gefecht von Rede und Gegenrede, in dem der Rat von Münch ganz plötzlich mit klaren Worten für die gräfliche

Gerichtsbarkeit das privilegium de non apellando forderte, nicht erbat, in einem Ton, dass David dachte, nun läuft die Sache aus dem Ruder, und Ruprecht hielt ebenso rüde und klar dagegen. Und während er den kaiserlichen Rat wütend antworten hörte, begriff er, dass Münch einer geschickten Agenda folgte, einer Taktik aus Angriff und Unterwerfung, aus Vorpreschen und Zurückweichen, und dass er damit erfolgreich war. Denn Ruprecht ließ sich darauf ein. Er hätte sagen können, hört, ich diskutiere nicht, sondern ich eröffne Euch hier eine Entscheidung des Kaisers, und damit fertig.

Aber das tat er nicht. »Schon der Vater Eures Herrn, Graf Edzard, hat sich in dem unseligen Streit mit seinem Bruder Johann immer wieder an den Kaiser um Vermittlung gewandt. Er war nicht fähig, auch nur eine dieser Fragen innerhalb Ostfrieslands zu klären. Kommt jetzt nicht und fordert für Eure Grafschaft ein Privileg gegen Berufungen bei höheren Instanzen, etwa dem Reichskammergericht. Es wird nicht gewährt. Unter keinen Umständen!«, sagte Ruprecht deutlich lauter, als nötig gewesen wäre. Er nahm die gräfliche Depesche, rollte sie wie einen Fidibus zusammen und streckte sie Münch hin, aber der nahm sie nicht. Sondern saß entspannt wie ein Zecher im Wirtshaus.

Und wechselte geschickt das Thema. »Was ist, wenn die Generalstaaten mit ihrem Einfluss auf Emden nicht mehr zufrieden sind? Wenn sie gegen die Grafschaft vorgehen? Sie angreifen und besetzen?«

Ruprecht ließ Ennos Depesche auf den Tisch fallen, und das Papier öffnete sich, ganz so, als wollte es seinen Inhalt mit Nachdruck in Erinnerung bringen. »Das werden sie nicht tun!«

Münch starrte ihn an. »Warum nicht!«

Der kaiserliche Rat hatte sich beruhigt, er spielte seine Rolle wie zuvor, arrogant und dünkelhaft, blasiert, im sicheren Gefühl des Eingeweihten, der einem Ahnungslosen gegenübersitzt. Ruprecht erlaubte sich sogar ein kleines böses Lächeln, er sah aus wie ein Wolf, der seine Reißzähne entblößt. Von der Schlosskirche her wummerten dumpf die Glockenschläge der Turmuhr, David zählte mit, es waren fünf. »Sie haben Nutzen aus der Lage, wie sie jetzt ist«, sagte Ruprecht spröde.

Von Münch richtete sich auf. In seiner Stimme klang Zweifel. »Erhellt mich! Ihr meint, die Generalstaaten hätten, was Ostfriesland betrifft, keine weiteren Absichten?«

»Ich meine, was ich sage!«, wies ihn der Hofrat mürrisch zurecht. »Es gehört nicht zu meinen Aufgaben, die Pläne von Den Haag zu deuten.« Ruprecht wischte Ennos Depesche zur Seite, griff nach seinem Glas, stellte fest, dass es leer war, und schob es missmutig von sich. »Nur so viel: Die Lage ist stabil. Alles liegt unterhalb einer Ebene, die den Kaiser zu Eingreifen zwingt. Das haben auch die Generalstaaten begriffen, und ich wünschte, Euer Herr könnte sich ebenfalls dazu entschließen!«

Münch sah ihn stumm an, sein Gesicht blieb ausdruckslos, aber es war klar, dass es in ihm brodelte. Nicht nur wegen der letzten, in offenen Sarkasmus verpackten Rüge. David war sich sicher, wenn er selbst begriff, dann würde auch von Münch verstehen. Zwischen Emden und den Cirksena herrschte machtpolitisch Gleichgewicht. Den Haag konnte seinen Einfluss ausüben, ohne etwa durch eine Annektion aus der Deckung zu kommen, der sofort eine militärische Antwort aus Prag folgen würde. Folgen müsste! Mit dieser Situation konnten alle Beteiligten sehr gut leben, nur die Cirksena eben nicht. Quieta non movere, dachte Fabricius. Sallust. Das Ruhende nicht bewegen. Und dann sah er an der Schläfe Münchs eine Zornader pulsieren.

»Der Kaiser will Ruhe im Reich!«, schob Ruprecht noch nach, und lieferte damit die endgültige Bestätigung.

Münch hielt sich bewundernswert. Seine Stirnader zuckte wie ein Regenwurm nach einem Tritt, aber die Stimme klang sicher und fest. »Welche Ruhe? Die des Kirchhofs oder des Friedens durch Ausgleich?«, fragte er in einem Tonfall, als rede er mit einem guten Freund über die Schönheit des letzten Sommers.

Aber auch der kaiserliche Hofrat Ruprecht folgte einer geschickten Marschlinie. Er ging nicht auf Münch ein, sondern wich aus, legte nach, und nun klang er fast versöhnlich. »Ihr erwähntet es schon. Europa sieht mit Sorge nach Osten. So auch der Kaiser. Die Türken sind noch immer gefährlich. Sie haben Wien anno 1529 belagert, wüteten unter Süleyman dem Prächtigen noch bis anno 1566 in Ungarn, also vor unserer Haustür, das ist erst gut dreißig Jahre her. Und sie werden wiederkommen, so viel ist gewiss! In dieser Lage braucht der Kaiser die Hilfe aller Fürsten, auch die der lutherischen, da führt man keine Kriege Kreuz gegen Kreuz!«

Ruprecht sah sich nun auf der sicheren Seite, es war ein wohlfeiles Argument, eines, mit dem man kritische Stimmen auch dann zum Schweigen bringt, wenn sie sich aus gutem Grund erheben. Und trotzdem hatte er einen Fehler gemacht. Denn der kaiserliche Hof bestritt seinen lutherischen Untertanen das Recht auf ihre Art des Glaubens und verlangte Treue mit Verweis auf den gemeinsamen Gott, und das war zynisch.

Fabricius hatte bisher geschwiegen, wie Münch ihm geraten hatte. Doch sein Zorn war stetig gewachsen. Er fühlte sich angewidert von diesem Schauspiel. Hier führte jemand das große Wort ohne rechte Ursache. Verbog die Wahrheit nach Gusto. Und verlangte Opfer, wo Fürsorge seine Pflicht gewesen wäre. David wäre gleichwohl weiter stumm geblieben, wenn nicht der kaiserliche Rat Ruprecht diesen einen Satz gesprochen hätte. »Der Kaiser braucht die Hilfe aller Fürsten, auch die der lutherischen!«

Fabricius warf dem Rat von Münch einen schnellen Blick zu, aber der saß wie eine Statue. Ja, was denn nun? Wie, zum Henker, verband sich das alles? Die Vorgaben des Augsburger Religionsfriedens, die auch für den Kaiser verbindlich waren. Dann die harte, ja sogar hasserfüllte Rigorosität der päpstlichen Gegenreformation, die Rudolf als katholischer Fürst bedingungslos teilte. Und nun die Forderung nach Gefolgschaft zum ungerechten Nachteil dessen, der sie zu leisten hatte.

»Man tut gut daran, sich auf Schwerter zu stützen, die aus Liebe gezogen werden«, bemerkte David Fabricius mit ruhiger Stimme.

Münchs Kopf fuhr herum, und der Rat warf einen scheelen

Blick auf des Pastors Kragen, es war nicht der erste. »Uns reicht zunächst der Gehorsam«, sagte Ruprecht abweisend.

Bevor Münch eingreifen konnte, antwortete David keck: »In unserer Kirche hält man viel von Unterwerfung aus Einsicht!«, und jetzt, erst zu diesem Zeitpunkt, geriet die Audienz aus ihrer vorgeplanten Bahn.

»Das ist alles neumodischer Tüdelkram!«, fauchte Ruprecht.

Aber David ließ sich nicht beeindrucken. Münch, der sich und seine Hände erhoben hatte, beachtete er nicht. »Vielleicht sollte sich die Papstkirche auch einmal dem Neuen öffnen!«, konterte David spitz.

Münch sonderte ein trockenes Husten ab, er fuhr seinen Arm aus, legte ihn Fabricius auf die Schulter, hob den anderen bittend gegen den kaiserlichen Rat, doch Ruprecht war nicht zu halten. »Die katholische Kirche braucht derlei nicht, dass wisset. Sie lebt aus sich selbst und durch sich selbst. Seit fast eintausendsechshundert Jahren!«, bellte der Hofrat mit heiserer Stimme.

»Wer aus und durch sich selbst lebt, der zehrt sich am Ende auf. Wo ist da der Segen?«, gab David ungerührt zurück, und da sprang Ruprecht auf die Füße.

»Ich rede nicht von Traditionen, Priester, die sich durch Fressen und Saufen nähren! Sondern vom Fortbestand durch das Wirken des Heiligen Geistes!«, brüllte er aus rotem Hals.

Das ist mir zu wenig!, wollte David antworten, aber dann fühlte er sich von Münch hinten am Rock gepackt, hart gezogen, ja gerissen, und er schloss endlich die Lippen.

Danach ging alles sehr schnell. Ruprecht drehte sich weg, das Gesicht zornrot, und fischte ein Dokument von seinem Pult. Es war bereits gefaltet und gesiegelt. Kam zurück, streckte es dem Rat von Münch gegen die Brust wie eine Degenklinge. »Da! Nehmt. Das ist alles, was der Kaiser jetzt für Euren Herrn tun kann. Übermittelt auch brüderliche Grüße. Und haltet Ruhe in der Grafschaft!«

Münch sagte darauf nichts, aber sein Kinn war hart, und er verneigte sich sehr knapp. Sie verließen das Audienzzimmer sofort darauf. Der baumlange Grenadier stand noch immer wie ausgestopft vor der Tür. Draußen wartete schon eine weitere Delegation, David Fabricius erkannte die Farben der böhmischen Stände.

*

Eintrag in das Calendarium Historicum
des David Fabricius
Juli 1601

»Was, zum Teufel, hatte Euch nur geritten? Oder besser: Wer? War es Gottfried oder Gottlieb?«, fragte mich der Rat von Münch. Er fragte es leichthin, mit einem betulichen Grinsen, und das nahm seinem Vorwurf jede Schärfe. Trotzdem fühlte ich mich unwohl, denn mir war sehr bewusst, dass ich mich ungebührlich betragen hatte. Die Zornadern an der Stirn des kaiserlichen Rates stehen noch immer wie Höllenschlangen vor meinen Augen. Doch Münch beruhigte mich, mein »Auftritt« habe gewiss den Herrn Rat Hans Ruprecht von einem unfreundlichen zu einem wütenden Menschen verändert, am Ergebnis der Audienz aber kein Jota. Der Entschluss des Hofes habe ja vorher festgestanden, das bereits geschlossene und gesiegelte Dekret beweise es. »Es war zudem nicht unsere Aufgabe, dem Hause Cirksena in Prag Freunde zu schaffen. Da hat es ohnehin keine!«, sagte von Münch bissig. Womöglich wäre es besser, wir hätten welche, ging es mir durch den Kopf, aber Münch schien das anders zu sehen. Und dann jagte er mir einen heiligen Schrecken ein, als er eben jenes Siegel brach und das Schreiben öffnete.

»Was tut Ihr da, Münch?«, fragte ich mit zitternder Stimme, aber der Rat winkte lächelnd ab. Der Graf habe ihm genau dieses befohlen. Nämlich den kaiserlichen Entscheid zu prüfen. Damit er, falls nötig, noch vor Ort erste Maßnahmen einleiten könne. Hierfür habe ihm Enno »im Rahmen gewisser Grenzen«

Vollmacht gegeben. Welche Grenzen der Graf meinte, sagte Münch nicht, aber ich denke mir, es wird wohl eine Handlungslinie entlang der gräflichen Politik, wenn es Derartiges gibt, im Hinblick auf Emden und die Stände gewesen sein.

Als der Rat schließlich den Kopf hob, war sein Grinsen allerdings gewichen. Warum, weiß ich nicht, denn überrascht sah er nicht aus, und wie konnte er auch, nach dem Verlauf der Audienz hatte er dazu keinen Anlass. »Der Kaiser ermahnt Emden zum Gehorsam gegenüber Enno. Was immer das heißen mag. Wenn Ihr mich fragt: Der blanke Hohn! Und er erteilt dem Grafen die Erlaubnis, an der Ems eine Befestigung zu errichten!«

Ich sah die Zornröte in seinen Hals steigen, vielleicht war es auch ein Anflug von Scham, denn mit diesem Ergebnis muss er dem Reichsgrafen nun unter die Augen treten. Ob Enno zufrieden ist, darf bezweifelt werden. Die Befestigung an der Ems ist wohl ein Ersatz für das geschleifte Stadtschloss in Emden. In Summa sind alle Forderungen der Cirksena von Substanz damit abgeschmettert. Die Macht der Stände wird nicht beschnitten, das Hofgericht bleibt und Emden behält seinen Status als Eiterherd in der Grafschaft. Man kann auch sagen, als Glacis für die Generalstaaten. Dabei darf man Münch keinen Vorhalt machen. Er hat sein Bestes getan.

Der Abschied von Tycho Brahe war eher hastig, denn es zog den Rat nach Ostfriesland zurück. Aber auch der Däne hatte nicht viel Zeit, der Kaiser ist ungeduldig, er will jetzt seine Planetentafeln. Wir werden Briefe schreiben, das haben wir uns versprochen. Mein letzter Blick galt dem Himmelsglobus. Tycho hatte ihn so gedreht, dass res mira vorne stand. Sie leuchtete wunderschön.

19.

Wenn du alt bist, und der Tod deinen Weg kreuzt,
dann fragst du ihn nichts mehr.
Resterhafe, Frühjahr 1602

Malisius brachte die Nachricht. Er stolperte über die Schwelle, die Nase schnuppernd in Richtung Küche gedreht, und schwenkte die Depesche wie eine Kriegsfahne. Der Drost war so stolz, als hätte ihn soeben der Kaiser persönlich zum Hofrat ernannt. Sein Gesicht glühte. Johann Fabricius war an der Lateinschule in Braunschweig mit summa cum laude angenommen, ganz so, wie es Malisius prophezeit hatte. Er öffnete seine Arme, bereit, die ganze Welt darin aufzunehmen. »Na, was habe ich gesagt? Ich habe es Euch doch gesagt! Habe ich es gesagt, oder habe ich es nicht gesagt!?«, brabbelte der Verwalter mit roten Ohren.

David fischte ihm die Depesche mit einem flinken Haken aus der Hand. »So gib schon her, Drost!«, knurrte der Pastor, aber in seinen Augen stand eine strahlende Wärme, er angelte nach seiner Frau, griff sie sich, vorsichtig, denn ihr Bauch war schon ziemlich rund, schrie »Wein!«, als wäre er in einer Schenke, und dann hing Meta plötzlich an des Drosten Hals, küsste ihn stürmisch auf die Wange, und Malisius ließ sie gewähren, er war sattselig wie ein Säugling an der Mutterbrust.

Es war noch früh am Tag, ging auf die Vesper zu, doch die Magd öffnete eine Flasche Rotspon, und dann auf Geheiß des Pastors eine zweite. Sie saßen beisammen wie uralte Ehepaare, scherzten und lachten und das Glück schien ungetrübt. Fabricius war schon im Talar, und als die Glocke zum Gottesdienst läutete, erhob er sich und ging mit leichten Schritten und weitem Herzen in seine Kirche. Die Bänke waren gut gefüllt, der Introitus wurde mit Inbrunst gesungen, und dann, bei der Epistellesung, war plötzlich Unruhe zwischen den Reihen, so stark, dass der Pastor unwillig den

Kopf hob. Er linste ärgerlich in das Gestühl und hatte auch bald den Schuldigen ausgemacht. »Du bist hier nicht auf deinem Acker, Hinderk. Was gibt's denn so Wichtiges, dass du den Gottesdienst störst?«

Der Bauer stand auf, seine Mütze war ein Knäuel in seinen knotigen Fäusten. »Ja wisst Ihr es denn nicht, Paster?« Und dann sprudelte der Mann los. Er hatte einen Bruder in der Krummhörn, der Hof lag nicht weit von der Garnison bei Leerort, die erst zur Karwoche eine Schwadron niederländische Reiterei aufgenommen hatte, allesamt grobe Kerle auf starken, knochigen Pferden. Diese Husaren führten ein Pikenschwert, einen Panzerstecher mit einer fürchterlichen, fast klafterlangen Klinge. Die Truppe war ein ständiger Unruheherd, sie ritt durch die Dörfer und ängstigte die Bauern. »Sie holen uns nicht nur das Vieh von der Weide, sondern stellen auch unseren Frauen und Mädchen nach!«, klagte Hinderk mit bebender Stimme.

Und dann war es gestern zu diesem schlimmen Eklat gekommen. Ein Leutnant und zehn Mann waren auf dem Hof aufgetaucht und hatten zunächst Wasser für die Pferde verlangt. Es wurde ihnen gebracht. Dann forderten sie Futter, und für sich Bier und Brot, und auch das gab man ihnen. Der Bauer und seine beiden Knechte waren zu dieser Zeit auf dem Feld, nur die Bäuerin und die Mägde waren da, sie eilten mit fliegenden Röcken, um die Marodeure nur ja zufriedenzustellen. Das gefiel den Kerlen sehr gut. Der Leutnant verlangte jetzt eine Bettstatt, denn er wollte ruhen, »aber nicht in eurer dreckigen Schlafkammer, sondern hier, in frischer Luft!«

Unter dem Gejohle der Soldaten mühten sich die geängstigten Frauen, die Bettstatt des Bauern auf den Hof zu schleppen. Und dann kam, was kommen musste. Der Leutnant zerrte eine der Mägde auf das Bett und riss ihr das Mieder herunter. In diesem Augenblick kehrten der Bauer und die Knechte vom Feld zurück. Aber es waren nicht mehr als zwei der Kerle nötig, die drei in Schach zu halten. Sie zogen ihre Pikenschwerter und stellten sich vor die Bettstatt.

Die anderen lachten nur. »Und während der Kerl sich über die Magd hermachte, drangen die übrigen in das Haus ein und plünderten die Vorratskammer. Sie nahmen auch einen Geldstrumpf mit über siebzig Talern. Der Frau, die dazukam, rissen sie an den Haaren und schlugen sie. Dann machten sie sich davon«, schloss Hinderk mit vor Empörung zitternder Stimme.

In der Kirche war es danach für eine Weile totenstill. Gelegentlich hört man ein Schluchzen. Und dann kam die unvermeidliche Frage: »Warum tut der Graf nichts dagegen?«

»Was soll er denn tun?«, fragte der Pastor scharf zurück. Er war zornig über die Störung, zornig über deren Ursache und zornig über sich selbst, der er in dieser Lage keine Worte fand, um seine Schafe zu trösten. »Soll er zu Felde ziehen, weiteres Blut vergießen wegen einer Horde verrückt gewordener Waffenknechte?« Fabricius schloss die Bibel und richtete sich auf. Seine Stimme hatte plötzlich einen metallenen Klang. »Du weißt doch, was das bedeutet, Hinderk. Wer wird ihn denn führen, diesen Krieg? Es sind doch eure Knochen, die ihn stützen, euer Blut, das ihn nährt und euer Fell, worin er sich kleidet!« Doch er wusste, dass sein Einwand auf tönernen Füßen stand, das einfache Landvolk hatte seit jeher ein feines Gespür für Gut und Schlecht, Richtig und Falsch, und Hinderks Antwort ließ nicht lange auf sich warten.

»Aber der Graf muss doch das Recht durchsetzen!«, sagte der Bauer fassungslos, »und es gibt doch die Gerichte!«

Und Emden? Und die Stände?, wollte David Fabricius antworten, aber er biss sich auf die Lippen. Sein Blick schweifte ab, wanderte durch die Kirche, blieb schließlich auf Malisius hängen, der mit gesenktem Kopf in seiner Bank saß. Nichts an ihm erinnerte mehr an den strahlenden Helden, der er noch vor wenigen Stunden gewesen war. Dem Pastor stieg Bitterkeit in die Kehle. Er hatte sich so auf seine Sterne gefreut, besonders heute, nach des Drosten Botschaft, aber nun zog ihn nichts mehr auf seinen Quadranten.

*

»Ihr habt Euch, wie ich höre, in Prag bewährt«, sagte Graf Enno mit freundlichem Lächeln. Der Rat von Münch stand wie eine Kerze, in seinem Gesicht regte sich kein Muskel. David Fabricius dagegen neigte den Kopf, er tat es rasch und anhaltend. Der Name der Stadt gab ihm einen Stich ins Herz, und das Wasser stieg ihm in die Augen. Denn Tycho Brahe war nicht mehr. Der sanfte Kraftkerl, der dänische Bär mit seiner goldenen Nase, er hatte im Herbst anno 1601 seinen Meister gefunden, in einem jähen, unerwarteten und grausamen Tod. Wie war es nur möglich? Dieser einzigartige Mann, Cicero der Wissenschaft, Liebling der Musen, von Gott berührt und vor den Menschen ausgezeichnet, dahingerafft, ausgelöscht. Und dann auf diese Weise! David wusste, er würde daran noch lange zu tragen haben.

Zwar stand er im Briefwechsel mit Tychos Nachfolger als Prager Hofastronom, dem Schwaben Johannes Kepler, aber das war bei weitem nicht dasselbe. Es war nicht einmal annähernd ähnlich. Wo Kepler rechtete, belehrte und forderte, hatte der hünenhafte Däne gesucht, gezweifelt und getröstet. Hatte zugehört und genickt. War ein fühlender Freund gewesen, während der andere sich in der Rolle des Führers gefiel, dem man nur zu folgen hatte. Kepler war prinzipienfest, humorlos und schien irgendwie besessen, wogegen Tycho, Tabakkrümel auf der Weste, ein Glas Wein in der Hand, verschmitzt hatte blinzeln können, obwohl seine Augen hell und wach gewesen waren.

Mit Wehmut dachte David an den letzten Abend in Prag. Sie hatten, von warmseidiger Luft umhüllt, im Alkoven gesessen, geschmaust, geredet und getrunken, waren über die Sterne ans Philosophieren gekommen und plötzlich hatten sie es mit dem Tod gehabt. Und darüber, wie man ihm entgegentritt. Irgendwann hatte Tycho sich behaglich gestreckt, ganz so, als läge er auf seiner Ottomane, das Glas mit dem Roten hatte bedenklich in seiner Hand geschwankt, aber seine Stimme war voll und sicher gewesen. Und hatte dann aus dem Stegreif eine Ethik entwickelt, die er folgendermaßen abschloss: »Höre, mein ostfriesischer Freund! Wenn du jung bist, und der Tod kreuzt deinen Weg, dann fragst du ihn keck: Haben wir Geschäfte? Wenn du reif bist, und der Tod kreuzt deinen Weg, dann fragst du ihn: Wie lange gibst du mir noch? Wenn du alt bist, und der Tod kreuzt deinen Weg, dann fragst du ihn nichts mehr, sondern bist froh über jeden Tag, an dem er sich mürrisch von dir abwendet!«

Hatte dann gelacht und getrunken, unbeschwert wie ein Gast in der Schenke, und nun war er tot. Es hatte wohl alles an der Tafel des Grafen Rosenberg begonnen, vielleicht war das Essen zu schwer gewesen, oder der Wein, wer wusste es denn. Jedenfalls hatte sich Tycho gleich danach nicht wohl gefühlt und die Bettstatt gehütet. Und dann waren die Schmerzen gekommen, höllische, teuflische Pein, und Durst hatte ihn gequält, immerzu hatte er trinken müssen, und sein Wasser hatte er nicht loswerden können. Schließlich, nach elf langen Tagen, war er in Fieberwahn gefallen, in ein rauschhaftes Delirium, und irgendwann hatte er seinen letzten Schnaufer getan.

David schluckte heftig. Diesen letzten Abend mit Tycho in Prag, den würde er bewahren wie einen Schatz.

»Ich wünsche, Euch enger an das Haus zu binden, Fabricius«, hörte er den Grafen sagen und hob den Kopf. »Dazu erwäge ich, Euch eine Stelle als Hofprediger anzubieten. Wie denkt Ihr darüber?«

David warf einen raschen Blick auf den Rat von Münch, der nun ebenfalls freundlich lächelte. Ein sonderbarer Mann, dieser Münch. Der Pastor hatte wieder jene Bilder vor Augen, sie bestürmten ihn in rascher Folge: die lange Reise nach Prag, der Rat im Gespräch mit dem Schmied in Marktredwitz, im Ton der Gosse näher als dem Palast, die Faust auf dem Degen. Dann die Audienz mit dem kaiserlichen Rat Hans Ruprecht im Hradschin, der galante Stil, die Beherrschtheit, mit der Münch die Flegeleien des anderen von sich hatte abperlen lassen. Und ach, Tycho, Tycho, Tycho.

»Es wäre mir eine Ehre, Euer Liebden«, antwortete David. Wäre es das? Und was noch? Damit wirst du endgültig Partei, zum Vasall der Cirksena im Streit mit Emden und den Ständen, ist dir das klar? Du zeigst jedermann in Ostfriesland, auf welcher Seite du stehst. Jawohl! Und? Mag man mich dort verorten. Es entspricht meiner Überzeugung, meiner innersten Gewissheit, und Schluss! »Wäre mir eine Ehre, Euer Liebden!«, wiederholte Fabricius mit fester Stimme, und er sah Enno nicken.

Der Graf fügte noch an, dass dieses Amt mit einem kleinen Budget ausgestattet sei, Einzelheiten regele der Rat von Münch, und dann wandte er sich dem nächsten Thema zu. »Habe ja nun eine Schanze an der Knock gebaut und mit Kanonen bestückt!« Enno wandte sich nach Münch um, und der Rat nickte. »Die letzte wurde gestern eingeschossen.«

Fabricius trat einen Schritt vor und bekreuzigte sich. »Gebe Gott, dass damit Euer Anspruch auf Gehorsam gegenüber Emden zum Ziel verholfen werde«, sagte er, und gleich darauf durchfuhr ihn ein heiliger Schreck. Durfte er denn wissen, was in der kaiserlichen Bulle stand? Sein Blick flatterte in Richtung auf Münch, aber der Rat stand locker und entspannt wie am Ende einer Jagdgesellschaft.

Die Augen des Reichsgrafen kamen zurück, sie waren jetzt kalt und hart. »Ja«, knurrte Enno knapp. Er mochte wohl denken, auch die andere Seite reklamiert Gott für sich, auf welche soll der sich nun schlagen? Dann fuhr er fort: »Es ist nötig, denn Emden hat weiteres niederländisches Militär ins Land geholt, sie zählen nun mehr als fünfhundert und mit ihrer Disziplin soll es nicht weit her sein.« Das klang so, als wisse Enno nicht, was in seiner Grafschaft vor sich ging, und Fabricius öffnete den Mund, aber dann fing er einen warnenden Blick des Rates von Münch auf und schloss die Lippen. Er machte sich Vorwürfe, als es dafür zu spät war.

Von irgendwoher aus dem gräflichen Schloss ertönte ein dezenter Gong, denn es ging gegen Mittag, und Enno Cirksena erhob sich aus seinem Lehnstuhl. Er warf einen betont langen Blick auf Davids Handgelenk. An der Armkette baumelte ein weiteres silbernes Herz. »Wie mir berichtet wird, ist Eure Gemahlin wieder gesegnet«, sagte Enno schmunzelnd. »Gräfin Anna wird mit Eurer Zustimmung die Patenschaft für das Kind übernehmen. Seht also zu, dass es ein Mädchen wird!«

»Was soll er da jetzt noch tun, Euer Liebden?«, wagte Münch zu fragen, und dann lachten alle.

*

Danach hatte der Graf sich zurückgezogen, und Münch hatte den Pastor mit seinen neuen Pflichten vertraut gemacht. Also, das Amt des Predigers an der Hofburg in Aurich. Es hatte alles ganz wohlgeordnet geklungen. Gelegentliche Gottesdienste sollte er mit den Cirksena feiern, und im Übrigen für die kirchliche Begleitung von Familienfesten zur Verfügung stehen. Fünfundzwanzig Taler den Monat würde man ihm dafür zahlen. Kein schlechtes Salär, alles in allem bedacht. Darin eingeschlossen waren die Kosten für Kerzen und Wein zum Abendmahl, recht ungewöhnlich, meinte Fabricius, aber das focht ihn nicht an, und sie waren schon längst bei einem anderen Thema. Über den Rechtsfrieden in Ostfriesland und wie man ihn bewahren könnte, hatten sie schon geredet, heftig und laut gestritten, so hart, dass David manchmal dachte, jetzt muss doch der Graf um die Ecke biegen und fragen: »Was, zum Teufel, geht denn hier vor?«

Sie hatten sich nicht einigen können. »Was soll der Graf denn tun?«, hatte ihn der Rat von Münch schließlich angeblafft, fast wortgleich zu dem Vorwurf, den er selbst in seiner Kirche dem Bauern Hinderk gemacht hatte. »Soll er Manna regnen lassen? Oder die Fluten teilen?« Die Kriminalgerichte in der Grafschaft täten schließlich ihre Arbeit. Und das Hofgericht in Aurich entziehe sich, wie er, Fabricius, wohl wisse, gräflichem Einfluss.

Führen soll er, für Ordnung sorgen, es ist ja wohl seine Herrschaft, wollte Fabricius entgegnen, aber er sah die Grenzen auch ohne die Rechnung, die ihm Münch dann noch aufmachte. Das niederländische Militär unterstand eigener Gerichtsbarkeit, Emden nahm in dieser Sache keinen Einfluss, wenn es ihn denn überhaupt hatte, und damit fertig. »Wenn wir sie hier zu fassen kriegen, dann rollen ihre Köpfe, verlasst Euch darauf, aber dorthin reicht unser Arm nicht«, sagte Münch, und räumte damit ein, dass der Graf mehr verloren hatte als seinen Zugriff auf eine unbotmäßige Stadt.

Aber er muss etwas tun, muss zumindest aufstehen, die Dinge anprangern, beim Namen nennen, um Christi und der Kirche Barmherzigkeit willen, wollte der Pastor einwenden, doch er sah die Verzweiflung in den Augen des Rates, und so ließ er es.

Und nun hatte sich der Rauch gelegt. Münch war locker wie ein Bauer nach guter Ernte, sein Gesicht entspannt, und in dem kleinen Kabinett duftete es friedlich nach Gebäck und Wein, den der Rat auch ganz gerne trank. »Hamlet«, wiederholte Münch mit einem Lächeln, das dem Pastor fast rätselhaft vorkam.

David musterte ihn neugierig. »Ein seltsamer Name für einen dänischen Prinzen, findet Ihr nicht?«

»Ihr verliert Euch in Arabesken. So kenne ich Euch gar nicht!«, gab der Rat schmunzelnd zurück.

Dann erklärte Münch und redete sich in Hitze, die Röte kam in seinen Hals zurück und David Fabricius lauschte. Es handele sich um ein Tragödienspiel von dem Engländer William Shakespeare, sagte Münch. Man habe es in London erstmalig aufgeführt. »Hamlet entlarvt den Mörder seines Vaters. Der heißt Claudius, ist zugleich sein Onkel, Stiefvater und neuer König von Dänemark. Hamlet will den Mord rächen, und wird dabei selbst schuldig.«

Sehr bald hörte David nur noch mit halbem Ohr zu. Ist das Leben nicht schon bitter genug? Gibt es nicht auch so ausreichende Beispiele menschlicher Abgründe? Wozu noch welche ersinnen, zu Papier bringen und dem fragwürdigen Ergötzen eines ebensolchen Publikums zum Fraß vorwerfen? Wem soll das frommen oder nützen? »Die alte Leier«, sagte er knapp. »Der sündige Mensch in all seiner Fäulnis.«

Der Rat von Münch schüttelte den Kopf. »Das ist mir zu einfach!« Er griff nach seinem Glas und setzte sich zurecht. »Das Thema ist die Rache, aber nur vordergründig. Das Spiel geht um den Kampf zwischen Tugend und Untugend, doch nur zum Schein. Es zeigt vor allem die Gier der Fürsten, sich zu nehmen, was erreichbar scheint. Es zeigt, wie anmaßend der Zorn ist, der das mit Blut aufhalten will. Und es zeigt die Verderbtheit und die Schlechtigkeit dieser Welt«, schloss Münch bitter. David sah ihn aufmerksam an. Der Mann war ihm ein Rätsel.

Eintrag in das Calendarium Historicum
des David Fabricius
November 1602

Annas Tauffeier war wunderschön, und die Gräfin in der Tat eine prächtige Patin. Die Art, wie sie dem Kind das Köpfchen hielt, zart und inbrünstig, trieb nicht nur meiner Meta die Tränen in die Augen. Es ist fürwahr glaubhaft, dass Gräfin Anna an dieser Patenschaft liegt, und für unsere Tochter ist es ein Segen in dieser harten Zeit. Auch Graf Enno hat sich gut gehalten. Er kann, was Wunder, auf dem Parkett als Landesherr durchaus überzeugen. Wäre es doch ähnlich in der Führung der Reichsgrafschaft. Wohl hat er, anders als sein Vater, ja jetzt zumindest sein Verhältnis zur Ritterschaft nicht nur verbessert, er hat sie sogar ein Stück weit auf seine Seite gezogen, erkauft durch Zugeständnisse ihrer ständischen Rechte, aber immerhin. Ob Münch dazu geraten hat? Wie auch gleich, es ist ein guter Schachzug! Man erzählt sich sogar, er sei gut Freund mit dem von Knyphausen-Innhausen, und das scheint zu stimmen, Münch hat derlei angedeutet. Im Übrigen würde es auch dadurch bestätigt, dass Wilhelm Innhausen schon für Enno gefochten hat, wenn auch mit schlechtem Ausgang.

Gut möglich, dass Enno auf diesem Wege den Zusammenhalt der Stände insgesamt aufbrechen kann, das wäre wohl ein wichtiger Schritt. Aber den calvinistischen Sumpf im Westen wird er so nicht trockenlegen. Der gründet tief und wird aus Holland genährt, das wissen wir alle. Die Ereignisse der letzten Wochen sprechen zudem eine ganz andere Sprache. Doch davon später.

Und auch noch dieses: Mag sein, dass Enno sich mit mir schmückt, wie ich aus Emden höre, um der Welt zu zeigen, dass auch die lutherischen Fürsten gute Christen sind. Nun, daran kann ich nichts Schlechtes finden. Im Gegenteil! So mancher, der sich heute selbstgerecht an die Brust klopft, ist den Pharisäern näher als dem Herrgott.

Mit Malisius muss ich ernsthaft reden. Er hat sich benommen wie ein Ochsentreiber auf der Kirchweih. Gegessen und getrunken, als stünde der Jüngste Tag bevor. Der Graf hat es wohl gesehen, und es hat ihm nicht geschmeckt, von Münch ganz zu schweigen. Es steht ja wohl auch in der Drostei nicht zum Besten, Münch klagte schon mehrfach darüber. Die Erträge schwinden, nicht nur wegen des Wetters, und es geht einiges an gräflichem Gut durch schlechte Wirtschaft verloren. Der Drost muss sich strecken, sonst verliert er sein Amt, so viel scheint klar.

Meine Meta hat mich überrascht mit der Bemerkung, es sei nun des Guten genug. Nicht auf der Tauffeier, sondern des abends in den Kissen. Wir näherten uns ja jetzt beide unseren Vierzigern, und mit sechs Kindern sei die Familie von Gott ausreichend gesegnet. »Das viele Silber wird mir auf die Dauer auch zu teuer«, scherzte sie.

»Da du von Geld redest, Frau«, sagte ich, »es ist wohl zum Sparen zu spät. Zwei Söhne, aber vier Töchter! Für deren Mitgift brauchten wir zumindest das Einkommen eines kaiserlichen Beichtvaters!«

Meta richtete sich im Bett auf, ihr Haar fiel reizend auf die Brust. In ihren Augen sprühte der gesamte südliche Sternenhimmel. »Verdient der viel?« Ich nickte. »Warum?«, fragte sie, »weil der Kaiser so viel zu beichten hat?« Ich nickte wieder, und dann lachte sie so laut, das Anna in ihrer Wiege wach wurde.

Später dachte ich an unsere beiden toten Söhne, Heinrich und jenen kleinen Körper, den wir am Grab namenlos tauften, weil unsere Kraft zu nichts anderem mehr reichte. Gebe Gott der Herr, dass wir uns alle wiedersehen.

Die Katastrophe an der Knock, der Handstreich gegen Logum und Greetsiel, die Besetzung von Hinte, das alles ist noch zu frisch, um es abschließend zu bewerten. Der Graf hat sich bei Annas Taufe nichts anmerken lassen, aber die Niederlage gegen Emden und die Generalstaaten muss ihn besonders schmerzen. Es scheint, als sei er in seinem Streben um reichsgräfliches Supremat schwer zurückgeworfen. Wo soll das alles nur enden?

Ach, und dann noch Keplers Brief. Es ist sein sechster, er datiert vom ersten Oktober dieses Jahres, und er muss warten.

20.

Wie das Volk Israel am Roten Meer.
Aurich, gräfliche Hofburg, Januar 1603

Es war ihres Bleibens nicht länger, so viel war Fabricius klar. Ja, die Lage um Emden hatte sich erneut zugespitzt, aber da konnte man sagen, das berührt uns nicht, Emden ist weit. Doch nun hatten sich Dinge ereignet, die man nicht mehr ignorieren konnte. Die gezeigt hatten, dass die Stadt, und vor allem ihre holländischen Soldaten, nah waren, viel zu nah, um sie etwa durch Missachtung zu strafen. Der Rat hatte sich seine Klagen angehört, äußerlich ruhig, aber David kannte ihn nun lange genug, um zu sehen, dass es in Münch brodelte. Sein Blick und die Art, wie er seine Hände knetete, sprachen Bände. Münch warf einen kurzen Blick auf das Papier vor sich, er hatte sogar Notizen gemacht, und auch das war mehr als ungewöhnlich.

»Ich will sehen, was ich tun kann«, sagte der Rat zum zweiten Mal.

Fabricius ah ihn dankbar an. Er hatte den Fall geschildert, gewiss aus der Sicht des betroffenen Vaters, aber die dürren Fakten waren dramatisch genug. Sie reichten aus, die Dringlichkeit der Vorgänge deutlich zu machen. Die Kinder waren ja gar nicht weit vom Haus gewesen, Heinrich, Elsebe und Jenneken, nicht die inzwischen fast siebzehnjährige Magdalena, und das war vielleicht sogar ein Glück gewesen. Man wusste doch nur zu gut, was der jungen Frau hätte zustoßen können. Aufs Eis wollten die drei, ihre zum Christfest vom Vater geschenkten Schöfel ausprobieren, die nicht aus Knochen, sondern aus Eisen waren. Der Großvater selbst hatte sie auf seiner Esse geschmiedet. Zu lange hatten sie darauf warten müssen, denn das Wetter war noch bis Ende Dezember feucht und mild gewesen. Vielleicht hatte es sie deshalb zu sorglos gelassen, trotz der Warnung der Magd, die sie nicht begleiten konnte. Aber wer wollte daraus einen Vorhalt machen? Es waren immer noch Kinder, die sich im Spiel verlieren konnten, Heinrich mit seinen gerade zwölf Lebensjahren das älteste.

Sie hatten den Reitertrupp zu spät gesehen, vielleicht hatte auch der Schnee seinen Tritt gedämpft, Elsebe hatte noch einen kleinen Schrei ausgestoßen, dann waren die Husaren heran. Gewiss, das Eis hatte die jungen Körper ohne Mühe getragen, aber eben das Gewicht der Gäule nicht, und die Kerle hatten sich einen Spaß daraus gemacht, durch das Tief zu traben und es zu brechen. Die kleine Jenneken, die nichts begriffen hatte, war sofort unter das Wasser gekommen, und es hatte gedauert, bis ihre Geschwister, zu Tode geängstigt, bei ihr sein konnten. Jenneken hatte geweint und eine braune Brühe erbrochen, und die Soldaten hatten vom Ufer aus zugesehen und waren dann lachend abgeritten.

»Jenneken ist wieder gesund?«, fragte Münch, und David nickte. »Sprecht einstweilen auch mit Malisius darüber«, fuhr der Rat fort, »er soll den Casus aufnehmen. Hier hat er eine Gelegenheit, sich zu bewähren.«

Münch kennt unsere häuslichen Verhältnisse nicht gut, dachte David, sonst wüsste er wohl, dass der Drost längst bis zum Überdruss informiert ist. Die Magd hatte ihm alles in glühenden Farben geschildert, mehrfach, und bei jeder Wiederholung war die Geschichte länger und dramatischer geworden, aber es mochte sein, dass daraus kein Schaden entstanden war, dass Malisius nicht so genau zugehört hatte, denn er war mit einer Steckrübensuppe beschäftigt gewesen.

Der Pastor nickte erneut, und Münch legte die Hände auf den Tisch. »Offen gesagt, ob ich den Grafen dafür erwärmen kann, Euch aus Resterhafe zu entfernen, da habe ich meine Zweifel. Er hält viel von Euch, gerade dort. Und eine andere Pastorenstelle ist derzeit nicht frei.« Dann beugte der Rat sich vor, sprach mit einem Mal in einem bittenden Ton. »Ihr werdet auch verstehen, Fabricius, dass sich die Grafschaft, bei aller Wertschätzung für Euch, gegenwärtig mit anderen Dingen beschäftigen muss.«

Er wies auf einen Stapel Dokumente zu seiner Rechten und hatte plötzlich die Stimme eines zornigen Wolfs. »Der Reichsfreiherr zu Innhausen-Knyphausen hat sich seine blutige Nase ja nun geholt! Ich habe den Grafen gewarnt, aber er wollte nicht auf mich hören.« David wartete schweigend. »Es war ja richtig, die Ritterschaft auf unsere Seite zu ziehen, auch wenn es uns einiges gekostet hat«, fuhr Münch fort, es klang fast wie Gebell. »Aber ob es auch sinnvoll war, Wilhelm Innhausen mit der Führung der Befestigungen an der Knock zu betrauen, nun, das Gegenteil scheint erwiesen.«

Der Rat stand auf und begann einen unruhigen Marsch hinter dem Schreibtisch. Knetete wieder die Hände, blieb gelegentlich stehen und griff sich an die Hüfte, ganz so, als taste er nach seinem Degen. Der Graf, sagte er, sei in vielen Fällen nicht gut zu beraten. Er gehe mit einer erschreckenden Sorglosigkeit an jeden Casus und sehe das Ende nicht. »Manchmal kommt er mir vor wie ein Mann, der von der Spitze eines Kirchturmes stürzt, und auf Höhe des Glockenstuhls ruft, bisher sei alles noch gut gegangen«, sagte Münch bitter. David öffnete den Mund, doch bevor er etwas anmerken konnte, sagte der Rat: »Er ist mit diesem Innhausen eine zu enge Allianz eingegangen. Schon bei der Schornsteinsteuer. Es war richtig, sie zu erheben. Aber es war falsch, die Ritterschaft und den Adel von ihr auszunehmen. Das musste böses Blut erzeugen.«

»Ihr hättet also den Adel einbezogen?«, fragte David mit Neugier in der Stimme.

»Aber gewiss, doch«, gab der Rat sofort zurück. »Und auch das Grafenhaus. Es war eine einmalige Gelegenheit, das Volk in Ostfriesland hinter das Haus Cirksena zu versammeln. Sie ist vertan worden.«

Fabricius sah ihn aufmerksam an. Wie kommt er nur damit zurecht?, fragte er sich. Ein Mann, der ständisch denkt und einem Fürsten dient, der genau dieses für Hochverrat hält. Es muss ihn irgendwann zerreißen. Der Pastor hatte ja diesen ganzen Casus noch deutlich vor Augen. Er war im Ständeparlament zu Aurich verhandelt worden, im Juni anno 1601. Der Kaiser hatte eine Türkensteuer gefordert, und Wilhelm von Innhausen hatte den Vorschlag gemacht, nein, gefordert, dass diese Steuer durch eine Schornsteinabgabe erhoben werden sollte. Mit einem Taler im Jahr für jede Feuerstelle in der Reichsgrafschaft. Ausgenommen sollten nur die Häuser des Adels und des Grafenhauses sein. Enno hatte den Vorschlag gestützt, vielleicht war er auch so verabredet gewesen, aber bei den übrigen Ständen hatte er einen Aufruhr verursacht. Tumulte hatten sich abgespielt, teilweise war es gar zu Handgreiflichkeiten gekommen. Vor allem die Emder machten den Disput natürlich auch sofort zu einer Grundsatzfrage. Schon genügend hätten Graf und Junkerschaft das einfache Volk ausgebeutet, ja geknechtet. So nicht weiter! Das Volk sei frei, und das heiße, auch frei von Bevormundung durch angemaßtes Adelsprivileg. Die Gegenwehr war heftig, ja kriegerisch gewesen, und hinter allem stand und hörte man die Stimme von Menso Alting, dem alten Agitator.

Der Rat hatte sich wieder gesetzt, die Hände lagen auf dem Tisch, sie öffneten und schlossen sich mechanisch, es war, als wollte er etwas greifen und reichte nicht heran.

»Aber das alles ist doch kein Grund für den Krieg!«, wagte David einzuwenden.

Münch hatte mit einem Mal ein kaltes Glitzern in den Augen, also Ihr versteht es auch nicht, konnte das heißen. »Es war ein erster, ohne jede Not gelieferter Anlass!«, gab er knurrend zurück. »Graf Enno war ja wild entschlossen, die Schornsteinsteuer genau so durchzusetzen. Er ist den Emdern blind ins offene Messer gelaufen.« Münch warf sich in seinen Lehnstuhl zurück, dass die Verbände ächzten. »Und was ist dabei herausgekommen? Die Emder haben weiteres Militär aus den Generalstaaten geholt. Nicht ins Vorland, sondern in die Stadt. Und sie hatten aus ihrer Sicht ja auch Grund!«

David schüttelte den Kopf. Seine Verstimmung wuchs. Ihm war längst klar geworden, dass es nicht mehr darum ging, seine Sorgen zu erörtern, sondern er sollte sich die von Münch anhören. Nun gut, aber warum ausgerechnet zu diesem Thema? Und es schien ihm eine flagrante Fehlleistung eines gräflichen Rates, dieser Stadt für ihr Verhalten im vorliegenden Fall eine Rechtfertigung zuzubilligen. »So! Hatten sie den! Welchen denn?«, fragte er spitz.

Münch geriet jetzt in hellen Zorn. So hatte ihn David noch nicht erlebt. Dieser durch seine weltmännische Beherrschung beeindruckende Mann war nahe daran, die Fassung zu verlieren. Seine Stimme hatte den Klang von dreifach geläutertem Eisen. Sie war kalt und scharf. »Muss ich das wirklich erklären?«

Fabricius nickte recht kühl. »Bitte! Ich bin ein einfacher Pastor und kein Stratege der Politik. Erhellt mich!«

Münch starrte ihn an, lange, und dann wurde ihm plötzlich klar, dass er zu weit gegangen war. Er fing sich augenblicklich, atmete tief, lächelte. »Ihr wisst doch auch, was in der kaiserlichen Depesche stand«, sagte er versöhnlich. »Wir haben doch darüber gesprochen. Eine Befestigung an der Knock. Sonst nichts. Kein Anwerben von Truppen, keine verstärkte Armierung der Burg Greetsiel, keine Besetzung der Dörfer um Emden. Die Schanze bei Logum war alles, was der Kaiser ihm erlaubte!«

Jetzt war es David, dessen Ton an Schärfe zunahm. Er fuhr auf, als hätte ihn eine Hornisse gestochen. »Mir scheint, mein lieber Münch, Ihr unterschlagt den städtischen Gehorsam! Aber wie auch immer: Ihr werdet doch einem Reichsgrafen derlei nicht verwehren können. Dass er Truppen aushebt. Dass er sie in Dörfer seiner Herrlichkeit legt. Dass er nach Gutdünken Burgen verstärkt.«

Und sonderbar, je hitziger der Pastor sprach, desto gelassener wurde der Rat von Münch, er hatte jetzt wieder jene chevalereske Ruhe, die ihn immer ausgezeichnet hatte. »David Fabricius, lieber alter Freund. Natürlich kann ein Herr alles das tun. Es kommt auf den Zeitpunkt an. Und auf die Umstände. Im vorliegenden Fall mussten sich die Emder eingekreist fühlen. Und das war ja auch Ennos Plan!«

»Aber das Recht dazu sprecht Ihr ihm ab?«

Der Rat schüttelte den Kopf. »Nicht das Recht. Die Plausibilität. Die vernunftbegründete Stichhaltigkeit des gewählten Augenblicks. Denn er hat damit den Emdern den casus belli geliefert, zu seinem eigenen Nachteil.«

Ja, zum Teufel! Das Ende war ja bekannt. Aber Fabricius war noch nicht zufrieden. Es gab noch Fragen. Da steckte noch etwas wie ein giftiger Dorn in seinem Fleisch. Denn er war ja selbst betroffen, seine Kinder, die Familie. »Kann es nicht auch sein, dass die Emder eine günstige Gelegenheit genutzt haben? Die holländische Truppe war ja bereits in der Stadt. Der Magistrat selbst hat sie schon im Mai hinter die Mauern geholt. Am heiligen Pfingstfest! Gesindel in Waffen, das nicht einmal vor Kindern Halt macht. Warum ist es so abwegig, hier eine von langer Hand geplante Kabale zu vermuten?«

Münch lächelte ein kleines, trauriges Lächeln. »Erinnert Euch, der Ausgangspunkt war die Schornsteinsteuer und ihre Durchsetzung. Aber ich komme auf Eure erste Frage zurück. Gewiss, der Magistrat hat eine günstige Gelegenheit genutzt. Mit dem Zutritt der Verbände hinter die Stadtmauern hat er seine vermeintliche Unabhängigkeit von den Generalstaaten offen widerlegt.«

Münchs Lächeln verschwand, er lehnte sich zurück, sein Kinn war nun kantig und hart. »Es war doch offensichtlich, dass für die Stadt jetzt ein weiterer, entscheidender Schritt folgen musste. Und das war der Angriff auf die gräflichen Truppen. Man hat es doch gehört, die Herren haben sich gebrüstet, man habe nun gestanden wie das Volk Israels am Roten Meer, und gewusst, man müsse hindurch.«

Schon wieder, Menso Alting, schoss es David Fabricius durch den Kopf, die donnernde Stimme des Presbyters klang ihm in den Ohren, und der Pastor war empört über die Art, in der hier das Alte Testament für brutale Politik missbraucht wurde. Von einem, der sich als Kirchenmann verstand. Was hatte dieser Anschlag mit dem Exodus zu tun? »Menso Alting!«, zischte David.

Der Rat senkte zustimmend den Kopf. »Die calvinistische Giftnatter!«

Darauf schwieg der Pastor, so weit wollte er nicht gehen, auch wenn es ihn hart ankam.

Und dann folgte das bittere Ende. Der Rat von Münch wiederholte es noch einmal, in anklagendem Ton, so, als wollte er irgendjemand eine Rechnung aufmachen. Er zählte die Ereignisse sogar an den Fingern ab. »Der Angriff am 25. Oktober. Am 13. November streckt Innhausen auf der Logumer Schanze die Waffen. Etwas zu rasch, möchte ich meinen«, fügte Münch bissig hinzu. »Dann fällt Greetsiel Ende November, die Burg Hinte nehmen emdische Verbände mit einem halben Fähnlein, und danach ist alles vorbei. Die gräflichen Truppen zerschlagen, der Ring gesprengt. Und das alles nur wegen der Schornsteinsteuer. Das ist es, was ich meine, wenn ich sage, er sieht das Ende nicht!«

David wusste, der Rat meinte den Grafen, aber was sollte er darauf antworten? Ja, seht Ihr denn nicht, dass die Steuer nur der Funke war? Dass sich dieses Gemisch unter jeder anderen Voraussetzung und zu einem beliebig geänderten Zeitpunkt ebenfalls gewaltsam entzündet hätte? Das alles wusste Münch selber, und er beklagte ja nicht die Explosion, sondern ihren nichtigen Grund. Und den, der den Fidibus gehalten hatte.

Also sagte er nichts, sondern machte sich klar, dass Münch an der Politik des Grafen oft schier verzweifelte. Und deshalb fragte er ihn: »Warum dient Ihr ihm noch?«

Der Rat von Münch lächelte bitter. »Es gibt Bindungen, wisst Ihr, die nicht allein durch Vernunft bestimmt werden«, erwiderte er kryptisch, und einmal mehr hatte David das Gefühl, dass ihm dieser Mann ein ewiges Geheimnis bleiben würde.

*

Es zog ihn zu seinen Sternen, dann blickt er auf den Schreibtisch und sah den letzten Brief Keplers dort liegen. Und sein schlechtes Gewissen packte ihn und trieb die Feder in seine Hand. Er stand seit dem späten Frühjahr 1601 mit dem Mathematiker in Kontakt, der erste Brief hatte ihn erreicht, just bevor er Tycho Brahe in Prag besucht hatte, er hatte lange mit dem Dänen darüber gesprochen. »Sag an, was hat dir der Deutsche geschrieben? Oder sollte ich sagen: aufgetragen? Solltest wohl sein Buch kommentieren, in einem langen Brief?«, hatte ihn der dänische Bär mit süffisantem Lächeln gefragt.

»Ein Deutscher bin ich auch!«, hatte ihm David damals geantwortet, aber Tycho hatte ihn mit einem entwaffnenden Grinsen ins Leere laufen lassen.

»Du nicht. Du bist Friese!«

Nun also, aufgetragen im Sinne Brahes hatte der Schwabe nichts, wie auch, denn er konnte nicht wissen, dass seine Schrift, das *Weltgeheimnis*, schon in Fabricius' Händen war. »Wirst sehen, er ist ein begnadeter Mathematiker, doch von den Sternen versteht er wenig. Vielleicht von ihren Bahnen. Aber das ist nicht alles. Wie du wohl weißt!«, hatte der Däne noch angefügt. Ja, Tycho, nun gib Ruhe.

Also, der Brief. Oder besser, die Briefe, es waren ja nunmehr ihrer sechs. Im ersten hatte Kepler ihn ausufernd darüber belehrt, warum sein Weltbild heliozentrisch sei, und auf seine Schrift hingewiesen. Der Ostfriese hatte in seiner Antwort den Fehler begangen, stolz zu berichten, Tycho habe ihm das *Mysterium Cosmographicum* zum Geschenk gemacht.

Keplers Antwort kam prompt. David Fabricius nahm den Brief und las ihn nochmals. Und hier, in diesem Schreiben, tat sich einmal mehr der entscheidende Unterschied zu Tycho Brahe auf. Während der Däne sein berühmtes Werk von anno 1577, *De mundi aetherici recentioribus phaenomensis – Über die Neuerscheinungen im Äther* –, gegenüber Fabricius nicht einmal erwähnt hatte, nötigte ihn Kepler unverblümt zu einer ausführlichen Stellungnahme über *Das Weltgeheimnis*, und empfahl dem Ostfriesen das Buch dringend zur Lektüre. »Ihr werdet sehen, mein guter Fabricius, wie wunderbar sich alles fügt. Glaubt nicht etwa, dass die Abstände der Planeten zueinander willkürlich sind, sie folgen einem Gesetz, und ich habe es gefunden!«

Erklären könne man es alles nur mit den Regeln der Mathematik, so viel stand für den Schwaben fest. »Seht, wie einfach die Dinge in der Tat oft sind. Bei einer meiner Vorlesungen als Mathematiker in Graz hatte ich diesen Gedanken, nennt es eine göttliche Fügung, einen Tropfen des Heiligen Geistes oder die Berührung durch einen Engelsflügel. Jedenfalls, ich verband ein gleichschenkliges Dreieck an seinen äußeren Spitzen mit einem Kreis. Dann kam mir die Idee, die Innenseiten ebenfalls mit einem Kreis zu verbinden. Und dann, mein lieber Fabricius, maß ich die beiden Kreise und mir fiel auf, dass ihr Verhältnis exakt den Umlaufbahnen von Jupiter und Saturn entspricht. Und das soll Zufall sein? Daran kann und will ich nicht glauben!«

Er habe aber weitergeforscht, denn das zweidimensionale Modell erkläre nur das oben Gesagte, und sei dann auf die Geometrie der Körper gekommen. »Und das ist ja nichts Neues, lieber Fabricius, schon im Altertum wusste die Wissenschaft, dass es vollkommene Formen gibt, denkt an die fünf Körper des Platon, die sich in ihren Flächen präzise gleichen. Ihr kennt das, ich will Euch damit nicht langweilen, nenne nur den Würfel und das vierseitige Tetraeder!« In den nächsten Zeilen merkte David deutlich, wie die Begeisterung den Schwaben davontrug, von ihm Besitz ergriff, dass er sich an der eigenen Geisteskraft berauschte.

»Ich habe schließlich die festen Körper ihrer Größe nach ineinander verschachtelt und so die Bahnen von Merkur, Venus, Mars, Jupiter und Saturn gefunden! Lest es! Lest es in meinem Buch, Ihr werdet es vollkommen finden. Und schreibt mir darüber!«

Aufatmend lehnte David Fabricius sich zurück. Natürlich wusste er von den Platonischen Körpern, dem Tetraeder, dem Hexaeder oder Würfel, dem Oktaeder, Dodekaeder und Ikosaeder, er hatte über sie an der Universität in Helmstedt schon gehört, von Johannes Decibelius, seinem Magister für Astronomie. Ihre Flächen waren in den Maßen jeweils gleich und zählten vier, sechs, acht, zwölf und zwanzig Dreiecke, Quadrate oder Fünfecke. Aber ob man mit dieser Methode tatsächlich die Bahnen und Abstände der genannten Planeten nachweisen konnte? Und dann die Vorstellung der Sonne als Zentrum der Welt? Natürlich, das ging zurück auf Kopernikus, aber hatte nicht schon der große Tycho Brahe daran gezweifelt? Und das sogar mit harten Worten, weil es aus Sicht des Dänen den göttlichen Schöpfungsplan in Frage stellte?

Fabricius langte nach dem letzten Brief des Schwaben und las ihn sorgfältig. Dann las er ihn noch einmal. Draußen im Hof hörte er die Kinder toben, dann keifte die Magd, Heinrich hockte gewiss wieder auf dem Mauerquadranten und ließ seine Beine baumeln. Aus der Stube kam leiser Gesang, seine Meta versuchte wohl, die kleine Anna in den Mittagsschlaf zu bringen. Der Pastor griff nach dem Federkiel und schnitt ihn an. Dann schrieb er:

»Mein lieber Kepler! Habt Dank für Euren Brief vom letzten Oktober. Ihr öffnet mir in mancher Hinsicht die Augen, in anderen aber bedarf es, wie ich glaube, noch weiterer Überlegungen. Doch bevor ich im Einzelnen antworte, lasst mich auf folgende Umstände hinweisen, die mir wichtig erscheinen. Bei meiner Entdeckung der res mira fügte es sich nämlich, dass …«

Er schrieb noch, als es dunkelte. Die Magd stellte ihm wortlos eine Kerze auf den Tisch, und seine Frau hängte ihm eine Decke über die Schulter. Als die Magd hinausging, hörte er sie zu seiner Meta sagen: »Ich glaube wahrhaftig, dass der Paster diesem Schwaben näher steht als jedem Stück Hornvieh in unserem Kirchspiel!«, und musste darüber lächeln. Ach Meta, was weißt du schon …

21.

Die Wand muss fallen!
Osteel, Herbst 1604

Es waren böse Gerüchte im Umlauf. Der Graf werde im Magistrat von Emden verspottet, man streite sich zum Schein darüber, wie er anzusprechen sei, heiße es nun: »Eure herrliche Großmächtigkeit« oder doch »Eure großmächtige Herrlichkeit«?, dann werde gelacht und Schenkel würden geschlagen. Von Münch war in diesen Tagen nicht viel zu sehen, er machte sich rar, es mochte sein, dass ihm seine Aufgaben über den Kopf wuchsen. Auch Malisius kam seltener, der Weg von Resterhafe nach Osteel war weit, man nahm ihn nicht ohne Not, er wollte wohl bedacht sein. Allein die Magd und ihre Küche lockten ihn unvermindert, so wie gestern, als der Drost vor das Haus geritten kam, auf einem neuen Gaul und offenbar in wichtiger Mission. Und es war gewesen wie immer, Malisius war noch kaum über der Schwelle, als ihn Meta schon mit einer Platte duftender Schmalzbrote empfing.

»Wohin?«, fragte ihn der Pastor kurz.

»Nach Logum«, antwortete der Drost undeutlich, denn sein Mund war gut gefüllt. Man habe sich nach langen Verhandlungen geeinigt, die gräflichen Kanonen von der eroberten Schanze zu holen. Über die Bedingungen schwieg Malisius.

»Wäre es nicht besser, sie zu wenden und damit die Stadt unter Feuer zu nehmen?«, fragte Fabricius recht unchristlich und in einem Ton, dass nicht nur seine Meta den Kopf schüttelte, sondern sogar der Drost die Brauen hob.

Malisius kaute und schluckte sehr sorgfältig, bevor er antwortete. Nun hätte er sagen können: »Oha! Ihr als Pastor?«, oder: »Das von Euch? Was höre ich da?«, aber stattdessen erwiderte er sehr ernsthaft: »Damit bewirken wir nichts. Weder erreichen wir ihre Köpfe, noch gewinnen wir ihre Herzen.«

Es war eine für Malisius typische Feststellung, so wertvoll wie der Hinweis auf die Nässe des Wassers, überflüssig und einfältig, und dennoch, der Drost schien gereift. Auf jeden Fall waren das neue Töne, was sein Verhältnis zu Emden betraf.

»Und die Schanze?«, hakte David nach.

Malisius hob die Schultern. Er schielte nach der Brotplatte, zögerte, aber nur kurz, und griff erneut zu. »Das ist kein Casus von Dringlichkeit. Wir werden sehen!«, gab er knapp zurück.

Jetzt schüttelte David den Kopf. Ja, wie denn nun? Das klang doch erstens, als spräche der Drost direkt für das Haus Cirksena. Und zum Zweiten warf es ein nüchternes, kaltes Licht auf den Wert der Feste, die noch kürzlich das Herzstück der gräflichen Kriegsführung gewesen war. Und nun erschien sie als ein eher nachrangiges, unbedeutendes Werkzeug, fast wie ein Stiefelknecht, der ein Leben lang dient, ohne deshalb unentbehrlich zu sein. Dann hob David den Blick und sah die Augen der Magd, sie hing an des Drosten Lippen wie eine Dürstende am Wasserkrug.

»Na denn; smakelk eten!«, sagte Fabricius. Malisius streckte ihm noch eine Depesche hin, er nahm sie wortlos und stiefelte hinüber in sein Studierzimmer. Er selbst fühlte sich nicht unwohl, aber er wusste, die Kinder litten noch. Auch Meta und die Magd. Das Haus war größer als das in Resterhafe, doch es fehlte ihm unverändert an Behaglichkeit. Die beiden Frauen mühten sich, und Magdalena, die zu seinem Leidwesen noch immer unvermählt war, ging täglich hinaus und pflückte Gräser und Blumenschmuck, aber das allein macht Mauern und Wände nicht heimelig. Sie werden es erst, wenn Kinder darin lachen, der Duft von Gebäck aus ihnen strömt, Gäste und Freunde sie durch Zuneigung gewärmt haben.

Das alles brauchte Zeit. Immerhin, der Mauerquadrant stand, und David Fabricius hatte mehr Platz, seit Johann das Haus verlassen hatte, um sein Studium in Helmstedt aufzunehmen.

Fabricius setzte sich in den Lehnstuhl, ein Geschenk des Grafenhauses, streckte sich und ließ seinen Blick durch den

Raum wandern. Die Depesche knisterte in seinem Rock, und er legte sie auf den Tisch.

Ihre Übersiedelung war dann schließlich rasch gegangen. Ganz plötzlich letzten Herbst war die Stelle des Pastors in Osteel frei geworden. Er hatte seine Probepredigt am 20. November gehalten, recht ordentlich, wie er selbst fand, und dann hatte der Drost grinsend mit zwei Helfern und einem Ochsenkarren auf dem Hof gestanden und sie waren gezogen. Nicht leicht, denn die Kinder hatten geweint.

Sie würden darüber hinwegkommen.

Nun also, die neue Gemeinde. Es waren halt Bauern. Wie in Resterhafe. Durchaus gläubig und willig, das ja, aber auch kritisch, zu misstrauisch, um blind zu folgen, mit einer Neigung zur Widerborstigkeit. Auch wie in Resterhafe. Seine Landsleute eben. So weit hatte alles seine vertraute Ordnung. Und doch gab es etwas, das diese Herde von der vorigen unterschied. Da war eine Körperlichkeit, eine Neigung zur Lösung durch Kraft, die er so von Resterhafe nicht kannte. Sie zeigte sich überwiegend in ungestümer Hilfsbereitschaft, durch tatkräftiges Zupacken, das der Not der Stunde vor allem mit dem Saft von Muskeln begegnete. Der Karren des Pastors war im Handumdrehen abgeladen, des Drosten Knechte zur Seite geschoben, die Möbel so gewuchtet, wie die Magd es vorgab, der Hausrat mit einer Eile verstaut, dass es seiner Meta schwindlig wurde.

Das war die eine Seite. Die andere aber war die Bereitschaft, bei passender Gelegenheit der Stärke des Armes gegenüber der Macht von Wort und Geist den Vorzug zu geben. Oder Fragen mit dem Mittel der Züchtigung zu beantworten. So schien es ihm verbreitet. Später stellte er fest, dass hier nicht Regel, sondern Ausnahme zu beobachten war. Es gab einige wenige Rabauken im Kirchspiel, die auf diese Weise den Ton angaben.

Er hatte einen gleich bei seiner ersten Predigt erlebt. Die Kirche war gesteckt voll gewesen, bis hinten zur Türe hatte man gestanden, natürlich war man gespannt auf den neuen Pastor, und darauf, was er zu sagen hatte. Offenbar gab es in der Kirche eine uralte Sitzordnung, die respektiert wurde, ohne dass jemand darauf einen Anspruch machen konnte. Der Gottesdienst hatte schon begonnen, als der Zugang aufgerissen wurde und ein Klotz hereingestapft kam, der sich ohne Rücksicht seinen Weg durch die Reihen bahnte. Marschierte ganz nach vorn, trat in die Mitte der Bank und schob die beiden Männer dort mit seinen mächtigen Armen auseinander, als ob es gar nichts wäre.

Fabricius sah auf, unterbrach den Introitus und sagte in spöttischem Tadel: »So verhelfen Knochen und Sehnen zu dem, was durch billige Zeitigkeit versäumt wurde!« Jetzt war Ruhe in der Kirche. Vereinzelt hörte man Lachen. Der Kerl warf ihm einen finsteren Blick zu und sagte nichts. David erkundigte sich später nach dem Mann, er hieß Frerich Hoeyer und war aus dem Umland zugewandert. Die Leute mochten ihn nicht. Und trotzdem war er Mitglied des Kirchenrats, es hatte sich so gefügt, wie oft im menschlichen Leben, ohne höheren Plan oder mit Ziel verfolgte Absicht.

Aus diesem Grund sollte ihn David heute wieder treffen, der Rat des Kirchspiels traf sich zur Festlegung neuer Hebesätze. Frerich Hoeyer würde dabei sein. Sollte er! Solchen Leuten musste man beizeiten die Haare schneiden. Der Pastor war entschlossen, sich nicht auf der Nase tanzen zu lassen.

Aber zunächst die Depesche. Er wollte schon danach greifen, als Malisius den Kopf durch die Tür streckte. In seinen Mundwinkeln glänzte das Schweineschmalz. »Es geht um Ennos Tochter Agnes«, sagte der Drost ungefragt. »Ihr sollt sie trauen. Der Graf will sie mit dem Freiherrn Grundacker von Liechtenstein verheiraten.«

David runzelte in ironischer Verwunderung die Stirn. Dann warf er einen Blick auf das gesiegelte Dokument. »Woher nur weiß der Drost das?«, fragte er mit leisem Spott.

»Der Drost weiß alles. Es ist sein Geschäft«, gab Malisius trocken zurück, in einem Tonfall, als wollte er sagen, Euch muss man ja nun alles dreimal erklären.

*

Der Oktober war ungewöhnlich mild, auch des Nachts zeigte sich eine zähe, hohe Schleierbewölkung, und so dauerte es eine ganze Weile, bis David sich wieder intensiv mit seinen geliebten Sternen beschäftigen konnte. In der Gemeinde herrschte Ruhe, bis auf die gelegentlichen Raufereien in der Schenke. Die Bauern waren mit der Ernte vollauf beschäftigt, die in diesem Jahr recht ertragreich zu werden versprach.

Die alte Jeepke war gestorben, ganz plötzlich hatte sie ihre Augen geschlossen, und der Pastor stellte verwundert fest, dass Frerich Hoeyer die Vorbereitungen zur Grablegung der Alten in die Hände nahm, denn Jeepke hatte allein gelebt, es gab keine Familie. Warum Hoeyer das tat, wusste niemand, er kam und hatte den Sarg schon bei sich, und es hätte nicht viel gefehlt, und der Kerl hätte die Fichtenkiste allein zur Grube getragen.

Auch die Tagung zur Kirchspielsynode war ereignislos verlaufen. Die neuen Hebesätze waren vereinbart, es gab einen bescheidenen Zuwachs für den Unterhalt des neuen Pastors, und damit waren alle zufrieden. Fabricius auch. Hoeyer hatte sich verständig und friedlich gezeigt. Am Ende war er sitzen geblieben, vielleicht hatte er sich auch nur etwas langsamer bewegt als die anderen, die sich seiner Gesellschaft entledigen wollten, jedenfalls waren sie plötzlich allein in des Pastors Studierzimmer gewesen. Und hatten gesprochen. Über dies und das. Waren sich sogar ein Stück nähergekommen.

Später hatten sie es mit der Astrologie. Der Hoeyer selbst brachte das Gespräch auf dieses Thema. Sein Horoskop hatte er nicht etwa verlangt. Aber er hatte auch nicht darum gebeten, sondern einfach gesagt, er brauche eins, und den Pastor dabei aus kalten Augen angesehen. Oder gemustert. Taxiert. So wie ein Roßkamm, der den Wert eines Gauls abschätzt. Seinen Geburtstag kannte der Bauer ganz genau, sogar die Stunde. Geboren war er in einem Weiler bei Dornum. Nun, Überraschungen gab es keine. David trug die Daten zusammen, er ermittelte Sternbilder und ihre Polhöhen, berechnete Aszendenten und Ekliptiken und stellte fest, was er schon wusste. Frerich Hoeyer war launisch und jähzornig, er würde in seinem Leben noch viel Ärger haben. Und machen.

Fabricius brachte das Horoskop zu Papier, er beschönigte nichts. Der Bauer hörte sich das Ergebnis stumm an. Dann zahlte er, mehr als David gefordert hatte, und verließ wortlos die Stube. Nur durch Zufall stieß David bei dieser Arbeit auf ein Datum, das für ihn selbst bedeutungsvoll schien. Es war der 7. Mai anno 1617. An diesem Tag, so fand er in einer Nebenrechnung heraus, sollte er besonders achtsam sein. Er besah sich dieses Ergebnis lange. Dann zuckte er die Schultern. Nun, was wohl? Auf das Jota genau konnte man den Horoskopen auch nicht glauben.

Am Abend riss der Himmel auf, als er noch im Haus war. Er eilte hinaus, schon vor der Mauertreppe mit dem Kopf im Nacken, und blickte hin zu Jupiter, der so majestätisch stand, als gehöre ihm das ganze Firmament. Er stieg auf den Quadranten, drehte sich, wie es alle Astronomen taten, einmal um sich selbst und strich den Horizont mit den Augen ab. Und dann sah er den Stern zum ersten Mal. Dabei musste er nicht etwa tasten und peilen, wie es bei der res mira gewesen war. Kein Schleier, der sich schamhaft hob, kein rotsamtenes Schimmern, das zögernd zu leben begann. Es leuchtete ungewöhnlich hell am Fuß des Schlangenträgers, den die Lateiner Ophiuchus nennen, zwischen Herkules und Skorpion, und er wusste, dass es dort vorher nicht geleuchtet hatte.

Sein Puls regte sich, er hörte sein Herz, die Hände wurden feucht und er langte hastig nach dem Astrolabium. Visierte über die Kimm, maß, las ab, und dann, ganz plötzlich, überkam ihn eine tiefe Ruhe. Gemach! Dieser Stern dort, verstehst du, David, der ist so hell, dass ihn alle Astronomen sehen müssen. Alle! Oder, je nach Wetter und Standort, längst gesehen haben! Kepler gewiss, dieser Italiener, und Tycho, das glaube, der hätte ihn mit dem Hinterkopf entdeckt!

Fabricius lehnte sich zurück, sah nach oben und lächelte. Es leuchtete schön, doch es war nicht der Wal. Der Schein war hell, aber ihm fehlte die Wärme. Das war nicht seine mira. Diesen Stern würde er mit anderen teilen müssen, jetzt schon, in diesem Augenblick. Seine Hände waren ruhig, als er nach der Feder griff. Gelassen übertrug er die Daten auf das Pergament, fertigte die Skizze, notierte Zeit, Azimut und Höhe. Legte den Federkiel zur Seite und dachte dankbar an Tycho. Wie gerne hätte er den Dänen jetzt bei sich gehabt, gut gelaunt, satt geschmaust, ein Glas Roten in der Hand, und doch in ehrfürchtigem Staunen vor der Schöpfung. Er seufzte so tief, dass sogar die Kuh im Verschlag den Kopf hob.

Nur einmal, einmal noch in dieser Nacht, packten ihn die Emotionen mit festen Händen. Es ging schon gegen Morgen, von der Dorflinde her hatte er die späten Heimgänger gehört, oder Bauern auf dem Weg zur Weide, sie waren auch an seinem Haus vorbeigezogen, hatten ihm Grüße zugerufen, und einer hatte gesagt: »Süch! Uns Paster, de oll Steernkieker!« Danach war wieder Ruhe eingekehrt, und er hatte sich in den Anblick des Himmels versenkt, hatte sich erneut an der Konjunktion von Mars, Jupiter und Saturn ergötzt, und sich dieses Wunder wieder klargemacht. Schon der Heiland hatte die Sterne in dieser Weise gesehen. Denn so hatten sie gestanden, als er geboren wurde, damals, in der Heiligen Nacht zu Bethlehem. Er stand, blickte unverwandt hinauf, und die Brust wurde ihm weit.

*

»Du glaubst, alles füge sich mit dem Tausch von einigen Steinen. Ich sage dir, mein guter Fabricius, die ganze Wand muss fallen und neu errichtet werden!«

Empört ließ David den Brief sinken. Es war ihn hart angekommen, das Pergament ein zweites und drittes Mal zu lesen, denn es war lang und ausschweifend. Zunächst berichtete Kepler in einem fast prahlenden Ton über sein Buch zur Optik, an dem er gerade arbeite. Es sollte *Astronomiae pars optica* heißen. Kepler redete dann endlos über das Auge und das Licht, erläuterte seine Strahlengänge und leitete davon Gedanken ab, denen David nicht folgen konnte. Aber die nächsten Zeilen erregten des Pastors Unmut in besonderer Weise. Der Schwabe beklagte sich über die Arbeit, die er mit der Verwaltung des Erbes von Tycho Brahe habe. »Es kostet mich wahrhaftig mehr als die Hälfte meiner Zeit, diese Dinge zu sichten, zu erfassen, in eine sinnvolle Ordnung zu bringen und dafür zu sorgen, dass sie der Wissenschaft weiter dienlich sind. Aber es hilft nichts, der Kaiser will es so!«

Von Tychos unschätzbarem Fundus an Fakten, Messwerten, Zahlen und Dokumenten sprach Kepler nicht. Fabricius spürte das Herz in seiner Brust zornig klopfen, als er las: »Ich weiß, er war ein großer Mann, vielleicht einer der größten Gelehrten seiner Zeit, aber nun habe ich meine Mühe mit ihm!« Tycho habe ihn nach Prag geholt – was so nicht stimmte –, doch als Wissenschaftler habe er ihn nicht ernst genommen. »Ich hatte schon ein fertiges Weltbild im Kopf« – welche Anmaßung sprach aus diesen Worten! –, »aber er ließ mich den Nachweis nicht führen, sondern gab mir die Marsbahn als Aufgabe. Ich wollte das nicht dulden und ging im Zorn!«

Heute sei er dankbar, denn später habe ihn der Ehrgeiz gepackt und er habe intensiv an der Marsbahn geforscht. Und dann kam es knüppeldick: »Die Bahn ist nicht kreisförmig, denn es fehlen genau acht Bogenminuten, den Kreis zu schließen. Der Mars zieht in einer vollkommenen Ellipse!«

David ließ das Papier sinken und hob den Kopf. Wäre das möglich? Und wie? Dann las er: »Es fügt sich nämlich, dass er nicht mit stets gleicher Schnelligkeit zieht, sondern sie wechselt mit dem Abstand zur Sonne. Je kürzer jener ist, desto rascher zieht der Planet. Das spricht in jeder Hinsicht gegen den Kreis, bei dem der Bahnzug sich nicht ändern dürfte!« Und dann versöhnlich noch dieses: »Friede sei Tychos Asche, denn ohne seine Messungen hätte ich es wohl kaum gefunden!«

Der Schluss war eine Suade von Belehrungen. Der Schwabe erging sich in Vorwürfen gegen das geozentrische Weltbild und beklagte die mangelnde Bereitschaft, davon zu lassen, als größtes Hindernis für den wissenschaftlichen Fortschritt in ihrer Zeit. »Es hält uns auf und macht uns blind, als würfe uns ein böser Geist dunkle Tücher über den Kopf!«

Erkenntnis als Grundlage dieses Standpunktes ließ er nicht gelten, sondern unterstellte den Verfechtern Scheu vor neuen Wegen. »Dabei gefällt es ihnen, sich hinter Gott und seinem vermuteten Plan für die Welt zu verbergen. Aber er selbst hat uns aufgetragen, zu fragen und zu forschen!« Er nannte keine Namen, doch David wusste, auch er war gemeint. Und dann, im nächsten Satz, beseitigte Kepler jeden Zweifel. »Was nützt eine Geisteskunst, die von allen möglichen Antworten die simple wählt? Mir scheint, das zeugt auch von mangelndem Respekt vor dem Herrn und seiner Schöpfung!«

Zornig richtete Fabricius sich auf. Jetzt reichte es ihm! Woher nahm Kepler das Recht zu solchen Vorhaltungen? Natürlich kam ihm das Wort seines alten Magisters Heinrich Lampadius aus Helmstedter Tagen wieder in den Sinn. »Du wirst keinen Stein bewegen, wenn dir die Bereitschaft fehlt, ganze Mauern einzureißen!« Aber so hatte Lampe es nicht gemeint. Forschen, jawohl! Die Dinge hinterfragen, selbstverständlich. Das hieß aber doch nicht, die sichtbare Ordnung in Frage zu stellen.

Er wandte sich zur Türe und rief nach der Magd.

Meta segelte herein wie ein überladener Torfkahn. Sie hatte in der neuen Umgebung zunächst etwas abgenommen, aber man sah es kaum. Dann hatte sie rasch wieder zugelegt. »Ich werde wohl dick, Paster«, hatte sie eines Tages entschuldigend gesagt.

»Sorge dich nicht, Meta, die Verhältnisse stimmen!«, hatte Fabricius freundlich geantwortet, und die Magd hatte ihm einen scheuen Kuss auf die Wange gedrückt. Jetzt baute sie sich vor dem Schreibtisch auf, beide Fäuste in die wohlgepolsterten Hüften gestützt, als wollte sie sagen: Was, zum Teufel, treibt Ihr hier?

»Schaff mir Tinte und einen neuen Federkiel, Meta«, sagte Fabricius schärfer als er wollte. »Und haltet Ruhe, für eine Weile. Ich muss schreiben!«

Eintrag in das Calendarium Historicum des David Fabricius Oktober 1604

Die Kanonen von der Logumer Schanze sind ja nun geholt, sie stehen an der Auricher Residenz, ganz so, als sei sich Enno sogar dort nicht mehr sicher, aber was bleibt sonst? Der Drost selbst hat alles geregelt, Münch tauchte überhaupt nicht auf, und vielleicht war das die Bewährung für Malisius, sein Amt zumindest auf Sicht zu behalten. Eine der Feldschlangen soll beschädigt worden sein, das Zündloch war gerissen, aber die Emder haben alle Schuld von sich gewiesen. »Schlecht gegossen!«, soll einer aus dem Stadtrat gesagt haben, und: »Hätte man sie im Magazin wohl verwahrt, wie es recht gewesen wäre, dann hätte sich derlei kaum ereignet!« So hat der Graf zum Schaden auch noch den Spott.

Politisch ist die Sache ebenfalls ausgefochten. Auf dem Papier! Der Vertrag wurde letzten April in Den Haag geschlossen. Natürlich atmet jede Zeile das Diktat, anders kann ich es nicht nennen, der Generalstaaten, angeführt von ihrem Kanzler Oldenbarnevelt.

Man muss auf die Schlüsse sehen, um zu begreifen, dass dieses Werk den Namen Vergleich nicht verdient. Denn der Graf wird behandelt wie ein Unterlegener in der Schlacht. Für Emden bleibt ihm nichts. Die Vorstädte sind eingegliedert. Der Magistrat kann sich ordnen und sammeln wie und wann er will, auch gegen den Einspruch der Cirksena. Die Stadt hat uneingeschränkte Hoheit über Fiskus und Militär. Eine stehende Garnison darf in Emden sein, man höre, bis an die siebenhundert Mann stark. Johan van Oldenbarnevelt wies darauf hin, dass die Stadt selbst für diese Soldaten zahlen muss, aber was ändert das? Der Kommandant dürfe weder emdisch noch gräflich sein (wie denn letzteres?), doch was ist damit gewonnen? Es läuft schließlich damit natürlich auf einen Niederländer hinaus.

Aber vor allem der Auftrag der Truppe wird Enno schmerzen, kein Wunder, dass ihm sein Signum förmlich abgerungen werden musste. Die Schwadronen sollen die Stadt vor Angriffen schützen! Vor Angriffen? Das heißt ja wohl: von außen! Damit ist die Enklave der Generalstaaten in Ostfriesland endgültig bittere Wirklichkeit.

In allem Elend hält sich der Graf wie ein Herr. Er hat meinen Bericht über den neuen Stern im Schlangenträger nicht nur angeregt, sondern seine Veröffentlichung mit hundert Gulden unterstützt. Das nenne ich nobel.

Habe Kepler geschrieben, dass ich seine Auffassung zur Marsbahn nicht teile. Es mag ja sein, dass der Zug um die Sonne nicht gleichbleibend schnell ist, aber für die Ellipse ist das kein Beweis. So habe ich es ihm deutlich gesagt; auch eine plausible Vermutung ist eine Vermutung. Sonst nichts.

Item zum Weltbild kommen wir nicht überein. Damit muss er leben!

Johann schreibt aus Helmstedt. Der Universitätsbetrieb so, wie ich ihn kenne. Herzog Heinrich-Julius ist noch immer Dekan, aber wohl eher dem Papier nach. Er hält sich jüngst oft am Hof in Prag auf, berät Rudolf in der Politik, der Kaiser vertraut ihm, obgleich Heinrich protestantischer Fürst ist. Das schafft Hoffnung auf einen gerechten Ausgleich zwischen den Bekenntnissen. Gebe Gott, dass sie sich erfüllt.

22.

Die Posaunen von Jericho.
Emden, Frühjahr 1608

Fabricius konnte sich noch immer auf sein Gefühl verlassen, das wusste er. Auch in diesem Fall. Dieser Mann da, der vor ihm saß wie ein Hausherr unter geduldeten Gästen, war sympathisch. Er hatte dunkle, fast traurige Augen, die ein wacher Verstand von innen her zu beleuchten schien. Es war diese sanfte Melancholie im Blick, die den Pastor zu Johannes Althusius hinzog. Aber dann bedachte er den Anlass ihres Gesprächs und sein Gefühl spaltete sich.

Die Familie weilte noch in der Vorstadt, in Faldern, wo sein Vater Jan Jansen gestern beerdigt worden war. Er hatte nach erfülltem Leben die Augen geschlossen, war friedlich an der Esse hinübergeglitten, dort, wo er vor allem im Winter so gerne gesessen hatte. Der Nachbar hatte ihn gefunden, es war derselbe, der des Morgens für den Brand in der Schmiede sorgte, damit der alte Jan es warm und behaglich hatte. Nun hatten sie ihn zu seiner Frau Talke gelegt, wie es ihm zukam, und damit war der Lebenskreis des Schmiedes Jan Jansen vollendet. Es war ein guter Kreis gewesen, angefüllt mit Hingabe und Pflichtbewusstsein, in dem Freud und Leid, Süßes und Bitteres ihren Platz gehabt hatten. Ein Kreis! Keine Ellipse. Gab es überhaupt eine gute Ellipse? Was wäre wohl an ihr vollkommen?

So dachte der Pastor David Fabricius und schluckte mehrmals, denn ein Brennen stieg ihm in den Hals. Er war der Aufforderung zu diesem Treffen leichten Herzens gefolgt, eine Aufforderung war es gewesen, und nicht etwa eine Einladung. Aber, sei's drum. Was hatte er zu befürchten? Er wusste ja, worauf er sich einließ. Die Dramaturgie des Menso Alting, der geschickt mit Symbolen und Gesten war, zu seinem eigenen Vorteil, so viel verstand sich, konnte den

Pastor kaum überraschen. Auch der Ort war ganz bewusst gewählt. Es war der Ständesaal des Magistrats, die Brutstätte der Auflehnung, das Herz des Ungehorsams, die Höhle der Löwen. Der Rat von Münch hätte gesagt: das Schlangennest.

»Was lächelst du?«, fragte ihn Menso Alting mit kalter Stimme. Es war derselbe Menso, der ihm noch vor wenigen Minuten zum Tode des Vaters sein Mitgefühl ausgesprochen hatte. Aber das hier war eine andere Sache, hier ging es um Politik, und da war kein Platz für Barmherzigkeit.

David richtete sich auf. »Ich denke doch, dass das Lächeln in dieser heiligen Halle nicht verboten ist. Erzähle mir nicht, Menso, dass ihr es euch abgewöhnt habt.«

Alting starrte ihn wütend an, während Johannes Althusius die Lippen kräuselte. »Es ist von jeher dein Fehler gewesen, dass du den Dingen nicht mit der nötigen Ernsthaftigkeit begegnest. Genauso wie dein Herr!«, fauchte der Prediger.

»Unser Herr«, verbesserte Fabricius friedlich und sah mit Interesse, wie dem anderen die Röte in den Hals stieg.

»Ich bin anno 1541 geboren, du anno 63, also achte zumindest das Alter!«, polterte Menso, und David dachte zweierlei. Erstens dachte er, das ist kein guter Anfang. Zweitens dachte er, komm schon, Menso, was du willst, ist nicht Respekt, sondern Unterwerfung, und Lebensjahre allein sind dafür kein Grund.

Zu Beginn hatte man ihn herumgeführt, ein Waffenknecht hatte ihn am Portal empfangen und dann durch das ganze Haus geleitet. Dessen Pracht, die den Reichtum der Stadt atmende Eleganz sollte ihn wohl beeindrucken. Sogar durch die Waffenkammer waren sie gegangen, recht überflüssig, es war David vorgekommen wie das Zeigen der Folterwerkzeuge bei einem Inquisitionstribunal. Und nun saßen sie, ja erst wenige Augenblicke, und schon ging es los.

»Wir danken Euch dafür, dass Ihr gekommen seid«, sagte Althusius freundlich, während Alting säuerlich das Gesicht verzog.

»Ich habe kein Mandat, weder von Münch, noch vom Grafen selbst«, stellte der Pastor nüchtern fest, doch Althusius schüttelte sanft den Kopf.

»Darum geht es uns nicht. Ihr seid Ennos Hofprediger. Der Stadt liegt daran, Euch für Einsichten zu gewinnen, denen sich der Graf bis heute verschließt.«

Einsichten sind unschädlich, dachte David und betrachtete diesen Mann, der seit anno 1604 Stadtsyndikus von Emden war. Er besah sich die dunklen, melancholischen Augen, den nach spanischer Mode sauber gestutzten Bart über dem altmodischen Kragen, und er wusste, der Mann ist gefährlich. Althusius wirkte wie jemand mit der Neigung, bei der Grablegung eines ihm fremden Menschen derart heftig in Tränen auszubrechen, dass sich selbst die Familie des Toten fragende Blicke zuwirft. Ein Narr jeder, der davon auf sein Inneres schloss. Denn Menso Alting selbst hatte den Mann in die Stadt geholt, hatte ihm die Anstellung verschafft, und das war eine deutliche Warnung. Menso wollte Krieger um sich, Männer, die mit gehärtetem Eisen umgehen konnten, und dieser hier führte die Klinge des Geistes. Die Bereitschaft zum Gefecht mit Gedanken, der Wille zum tödlichen Streich durch eine Idee erzwang weder schwielige Hände noch harte Muskelstränge, sondern einen scharfen, zielstrebigen Verstand und die Fähigkeit, ihn zum eigenen Vorteil zu nutzen. Und das verstand der Stadtsyndikus von Emden in bemerkenswertem Maße.

Althusius setzte sich zurecht. Ein Kanzleidiener hatte ihnen einen Krug mit Braunbier gebracht, und sie dann allein gelassen. Menso hockte starr wie ein Eiszapfen. Der Syndikus selbst schenkte ihre Becher voll. Dann richtete er sich auf, sein Kragen raschelte. »Ich möchte Euch etwas erklären«, sagte Althusius weich. »Etwas, dass ich Euch auch für weitere Forschungen empfehlen möchte.«

Zu welchem Zweck?, dachte Fabricius, aber er fragte nicht, sondern äußerte spröde: »Meine Studien sind abgeschlossen, wisst Ihr, sie endeten anno 1583 in Helmstedt.«

Menso gab ein Geräusch von sich wie ein Wolf vor dem Zuschnappen, aber der Stadtsyndikus lächelte. »Ihr seid ein Mann des Kopfes, so wie ich, für diese ist das Lernen niemals aus«, antwortete er friedfertig. Alting warf ihm einen schrägen Blick zu, ganz so, fühlte er sich hierbei ausgeschlossen.

David schwieg. Er argwöhnte hier, vielleicht nicht zu Unrecht, einen Versuch geistiger Vereinigung, die Einladung zu einer heimlichen Bruderschaft, seht her, wir sind uns doch im Wesentlichen gleich, und dem wollte, dem musste er widerstehen. Denn von dort bis zur Untreue ist der Schritt klein, das wusste er. Und davor fürchtete er sich. Also antwortete er nicht und hielt dem Blick stand, mit dem ihn Althusius lange und traurig ansah.

Dann ließ sich der Stadtsyndikus in den Stuhl zurücksinken, fast wie in einer Geste der Resignation, und setzte zu einem langen Exkurs an. Er sprach leise, ja zaghaft, aber was er sagte, klang dem Pastor wie die Posaunen von Jericho, bedrohlich, bedrückend, zerstörerisch. Es nahm sein Weltbild, seine Vorstellung eines wohlgeordneten, gottgewollten Gefüges, packte es mit kalten Klauen und riss es auseinander. Zerfetzte es wie ein uraltes, brüchiges Pergament. Menso Alting saß brütend daneben, er schien finster und abwesend, aber Fabricius war sich sicher, der Prediger achtete auf jedes Wort. Und das musste er auch, denn er war der spiritus rector dieses Plans, den der Stadtsyndikus jetzt vor ihnen ausbreitete.

Althusius dozierte über die natürlichen Rechte des Einzelnen als freies Wesen und beeilte sich zu betonen, dass sie von Gott selbst gegeben seien. Aus dieser Tatsache leite sich ein Theorem ab, das die Verhältnisse der Menschen zueinander neu regele. Die darin wurzelnde Ordnung sei frei von Obrigkeitsherrschaft im heutigen Sinn, sie strukturiere sich aus der Familie als Keimzelle über bäuerliche und handwerkliche Zweckgemeinschaften und die Stände. Aus der Abstufung ergebe sich keine Hierarchie. Souverän sei das Gebilde in seiner und durch seine Gesamtheit, und Gehorsam nur Gott und seinen Geboten schuldig. Der Syndikus redete sich nicht etwa in einen Rausch, obwohl ihm zwischendurch immer wieder die Augen feucht wurden, so beseelt war er von seinem Bild einer anderen, in Jesus Christus gerecht geregelten Welt.

Fabricius hörte zu, lauschte auf sein pochendes Herz und fühlte seine heiße Stirn. »Und der Graf?«, fragte er irgendwann, »was soll er noch? Herrschen ja wohl nicht, nach Eurer Theorie. Sondern?«

An dieser Stelle hob Menso sein Löwenhaupt, das Kinn war so fest, als trüge er einen Dolch zwischen den Zähnen.

Althusius lächelte. »Er ist, wenn Ihr so wollt, der primus inter pares. Seine Aufgabe ist die Sorge für das Volk, nicht dessen Versklavung!«

»Da übertreibt Ihr wohl«, gab David kalt zurück, »aber sei's drum! Was ist, wenn der Reichsgraf sich dieser ihm von Euch zugedachten Rolle nicht fügt? Wenn er damit nicht zufrieden ist? Was ist dann mit Eurer neuen Ordnung?«

Fabricius hatte schärfer gesprochen, als er wollte, hatte sich nach jedem Wort mehr erhitzt, wie bei einem Satz, den man lächelnd beginnt und im Zorn beendet. Mensos Gesicht war nun feuerrot, seine Kiefer mahlten, aber der Syndikus blieb freundlich. »Lasst mich zunächst sagen, dass diese Ordnung einer tiefen Ratio folgt. Pflichten und Rechte sollen dort wahrgenommen werden, wo man den besten Einblick hat. Das entlastet auch die angrenzende Stufe.«

»Der Graf, Herr! Der Graf. Was ist mit ihm?«, knurrte der Pastor.

Und dann explodierte Menso. »Was soll mit ihm sein? Nichts ist mit ihm. In dieser Ordnung hat er seinen beschriebenen Platz. Und wenn er damit nicht zufrieden ist, erwächst ihm rechtmäßiger Widerstand!«

»Aha! So wie an der Knock, in Greetsiel und in Hinte?«

»Ja doch, zum Teufel! So wie dort! Genau so!« Alting hatte sich erhoben, der massige Oberkörper war auf den Fäusten abgestützt, er schrie aus vollem Hals.

Fabricius blieb ruhig. »Für einen Gottesmann führst du den Teufel ziemlich leicht in deinem Mund, Menso«, sagt er trocken, und dann wandte er sich an den Stadtsyndikus. »Macht keine Possen mit mir, sondern sagt klar, was Ihr wollt. Ihr sucht nach einem Postulat, um Euren Ungehorsam zu legitimieren. Ist das die Einsicht, die Ihr mir verschaffen wolltet? Und zu welchem Zweck? Um sie zu billigen? Da geht Ihr fehl!«

Menso Alting nickte bitter, als wollte er sagen, ich habe es so kommen sehen, und jetzt wurde auch Johannes Althusius unruhig. Auf seinen Wangen erschienen kleine Rötungen. Er öffnete den Mund, aber der Pastor kam ihm zuvor. »Alle Ordnung kommt von Gott. Ihr setzt Eure Menschenordnung dagegen. Das ist Blasphemie!«

Alting stand ruckartig auf, sein Stuhl krachte zu Boden, fegte seinen Bierbecher mit einer Handbewegung vom Tisch, stapfte zur Tür, so dass David dachte, jetzt holt er den Waffenknecht, blieb stehen, fuhr herum, kam drohend und mit brennenden Augen zurück. Doch der Syndikus hatte sich wieder gefangen. »Blasphemie. Ein großes Wort!« Dann beugte er sich neugierig vor. »Was findet Ihr falsch an meinen Gedanken? Sie beschreiben große Wahrheiten!«

Fabricius saß entspannt wie ein Gast bei einer Brautfeier, er war mit einem Mal die Ruhe selbst, er wunderte sich, wie ruhig er war. Schade, dass Münch mich jetzt nicht sehen kann, er wäre stolz auf mich. Als David sprach, war seine Stimme nüchtern und ohne jeden Vorwurf. »Ich war auf einen theologischen Disput eingerichtet, aber Ihr seid Historiker. Und Ihr seid geschickt!« Er sah suchend auf den Bierkrug, und der Syndikus schenkte nach. Fabricius nickte dankend und trank. »Eure großen Wahrheiten setzt Ihr so, dass ihre Schatten die kleinen Lügen überdecken. Aber es sind die kleinen Lügen, die Eure großen Wahrheiten widerlegen!« Und dann setzte der Pastor David Fabricius seinerseits zu einem Exkurs an, betonte die christlichen Unterwerfungspflicht, zitierte schließlich das Markusevangelium und den Paulusbrief an die Römer. »Gebt dem Kaiser, was des Kaisers ist. Und jeder leiste den Trägern der staatlichen Gewalt den schuldigen Gehorsam!«

»Wir reden nicht über Steuern, du Narr! Und der Brief des Apostels Paulus ist in seiner Authentizität umstritten, das solltest du wissen!«, schrie Menso Alting wie von Sinnen. Kam näher, beide Fäuste in die Hüften gestemmt, legte den Kopf in den Nacken und röhrte die Decke an. »Es ist doch sein Geld! Es ist doch Ennos Silber, das du nimmst. Für dich, deinen Sohn, deine Dienste. Die Taler sind es, die dich längst erobert und auf seine Seite gezogen haben!«

David saß ganz still. Es war, als horche er lange und prüfend in sich hinein. Dann stand er auf. Er sprach zu dem Stadtsyndikus, so, als sei er von dort angegriffen. »Ja, es ist wahr. Ich nehme das Geld des Grafen. Aber es kauft mich nicht. Ich nutze sein Silber, aber es verdirbt mich nicht. Ich habe Vorteile von Ennos Schatz, aber meine Seele nimmt deshalb keinen Schaden!« Fabricius unterbrach sich, wandte sich an den Prediger, doch seine Stimme blieb ruhig. »Ich verwahre mich folglich gegen deine Vorwürfe, Menso. Sie sind eines Kirchenmannes unwürdig, bösartig und unbegründet. Und das Geld des Reichsgrafen ist für alle seine Landeskinder. Auch für euch. Ihr müsst es nur wollen!«

»Die Stadt ist reich! Wir brauchen niemandes Groschen, auch die der Cirksena nicht!«, hörte Fabricius den anderen wüten, aber da war er schon an der Tür. Er schloss sie leise, fast geräuschlos.

*

Hoeyer war da gewesen. Die Magd war so aufgebracht, dass David sie in ihrem Zorn und ihrer Empörung kaum verstand. Er war noch im Reisemantel, hatte die Diele kaum betreten und hörte sich Metas Bellen an. »So en Dögeneet! Wat en Snöttlepel!« So ging es eine ganze Weile. Der Pastor musste sie endlich anherrschen, damit sie zur Besinnung kam. Viel half das aber nicht, Metas Busen wogte vor Zorn wie die Wellen der Nordsee im Wintersturm. Also, der Bauer war im Haus gewesen und hatte sich über das Horoskop beklagt. Nichts, nichts davon sei eingetroffen. Das Wetter habe nicht gestimmt, die Ernte nicht und alle Prognosen über seine künftigen Lebensumstände seien ebenfalls falsch gewesen. Grob falsch! Und so nicht! Das lasse er sich nicht bieten! Schließlich habe er gutes Geld gezahlt. Gebrüllt habe der Unflat, ihr sogar mit der Faust gedroht, aber auch sie, Meta, habe es an Klarheit nicht fehlen lassen.

»Sie hat ihn angeschrien«, erklärte Magdalena mit bebender Stimme. Dann sei die Mutter dazwischengegangen, habe den Hoeyer beruhigen wollen, doch der wollte nicht zur Besinnung kommen, und sei endlich unter wüsten Beschimpfungen aus dem Haus gestapft.

»Aber der kommt wieder!«, fauchte die Magd. »Des seid gewiss, und dann könnt Ihr Euch selbst mit ihm vergnügen!«

Fabricius sagte: »Nun, nun! Kommen lassen!«, legte den Mantel ab und spielte den Lockeren. Dabei stand er selbst noch unter dem Eindruck seiner soeben beendeten Reise, die ihn nach Marienhafe geführt hatte, zu einem Begräbnis, das am Ende völlig aus dem Ruder gelaufen war. Zuerst hatte es nur einen Eklat gegeben, einen gewöhnlichen, aber unappetitlichen Streit beim Leichenschmaus. Es war um eine Frau gegangen, ein auswärtiger Trauergast war der Base des Toten zu nahe getreten, hatte ihr wohl ins Mieder gegriffen, und die Frau hatte gezetert und die Familie auf den Plan geholt. Dann waren Fäuste geflogen, nur ein paar, nicht mehr als nötig, um die Sache aus der Welt zu schaffen, und für eine Weile hatte es so ausgesehen, als hätte es damit sein Bewenden gehabt.

Fabricius war schon zum Aufbruch entschlossen gewesen, er wollte auf dem Heimweg dem erkrankten Pastor des Kirchspiels, den er vertreten hatte, einen Besuch abstatten. Ein Glas Wein noch, die Witwe hatte ihn dazu überredet, er war schon fast an der Tür, als plötzlich ein Messer flog, eine Saufeder, und dem Frevler, der mit blutiger Nase, aber friedlich, am Tisch saß, in den Hals fuhr, so tief, dass sie an der anderen Seite wieder austrat. Der Kerl war augenblicklich tot. Wie erstarrt, vom Donner gerührt hatten alle gestanden, dann war ein Tumult losgebrochen, ein Geschrei und ein wüstes Handgemenge, Männer waren übereinander hergefallen und es hatte die Mühe aller Besonnenen gekostet, dafür zu sorgen, dass nicht noch mehr Blut floss.

Wem das Messer gehörte, wer es geworfen hatte, niemand wusste das zu sagen. Es wurde wild gefragt, Flüche und Beschuldigungen geschrien, aber es gab keine Antworten. Auch das Messer hatte zuvor keiner der Trauergäste bemerkt, der Werfer musste es unter dem Wams getragen haben. David Fabricius hatte sich außer Stande gesehen, den Polizeibüttel zu spielen. Ihm war nichts übrig geblieben, als die Leiche zu ölen und zu segnen, und dann hatte er sich fast fluchtartig auf den Weg gemacht. Die Grablegung stand noch bevor. Gebe Gott, dass der Pastor des Kirchspiels bis dahin wieder auf den Beinen war.

Und nun also Frerich Hoeyer. Wegen des Horoskopes. Kein Grund zur Unruhe. Der Bauer musste hier wohl einiges falsch verstanden haben. Horoskope, verstehst du, Frerich, sind keine Prognosen mit Anspruch auf Fleischwerdung! Das würde er dem Mann erklären. Und damit gut. Er brachte den Mantel an den Haken, beruhigte seine Frau und ging ins Studierzimmer, wo Johann an der Skizze für eine camera obscura hockte. Der Sohn hatte sein Studium in Helmstedt beendet und wollte demnächst nach Leiden wechseln, um Medizin zu hören. Es hatte deshalb Ärger gegeben, der Vater hatte dem jungen Mann Vorhaltungen gemacht, nicht nur wegen der Wahl des Fachs, denn Ärzte hatten einen schlechten Ruf. »Was willst du da werden, Sohn? Ein Feldscher, der den Landsknechten die Knochen sägt?« Auch mit der Entscheidung für die Stadt konnte der Pastor seinen Frieden kaum machen. »Die Generalstaaten! Ausgerechnet! Warum? Gibt es denn keine andere Möglichkeit, Quacksalber zu werden?«

Doch Johann war stur geblieben, hatte sich alle Einwürfe angehört und dann mit einer Art zur Seite gewischt, die den Pastor lebhaft an die Magd erinnerte. Er eigne sich nun einmal nicht zum Prediger, die Astronomie bleibe sein Steckenpferd, aber zum Broterwerb brauche er etwas Irdisches, Greifbares, und da sei die Medizin nicht das Schlechteste.

»So. Aha. Nicht das Schlechteste! Und das reicht dir?«

»Ja. Es ist auch gottgefällig, den Menschen zu helfen, Vater!«

Der Vater hatte ihn angesehen, mit gerunzelter Stirn, und dann kühl bemerkt: »Papperlapapp und Tanterlatant!« Er sagte nicht: Rede mir nicht von Dingen, die mein Geschäft sind!, doch genau so klang es.

Schließlich war Fabricius noch einmal auf den Ort gekommen. »Hast du bedacht, Sohn, dass diese Studien, wie bisher auch, die Taler der Cirksena erfordern? Enno könnte sauer aufstoßen, dass du nach Leiden gehst. Ich hätte nicht übel Lust, dich diesen Strauß allein ausfechten zu lassen, verstehst du das?« Hatte dann doch mit Hans von Münch geredet, den Rat in einer fröhlichen, aufgeräumten Verfassung vorgefunden, ganz so, als stünde in der Grafschaft alles zum Besten, und das Geld war ohne Zögern zugesagt worden.

Johann hob den Kopf und wies auf seine Skizze. »Sie wird so groß sein, dass man sie betreten kann. Damit vergrößern wir auch die Projektionsfläche. Die wird natürlich weiß, Meta schneidet uns ein Stück Leinen. Wir werden die Kammer mit schwarzem Nessel auskleiden, damit sie auch wirklich dunkel ist. Die Außennähte werden verpicht. Das Holz wird demnächst geliefert. Habe gestern noch mit Malisius gesprochen.«

»Gut, gut!« Der Vater klopfte ihm auf die Schulter. »Vielleicht ist aber für die Projektion Papier besser als Leinen. Stoff schluckt zu viel Licht.«

Neugierig beugte David sich über die Skizze seines Sohnes. Er hatte zunächst mit Unmut gesehen, dass sich Johann vom Studium der Marsbahn abwandte. Das hatte vielleicht sentimentale Gründe gehabt, Fabricius dachte an Tycho Brahe und hoffte, sein Sohn werde das Geheimnis dieses Planetenzuges entschleiern. Und, wer wusste es denn, diese absurde Idee Keplers von der Ellipse zu Fall bringen. Aber bald schon packte ihn selbst das Faszinosum der Sonne und er unterstützte die Forschung Johanns, sah sie jetzt sogar gern, denn womöglich würde er auf diesem Wege von der Quacksalberei abgebracht und kam zurück zur Astronomie. Der junge Mann brachte eine Begeisterung auf, einen Schwung, der ihn packte und mitriss. Sie witzelten über Kepler und er, David, verstieg sich sogar zu der Behauptung, der Schwabe müsse wohl schlechte Augen haben, da er viel rechne und nur wenig beobachte. Wenn sie allein waren, des Nachts auf dem Mauerquadranten oder hier in der Studierstube, nannten sie ihn »den Blinden von Prag«, und dann lachten sie und schlugen sich auf die Schenkel.

Die Scherze vergingen ihnen bald. Denn sehr schnell wurde klar, dass die Sonne mit ungeschütztem Auge nicht zu beobachten war. Fabricius selbst hatte den Stern einmal um Mittag anvisiert, und seitdem trübte ein Schatten das rechte Auge, nicht groß, aber doch so, dass er ihn oft verwünschte. Dabei hatte er nur kurz gepeilt und keinen Schmerz verspürt. Seitdem waren sie vorsichtig geworden. »Die Augen, Sohn! Schütze deine Augen. Sie sind noch immer unser wichtigstes Instrument für die Forschung. Denk an den Schwaben!« Sie experimentierten mit berußtem Glas, aber das fraß zu viel Licht. Johann färbte es anders ein, versuchte es mit Tierblut und anderen Tinkturen, doch die Ergebnisse waren mäßig. Die camera obscura sollte den entscheidenden Durchbruch bringen. Sie waren wie zwei Wölfe auf der Beutespur, voll Hunger und Zuversicht. David hockte sich neben seinen Sohn. Sie rechneten und planten, bis die Magd sie zur Vesper rief.

Eintrag in das Calendarium Historicum
des David Fabricius
August 1608

Wunderlicher Brief von Kepler. Er habe einem gewissen Oberst Wenzel Eusebius von Wallenstein auf dessen Wunsch das Horoskop gestellt. Der Mann führe ein kaiserliches Regiment mit deutschen Fußsoldaten. Seine Zukunft sei sehr stark beeinflusst durch eine Konstellation von Jupiter und Saturn, die Kepler besorge. Ehrgeiz und Machtstreben habe er gesehen, Erfolg und Reichtum, aber auch Blut und Tod. Ich weiß nicht, warum er mir das schreibt. Astronomisch kaum etwas, jedenfalls keine Nachrichten über neue Erkenntnisse. Musste an Tycho Brahe denken. Seine Klagen über die Kunst der Verschleierung in der Wissenschaft scheinen nur zu begründet. Langes Schweigen gehört dazu, auch auf Fragen, das Fintieren mit Halbwahrheiten und die Bereitschaft zur Lüge, immer darauf bedacht zu verbergen, was man selbst gefunden hat, solange die Sache nicht verbrieft und der Gewinn, den man daraus ziehen kann, nicht eingefahren ist.

Doch nun Kepler. Der ist anders, er teilt sich lieber mit, als zu schweigen, wenn auch, wie ich glaube, aus Eitelkeit. Diesmal nicht. Stille über den Mars, Stille über Kreise und Ellipsen. Vielleicht ist er noch gekränkt durch unseren Disput über die Planeten und ihre Bahnen. Nun wohl. Kurze Notiz über die Optik, das scheint sein neues Steckenpferd zu sein. Aber Fragen hat er. Zum Kometen des letzten Jahres und zu meinen Schriften über den Schlangenträger. Lobt die zweite Auflage als »reifes Werk«. Habe mich geschmeichelt gefühlt, trotz allem.

Johann hat seine Studien in Leiden begonnen. Er schreibt von der Feldscherei, als sei sie eine überirdische Kunst. Ich fürchte schon, er ist für die Sterne endgültig verloren, obwohl er das Gegenteil beteuert. Er berichtet auch von einem dortigen Brillenmacher mit Namen Hans Lipperhey, der mit konkaven und konvexen Linsen hantiert hat und dabei »das Prinzip der optischen Vergrößerung« gefunden haben soll. Er hat die Gläser in zwei Röhren eingepasst, die man ineinander verschieben kann. Damit wären dann Dinge näher zu sehen, als sie in der Tat sind. Sagt Johann. Lipperhey hat angeblich dem Magistrat von Den Haag die Uhrzeit einer Meilen entfernten Kirchturmuhr abgelesen. Darin sehe ich keinen Nutzen. Aber die Sterne, Sohn, die Sterne! Was so ein Rohr wohl kostet?

Die Kinder sind gesund, Meta ist glücklich und ich bin es auch. Heinrich ist ein guter Schüler, wenn auch nicht so wissbegierig wie Johann. Anna braucht ein neues Schürzenkleid, sagt die Frau. Man kann die Taler kaum in der Eile heranschaffen, wie sie nötig sind. Muss wieder mehr Kalender machen. Aber den Bauern sitzen die Pfennige nicht mehr so locker wie ehedem. Hier in Osteel, scheint mir, sind sie sogar etwas geizig.

Letzte Woche das Gespräch mit Frerich wegen des Horoskops. Er war ruhig, aber nicht einsichtig. Habe ihm den Zehnten der Summe zurückgezahlt und erklärt, dass ich keine Prognose mehr für ihn machen werde.

Die Magd hat es gehört. »Sieh an! Vernunft! Welch seltener Gast unter diesem Dach!«, hat Meta gesagt. Was hätte ich darauf schon antworten sollen? Dann sagte sie noch: »Ihr solltet ihm aus dem Wege gehen!«, und hier wusste ich zu erwidern: »Wie kann ich das? Er gehört zu meinen Schafen!«

23.

Die holländische Brille.
Osteel, Spätsommer 1609

Die Magd ging in diesen Tagen wie auf Wolken. Aus gutem Grund. Denn der Drost Johann Malisius hatte sich endlich erklärt. Hatte in langen Monaten des sichtbaren Zauderns, des Zuwartens und der zaghaften Bummelei zunächst ein Muster seiner Entschlusslosigkeit geliefert, wohl aus Angst vor dem eigenen Trieb und seinen Folgen, wer wusste das schon. Der Drost hatte sich vorgewagt und war zurückgeschreckt, hatte gedrängt und gescheut, war hin und her gesprungen, beides in derart seltsamen Volten, dass sogar der Rat von Münch seinen Spott mit ihm trieb. »Der Mann ist wie ein Huhn, das legen will, aber nicht weiß wohin«, hatte Münch trocken gesagt, und dann mit wissendem Lächeln hinzugefügt: »Wisst Ihr, David, vor den Waffen einer Frau wird selbst der schärfste Säbel stumpf.«

Woher der Rat seine Weisheiten hatte, sagte er nicht, aber David fand das Bild recht misslungen, wenn nicht unpassend. Er hatte den Rat deshalb nur schweigend angesehen, war überrascht gewesen, als Münch plötzlich die Augen niedergeschlagen hatte, und sich dann abgewandt, um sein Lächeln zu verbergen.

Jedenfalls, irgendwann kam der Drost vorgeritten, als die Magd soeben beim Melken war. Schon der unnötig scharfe Trab und das heftige Durchparieren hatten etwas Ungewöhnliches, es sah nicht nach Malisius aus, der sonst lässig wie ein Bauernreiter auf den Hof getrödelt kam, sogar dann, wenn ihn der Hunger trieb. Auch sein Anblick war für einen Mittwoch ungewöhnlich, der gute Rock und die brokatene Weste, die Stiefel glänzten wie in Speck getaucht. Jeder wusste, da ist etwas im Schwange, auch die Magd wusste es. Meta hatte die Hände sinken lassen und den Drosten beobachtet, der seltsam ungelenk vom Pferd gestiegen war und in seiner Satteltasche gekramt hatte, etwas herauszog und schnell hinter seinem Rücken verbarg, dann mit zögernden Schritten näher kam und in den Stall trat wie ein zum Tode Verurteilter an den Richtblock. Hatte dort gestanden und schwer geatmet, die Brust hatte sich gehoben wie ein Blasebalg in der Schmiede, hatte dann mit einer raschen, entschlossenen Bewegung seine Hände nach vorne geholt und stumm zu Meta vorgestreckt. Sie hielten ein kleines Bündel aus schneeweißem Leinen, und darin steckten ein Wildrosenzweig mit einer zarten Blüte und ein schmaler silberner Ring, wie Malisius nun mit flatternden Fingern, aber immer noch wortlos enthüllte.

Dann war die Magd auf die Füße gesprungen, hatte sich den Mann buchstäblich gegriffen, dabei war der dungstarrende Kuhschwanz zwischen beide geraten, hatte Malisius den Sonntagsrock ruiniert und der Drost hatte in glücklichem Schreck gegen den Melkeimer getreten, die ganze Produktion des Tages war dahin.

Es war ein Ereignis, das erwartet worden war, die ganze Familie hatte mitgelitten, schon seit Wochen gelauert und gehofft, hatte der Magd in ihrer rastlosen Spannung den Rücken gestärkt, den Drosten und seine tollpatschige Unbeholfenheit beinahe täglich verwünscht, und plötzlich hatten alle wie herbeigezaubert im Hof gestanden und applaudiert, die Kinder ausgelassen und fröhlich, die Frau Pastor mit nassen Augen.

Und nun also wollte der Drost die Magd endlich ehelichen und zu seiner Frau machen. Natürlich hatte man im Dorf geredet, viele freuten sich, doch es hatte auch kritische Stimmen gegeben, ja ist denn das standesgemäß, ein gräflicher Drost und eine Magd? Und wieso saßen die beiden schon nach dem Verlöbnis in der Kirche Seite an Seite wie ein altes Ehepaar? Der Pastor war zornig, dass selbst ein Mann wie Frerich Hoeyer öffentlich in diese Kerbe schlug, es schien so, als suche er nun eine Gelegenheit, die Vorbehalte gegen sich aus der Welt zu schaffen. Dazu schien ihm der Anlass gerade recht. Aber David war allem Gemurmel mit harschen

Worten begegnet. Sogar auf der Kanzel hatte er die Schwätzer gegeißelt. »Gott freut sich über jeden Mann und über jede Frau, die in seinem Namen zueinanderfinden. Und Meta ist nicht irgendeine Magd. Sie ist die Hausmagd eures Pastors David Fabricius, das merkt euch!«

Einige hatten sich geduckt, Frerich Hoeyer hatte gesessen wie ein Eiszapfen, schwer und drohend, die Augen dunkel vor Wut, aber Meta und ihr Zukünftiger in ihrer Bank hatten ihn angestrahlt, die Magd funkelnden Blickes, der Drost mit roten Ohren. Vielleicht war es falsch gewesen, Frerich hierauf direkt anzusprechen, zumindest ihn bei dem folgenden Satz anzusehen, aber David hatte es getan, die Gäule waren ihm durchgegangen. »Und jeder, der sich nun zum Wächter christlicher Sittlichkeit aufschwingt, krame in den Gründen seiner Seele. Denn hier ist wahrlich Anlass zur Sorge!«

Von irgendwoher hatte man ein leises Kichern gehört, ein scharfes Wispern, und Frerich Hoeyer hatte den wuchtigen Kopf gehoben, er hatte ausgesehen wie das Haupt der Medusa, bereit, jeden Frevler nur durch den Anblick in Stein zu verwandeln. David war kühl geblieben, hatte die Predigt fortgesetzt und am Ende des Gottesdienstes, als er am Portal stand, um wie üblich die Gemeinde zu verabschieden, war der Bauer grußlos an ihm vorbeigestapft.

Heute sollte Hochzeit sein. Die Kirche war festlich geschmückt, ganz Osteel war auf den Beinen, plötzlich nahmen alle Anteil, und es würde eine öffentliche Feier geben, später, auf der Dorftenne, die niemand mehr brauchte. Der Pastor hatte deutlich gegen die Lohdiele gesprochen, er hätte ein häusliches Fest vorgezogen, seine Frau hatte besorgt geblickt, doch Meta hatte hartnäckig auf der Tenne bestanden. Sie war beliebt im Dorf und wollte ihr Glück auch zeigen. So war es dann gekommen. Die Trauung verlief ohne besondere Ereignisse, Anna und Jenneken streuten der Braut einen Korb Feldblumen, der Drost verhaspelte sich heillos bei seinem Treueversprechen, er musste zweimal ansetzen und die Gemeinde begrinste sich.

Auf der Dorftenne schäumte die Stimmung wie ein geborstenes Bierfass. Es war ein rauschendes Schmausen und Tanzen, der Rat von Münch überbrachte dem Paar ein gräfliches Geschenk, nannte den Drosten seinen cirksenaischen Gefährten und umarmte ihn so brüderlich, dass Malisius vor Freude glühte. Alle Befürchtungen über einen möglichen Eklat erwiesen sich als unbegründet. Die Leute um Frerich Hoeyer blieben der Feier fern. Er selbst auch.

*

Es war bedrückend heiß in der Kammer, und das Pech an den Nahtfugen stank, als wäre es erst vor Minuten verstrichen worden. Sie trugen nur leichte Leinenkittel, und trotzdem schwitzten sie. Alle schwitzten, auch der Rat von Münch, wenngleich letzterer in feinen, vornehmen Tropfen. Er war eigens aus Aurich herübergeritten, um sich dieses Wunderwerk zu betrachten. Und staunte nicht schlecht. Dem Bau der camera obscura waren genaue Beobachtungen der Sonnenbahn vorausgegangen, Johann hatte eifrig gemessen und aufgezeichnet, und schließlich dem still lauschenden Vater erklärt, wie die Kammer zu stehen hatte. Nämlich mit der Halbierenden der Lichteinfallseite genau in Richtung 245 Grad. Auch das Problem der Sonnenkurve hatte Johann meisterhaft gelöst. Der Lochteil saß auf einem beweglichen Tubus, der nach allen Seiten in kleinen Winkeln gerichtet werden konnte, um den Stern einzufangen. Der Tubus war mit schwerem schwarzem Tuch verkleidet, ebenso wie die Kammer selbst, nachdem Malisius im Nörgelton eines Fachmanns erklärt hatte, leichter Nessel tue den Dienst nun einmal nicht.

Der Nachmittag war früh, die Sonne stand noch viel zu hoch, aber die Ungeduld hatte sie in den Verschlag getrieben, und nun standen sie und schwitzten. Magdalena, mit deren Jungfernschaft der Pastor inzwischen mühsam seinen Frieden gemacht hatte, kam und klopfte mit einem Krug Wasser, aber man bedeutete ihr, sie möge jetzt um der Liebe des Herrn willen nicht stören. »Stell's vor die Tür. Und sag der Mutter, die Vesper nicht vor sieben!«, brummte Fabricius durch die geschlossene Wand. Ja doch, mit der Sonne würde es noch eine Weile dauern, aber deshalb hatten sie nicht etwa Langeweile.

Ihre Augen hatten sich inzwischen an die Dunkelheit gewöhnt, und Johann führte ihnen dieses Wunderteil vor, eine Linse, die er aus Leiden mitgebracht hatte. Es war eine kleine Linse, recht eigentlich ein Abfallstück aus einer Brillenmacherwerkstatt, der Meister hatte sie ihm gegeben, als Lohn für einen extrahierten Zahn. Aber sie tat ihre Dienste, der junge Mann fuhr mit dem Tubus herum und zeigte ihnen die Umgebung, den Kirchturm von Osteel, die angrenzenden Wälder. Sogar die Scheune von Uffe Hinrichs, dem größten Bauern des Kirchspiels, war gut zu erkennen.

»Ich habe schon Licht durch Linsen gesehen. Oft. Die Ränder waren stets unscharf, weil der Schliff fehlerhaft gewesen ist. Wie habt Ihr das beseitigt?«, fragte Hans von Münch spröde. Er war angespannt, das merkte man deutlich.

»Durch die Blende«, erklärte Johann. »Das ist ein Ring aus Papier, der den Linsenrand abdeckt.«

Münch nickte stumm, während David Fabricius auf Töne von Hoffart in seines Sohnes Stimme lauschte, doch es gab keine. Da war nur nüchterne Sachlichkeit, und das machte ihn zusätzlich stolz. Sie standen und schauten, ihre Köpfe waren zur Seite geneigt, denn sie sahen eine gestürzte Welt, mit den Füßen nach oben.

»Es sieht aus, als sei die Politik der Cirksena darübergefahren«, sagte Münch trocken, doch niemand lachte.

David warf dem Rat einen scharfen Blick zu. Diese unbedachte Bemerkung zeigte, unter welch großer Anspannung Münch stand. Er war mit seinen Nerven so ziemlich am Ende, das sah man. Nach einer Phase der relativen Ruhe hatte sich der Konflikt des Grafen mit Emden wieder gerührt, war aufgebrochen wie eine Eiterblase und hatte sein Gift verspritzt, auf eine Weise, die keinen Beteiligten unbefleckt ließ. Es waren die Provokationen, die hitzigen Unbedachtsamkeiten auf beiden Seiten, die diesen Krieg wiederbelebten und seine Ursachen aufwühlte wie ein Stecken einen schlammigen Tümpel. Allerdings, was die Stadt betraf, mochte Fabricius kaum an gedankenlose Hitze glauben. Ja, es wirkte vordergründig so, als rissen patriotische Begeisterung und der Drang nach Freiheit alles mit sich fort, aber dahinter steckte das nüchterne Kalkül des Magistrats und der Leute um Menso Alting.

Schon im Frühjahr hatte es ja begonnen, mit der Aufwiegelung der Bauern, offen und frech, der Anstachelung der Stände zu weiterem Ungehorsam auf eine Art, die inzwischen jede Form von gräflicher Autorität flagrant in Frage stellte. Schließlich drohte Graf Enno mit der Einberufung eines Landtages nach Aurich, was der Haagische Vergleich nicht erlaubte, weil Aurich befestigt war. Die Emder eilten sich, mit empörtem Aufschrei auf den Vertragsbruch hinzuweisen. Die vorherige Versammlung der Stände hinter eigenen, städtischen Mauern war ihnen dagegen Ausdruck urbaner Souveränität. Man hörte förmlich die Donnerstimme Menso Altings, der nun jeden, der nach Aurich zu gehen wage, kurzerhand zum Landesfeind und Aufrührer erklärte. Darauf folgten unsägliche Wochen voll giftigen Streits, mit gegenseitigen Vorwürfen und Schmähungen.

Es mochte sein, dass Münch das alles nicht mehr ertrug, es einfach müde war, er zumindest für eine Weile nichts davon hören wollte. Wie sonst wäre zu erklären, dass der Rat am helllichten Tag auf seinen Braunen gestiegen und herübergekommen war? Und jetzt stand er da, in seinem Leinenkittel, den Kopf auf der Schulter wie ein Huhn, das nach einem Korn späht, und riss gallige Witze, über die niemand lachte. Und mit einem Mal wurde Fabricius bewusst, welches Vertrauen Münch in ihn setzte. Der Rat wusste sich unter Freunden. »Ihr seid ja wohl heute ziemlich unwirsch!«, sagte er rau, um seine Rührung zu verbergen, »Welche Laus hat Euch die Leber gekratzt?«, und fügte an: »Gut, dass Enno Euch nicht hört.«

»Der ist in Bremen, am erzbischöflichen Hof«, zahlte Münch trocken heraus, es klang ziemlich so, als sei er froh darüber.

Johann hatte die ganze Zeit geschwiegen und seine Linse gedreht. In der rechten oberen Ecke erschien jetzt die schmale Sichel der Sonne, und in der Kammer wurde es still. Langsam, ganz allmählich schob sich der glutrote Ball über das Glas, bis er schließlich als feurige Scheibe auf der Projektionsfläche stand. Sie sahen sich den Stern mit Muße an, ohne ihren Augen zu schaden. Klar und scharf zeichnete sich der riesige Himmelskörper ab. Ein paar dünne, späte Wolken schwammen im Bild. Johann richtete und visierte fleißig, aber er konnte keine Strukturen einfangen, Einzelheiten waren nicht zu erkennen. Hatten sie denn solche erwartet? Von welcher Art? Besaß ein Stern eine Gestalt, eine Oberfläche mit Schrunden und Rillen?

Und als spüre er die Enttäuschung, richtete sich der junge Mann nach einer Weile auf. »Das ist erst der Anfang, Vater. Wir werden mehr sehen. Viel mehr. Durch dieses optische Rohr, das ich dir beschrieb. Ich hatte bereits eines in Händen. In Leiden.«

Der Rat hob den Kopf, und Fabricius sah seinen Sohn lächelnd an. »Die holländische Brille!« Johann nickte, Münch auch, aber der Pastor zweifelte. »Wenn das Licht aus Strahlen besteht, werden sie durch dein Rohr womöglich verstärkt, Sohn. Wie sollen wir da in die Sonne sehen, ohne uns die Augen zu verbrennen?«

*

Die Sonne war schon zur Hälfte verschwunden, sie diskutierten noch darüber, ob man Glas färben konnte, Johann dachte auch an eine Membrane aus feinster Tierhaut als Hülle für die Linse, als es draußen plötzlich rumpelte und donnerte. Es klang, als käme ein Fähnlein schwere Dragoner auf den Hof gesprengt. Dann wurde die Tür aufgerissen, so rüde, dass der Pastor von Osteel einen ganz und gar gotteslästerlichen Fluch ausstieß, und eine massige Gestalt füllte den Eingang, schwer und drohend stand sie gegen das rote Abendlicht.

»Malisius, was zum Teufel fällt Euch ein!?«, fauchte der Rat in seinem kurzen Leinenhemd, auf das der Drost jetzt einen schrägen Blick warf.

»Das fragt die Emder. Sie sind marschiert. Mit sechshundert Mann!«

Münch starrte ihn an. Dann riss er sich fluchend den Kittel vom Leib und fuhr in seine Kleider. Er zerrte noch an den Stiefelschleifen, als ihm der Drost schon unter die Achsel langte und auf das Pferd half. Danach ritten sie ab. Malisius war ohne Bedeckung gekommen, es schien ihnen unerklärlich, wie er allein derartigen Lärm hatte verursachen können.

Erst sehr viel später erfuhren die Osteeler, was sich ereignet hatte. Unsägliches. Jawohl, die Emder Garnisonstruppen waren marschiert. Mit vollen sechs Schwadronen hatten sie Aurich angegriffen, bei schwacher Gegenwehr genommen, die Burg besetzt und den Freiherrn von Knyphausen mit einigen Räten ohne Federlesen ins Loch geworfen. Hatten danach, vielleicht um Kompromittierendes zu finden, denn man munkelte noch immer über eine Verbindung der Cirksena zu Spanien, in einem grausamen Furor das gräfliche Anwesen durchwühlt, hatten die Bibliothek, Registratur und das Hofgericht verwüstet, Dokumente in riesigen Mengen davongeschleppt und so den Cirksena schwere, ja unersetzliche Verluste zugefügt. Es war natürlich auch eine Vielzahl von Besteck und Gerät aus edlem Metall in bunten Waffenröcken verschwunden, aber was galt das schon gegen den Raub einzigartiger Urkunden?

Auf dem Rückweg hatten die Truppen den Hafen von Greetsiel im Handstreich, wie nebenbei, genommen und besetzt, denn dieser war ihnen als Konkurrent zu Emden schon seit langem ein Dorn im Auge. Der gräfliche Hafenmeister wurde ergriffen und an die Rah eines Fischkutters gehängt. Ein Dragoner erschoss ihn mit seiner Radschlosspistole, als der Mann noch zappelte. Er hatte es gewagt, den Marodeuren die Stirn zu bieten. Der anschließende Marsch zurück in die Emder Garnison war nichts anderes gewesen als eine schlimme Soldateska, ein einziger Zug der Plünderung, der Drangsalierung und der Demütigung des Landvolkes, das sich unglücklich am Wegesrand befand.

»Ein Glück, das der Graf in Bremen war!«, sagte Johann, als sie von alledem hörten.

Fabricius sah seinen Sohn missbilligend an: »Wieso dieses? Wäre er nicht besser dort gewesen und hätte seine Leute geführt, um Schlimmeres zu verhindern?«, fragte er schärfer, als er wollte, denn die ganze Sache saß ihm mächtig quer.

Doch Johann schüttelte den Kopf. »Nein, Vater! Wenn er dort gewesen wäre, dann hätten ihn die Emder festgesetzt. Mit zwei Folgen. Erstens hätten wir Bürgerkrieg. Oder zweitens vielleicht sogar den Magistrat mit Menso Alting auf der Nase, stell dir das nur vor!«

David wunderte sich über seinen Ältesten, und über die Reihung seiner Argumente. Das Supremat des Emder Magistrats schien ihm ärger als ein blutiger Streit. Vielleicht war es doch gut, dass Johann kein Pastor geworden war.

Eintrag in das Calendarium Historicum des David Fabricius Dezember 1609

Ich habe Malisius gefragt, ob er es gutheißt, dass seine Meta uns an den Sonntagen zur Hand geht, so wie sie es selbst wünscht, aus alten Gründen der Zuneigung. Er selbst sei natürlich bei gleicher Gelegenheit als Gast an unserem Tisch gern gesehen. »Ei freilich!«, hat der Drost zwinkernd geantwortet und dabei heftig geschluckt, wohl schon aus Vorfreude. Also kommt Meta und bereitet uns das Mahl, wie es immer war, und alles hat seine schöne Ordnung.

Fast alles, sollte ich sagen. Es ist tatsächlich so, dass der Graf nur wegen seiner Abwesenheit einer Gefangennahme durch die Emder entronnen ist. Auch hat sich herausgestellt, dass die Truppe den Befehl hatte, Dokumente zu greifen, die eine Verschwörung der Cirksena mit der spanischen Krone beweisen. Gefunden haben sie aber nichts. Der Schaden ist trotzdem da. Über allem schwebt das Ziel des Magistrats, erdacht von Menso Alting und geplant vom Stadtsyndikus Johann Althusius, aus dem gräflichen Ostfriesland eine calvinistische Ständerepublik zu machen, koste es jeden Preis.

Münch war da. Er hat das Geld für das optische Rohr gebracht. Die holländische Brille. Seine eigene Verbindung zur Astronomie ist mit Tychos Tod wohl ebenfalls gestorben. Er hat kurz berichtet über Neues vom kaiserlichen Hof und auch Kepler erwähnt, aber sonst weiß er nichts, weil er nichts wissen will. Und was soll er mir zu Kepler auch sagen? Dieser Mann ist so geschwätzig, dass ich mehr Nachrichten über ihn habe, als mir lieb ist. Denn er traktiert mich in langen Briefen. Über sein neues Buch, den Traum vom Mond. Über die Veröffentlichung seiner sogenannten Planetengesetze. Über diesen Italiener, Galilei, der schon eine holländische Brille besitzt, sie sogar verfeinert und damit den Mond beobachtet hat, auf dem es angeblich Gebirge gibt. Und immer wieder Belehrungen, Ermahnungen, tut dieses, glaubt jenes nicht, endlos.

Was mich ehedem erbaute, ist mir inzwischen zur Last geworden. Ich bin es müde. Soll er sich an diesem Pisaner berauschen, oder auch mit ihm, ist mir gleichviel. Von mir wird er nichts mehr hören.

Das Christfest steht vor der Tür. Es ist schon sehr frostig, und die Bauern klagen. Frerich Hoeyer hat neulich in der Dorfschenke einen Mann schwer verprügelt, angeblich wegen einer Beleidigung. Der andere soll auch ein Messer gezogen haben, ob vorher oder zur Not, ist nicht mehr aufzuklären. Gebe Gott, dass wir alle zur Ruhe kommen.

24.

Und wenn ich gleich stürbe, so wär ich's zufrieden.
Aurich, gräfliche Hofburg, Frühjahr 1611

»Was tut Ihr damit?«, fragte Fabricius neugierig.

Münch schob das Pergament von sich wie ein Bündel giftiger Kräuter. Er lehnte sich zurück und lächelte kühl, dabei entblößte er eine Reihe lückenhafter Zähne, denn der Rat war alt geworden, gemeinsam mit dem Pastor. »Ich gieße es durch die drei Siebe des Sokrates«, sagte Münch spröde, »und prüfe, ob es wahr, in guter Absicht und notwendig mitgeteilt ist. Dann stelle ich das Gegenteil von allem fest und werfe es in den Abtritt.« Es sollte lustig klingen, aber das war es nicht. Eher bitter. Der Rat schien in letzter Zeit sehr nachdenklich zu sein.

David warf einen langen Blick auf die Depesche. Sie trug das Siegel des Magistrats von Emden, war aber nicht unterzeichnet. Auch die Anrede fehlte. Umso eindeutiger war der Inhalt. Münch wurde anonym mitgeteilt, dass ihn Graf Enno demnächst entlassen werde. Grund sei der Fund kompromittierender Dokumente, in denen sich der Rat mit machiavellistischer Boshaftigkeit über Möglichkeiten auslasse, die Stadt wieder unter gräfliche Kontrolle zu zwingen. »Na und?«, fragte Münch. »Das ist schließlich mein Auftrag. Dafür zahlt mir der Graf seine Taler. Unter anderem dafür!« Die Stadt werde die Papiere demnächst öffentlich machen. Und dann sei der Rat nicht mehr zu halten. Sein Posten bei Hofe sei längst an einen anderen vergeben. Aber in Emden sei er immer willkommen. Man schätze sein politisches Geschick und werde ein angemessenes Amt für ihn bereithalten.

»Das ist eine Einladung zum Hochverrat. Simpel und offen. Sonst nichts. Ich bin enttäuscht über die Naivität der Emder. Ob Menso Alting davon weiß?«

»Zumindest war er nicht so dumm, seinen Namen darunterzusetzen«, gab Fabricius trocken zurück. Dann beugte er sich vor. »Woher haben sie ihre Weisheiten?«

Der Rat sah ihn schräg an. »Aus dem Dokumentenraub von anno 1609. Bei der Plünderung der Auricher Burg. Woher sonst!?« Es klang so, als wollte er sagen, auf den Gedanken hättet Ihr eigentlich auch von selbst kommen können. Also hatte der Vorwurf seine Richtigkeit. Also hatte der Rat, den Pflichten seines Amtes folgend, dem Grafen Vorschläge gemacht.

Welche Vorschläge? Münch dozierte ungefragt darüber, mit kühler Stimme, es klang unbeteiligter als ein Bericht über ferne, unwichtige Dinge. Wie war nun der Plan? Recht einfach. Die Stadt gleichsam von innen her aufzuweichen. Ihren Argwohn einzuschläfern. Sie mit gütiger Zuwendung sanft und zahnlos zu machen, den Wehrwillen durch die verderbliche Kraft morbider Kernfäule zu zerbrechen. Und dann nur noch zu warten, bis sie wie eine Frucht zurückfällt in den Schoß landesherrlicher Obhut. Gewiss, danach müsse man noch tüchtig Ordnung schaffen, Heilung einleiten, alles Faule tief und weit wegschneiden, aber es bliebe genug übrig. Das würde gesunden, und mit ihm ganz Ostfriesland.

Fabricius hatte mit wachsender Verstimmung zugehört, und nun richtete er sich auf. Er war ziemlich zornig. »Und wie habt Ihr Euch das gedacht? Menso Alting bestechen? Ihm ein Weib zuschieben? Dem Magistrat eine Apanage bezahlen? Wovon übrigens? Wenn Ihr das glaubt, dann habt Ihr in all den Jahren nichts gelernt. Enno desgleichen!«

Münch blieb ruhig. »Ich rede nicht explizit von Menso. Aber auch er ist ein Mensch aus Fleisch und Blut, item die Herren des Magistrats.«

»Die Euch so nicht auf den Leim gehen werden!«, gab David hitzig zurück.

Darauf schwieg der Rat, er sah den Pastor nur mit einem langen, tiefen Blick an. Seht, Fabricius, die Welt und namentlich der Mensch sind nicht so edel, wie Ihr sie Euch wünscht, mochte das heißen. Machiavellistische Boshaftigkeit? Nun ja. Die menschliche Schwäche zu nutzen, das ist Politik. Und sonst nichts.

Jedenfalls, Münch sagte nichts mehr zur Sache, keine weitere Silbe spuckte er dazu aus, stattdessen brummte er: »Habe Meldungen von Malisius, dass in der Drostei vermehrt Vieh gestohlen wird. Also achtet auf Eure Hühner und Gänse!«

David fuhr sich über die Stirn. Er lächelte. Das war es, was er an dem Rat von Münch so schätzte, ja fast liebte. Er konnte aus der dicksten Kontroverse heraus jede Sache entspannen. Mit einem einzigen Satz. »Und was ist mit der Kuh?«, fragte Fabricius schelmisch.

Auch Münch lächelte jetzt. »Die ist schon schwerer zu stehlen. So ein Stück nimmt man nicht unter den Arm.«

Der Pastor schüttelte den Kopf, sein Lächeln wurde breiter. »Unbesorgt! Was das betrifft, so sind alle meine Hühner und Gänse wie Hornvieh. Zu schwer! Einen Pastor bestiehlt man nicht«, sagte er selbstsicher, und mit einem Mal war Münch stockernst.

»Ihr seid zu naiv für diese Welt, David. Zu arglos im Urteil. Die Emder seht Ihr christlich, aber sie sind es nicht. In Eurem Kirchspiel wird Vieh gestohlen, doch Ihr haltet Euch für ungefährdet. Es liegt an Euren Schlüssen. Ihr sagt, es muss Morgen sein, denn die Schatten sind lang. Aber sie sind es auch am Abend, versteht Ihr das?«

Der Rat von Münch hatte sich in Hitze geredet, doch Fabricius blieb unbeeindruckt. »Ich muss so denken, denn ich bin Pastor und kein Staatsmann. Und Ihr, Herr Rat von Münch, seht alles zu schwarz!«

Hierauf schüttelte der andere heftig den Kopf, seufzte und griff in eine Lade seines Schreibpults. Dann legte er den Wechsel auf den Tisch. Es war nur der Zuschuss zu Johanns Studium, darauf sah der Pastor streng.

*

Meta machte ihre Scherze mit den roten Augen der beiden Männer. Manchmal tat sie es wortlos, mit einem schrägen Blick und einem stummen Kopfschütteln, aber es gefiel ihr weit besser, ihren Spott in Worte zu kleiden. Seit die Magd mit Malisius verheiratet war, schien sie, was Wunder, noch kecker, noch unverblümter in Ton und Ausdruck. Aber was immer Meta auch sagte, sie hatte stets zwei Botschaften zu verkünden. Die erste lautete: Seht her, ich bin eure Magd nicht länger, sondern des Drosten Weib! Und die zweite hieß: Meine Dienste verdankt ihr nicht etwa Pflicht, sondern Zuneigung!

Die Familie Fabricius nahm es gelassen, wie immer schon. Es gab zu lachen. Alle freuten sich auf den Sonntag, die Frau Pastor auch der Hilfe wegen. Wenn Meta kam, hatte sie einen Korb mit Gemüse oder Brot am Arm, Fleisch für das Mittagsmahl und eine Flasche Wein für den Hausherrn. »Vom Drosten!«, pflegte sie mit strahlendem Lächeln zu sagen, und drückte dem nicht minder erfreuten Pastor den Roten in die Hand.

»Ho ho! Rotspon. Aus Lübeck. Gute Wahl. Sei bedankt! Und sag's ihm auch!«, gab David dann für gewöhnlich zurück.

Danach fuhr die Magd, die keine mehr war, wie eine heftige Bö durch das Haus, »Das Bummeln ist unsere Sache nicht!«, wirbelte alles durcheinander, stellte die Küche auf den Kopf und zauberte ein Mahl, das jede Zunge schnalzen ließ. Wie in alten Zeiten.

Und doch war heute ein besonderer Tag, ein Sonntag, und deshalb saß auch der Drost mit am Tisch, Malisius, der Mann, über den der Rat von Münch erst jüngst behauptet hatte, seine Einfalt werde nur durch seinen Appetit übertroffen. Dazu hatte es durchaus Anlass gegeben, denn Malisius hatte in einem nebensächlichen Streit mit Pachtbauern den Stock gehoben und so einen Aufruhr verursacht, den der Rat mühsam schlichten musste. Ostfriesische Pächter sind keine Leibeigene, die man kujonieren kann, versteht Ihr das, Drost? Jawohl, sie wollen angeleitet sein, aber sie tun ihre Pflicht und haben ihren Stolz, und das alles werdet Ihr in Gottes oder, von mir aus, auch des Teufels Namen irgendwann einmal lernen, oder Ihr verliert Euer Amt!

Malisius hockte und löffelte seine Suppe, und schließlich hob er den Kopf, als Johann zu sprechen begann. Die roten Augen des jungen Mannes schienen zu brennen. Heute sollte es sein, stehe die Sonne günstig für den letzten, den entscheidenden Schritt. Noch vor Beginn des Sommers und ehe das Licht des Sterns zu hell werde, müsse der Schleier reißen. Der Drost sah ihn neugierig an. »Welcher Schleier?«

Johann sank in den Stuhl zurück und legte den Löffel ab. Er hatte das ersehnte Fernrohr, die holländische Brille, endlich mitgebracht. Schon seit dem frühen März hatten sie gepeilt, bloßen Auges in die Sonne gesehen, und sich dabei die Rötungen geholt, mit denen die Magd ihren Spott trieb.

»Und was habt Ihr da gesehen?«, fragte Malisius. Auch der Drost hatte jetzt aufgehört zu essen, und das wollte etwas heißen.

»Unklare Formationen, Wülste und Schrunden, vor allem am Rand«, sagte der Junge knapp, und riss damit ein Tabu ein, das in der Kirche seit jeher Bestand gehabt hatte. Die Sonne war danach also nicht mehr das reine, perfekt gerundete Juwel der göttlichen Schöpfung am Firmament, sondern uneben und polygen, hatte vielleicht sogar Makel, und das grenzte nicht nur an Blasphemie, es war offene Ketzerei.

Das sagte jetzt auch Malisius und schob dann nach: »Seid Ihr Euch dessen bewusst?« Am Tisch war nun Ruhe, alle Augen hoben sich, die der Frau Pastor in offener Furcht, und Bestecke hielten inne.

»Glaubt das nicht!«, sagte der Pastor Fabricius mit ruhiger Stimme. »Wir rütteln nicht an Gottes Ordnung der Dinge, wir beschreiben sie. Indem wir beobachten, wahrnehmen und aufzeichnen. Mehr nicht!«

Doch der Drost schüttelte den Kopf. »Ihr tut etwas, das manchen Leuten nicht gefallen wird«, sagte er in warnendem Ton.

David musterte ihn freundlich aus roten Augen. »Es ist nicht wichtig, was den Leuten gefällt. Unser Trachten muss auf das Wohlwollen des Herrn gerichtet sein. Und mit ihm bin ich rein, das wisset. Er kann mich heute zu sich holen.

Jetzt. Wenn ich gleich stürbe, ich wär es zufrieden, und der Herr wäre es mit mir!«

Der Drost starrte ihn an wie einen Salvator Mundi, einem Kind entfuhr ein Schluchzen, und in das feierliche Schweigen sagte Meta mit spröder Stimme: »Dat reckt. De Sopp word kold!«

Es war Johann, der später, als sie beim Kuchen saßen, das Gespräch wieder zum Thema führte. »Die Frage ist doch, was wir da sehen. Nicht so sehr, ob wir es sehen dürfen!« Zuvor hatte er lange, sehnsüchtige Blicke durch das Fenster geworfen, schon seit geraumer Zeit scharrte er unruhig mit den Füßen, und hatte sich dafür bereits einen tadelnden Blick der Mutter eingehandelt.

»Je nun, es werden Wolken sein«, sagte Malisius wie einer, der weiß, wovon er spricht.

»Da irrt Ihr wohl«, konterte Johann eine Spur zu scharf, »wir beobachten diese Erscheinungen schon seit Tagen, und sie ändern ihre Formen nicht.«

Der Drost nickte, das gute Essen machte ihn zahm und friedfertig. »Na gut, und wann werden wir es nun wissen?«

»Nach dem Kuchen«, sagte der Pastor sofort, auch ihn hatte längst eine tiefe Unruhe erfasst.

»Nach dem hierauf folgenden Tischgebet!«, verbesserte Meta frech, und alles lachte.

Es war angenehm in der Kammer, noch längst nicht so heiß wie im Sommer. Gespannt sahen sie Johann zu, der mit dem Fernrohr richtete. Der junge Mann hatte das Instrument geschickt in den Tubus eingepasst. So konnten die Linsen in der camera obscura ohne den direkten Blick auf die Sonne wirken. »Die Brille zeichnet das reale Bild. Ihr müsst es Euch nicht mehr auf die Füße denken«, sagte David an den Drosten gewandt. »So wie bei einer einzelnen Linse, deren Glas das Bild stürzen lässt.«

Malisius lachte. »Wie so vieles heute!«, gab er trocken zurück, und fügte an: »Es wäre schön, wenn man derlei nur durch Denken heilen könnte.« Danach war Ruhe, obwohl es einiges zu sagen gegeben hätte, etwa über die Dinge, die der Drost unnötig durch eigenes Handeln über Kopf gehen ließ, und David war froh, dass der Rat von Münch nicht bei ihnen war.

Sie sahen den jungen Mann visieren, und schließlich kam die Sonne auf die Weißfläche, schob sich Stück für Stück herein, war schließlich voll und stand klar auf dem Papier. Und dann sahen sie die Schatten. Sahen sie auf einer schiefen Ebene liegen wie blinde Flecke auf einem Spiegel. Hörten nun Johann mit Skizzen rascheln, sahen, wie er sie anhob, fixierte, verglich.

»Sie wandern, Vater. Auf einer um fünfzehn Grad geneigten Bahn, von Osten nach Westen«, sagte Johann trocken.

»So! Aha! Und was schließt du daraus?«

Der junge Mann dachte lange nach. Er schien unsicher, aber schließlich hob er den Kopf, und als er sprach, war seine Stimme fest. »Es gibt nur eine Erklärung. Dass sich die Sonne in ihrer Achse dreht. Nach rechts.«

Eintrag in das Calendarium Historicum des David Fabricius Juni 1611

Münch klagte neulich über die Beschwerlichkeiten des Alterns. So sei es ihm zuwider, an seinen kommenden Geburtstag auch nur zu denken, geschweige denn ihn etwa in Gesellschaft von Freunden zu begehen. Ich sagte ihm, die Wiegenfeier sei keine Veranstaltung zum Jubel über die Ansammlung von Lebensjahren. Sondern die festliche Erinnerung an ein Ereignis in Dankbarkeit zu Gott. Er sah mich an wie ein Todkranker, den man vergeblich tröstet. Ich glaube nicht, dass es mir gelungen ist, ihm Erleichterung zu schaffen.

Noch einer ließ mich in diesen Tagen mit unguten Gefühlen zurück. Frerich Hoeyer. Er stand nach dem Gottesdienst plötzlich vor mir und verlangte Aufklärung über die Predigt, er habe ihren Sinn nicht erfasst. Ich hatte über den verlorenen Sohn aus dem Evangelium des Apostels Lukas gesprochen. Dieser Sohn zwingt seinem Vater das Erbteil ab, verprasst es in einem zügellosen Leben, kommt danach reumütig zurück und wird festlich aufgenommen. »Was verstehst du daran nicht?«, fragte ich Frerich.

»Es ist die Lehre, die Ihr zieht«, antwortete er. »Nach Euren Worten kann jeder ein Leben in Sünde führen, wenn er danach so tut, als wäre es ihm leid!«

Ich weiß nicht, ob er es so meinte, ob er die Bedeutung aufrichtiger Reue wirklich nicht verstand, seine Augen jedenfalls waren kalt und angriffslustig, aber ich erzählte ihm folgendes Gleichnis: Ein sehr reicher und mächtiger Mann stirbt und verlangt Einlass in den Himmel. Also klopft er an die Pforte und ruft: ›Hier stehe ich! Ich habe geherrscht über viele Völker und Länder. Ich war streng, aber gerecht, meine Untertanen lebten in Sicherheit und Wohlfahrt, sie hatten ihr Auskommen und ihren Frieden. So lasst mich ein!‹ Aber Petrus sagt: ›Dazu bedarf es mehr als dieses!‹ Da ruft der Mann: ›Hier stehe ich. Ich habe die Armen gespeist und beschützt. Ich habe meine Kinder gut erzogen und ihren Nutzen gemehrt. Ich habe für Ausgleich zwischen den Völkern gesorgt. So lasst mich ein!‹, aber Petrus antwortete: ›Es bedarf dazu mehr, als was du sagst!‹ Da ruft der Mann endlich unter Tränen: ›Hier stehe ich. Ich habe gesündigt und bereue es von Herzen!‹. Und dann sagt Gott der Herr von drinnen: ›So lasst ihn ein!‹

Danach habe ich Frerich Hoeyer angesehen, und auf seine Antwort gewartet, aber es kam keine. Er hat sich umgedreht und ist wortlos nach draußen gestapft. Mir wurde der Kragen eng. Das ist auch ein Mensch, den ich nicht erreichen konnte.

Die Astronomie – nun ja. Man hört einiges darüber, aber es hat alles kaum damit zu tun, was ich selber mache. Simon Marius hat Monde entdeckt, die um den Jupiter kreisen, vier sollen es sein, doch der Pisaner, Galilei, ist ihm zuvorgekommen, wenn auch nur um einen Tag. Es dauert mich für Marius. Sehe ihn noch vor mir, in Prag, bei Tycho, anno 1601, wie eifrig er arbeitete und mit den Studenten rechnete. Nun hat ihm der Italiener den Rang abgelaufen, zudem noch gefunden, dass Venus um die Sonne kreist.

Mit den Flecken auf der Sonne war es ja ganz ähnlich. Es müssen wohl einige Astronomen daran geforscht haben, auch Galilei, doch Johann hat sie zweifellos sehr früh entdeckt. Aber der Pisaner hat Geld damit gemacht, durch den Druck einer Schrift, noch bevor mein Sohn mit der seinen an die Öffentlichkeit kommt, denn De maculis in Sole observatis *wird nicht vor Herbst erscheinen. Der Junge wird es verschmerzen. Als Magister der Philosophie hat er einen wichtigen Schritt zu beruflichem Auskommen getan. Wollte nur, er ließe von der Feldscherei und nähme sich demnächst ein ernsthaftes Feld der Wissenschaft vor, warum nicht die gute alte Jurisprudenz, wenn es schon die Theologie nicht sein soll? Johann wird nicht müde zu erklären, dass auch die Medizin zu den höheren Fakultäten gehört, aber ich fürchte mich vor dieser Entscheidung. Denn entweder wird er damit zum Quacksalber eines Fürsten, muss ihm täglich den Hintern blistern, und das wäre schlecht. Oder er gerät als Knochensäger unter dessen Waffenknechte, und das wäre noch übler. Allein, mit Johann ist darüber nicht zu reden, und so müssen die Dinge ihren Lauf nehmen. Es würde mich übrigens nicht wundern, wenn ihm Münch für einen Posten im gräflichen Dienst Aussichten gemacht hätte.*

Ich selbst sehe in die Sterne, ohne zu forschen, und bin es zufrieden. Ja, es ist reizvoll, die halbe Nacht mit der Brille zu schauen und festzustellen, dass es auf dem Mond tatsächlich Berge und Täler gibt, wovon letztere vielfach kreisrund und deshalb wohl vulkanisch sind. Aber warum nicht einfach Gottes Werk erleben, sich daran erfreuen und staunen, ohne ständig Fragen zu stellen?

Nochmals Münch. Die seltsame Postille über seine bevorstehende Entlassung als gräflicher Rat hat sich als unwahr erwiesen. Sie war von den Emdern wohl nur darauf angelegt, Zwietracht in das Lager der Cirksena zu bringen, und damit sind wir bei der Politik. Es ist so gekommen wie befürchtet.

Die Generalstaaten haben den Grafen gezwungen, diesen im Ganzen unseligen Vertrag von Osterhusen zu unterzeichnen. Ich sage gezwungen, denn Oldenbarnevelt hat sich klar geäußert: »Willigt ein oder habt Krieg!«, hat er gesagt. Die Sprache des Akkords ist die des Diktats, Niederländisch, und das sagt wohl mehr über ihn als seine Buchstaben. Zwar gewinnt Enno seine Besitzungen in Aurich und Greetsiel zurück, aber die für ihn ungünstigen Kontrakte von Delfzijl und Den Haag werden ausdrücklich bestätigt. Gleiches gilt für die Garnison der Niederländer in Leerort, die Enno jetzt auf Dauer dulden muss, zunächst fünf Jahre. Was danach kommt, weiß der Himmel. Auch in Fragen der Gerichtsbarkeit wendet sich vieles zu des Grafen Nachteil, sein Einfluss wird deutlich beschnitten. Emden ist gänzlich eigenständig und gräflichem Zugriff für immer entzogen. Und das soll nun der große Landesvertrag sein, auf den sich der Friede fortwährend gründet? Wer kann daran glauben?

25.

Frerich Hoeyer.
Osteel, Mai 1617

Der Frühling wollte einfach nicht kommen. Noch im Mai war es kalt und nass, die Aussaat verrottete auf den Feldern, und nicht nur im Kirchspiel Osteel sank die Stimmung auf den Nullpunkt. Die Bauern waren gereizt, in nervöser Sorge um ihre Frucht und die Folgen einer schlechten Ernte, es häuften sich Streitereien, die nicht selten in Handgreiflichkeiten endeten. Wo früher eine abschätzige Geste, ein rüder Wortwechsel die Gemüter abgekühlt hätte, flogen heute die Fäuste.

Besonders hart war das Leben für die Tagelöhner und Brotesser, die auf den Höfen ihre Arbeit verloren und rasch verwahrlosten. In der Folge nahmen die Diebstähle zu, nicht nur von Getreide und Kleinvieh, man stieg auch in Häuser ein und griff nach Hausrat und Silber, und die Gerichte hatten Arbeit. David Fabricius unternahm alle Anstrengungen, in seiner Gemeinde das Gefühl für christliche Nächstenliebe wachzuhalten. In seinen Predigten appellierte er an die Starken und ermahnte sie, den Schwachen zu helfen. Dabei nahm er vor allem die reichen Bauern aufs Korn und hielt ihnen vor, unsolidarisch zu sein. In diesen Situationen wich er von seinem geplanten Thema ab, »...was soll ich jetzt über die unbefleckte Maria reden ...!«, und sprach seine Leute direkt an.

Mit Frerich Hoeyer kam es bei einem solchen Anlass zu einem hitzigen Streit. Auch er hatte zwei seiner Knechte entlassen und gab Tagelöhnern keine Arbeit mehr, wie so mancher Osteeler Bauer, aber er war der Einzige, der sich traute, dem Pastor öffentlich zu widersprechen. Hoeyer stand plötzlich in seiner Bankreihe, schwer und drohend, die Bärenarme vor der Brust verschränkt, und nahm Fabricius frontal an. »Es ist mein Geld und mein Brot, über das

Ihr verfügen wollt. Mit welchem Recht, frage ich? Wenn es genügend Arbeit auf meiner Scholle gibt, dann auch für die Tagelöhner. Und was genügend bedeutet, das bestimme ich allein. So einfach!«

Danach war es totenstill in der Kirche, kein Wispern war zu hören, nicht einmal das Scharren von Füßen, und alle Augen wandten sich dem Pastor zu, einige zornig, viele andere in einer Mischung aus Sorge und Hoffnung.

David nahm sich Zeit für seine Antwort. Ihm lag nicht daran, den Hoeyer öffentlich bloßzustellen. Es ging ihm auch nicht um einen raschen, billigen Sieg. Er wollte Ruhe im Kirchspiel, Frieden und gerechten Ausgleich unter seinen Schafen, nicht mehr als das Brot aus der reich bestückten Vorratskammer für den, der hungerte. Doch dann sah er in diese hoffärtigen Augen, sein Blick wurde hart, fraß sich fest, und schließlich gingen ihm die Gäule durch. »Du redest wie ein Krämer, Frerich. Wie ein Kaufmann, der nur seine Geldkatze sieht. Aber so spricht kein Christenmensch. Nicht in solchen Zeiten!« Und dann, als der Hoeyer sein Maul auftat, um zurückzuzahlen, fuhr der Pastor harsch dazwischen: »In diesen Tagen zeigt sich, wer wahrhaft zur Gemeinschaft der Christen zählt. Und jeder, der harten Herzens absteht, bedenke sein Seelenheil!«, donnerte David Fabricius, und legte damit das Saatkorn in die Erde, das wenig später auf schreckliche Weise keimen sollte.

Der Hoeyer sagte nichts mehr, er ruckte einen Moment mit seinem massigen Körper, es sah so aus, als wollte er die Kirche verlassen, doch dann hockte er sich hin und schwieg, in seinen Augen loderten Brände.

*

Es war der Abend, an dem Münch selbst die Nachricht brachte. Sie war gesiegelt und unterzeichnet von einem Drosten des Herzogs von Sachsen-Eisenach und David hatte sofort ein schlechtes Gefühl, als der Rat mit dem Pergament das Haus betrat. Zu ungewöhnlich der Zeitpunkt des Besuchs, zu fremd das große, rote Siegel. Gottlob hatte sich seine

Meta schon zu Bett begeben, sie kränkelte in letzter Zeit, kam nicht recht auf die Beine, und das war etwas, das den Pastor über die Maßen belastete. Es passte ins allgemeine Bild der Bedrücktheit, der Unruhe und der Furcht vor dem Morgen. Gewiss, sie hatten auch Feste gefeiert, Magdalenas unerwartete Heirat mit dem Müllermeister von Greetsiel, und auch Heinrichs erfolgreichen Abschluss der Lateinschule in Braunschweig. Aber es blieben doch Randereignisse, Intermezzi, zaghafte Lichtpunkte in dunklen Tagen.

Und nun also der Rat von Münch, wie er unschlüssig dastand, den Hut unter den Arm geklemmt, die Depesche in den Händen drehte, mit müden Augen und grauem Gesicht. Auch er war alt geworden, auch ihn hatten die Ereignisse zermürbt und krank gemacht. Denn die Jahre waren dahingezogen wie im Rausch. Oder wie ein übler Traum. Schlimme, schreckliche Jahre, gallenbitter und schwer zu tragen. Der Tod von Menso Alting anno 1612 war nur eine Episode, ein Menschenschicksal wie viele andere, zu unbedeutend, daran zu verzweifeln, zu wichtig, darüber hinwegzusehen. Es fehlte nun die giftige Zunge im Magistrat, die Peitsche für die Emder Zucht, der hungrige Geist, der alles und sich selber nährte. Doch es fügte sich, dass andere diese Lücke schlossen: Johannes Althusius, der alerte Stadtsyndikus mit seinem messerscharfen Verstand, auch Ubbo Emmius, der nun als Rector Magnificus der Universität Groningen aus den Generalstaaten verstärkt seine Fäden zog.

Wie zäher Mehltau bedeckte ein Klima der Angst Ostfriesland, das nach dem Vertrag von Osterhusen nicht recht zur Ruhe kommen konnte. Die Unsicherheit war mit Händen zu greifen, so mancher düstere Blick stand in bangen Augen, und was ist denn das für eine Zukunft, die wie eine Wand am Horizont aufwächst, gleich einem Unwetter, dessen Wucht man hinter wolkenverhangener Schwärze nur erahnen kann? Und umso mehr fürchten muss? Denn in der Tat war ja nichts wirklich befriedet. Es waren die Feindseligkeiten doch nur mit dünnem Papier überdeckt, so wie der Heißhunger eines jagenden Bären durch eine Beutemaus eher geweckt als gestillt ist.

Dieser Vertrag, in holländischer Sprache, auf vierunddreißig Seiten Pergament, mit einer schwarz-goldenen Kordel gehalten, in jenem Bauernhaus unterzeichnet und gesiegelt, das der Rat von Münch als »üble Bruchbude« bezeichnete, ließ keine der beiden ostfriesischen Seiten ohne Stachel im Fleisch. Die Emder nicht, weil sie lernen mussten, dass sich ihr stadtherrlicher Glanz aus niederländischem Machtkalkül speiste, und nicht etwa aus brüderlicher Eintracht im Glauben. Dass sie an Fäden hingen, die nur in Den Haag gezogen wurden. Dass sich ihr calvinisches Reich nicht so groß und prächtig errichten ließ, wie sie es erträumten. Denn die Cirksena waren noch da, trugen unverändert das reichsgräfliche Siegel, sie saßen noch immer und residierten.

Den Grafen schmerzten andere Dinge. Der endgültige Abschied von überkommenen Vorstellungen fürstlicher Autorität stand wie ein Menetekel vor seinen Augen. Ja, er trug noch seinen Herrscherhut, aber was war der heute wert? Die Ordnung des Landes band sich an Verträge, die ihm sämtlich aufgezwungen waren. Auf die sogar seine eigenen Leute, die Räte und Drosten, nun einen Treueeid leisten mussten. Die Stände genossen steuerliche Hoheit, Gerichte entglitten seine Händen. Und in der Mitte allen Übels stand Emden, wie ein eitriges Geschwür an der Brust, in diesem unseligen Vertrag Graf Ennos Stadt genannt, und zugleich durch die Betonung der Eigenständigkeit von Magistrat und Räten das Gegenteil, wie eine Braut, die zum Kuss den Schleier lüftet und ihn fallen lässt, sobald der Bräutigam die Lippen spitzt.

Das war die Lage, und David sah den Rat von Münch an, seinen geschätzten, ja geliebten Hans Münch, mit dem er gestritten und getrunken, an dem er sich gerieben und Halt gefunden hatte. Sah sein schlohweißes Haar, das sich im Scheitel zu lichten begann, sah die von Altersflecken übersäten Hände mit dem fremden Pergament, die gebeugten Schultern und das traurige Gesicht, und wollte schon fragen, was bringt Ihr mir, aber dann ließ er es, weil ihm der Rat wortlos das Couvert mit dem Siegel entgegenstreckte. Und dann doch noch herausbrachte: »Bittere Nachrichten, mein Guter!«

»Nun setzt Euch!«, sagte David, doch Münch blieb stehen, schüttelte den Kopf und plötzlich spürte der Pastor das Herz in der Brust wild und holprig schlagen. »Also nun, in Gottes Namen. Was soll's schon sein. Dann bleibt eben stehen«, sagte er betont forsch, hockte sich selbst in seinen alten Hörn und riss das Couvert auf. Herzogtum Sachsen-Eisenach, das konnte nur mit Johann zu tun haben, der sich in Wittenberg aufhielt, so viel war klar. Also, irgendeine kleine Dummheit, ein Studentenulk zum Missfallen der Stadtwache, derlei kam vor, sogar in Pastorenfamilien. Er las, las nochmals, begriff nichts, sah die Zeilen, ohne sie zu erfassen, und irgendwann verschwammen die Lettern vor seinen Augen. Er hob den Kopf und hörte Münch schluchzen.

*

Johanns Tod warf den Pastor für eine Weile vollends aus dem Gleichgewicht. Der plötzliche, unerwartete Verlust dieses Sohnes, den er so sehr geliebt, von dem er so viel erwartet, in den er alle Hoffnungen gesetzt hatte. Und der nun in fremder Erde lag, irgendwo in Sachsen, zu Tode gekommen angeblich beim Sturz aus einer Postkutsche, auf eine Art, deren Umstände nicht mehr geklärt werden konnten. In diesen Tagen verließ seine Frau das Bett nur noch zu den Mahlzeiten. Fabricius selbst hatte alle Mühe, seine täglichen Pflichten als Pastor nicht zu vernachlässigen. Er zwang sich in die Kirche, zwang sich auf die Kanzel, quälte sich zu trauernden Familien und durch fremde Begräbnisse, aber seine Tätigkeiten waren kraftlos, mechanisch, ohne das mitreißende Feuer, ohne den sprudelnden Geist, der ihn sonst stets ausgezeichnet hatte. Wie sollte er Trost spenden, da er seiner doch selbst bedurfte? Niemals, nie zuvor in seinem Leben war ihm bewusster als in jenen Tagen, dass er ein mit Schwächen, Fehlern und Mängeln behafteter Mensch war. Die Sterne vergaß er völlig. Er spielte mit dem Gedanken, Kepler zu schreiben, setzte sich hin und griff nach Feder und Papier, aber es war sinnlos. Er hockte noch am Abend vor einem Pergament, auf dem nichts stand, kein Satz, nicht eine einzige Zeile.

Es war die Magd, Meta, die ihn eines Tages dazu brachte, den Kopf aus dieser Schlinge zu ziehen, aufzustehen, die dunklen Wolken zu vertreiben und ins Leben zurückzukehren. Sie kam des Morgens, es war mitten in der Woche, ins Haus und brachte die kalten Reste einer Mahlzeit vom Vortag. Meta sah ihn an, in ihren Augen stand Wehmut, aber auch deutlicher Trotz, und dann sagte sie mit dünner Stimme: »Weide meine Lämmer, weide meine Schafe!«

Dieser eine Satz aus dem Evangelium des Johannes riss David den Kopf nach oben, und er brachte tatsächlich so etwas wie Zorn auf. »Willst du mir etwa vorwerfen, meine Pflichten nicht zu tun?«, fragte er barsch.

Und dann sah er die Tränen an ihren Wimpern und schwieg, auch als sie konterte: »Ihr sollt pflügen und nicht kratzen. Ihr sollt führen und nicht mitlaufen!«

An diesem Tag beweinte er seinen Sohn zum letzten Mal.

Dann kam Sonntag, der 7. Mai anno 1617. Und plötzlich stand dem Pastor ein Warnzeichen im Kopf, ganz weit hinten glomm etwas, vage, unklar, wie ein verlöschender Docht in der Nacht. Er senkte die Stirn und dachte nach, spielte einen Augenblick mit dem Gedanken, ein Horoskop für sich zu machen, und dann rief ihn die Magd. Er hatte sie poltern gehört, drüben im Stall, denn die Zeiten für den Drosten waren schlecht. Der Rat von Münch hatte seine Drohung endlich wahrgemacht, Malisius hatte einen Teil seines Gehaltes eingebüßt, anstelle des Sonntagsbratens würde es also einen Napfkuchen geben, und die Geflügelschar des Pastors sollte die nötigen Eier liefern. Aber musste man dazu den Stall abreißen?

Es rumorte schließlich auf der Schwelle, unnötig laut, wie Fabricius fand, und dann stand Meta schwer atmend im Türrahmen, mit einer flaumigen Feder im Haar. »Nun ist es so weit! Uns fehlt eine Gans!«

David fuhr auf. »Was, zum Teufel ...«, hielt inne, weil ein Pastor nicht fluchen darf, und fragte schärfer als er wollte: »Bist du sicher?«

Meta, die Fäuste in den Hüften, sah auf ihn herab wie Gottvater auf den niedrigsten seiner Sünder. »Bis drei zählen werde ich ja wohl noch können. Letzten Sonntag hattet Ihr vier Gänse, heute ist es eine weniger!«

Jetzt fluchte der Pastor Fabricius doch. »Verdammt und zugenäht. Diese Saubande!« Stand auf, streckte sich und wandte sich um. »Meta! Meinen Kragen«, befahl David mit einer Stimme, die nichts Gutes verhieß.

Fabricius stand schon vor dem Glockengeläute in seiner Kirche. Mit finsteren Blicken musterte er seine hereinströmenden Schafe, von denen eines schwarz sein musste. Man bestiehlt nicht! Und seinen eigenen Pastor schon überhaupt nicht. Wer stiehlt, ist ein Sünder, und wer den Pastor bestiehlt, ein nichtswürdiger Hundsfott. David dampfte vor Zorn, als er auf die Kanzel seiner Kirche stieg. In der Predigt ließ er Feuer und Eisen regnen, er steigerte sich von Satz zu Satz, es war eine wahre Philippika, und die Gemeinde duckte sich. Bis auf einen. Frerich Hoeyer.

Der Bauer saß sehr aufrecht, es sah aus wie eine körperliche Drohung, ganz so, als wollte er allein den Unmut dieses Zornigen auf sich ziehen. Seine Augen bohrten. Hier! Ich! Hier bin ich. Nun wagt es, mich zu meinen, untersteht Euch, mich zu beschuldigen! Es war nur natürlich, dass sich unter solchen Umständen ihre Blicke immer wieder kreuzten, duellierten, stumme Gefechte miteinander austrugen. Als der Pastor von der Kanzel stieg, war er in Schweiß gebadet.

Schon nach dem Napfkuchen, den er hastig und ohne Genuss hinunterschlang, zog sich Fabricius in sein Arbeitszimmer zurück. Er war noch immer aufgewühlt, fahrig, seine Hände zitterten, als er nach dem Papier griff. David dachte daran, seine Schrift über Indien zu ergänzen, die er bereits anno 1612 als Kompilator veröffentlicht hatte. Es dauerte nicht lange, bis er feststellte, dass er heute nicht arbeiten konnte. Am späten Nachmittag entschloss er sich zu einem Spaziergang. Er musste endlich zur Ruhe kommen.

Frerich Hoeyer sah den Pastor schon von weitem. Er hatte den Streit mit ihm in Teilen genossen, auch den heute in der Kirche, der ja eigentlich kein offener Disput gewesen war. Sie hatten mit den Augen gekämpft, Hiebe ausgeteilt und empfangen, schreckliche Streiche hin und her, immer wieder, er selbst hatte dabei wohl kaum den Kürzeren gezogen. Und nun sah er Fabricius heranspazieren, tief in Gedanken, mit gesenktem Kopf. Der Pastor sah harmlos aus, wirkte hilflos, suchend, aber wie hatte er denn noch von der Kanzel geklungen? Hatte er nicht mit Dreck um sich geworfen? Wahllos? Nein, nicht wahllos. Gezielt. Auf ihn, Frerich Hoeyer. Hatte ihn doch, ohne es in Worte zu kleiden, öffentlich als Dieb hingestellt. Weil er, nicht wie die anderen, seinen Rücken gerade gehalten hatte. Weil er diesen Blicken nicht ausgewichen war. Hatte dann, noch in der Predigt, den Sünder der Strafe des Herrn empfohlen und erklärt, damit sei für ihn, Fabricius, die Sache aus der Welt.

Und mit einem Mal wusste Frerich Hoeyer, die Sache war nicht aus der Welt. In keiner Weise. Es gab noch etwas zu regeln. Seine Hand war ruhig, als sie nach dem Torfspaten griff. Er nahm ihn wie beiläufig, fast unbewusst, dachte sich eigentlich nichts dabei, aber er langte sich das Werkzeug und richtete sich auf.

Der Weg des Pastors führte durch eine schattige Allee, gleich hinter dem Dorfweiher, dort gab es Stellen, die auch bei Sonnenschein in dunkles, samtiges Grün getaucht waren. David schien nicht sehr überrascht, als er plötzlich den Bauern vor sich sah. Schließlich war Frerichs Hof in der Nähe. Aber der Torfspaten? An einem Sonntag? Er blickte auf das Gerät in des Hoeyers groben Händen. Jawohl, sie hatten einen Disput, wenn auch einen wortlosen, sie hatten Blicke wie Klingen gekreuzt, aber das war vorbei. Der Pastor wollte Ruhe. Und sich versöhnen, auch mit diesem Widerborst.

»Was willst du denn jetzt noch im Torf herumstechen, Frerich?«, fragte Fabricius leichthin, ohne Arg, wie jemand, der ein launiges Gespräch sucht. Aber der andere schwieg und verstellte ihm den Weg. Hoeyer trug einen ärmellosen Kittel, seine Muskeln waren angespannt.

Und dann setzte der Bauer zu einer längeren Rede an, seine Worte kamen stoßweise und ungeordnet. Das war nicht mehr der kühle, beherrschte, mit Bedacht provozierende Frerich Hoeyer, man sah ihm an, dass er bis in den Grund seiner Seele erregt und aus dem Gleichgewicht war. Ihr habt mich gebrandmarkt. Stigmatisiert. Habt mich aus der Gemeinschaft der Kirche geredet. Mich öffentlich des Diebstahls bezichtigt. Redete in einem konfusen Schwall, ohne Atem zu schöpfen, wuchs in die Höhe und verlor sich in Rage, auf der Stirn dicke Schweißtropfen.

Der Pastor kam nicht zu einer Antwort, der andere ließ ihm keine Gelegenheit, und dann hob Hoeyer den Spaten und schlug. Schlug noch einmal, und dann ein drittes Mal. Schlug, bis der Pastor im Blut lag und sich nicht mehr rührte.

Epilog

Der Sack ist zu
Aurich, gräfliches Hofgericht, 20. Mai 1617

Der gräfliche Hofrichter Johannes Reertshemius dampfte nicht eben schlecht. Das ganze Geschäft ging ihm auf die Nerven, zudem war es seit gestern wieder warm und der Kerl da reizte ihn bis aufs Blut. Aus dem zusätzlichen Tag im Loch für den Hoeyer waren zwei geworden. Es hatte nichts genützt. Sie hatten ihn wieder und wieder verhört, hatten ihm Fallen gestellt, fintiert, ihn mit Aussagen von Zeugen bedrängt, fernen Beobachtern, die es nicht gab, nicht geben konnte, und das wusste dieser Hund ganz genau. Und so blieb Frerich Hoeyer stur. Er war ja nicht dumm. Wie ist der Paster ums Leben gekommen? Woher soll ich das wissen, ich war nicht dabei. Wo hast du den tödlichen Schlag angesetzt? Welchen Schlag?

Der Bauer bewegte sich mit wachem Instinkt durch den Prozess. Er nickte, wo es ungefährlich war, und schüttelte seinen Dickschädel, wenn es brenzlig wurde. Hoeyer roch die Gefahr wie ein Geier das Aas, er schien jede Frage, jede harmlose Prämisse durchzurechnen wie ein Schachspieler seine nächsten Züge, bedachte die Folgen und stand ab, sobald er Ungemach witterte. Es machte verdammt den Eindruck, als bisse sich der Hofrichter an diesem Burschen die Zähne aus, und Reertshemius war gewiss ein erfahrener Mann.

So konnte es nicht weitergehen. Zudem saß ihm die Hofkanzlei im Nacken, und nicht nur die. Der Reichsgraf selbst hatte ihn zu sich gerufen und klare Vorgaben gemacht. Sehr klare Vorgaben. Enno wollte Erfolge sehen. Rasch. Fabricius, sein geliebter Fabricius war erschlagen worden. Auf gräflichem Latifundium. Das schrie förmlich nach Sanktion. Auch um zu zeigen, dass die Gerichtsbarkeit der Cirksena noch etwas galt in Ostfriesland. Und dann sogar dieser unsägliche Rat von Münch, der ihm nichts zu sagen oder gar zu befehlen hatte. Auch der hatte ihn angesprochen, noch in der Hofkanzlei, und hatte ihm in harschem Ton gesagt, was er, Münch, von ihm, dem Richter, erwarte. Es sei das Blut dieses edlen Mannes geflossen, und nun wolle er, der Rat, das Blut des Mörders sehen. Wörtlich! Und er solle sich wohl strecken, dass es auch so komme. Johannes Reertshemius spürte jetzt noch sein Herz vor Empörung schlagen. Nun denn. Der Hofrichter gedachte, seinen Beitrag zu leisten. Aber dazu brauchte er keine Belehrungen. Von niemandem. Schon gar nicht von diesem Münch.

Gefoltert hatten sie den Hoeyer nicht. Bisher zumindest. Nun ja, hin und wieder eine kräftige Ohrfeige, ein hartes Zupacken der Fronknechte, das wohl, aber die Werkzeuge lagen da und glänzten matt unter ihrer Fettschicht, noch immer unberührt. Sie sollten den Hoeyer einschüchtern, mehr nicht. Das Winken mit den Methoden der Inquisition war eine Finte gewesen, ein Kniff, die Drohung mit einer weißen Kriegsfahne, und das hatte der Hundsfott klar erkannt.

Der Hofrichter entschloss sich also, seine Taktik zu ändern. Denn die endlose Fragerei, jetzt spucke es aus, was war mit dem Spaten, wie kam das Gekröse auf deinen Kittel, hatte ja nichts gezeitigt als Ausflüchte und freche Antworten. Reertshemius strich sich über die feuchte Stirn. »Nun sage, was hattest du mit dem Pastor Fabricius? Ihr habt doch disputiert, oder nicht?«

Hoeyer schüttelte den Kopf, in seinen Augen stand kalter, zynischer Spott. Für wie dumm hältst du mich? »Er war nicht mein Freund, so viel steht fest«, wich der Bauer spröde aus.

»Hattet ihr nicht einen Streit, wegen eines Horoskops?«, hakte der Hofrichter nach.

Diese verdammte Magd! Meta. Hatte natürlich wieder getratscht. Was dieses Weib wusste, das wusste das Dorf. Man musste ihr irgendwann das Maul stopfen. »Es stimmte hinten und vorne nicht. Item mit dem Wetter. Aber deswegen einen Pastor scheiteln? Haltet Ihr mich für toll?«

»Du antwortest nur auf die Frage, Kerl! Ich will von dir

kein Addendum hören, verstehst du das?«, schrie Johannes Reertshemius mit rotem Kopf.

Darauf lehnte sich der Hoeyer zurück, verschränkte seine haarigen Bärenarme vor der Brust und glotzte mit gekräuselten Lippen. Es ist gut, wenn du dich aufregst, besser du als ich.

Der Hofrichter starrte ihn wütend an, es schien, als lausche er auf etwas Entferntes, und mit einem Mal hatte Reertshemius das Gefühl, als schabe es da an seiner Hirnrinde. Irgendwo. Ganz hinten. Und glomm auf, zaghaft noch, wie eine winzige Funzel in finsterer Nacht. Er verharrte einen langen Moment, die Augen blicklos, wie nach innen gekehrt, hob dann den Kopf und fixierte den Hoeyer scharf. Da ist doch etwas Entscheidendes gesagt worden, etwas substanziell Wichtiges, oder ich will verdammt sein! »Wiederhole, was du gesagt hast. Deine letzten Worte!«, befahl er.

»Wozu dieses, Ihr habt es doch gehört!«, gab der Hoeyer aufsässig zurück.

»Hundsfott!«, knirschte es bei den Räten, die Waffenknechte unter ihren roten Hauben scharrten mit den Füßen, als warteten sie auf Befehle, und der Hofrichter hob die Hand zu einem ausführlichen Schlag.

Doch dann besann sich Reertshemius, fuhr zum Schreiber herum und fauchte ihn an. »Hast du das alles?«

Der Mann nickte beflissen. »Gewiss doch, Herr Rat.«

»So lies vor! Seine letzte Einlassung. Wörtlich.«

Der Schreiber blätterte umständlich in seinen Pergamenten, und in Hoeyers Blick stand plötzlich Unsicherheit.

»Wird's bald?«, forschte der Hofrichter ungnädig, und schließlich zupfte der Schreiber die Seite und begann stockend zu lesen.

»Wozu dieses? Ihr habt es doch gehört!«

»Nicht das. Das davor!«, brüllte der Hofrichter aus vollem Hals, und der Schreiber duckte sich.

Seine Finger flatterten, als er auf dem Bogen suchte. Dann sagte er: »Es stimmte hinten und vorne nicht. Item mit dem Wetter. Aber deswegen einen Pastor scheiteln? Haltet Ihr mich für toll?«, und mit einem Mal herrschte Ruhe. Totenstille. Reertshemius ließ den Satz wiederholen. Er war jetzt völlig beherrscht. Lies! Nein, nicht den. Den dritten. Aber deswegen einen Pastor scheiteln? Pastor scheiteln. Scheiteln. SCHEITELN! Der Hofrichter sah den Hoeyer an und schwieg. Schwieg lange.

So lange, bis es dem Bauern unerträglich wurde, und er schließlich herausplatzte. »Was ist? Was soll das? Was wollt Ihr von mir?«

»Scheiteln«, sagte Reertshemius kühl, »du hast scheiteln gesagt!«

»Na und?«, schrie der Hoeyer. »Was ist damit schon ausgedrückt? Ein Wort ist es, nur ein Wort, weiter nichts!«, giftete und polterte fort, und auf wundersame Weise wandelten sich jetzt die Dinge. Hatte zuvor der Hofrichter unter den spöttischen Blicken Hoeyers gewütet und getobt, so war es nun der Beschuldigte, der die Nerven verlor, während Johannes Reertshemius, fast wie im Gefühl des sicheren Sieges, von heiterer Gelassenheit erfasst schien.

»Scheiteln, mein Freund, ist hier mehr als nur ein Wort. Es heißt doch wohl den Schädel spalten, etwa nicht?«

»Und wenn schon!«, heulte Frerich. »Welchen Beweis wollt Ihr damit führen?«

Der Hofrichter wandte sich rüde ab, drehte dem Beschuldigten den Rücken zu und blickte schweigend auf die Räte, während Hoeyer hinter ihm mit nach vorn gedrehtem Ohr den Hals reckte. »Welchen Beweis? Den entscheidenden. Du hast dich nämlich verraten. Hast unbewusst die Tat zugegeben, denn dem Pastor wurde der Schädel gespaltet, mit einem scharfen Gegenstand. So wie dein Spaten!« Er ging gemessenen Schrittes zum Schreiber, blickte ihm über die Schulter und nickte zufrieden. Langte sich einen Becher, bediente sich aus dem Wasserkrug, kam zurück.

Der Hoeyer ließ ihn nicht aus den Augen. »Das ist kein Beweis!«, erwiderte er mit zitternden Lippen, und jetzt, zu allerersten Mal, schwang offene Angst in seiner Stimme.

»Du mühst dich vergeblich, der Sack ist schon zu. Ich muss

ihn nur noch binden«, bemerkte der Hofrichter in einem Ton, der klang wie reißendes Holz. »Den Rest peitsche ich zur Not aus dir heraus, des sei gewiss!«

Der Hoeyer starrte ihn an und sagte nichts mehr, er hatte aufgehört zu kämpfen.

Drei Tage später starb der Mörder von David Fabricius auf dem Rad. Er starb ziemlich jämmerlich, schrie und weinte schon, als der Henker die Eisenstange hob, von dem großspurigen Kraftkerl war nichts mehr übrig. Der Nachrichter hatte ein Einsehen und setzte bereits den ersten Hieb so, dass Frerich Hoeyer das Bewusstsein verlor. Sein Tod war weit gnädiger, als der seines Opfers gewesen war.

*

Nachwort des Autors

Als ich mich diesem Romanvorhaben erstmalig näherte, hatte ich durchaus Zweifel an seiner Ergiebigkeit. Ein lutherischer Pastor, der in die Sterne sieht – was sollte daraus wohl zu machen sein? Erst im Laufe der Recherche erfasste ich die Dramatik des Lebens von David Fabricius, und dass sie sich zu einem guten Teil aus den Verhältnissen ihrer Zeit und deren Umständen nährt.

Sie führen uns in die Länder der Deutschen in der zweiten Hälfte des sechzehnten Jahrhunderts. Die Reformation hat Einzug gehalten und weite Teile des Lebens ergriffen, aber ihre Feinde formieren sich. Im Konzil von Trient haben sie ihre Klingen geschärft, Papst Pius IV. hat sie gesegnet, und nun werden sie gezogen, damit Blut fließe. Die sie in den Fäusten halten, haben sich den Deckmantel der Glaubenshüter über die Schulter geworfen, der Bewahrer des Erbes unseres Herrn Jesus Christus, der Gegenreformation. Doch wieder einmal geht es nicht um den Kampf zur Gewinnung höherer Einsichten in den Dingen des Glaubens, sondern um weltliche Macht. Es ist eine raue, eine wirre, eine grausame Zeit, in der ein Christenmensch seine liebe Mühe hat, mit sauberen Händen über die Tage zu kommen.

Ostfriesland leidet besonders unter den schlimmen Zuständen, und es verzweifelt an der Unfähigkeit des Hauses Cirksena, mit ihnen fertig zu werden. Dabei geht es in der Grafschaft recht eigentlich nicht um die Restauration des kirchlichen Machtgefüges im Sinne päpstlicher Vorgabe. Die Ostfriesen kämpfen einen anderen Kampf. Sein Ziel ist die Befreiung der Stände von gräflicher Dominanz, und sein Elend der mit erschreckender, nahezu unversöhnlicher Schärfe ausgetragene Konflikt zwischen Christen, nämlich lutherischen und reformierten Protestanten. Wen wundert es, dass letzterer nicht etwa im Streit um den rechten Weg zum Seelenheil wurzelt, sondern in unvereinbaren Auffassungen über Fragen staatlicher Ordnung? Ja, seine Gegenstände waren edel, es ging um Freiheit, Gewaltenteilung und die Naturrechte des Menschen als Wesen göttlicher Schöpfung, aber musste er von Männern der Kirche an vorderster Front geführt werden in der Art, wie es geschehen ist?

Die Grafen von Ostfriesland sind nicht nur betroffene Akteure, es fehlt ihnen in diesen Tagen an Kraft und Weitsicht, dem Volk Halt und Führung zugeben. Das zeigt sich erstmals bei Graf Enno II., der die Säkularisierung der Klöster »durchsetzt«, indem er befiehlt, alles Messgerät in Gold und Silber an ihn abzuliefern. Danach erlahmt sein Interesse schnell, und er lässt die Dinge treiben. Schlimmer noch wird es bei seiner Witwe, Gräfin Anna. Sie nimmt nach Ennos Tod für ihre drei unmündigen Söhne das Ruder der Regentschaft, aber sie führt es unstet und unsicher, bei weitem überfordert. Ihr schwerster Fehler jedoch ist es, alle ihre Söhne mit der Reichsgrafschaft über Ostfriesland belehnen zu lassen. Damit verstößt sie nicht nur gegen die durch Edzard I. (den Großen) erlassene Primogeniturordnung, nach der ihrem Sohn Edzard als dem Ältesten der Grafenhut zugestanden hätte, sondern sorgt vor allem für eine weitere Schwächung der Strukturen, die geeignet gewesen wären, Ostfriesland zu ordnen. Nun, die Katastrophe folgt auf dem Fuße.

Als David Fabricius im Jahre 1564 geboren wird, herrscht Chaos in Ostfriesland. Es gibt drei regierende Grafen hier, nach dem Tode Graf Christophs 1566 noch zwei, aber das reicht völlig, um das Land an den Rand des Zusammenbruchs zu treiben. Die beiden Grafen regieren verbissen gegeneinander, jeder hat seine eigene Verwaltung, seinen Kanzler, seine Räte. Entscheidungen des einen treffen auf Gegenmaßnahmen des anderen, und bald weiß niemand mehr, welcher Befehl gilt, welcher Order zu folgen ist. Es kommt sogar zu Auseinandersetzungen um Ämter und Gemarkungen, die mit Gewalt ausgetragen werden. Die Folge ist ein rapider Verfall landesherrlicher Autorität.

So wächst der junge David auf in einer Zeit der Unordnung und der Unsicherheit. Sein Vater heißt noch Jan Jansen, er ist Schmied, die Arbeit ist schwer und das Leben hart. Es ist vielleicht die Mutter, Talke, die durchsetzt, dass der Junge ab 1580 die Lateinschule in Braunschweig besuchen darf.

Im Januar 1583 sehen wir ihn als Studenten der Theologie an der Universität Helmstedt, er immatrikuliert sich als David Faber Esensis und nutzt damit, der Mode seiner Zeit folgend, erstmals eine latinisierte Form des väterlichen Berufs als Namen. Bereits ein Jahr später heiratet er die verwitwete Tochter eines Schankwirts und wird vor Abschluss seines Studiums Pastor in Resterhafe.

Anno 1584 fällt ihm das Sterberegister des Minoritenklosters von Gent in die Hände, es sind noch viele Seiten darin unbedeckt, und er beginnt sein Calendarium Historicum, das zunächst vor allem Wetteraufzeichnungen, später auch allgemeines Zeitgeschehen, Ereignisse aus dem Leben der Familie und astronomische Beobachtungen erfasst.

Mit der Rückkehr nach Ostfriesland wird er erneut Teil dieses wirren Lebens, das in einer brisanten Mischung aus Religionskrieg und blutigem Machtspiel gerade hier einen Brennpunkt gefunden zu haben scheint. Doch Fabricius ist guten Mutes, er ist Pastor und betrachtet die Sterne, er lebt gottesfürchtig und stürzt sich gleichermaßen in Gemeindearbeit und Wissenschaft. Die Welt, so denkt er wohl, die Welt da draußen, die gehe ihn nichts an. Und in der Tat, die Lage scheint sich zu beruhigen, als am 19. September 1591 Graf Johann stirbt und damit Graf Edzard II. endlich Alleinherrscher in Ostfriesland ist. Die Primogenitur ist wiederhergestellt, die Reichsgrafschaft unter einer Führung vereint.

Aber die Erleichterung wärt nur kurz, denn Edzard erweist sich als unfähiger Landesherr. Er ist unfähig, die Stände hinter sich zu bringen, er ist unfähig, den schwelenden Konfessionsstreit mit der Stadt Emden zu beenden und er ist unfähig, das Land zu führen. Stattdessen stürzt er sich in unsinnige politische Konflikte, deren Abläufe er nicht steuern, der Folgen er nicht übersehen kann.

Fabricius ist zu dieser Zeit schon ein gefragter Kartograph, er hat Kontakt zu dem berühmten dänischen Astronomen Tycho Brahe und entdeckt am 3. August 1596 einen neuen

Stern im »Walfisch«. Ab 1601 steht er in Briefwechsel mit dem legendären Johannes Kepler, mit dem er astronomische Fragen auf höchstem Niveau diskutiert. Der Pesttod seiner Mutter erschüttert ihn, wie ihn die Geburt eines Kindes erfreut, es sind die alltäglichen Dinge des Lebens, die ihn beschäftigen und gefangen halten. Er denkt, die hohe Politik, die Emder Revolution, das Gären unter den Ständen, das Hauen und Stechen an der Knock, das plötzlich Auftauchen von marodierendem niederländischem Militär, das alles ist nichts für ihn, er kann sich heraushalten.

Er irrt. Er kann sich nicht heraushalten, weil ihn sein Umfeld als Gefolgsmann der Cirksena wahrnimmt. Und das hat Ursachen. Schon ab 1602, als die Gräfin Anna Taufpatin seiner Tochter wird, heben sich in Ostfriesland Köpfe. Die Nähe zum Grafenhaus ist für Fabricius auch ein Gebot der Vernunft, von hier wird er nicht nur ermuntert zu veröffentlichen, er erhält auch die erforderlichen Mittel, und die Studien des Sohnes Johann wären ohne das Silber der Cirksena unmöglich. Denn das Gehalt eines Pastors ist karg, und die Prognostiken und Kalender, die er für die Bauern macht, reichern den Küchenzettel kaum an.

Im Jahre 1604 wird er Hofprediger in Aurich, und spätestens jetzt ist er Partei, Teil des Spiels, ob er es will oder nicht. Plötzlich hat er Feinde, sie sitzen am Emder Delft. Und nun ist auch er, wie sein Herr, das Ziel der Angriffe eines Johannes Althusius und eines Menso Alting, dieses wortgewaltigen Predigers, denn er dient einem Landesfürsten, der Macht als ungeteiltes Fürstenprivileg betrachtet, zu einem Ausgleich mit den calvinischen Strömungen Emdens nicht willens und nicht in der Lage ist. Fabricius schwimmt mit, so gut er kann, stürzt sich in die Arbeit, schreibt, studiert.

Bereits 1603 übersiedelt er nach Osteel – in Resterhafe sind ihm die holländischen Soldaten zu nah –, um dort nach gräflichem Willen eine freie Pastorenstelle anzutreten.

Er entdeckt eine Supernova im Sternbild Ophiuchus (Schlange) und glaubt im Herbst 1604, in einer großen Konjunktion von Mars, Jupiter und Saturn die Wiederkehr der

Bestirnung bei Christi Geburt zu erkennen. Sein Verhältnis zu Johannes Kepler trübt sich ein, als der ihm erklärt, dass die Bahn des Mars kein Kreis sei, sondern eine Ellipse, und mit den anderen Planeten verhalte es sich ebenso. Fabricius widerspricht, hält das für neumodische Ketzerei, versucht Kepler umzustimmen, und gerät darüber mit ihm in Streit. Zwar sind sie im heliozentrischen Weltbild des Kopernikus grundsätzlich einig, aber bei der Ellipse will Fabricius nicht folgen. Zudem nerven ihn Keplers ständige Belehrungen, seine Rechthaberei und Egozentrik. Es wird stiller zwischen den beiden.

Der Pastor in Osteel ist ein guter Hirte, er weidet seine Schafe im Sinne des Herrn, und findet trotzdem Kraft und Zeit zur Veröffentlichung seiner Forschungsergebnisse. Er gibt eine Chronik über Ostfriesland in Druck und beobachtet im September 1607 den Halleyschen Kometen, dessen zyklische Wiederkehr er allerdings nicht erkennt. Der Tod des Vaters 1608 fällt zusammen mit der Erfindung des Fernrohrs durch den holländischen Brillenmacher Hans Lipperhey, sein Sohn Johann, seit 1609 Student der Medizin im holländischen Leiden, wird wohl als erster Fabricius ein solches Wunderwerk in den Händen gehalten haben. Das Jahr 1609 sieht schließlich den Abbruch des Briefwechsels zwischen Fabricius und Kepler, dem der Ostfriese auch in weiteren Fragen der Astronomie nicht zustimmen will. Er selbst entdeckt »res mira« im Sternbild Walfisch neu, die er im August 1596 aus den Augen verlor, und nimmt fasziniert von Galileis Entdeckung der Jupitermonde Kenntnis.

Im Jahre 1611 entdecken er und sein Sohn Johann die Flecken auf der Sonne, aber sie schreiben nicht zeitnah darüber, und so kommt ihnen Galilei mit einer Veröffentlichung zuvor, die er *Briefe über die Sonnenflecken* nennt. Es ist auch der Italiener, der das Fernrohr von Hans Lipperhey zu einem wissenschaftlichen Instrument fortentwickelt, und damit eigentlich den Schatz erst hebt, der durch die Entdeckung sichtbar wurde. Fabricius bewundert den Mann aus Pisa noch immer, aber er schätzt ihn nicht mehr. Er hält ihn nun für einen überaus geschickten wissenschaftlichen

Profiteur. An diesem Punkt spiegeln sich auch die Verhältnisse der astronomischen Eliten dieser Zeit. Man steht im Briefwechsel zueinander, ja, und man tauscht Erkenntnisse und Erfahrungen aus. Das ist die eine Seite. Die andere ist die des wechselseitigen Belauerns, der Missgunst, des Neides und der Konkurrenz, die Angst, überholt zu werden, zu spät zu kommen. Da werden Briefe nicht beantwortet, man hüllt sich Monate in Schweigen oder gibt auf Fragen nur vage Auskünfte. Und immer bohrt die Ungewissheit: Wie weit ist der andere, weiter als ich? Was weiß er, das mir noch dunkel ist? Kepler erlebt das bei Galilei, er beklagt sich bei Fabricius darüber. Der kennt diese Erfahrung nicht, aber sie bringt ihn dazu, »den Italiener« noch weniger zu mögen.

Der Pastor veröffentlicht 1612 als Kompilator Reiseberichte über West-und Ostindien und im Jahre 1614 eine Karte des Amtes Bederkesa. Im Januar 1617 erreicht ihn die Nachricht vom Tode seines Sohnes Johann, der auf der Reise nach Basel, wo er zum Doktor der Medizin promoviert werden soll, auf ungeklärte Weise ums Leben kommt. In dieser Lage greift er nochmals zur Feder, um Kepler seinen Schmerz mitzuteilen. Dieser Brief wurde tatsächlich geschrieben, auch wenn ich es in meinem Roman anders darstelle. Aus den Zeilen klingt bereits deutlich Verzagtheit, nachlassendes Interesse an der Wissenschaft und Daseinsüberdruss.

Sein Leben verliert David Fabricius wegen einer Banalität. Er wird von einem Bauern seines Kirchspiels erschlagen, der sich von ihm öffentlich des Diebstahls bezichtigt fühlt.

»Die holländische Brille« ist ein Roman und kein Geschichtsbuch. Historische Fakten wurden durch Recherchen ermittelt, ihre Wechselbeziehungen und Zuordnungen sind angerissen, sie spiegeln die vom Autor erkannte Sachlage. Gleichwohl war es erforderlich, zu glätten und zu vereinfachen, denn die politischen Verhältnisse im Ostfriesland jener Zeit waren weit komplexer und vielschichtiger, als dargestellt werden konnte. Die geneigte Leserin und der geneigte Leser mögen dem Bedürfnis nach tiefergehender

Unterrichtung durch das Studium der reich vorhandenen Literatur entsprechen.

Datumsangaben beziehen sich mehrheitlich auf den Kalender von Julius Cäsar, den man deshalb auch den julianischen nennt[9]. Die gewiss notwendige und gut begründete Korrektur dieses Kalenders durch die Bulle inter gravissimas Papst Gregors XIII. im Jahre 1582 wurde in Ostfriesland erst 1700 vollzogen. Bis dahin behalf man sich im überregionalen Schriftverkehr durch Nennung beider Daten, getrennt von einem Bruchstrich. In der Reichsgrafschaft selbst galt der julianische Kalender. Die im 5. Kapitel geschilderte Übernahme des gregorianischen Kalenders durch Graf Johann für seine Teile der Grafschaft ist reine Fiktion.

David Fabricius unterstand formell nicht direkt dem Grafen von Ostfriesland, sondern wohl einem gräflichen Statthalter in Dornum. Diese »Zwischenebene« wurde in der Darstellung übersprungen, um das enge Verhältnis der Familie Fabricius zum Grafenhaus sichtbar zu machen. Es äußert sich in vielen belegbaren Fakten. So war der Pastor selbst Hofprediger der Cirksena in Aurich, wurde von dort ermuntert zu veröffentlichen und hierbei finanziell unterstützt, wohl auch für das Studium seines Sohnes Johann, schließlich übernahm die Gräfin Anna (Frau des Grafen Ennos III.) die Patenschaft für eine Tochter.

Diese Nähe[10] wäre nach Überzeugung des Autors ohne eine Form des besonderen Einvernehmens nicht möglich gewesen. Hierzu gehören auch identitätsstiftende Kategorien wie das Teilen von Sichten und Überzeugungen in weltanschaulichen Fragen, die es ohne weiteres gegeben haben dürfte. Das bedeutet nicht, dass Fabricius alle Maßnahmen

---

[9] Eine Ausnahme bildet der Todestag von David Fabricius, der sich hier auf den gregorianischen Kalender bezieht. Dies hat seine Ursache in den erzählten Zusammenhängen und ist deshalb aus Sicht des Autors tolerierbar.

[10] Ihre räumliche Kategorie wird verdeutlicht durch die Figur des gräflichen Rates Hans von Münch, die frei erfunden ist. Münch steht stellvertretend für den gräflichen Kanzler Thomas Franzius (später ersetzt durch Dothias Wiarda), der als häufige Kontaktperson im dargestellten Format für einen Pastor wohl kaum erreichbar gewesen wäre.

und Entschlüsse des Hauses Cirksena gutgeheißen hat. Er wird im Gegenteil oft durchaus abweichende Auffassungen gehabt und gelegentlich auch geäußert haben. Das ändert jedoch nichts an seiner Treue zum Herrscherhaus in den dargestellten Zusammenhängen. Diese Form der Hinwendung mag dem Publikum heute in mancher Hinsicht problematisch erscheinen. Der Lebensleistung von David Fabricius als Geistlicher und Astronom tut sie aus Sicht des Verfassers jedoch keinerlei Abbruch.

Das Calendarium Historicum war für David Fabricius mehr als ein simples Almanach. In ihm finden sich meteorologische Daten, aber auch Angaben zu Planeten und ihre Konstellationen, politische Nachrichten, Familienereignisse und pfarramtliche Aufzeichnungen. Bei seinen Einträgen wechselt Fabricius immer wieder von Latein in das Plattdeutsch seiner Zeit, häufig sogar innerhalb eines Satzes. Er hielt auch Anschaffungen für den Haushalt darin fest. Im Jahre 1599 etwa findet sich ein Eintrag über einen Becher von 12 Lot Gewicht, eine (vom Kürschner?) hergestellte Kappe, den Ankauf von Stoff in einer Breite von gut 5 Ellen, Machelohn »im Haus« von einem Taler und die Gesamtausgabe von 30 Gulden. Fabricius hat es für richtig gehalten, das Abstillen einzelner seiner Kinder zu vermerken, aber seine wichtigste astronomische Entdeckung vom 3. August 1596, der neue Stern »res mira« im Walfisch, ist nicht eingetragen.

Für die vorliegende Darstellung wurde das Calendarium Historicum abgewandelt. Es dient hier häufig als reflektierendes Erzählmedium. Dies ist Folge des schriftstellerischen Konzepts und entspricht nicht der Wirklichkeit im Sinne einer wörtlichen Nutzung.

*

Dank

Ich danke dem Staatsarchiv Aurich, namentlich seinem Leiter, Herrn Professor Dr. Parisius, für den Zugang zu Dokumenten und Erkenntnissen. Das Calendarium Historicum von David Fabricius im Original in Händen zu halten, war ein besonderes Erlebnis.

Ein weiterer Dank gilt Herrn Wiard Hinrichs aus Wittmund. Als Historiker mit beeindruckendem Sachverstand, einem umfassenden Überblick und profunder Kenntnis der historischen Details hat er mir in nützlichen Hintergrundgesprächen Zusammenhänge eröffnet, die mir bis dahin verborgen waren.

Ebenfalls danke ich Herrn Professor (emer.) Dr. Menso Folkerts. Als ehemaliger Inhaber des Lehrstuhls für die Geschichte der Naturwissenschaften der Universität München hat er mir durch den Hinweis auf wichtige Quellen, u.a. in eigenen Arbeiten, das Leben und Wirken von David Fabricius als erster erschlossen.

Meiner Lektorin Maeve Carels danke ich in der Gewissheit, ihr mit dem Fabricius weniger Arbeit gemacht zu haben als mit der »Friesischen Freiheit«. Die Zusammenarbeit mit ihr war gleichwohl und erneut eine lehrreiche Freude.

Heike Gerdes, meiner Verlegerin, muss an dieser Stelle eigener Raum gegeben werden. Schon bei der »Friesischen Freiheit« hat sie mit unternehmerischem Wagemut und Gespür für den Stoff imponiert. Mir den Fabricius schmackhaft zu machen, war eine Leistung, für die ich von Herzen dankbar bin.

Ein besonderer Dank gilt meinem Kameraden und Freund, Herrn Oberstleutnant a.D. Hartmut Sittel. Als Leiter der

Volkssternwarte Goch-Kleve war er mir in allen Fragen der Astronomie eine überaus wertvolle Unterstützung. Dabei beschränkte sich sein Rat nicht nur auf den heutigen Stand der Wissenschaft, sondern war auch im Hinblick auf Kenntnisse, Fähigkeiten und Leistungsvermögen der zeitgenössischen Astronomie von Brahe, Kepler und Fabricius eine substanzielle Hilfe. Neben seiner Expertise ist vor allem die Geduld hervorzuheben, mit der er mir wiederholt Zusammenhänge erläutert hat, die mein begrenztes Verständnis nicht auf Anhieb erfassen konnte. Alle sachlichen Fehler, die sich heute noch im Text finden, haben ihre Wurzeln ausschließlich in dieser Unzulänglichkeit.

Lothar Englert
Aurich, im Sommer 2012

Liste der erwähnten Personen

(* = fiktiv)

Albrecht von Brandenburg	Erzbischof von Mainz und Brandenburg
Aristoteles	griechischer Philosoph
Christoph Clavius	deutscher Jesuit und Mathematiker im Vatikan
Christoph Columbus	genuesischer Entdecker
Claus Pels	Drost von Pewsum
Claudius Ptolemäus	Mathematiker, Geograph und Astronom des Altertums, Begründer des geozentrischen Weltbildes. Er verfasste u.a. die Megiste Sytaxis (»größte Zusammenstellung«), in der er seine Erkenntnisse über Mathematik und Astronomie in 13 Büchern darlegte
Dietrich Spranger	Pastor von Pewsum
Eggerik Beninga	Berater der Gräfin Anna von Ostfriesland, wohl Verfasser der damals begründeten Polizeiordnung in Ostfriesland. Hat auch eine führende Rolle in den Auricher Hexenprozessen von 1543
Enno, Stellmacher*	Nachbar von Jan Jansen
Ferdinand I. von Habsburg	deutscher Kaiser nach Teilung des Reiches Karls V.
Frans Hals*[11]	holländischer Verlagsagent

[11] Die Namensgleichheit zu dem holländischen Maler Frans Hals (ca. 1585-1666) ist Zufall

Franz I.	König von Frankreich
Franziskus Schmidbauer*	Ordinarius für Theologie an der Universität Helmstedt
Frerich Frerichs*	Bauer in Resterhafe
Frerich Hoeyer	Mörder von David Fabricius
Friedrich von Spee*	Student an der Universität Helmstedt
Galileo Galilei	italienischer Astronom und Mathematiker
Gaius Sallustius Crispus (Sallust)	römischer Geschichtsschreiber und Politiker
Gerhard Bolardus	Emder Patrizier, Mitglied im Rat der Vierziger und im Kirchenrat
Giordano Bruno	italienischer Mönch, 1600 in Rom verbrannt
Graf Edzard II. Cirksena	Reichsgraf von Ostfriesland
Graf Johann	Edzards Bruder
Gregor XIII	Papst; Veranlasser der Kalenderreform
Grundacker von Liechtenstein	Adelsgeschlecht, später Fürsten
Guglielmo Sirleto	Kardinal, Leiter der päpstl. Kalenderkommission
Hans Lipperhey	Brillenmacher, fand 1608 durch Experimente mit konvexen und konkaven Linsen das Prinzip der optischen Vergrößerung [12]

12) Die Urheberschaft dieser Erfindung ist umstritten. Offensichtlich haben mehrere Optiker und Wissenschaftler zeitgleich mit Erfolg an ihr geforscht.

Hans Ruprecht	kaiserlicher Reichsrat am Hof in Prag
Hans von Münch*	gräflicher Rat
Heinrich Julius, Herzog zu Wolfenbüttel	Rektor der Universität Helmstedt
Heinrich Lampe	Ordinarius an der Lateinschule zu Braunschweig
Heinrich VIII.	englischer König
Hinderk*	Bauer in Resterhafe
Hoyko Manninga	Häuptling von Pewsum
Hubertus von Donnerschwee*	oldenburgischer Rat
Jakob Fugger	Augsburger Bankier und Kaufmann
Jan Blahoslav	böhmischer Bischof der lutherischen Kirche
Jan Beuckels auch: Jan van Leyden	holländischer Wiedertäufer
Jan Jansen	Vater von David Fabricius
Johann Malisius*	gräflicher Drost
Johannes Althusius	Stadtsyndikus von Emden
Johannes Kepler	deutscher Astronom und Mathematiker
Johannes Decibelius*	Professor für Astronomie an der Universität Helmstedt
Johannes Müller	Bayrischer Wissenschaftler (auch: Regiomontanus)

Johannes Reertshemius*	Gerichtsrat am Auricher Hofgericht
Johan van Oldenbarnevelt	niederländischer Staatsmann und Diplomat. Bestimmte wesentlich die Politik seines Landes im Ausgleich zwischen den europäischen Großmächten. Hatte als Verhandlungsführer der Generalstaaten maßgeblichen Anteil an Zustandekommen und Inhalt von Verträgen zwischen Emden und den Cirksena
Jost Bürgi	schweizerischer Uhrenmacher
Julius Cäsar	römischer Kaiser; schuf den »julianischen Kalender«
Karl V.	deutscher Kaiser
Katharina von Wasa	schwedische Prinzessin, Ehefrau Edzards II.
Leo X.	Papst
Leonhard von Taxis	ab 1595 kaiserlicher Generalpostmeister, zusätzlich auch Generalpostmeister der Spanischen Niederlande. Ab 1650 führte die Familie den Namen Thurn und Taxis
Ludwig von Nassau-Dillenburg	niederländischer Feldherr, Führer der Geusen
Martin Luther	Reformator
Maximilian II.	Nachfolger Kaiser Ferdinands
Menso Alting	Calviner, Theologe und Prediger in Emden

Meta*	Hausmagd von David Fabricius
Meta*	Ehefrau von David Fabricius (Vorname fiktiv)
Nikolaus Kopernikus	deutscher Astronom und Mathematiker, Begründer des heliozentrischen Weltbildes, Verfasser des Werkes »De Revolutionibus Orbium Coelestum«; » Über die Umschwünge der himmlischen Kreise«
Nikolaus von Kues	deutscher Wissenschaftler
Orsini-Rosenberg	Adelsgeschlecht aus der südöstlichen Steiermark, später auch Fürsten
Phillip II.	spanischer König, Erbe des spanischen Teils des Reichs Karls V.
Phillip Melanchthon	Pastor und Weggefährte Luthers
Pythagoras von Samos	griechischer Philosoph und Mathematiker
Rudolf II.	deutscher Kaiser aus dem Hause Habsburg, Nachfolger Maximilians II.
Simon Marius	eigentlich Simon Mayr, deutscher Mathematiker, Astronom und Arzt. Er entdeckte die vier großen inneren Jupitermonde nur einen Tag später als Galilei
Simon VI. Graf zur Lippe	kaiserlicher Kommissar, eingesetzt zur Schlichtung des Streits zwischen ostfriesischem Grafenhaus und Ständen

Talke Jansen	Mutter von David Fabricius
Thomas Wolsey	englischer Lordkardinal unter Heinrich VIII
Tiade Nannen	Opfer eines Pewsumer Hexenprozesses Anfang der 1590er Jahre
Tyabben und Sybben	Frauen aus Loquard, Opfer der Hexenprozesse von 1590 - 1593
Tycho Brahe	dänischer Astronom
Ubbo Emmius	Calviner, Theologe und Pädagoge in Norden und Leer
Uffe Hinrichs*	Großbauer in Osteel
Von Wartenberg*	Student an der Lateinschule zu Braunschweig
Wenzel Eusebius von Wallenstein	eigentlich: von Waldstein; kaiserlicher Feldherr im 30 jährigen Krieg
Wilhelm von Innhausen-Knyphausen	ostfriesischer Adeliger, ab 1600 Reichsfreiherr
William Gilbert	englische Arzt und Wissenschaftler, Entdecker des Erdmagnetismus
Wolf Rumpf	eigentlich Wolfgang Siegmund Rumpf vom Wullross, Hofrat und Oberstkämmerer unter Kaiser Rudolf II

Lothar Englert, 1948 in Brühl geboren, ist Oberstleutnant a. D. der Bundesluftwaffe. Er ist verheiratet, hat zwei Töchter und lebt in Aurich. Bisher veröffentlichte er den Satireband *Achten Sie auf Kokoschinski*, den Roman *Menschenskind, Mann!* und den Erzählband … *doch Agamemnon schwieg!*

Sein erster historischer Roman *Friesische Freiheit*, der 2010 im Leda-Verlag erschienen ist, begeisterte Leser und Kritiker gleichermaßen und stand auf der Spiegel-Bestsellerliste.

Lothar Englert
Friesische Freiheit
Historischer Roman
978-3-934927-55-3

Andreas Scheepker
Das Salz der Friesen
Historischer Krimi
978-3-939689-79-9

Angelika Stucke
Kaltmond
Historischer Krimi
978-3-939689-29-4

Isa Schikorsky
Abt Jerusalem und die Hohe Schule …
978-3-939689-29-4

Isa Schikorsky
Fortunas tödliches Füllhorn
978-3-939689-80-5

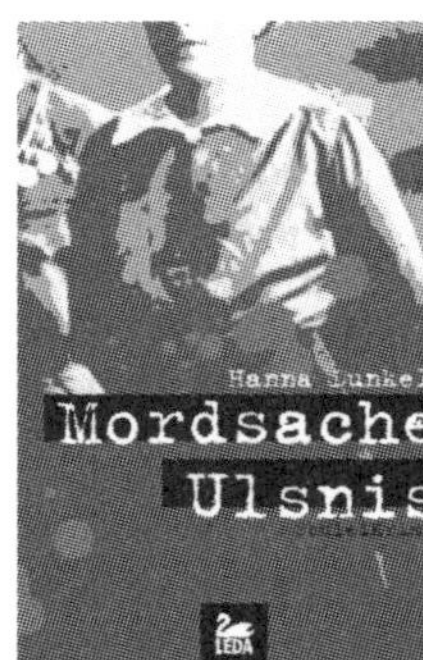

Hanna Dunkel
Mordsache
Ulsnis
978-3-939689-30-0